青岛大学学术专著出版基金资助

生态文明视阈中的印度文学经典

侯传文　武磊磊　等◎著

中国社会科学出版社

图书在版编目(CIP)数据

生态文明视阈中的印度文学经典 / 侯传文等著. —北京：中国社会科学出版社，2023. 11

ISBN 978-7-5227-2923-7

Ⅰ. ①生… Ⅱ. ①侯… Ⅲ. ①文学研究—印度 Ⅳ. ①I351.06

中国国家版本馆 CIP 数据核字(2023)第 242613 号

出 版 人 赵剑英
责任编辑 宫京蕾
责任校对 秦 婵
责任印制 郝美娜

出 版 中国社会科学出版社
社 址 北京鼓楼西大街甲 158 号
邮 编 100720
网 址 http：//www. csspw. cn
发 行 部 010-84083685
门 市 部 010-84029450
经 销 新华书店及其他书店

印刷装订 北京君升印刷有限公司
版 次 2023 年 11 月第 1 版
印 次 2023 年 11 月第 1 次印刷

开 本 710×1000 1/16
印 张 19. 5
插 页 2
字 数 334 千字
定 价 118. 00 元

凡购买中国社会科学出版社图书，如有质量问题请与本社营销中心联系调换
电话：010-84083683

目　录

绪论

印度生态文明与生态文学

生态主义是20世纪后期在西方兴起的一种社会文化思潮，其宗旨是面对环境恶化和生态危机，对以征服自然为特质的工业文明和人类中心主义的文化理念进行质疑和批判，试图建设一种环境优美、人与自然和谐的生态文明。作为一种后现代思潮，生态主义是对现代性的批判和超越，其思想源泉除了对西方现代文明的危机意识和批判精神之外，还要借鉴前现代尤其是非西方文明中的生态思想和生态智慧，从而建构起生态文明的思想体系，以解决当前人类面临的生态危机和精神困境。在非西方文明中，中国和印度最有代表性。前现代的印度传统文化文学中有着丰富的生态智慧，值得深入挖掘，认真研究。

第一节　生态主义与印度文化

印度民族富有生态智慧，印度传统文化中具有丰富的生态主义思想，这些都在印度文学经典中表现出来。这些生态智慧和生态主义思想为文学的生态批评和当下的生态文明建设提供了思想资源。生态批评的兴起为印度文化研究开辟了新的方向，用生态主义思想解读印度文学经典，为印度文学研究增加了新的纬度。因此，有必要借鉴国内外生态批评的思想理论和印度文学研究成果，以生态批评的思想和方法解读印度文学经典，并从印度文学经典入手开展印度生态文学与生态文明研究。通过对印度生态文学、生态文化等相关内涵、经验和问题的研究，发掘印度文明中的生态智慧，就人与自然关系、人与人关系、人与自我等方面的问题提出自己的观点，为当下生态文明建设提供有益的借鉴。

一 生态批评与印度文化

生态批评是生态主义思潮与文学研究的结合。作为一个新的文学批评体系，生态批评兴起于20世纪70年代的美国。第一次使用这一术语的是美国学者威廉姆·瑞克特（William Rueckert），他发表于1978年《爱荷华州评论》第九期的文章《文学与生态学：生态批评的试验》（*Literature and Ecology: An Experiment in Ecocriticism*）中，提出了“生态批评”概念。此后学术界不断提出一些与此相关的术语，如：“环境文学”“环境文学批评”“绿色研究”“绿色文学”等等，而在这众多的术语中，“生态批评”得到了大多数学者的认可。90年代初，国际性生态批评学术组织“文学与环境研究会”（ASLE）的成立，生态批评刊物《文学与环境的跨学科研究》（*ISLE*）的创刊，标志着生态批评作为文学理论和文学批评流派的正式确立。90年代中期以后，生态批评运动在英美蓬勃开展，并很快波及到其他国家和地区。在西方生态批评的启发和影响之下，我国的生态批评也于20世纪90年代中期发轫。2000年以来举行了多次全国性的生态批评学术研讨会，出版了一批理论成果，代表性著作有：曾永成的《文艺的绿色之思》，鲁枢元的《生态文艺学》《生态批评的空间》，曾繁仁的《生态存在论美学论稿》《生态美学导论》，王诺的《欧美生态文学》，胡志红的《西方生态批评研究》，曾繁仁主编的《人与自然：当代生态文明视野中的美学与文学》，鲁枢元主编的《自然与人文：生态批评学术资源库》等，基本形成了生态美学和生态文艺学两种生态批评的理论形态。生态批评文学理论的产生源于整个地球和人类的生存危机。进入20世纪以来，随着工业化和现代化的迅速发展，生态环境不断恶化，大气污染、臭氧层空洞日益扩大、温室效应；海洋污染、过度捕捞、海平面上升、海啸；土壤污染、土地沙化、沙尘暴、旱灾、雪灾、洪灾；物种灭绝、资源开采过度等等环境问题愈演愈烈，生态问题成为人们不得不面对的全人类性的重大问题之一。正是在这种全球性生态危机的大背景下，生态批评得到了人们的极大关注，成为具有广泛影响和持续发展的文学批评流派。从此，文学批评和文学研究再次走出象牙之塔，与社会发展和人类命运关系更加密切，形成了生态问题关注、生态文明建设、生态文学创作和文学与文化的生态批评互动共进的发展局面。生态批评广泛的社会关注、坚实的哲学基础、宽广的学术视野和丰富的学术实践，为我们进行生态文明与生态文学研究提供了重要的思想武器。当然，由于生态批评历史不长，其理论体系还不够完整严密，思想容量亦显单薄，对传统文学与文化资源的生态解读也存在简单化的倾向。

生态主义虽然是针对工业文明和现代性的后现代思潮，却与前现代的尤其是东方文明中的生态智慧有着深刻的内在联系，其中印度文化对西方生态文学和生态批评有深刻的影响。西方生态文学之父梭罗（Thoreau）就非常推崇印度文化，在其代表作《瓦尔登湖》（*Walden*）中，他反复征引印度文化经典和大师们的言论。比如他引《摩诃婆罗多》（*Mahābhārata*）中对自然的赞美："啊，王子，我们的眼睛审查而羡慕不置，这宇宙的奇妙而多变的景象便传到了我们的灵魂中。无疑的，黑夜把这光荣的创造物遮去了一部分；可是，白昼再来把这伟大的作品启示给我们，这伟大的作品从地上伸展，直到太空中。"[①] 梭罗所提倡的简朴自然的生活方式正是印度古代文化的精髓之一，所以他在作品中说："对我这样喜爱印度哲学的人，用米作为主要的食粮是正确的。"[②] 梭罗一边过着简朴的生活，一边沉浸在印度古代哲学的智慧中："在黎明中我把我的智力沐浴在《薄伽梵歌》的宏伟宇宙的哲学中，自从这一部史诗完成了以后，神仙的岁月也不知已逝去了多少，而和它一比较，我们的近代世界以及它的文学显得多么地猥琐而渺小啊；我还怀疑，这一种哲学是否不仅仅限于从前的生存状态的崇高性，距离着我们的观点是这样地遥远啊！"[③] 梭罗认为，"中国、印度、波斯和希腊的古哲学家都是一个类型的人物，外表生活再穷没有，而内心生活再富不过。"[④] 梭罗自己就这样度过了他贫穷而富有的人生，像他所崇拜的古代哲学家一样。欧美许多重要的具有生态主义思想特点的诗人和思想家，如卢梭（Rousseau）、歌德（Goethe）、华兹华斯（Wordsworth）、爱默生（Emerson）、艾略特（Elliott）等，都与印度文化文学有着直接或间接的联系。德国哲学家叔本华（Schopenhauer）读了《奥义书》（*Upaniṣad*）的拉丁文译本后激动地说："在这部书的字里行间，真是到处都充满了一种明确的、彻底的和谐精神，每一页都向我们展示了深刻的、根本性的、崇高的思想，浮现出

① ［美］亨利·梭罗：《瓦尔登湖》，徐迟译，吉林人民出版社 1997 年版，第 264 页。

② ［美］亨利·梭罗：《瓦尔登湖》，徐迟译，吉林人民出版社 1997 年版，第 55 页。

③ ［美］亨利·梭罗：《瓦尔登湖》，徐迟译，吉林人民出版社 1997 年版，第 277 页。徐迟译文将 Bhagvat-Geeta 译为《对话录》，不妥，改为《薄伽梵歌》。

④ ［美］亨利·梭罗：《瓦尔登湖》，徐迟译，吉林人民出版社 1997 年版，第 12 页。

位于全体之上的神圣的真面目。这里吹拂着印度的气息，呈现出根本的、顺从自然的生命。”① 叔本华概括的和谐的精神与自然的生命，正是印度文明生态主义特质的表现。

印度文化丰富的生态智慧为生态批评家所关注，印度文化成为生态批评重要的思想资源库之一。生态批评的一些基本理念：人与自然的和谐关系，不同物种之间的和谐共生，非人类中心主义，自然的权力，处理人与自然关系的自然生态意识，处理人与人关系的社会生态意识以及处理人与自身关系的精神生态意识，都有印度文化元素的渗透。在西方，有部分学者注意到印度文学与文化的生态意义，相关成果有 Mary Evelyn Tucker & Duncan Ryûken Williams 主编的《佛教与生态学：达摩与业的互相关联》（1997）（“*Buddhism and Ecology*：*The Interconnection of Dharma and Deeds.*” 1997.），Padmasiri De Silva 著《佛教中的环境哲学与伦理学》（1998）（“*Environmental Philosophy and Ethics in Buddhism.*” 1998.），Christopher Key Chapple & Mary Evelyn Tucker 主编的《印度教与生态学：大地、天空与水的交叉》（2000）（“*Hinduism and Ecology*：*The Intersection of Earth*，*Sky*，*and Water.*” 2000），David E. Cooper & Simon P. James 著《佛教，因缘与环境》（2005）（*James*，*Buddhism*，*Virtue*，*and Environment* 2005）等。在国际性生态文学与生态批评的学术会议上，也有“南亚地区生态文学研究”“重新界定文学作品中‘森林’的概念”等与印度相关的议题。在具体的生态批评实践中，也不断有印度的声音发出。20 世纪 80 年代末印度生态学家罗摩钱德拉·古哈（*Ramachandra Guha*）站在第三世界的立场，透过环境公正视野对西方生态主义进行了深刻的批评，对西方生态批评的环境转向，即走向环境公正生态批评，起了重要的推动作用，古哈的思想对西方和印度生态批评的发展产生了深刻的影响。印度学者非常关注印度传统文化的生态学意义，1992 年，Ranchor Prime 承担了世界自然基金项目《印度教与生态学》（*Hinduism and Ecology*：*Seeds of truth*. Motilal Banarsidass Publ.，1996.），成果于 1996 年在德里出版。近期成果有 Pragati Sahni 著《佛教中的环境伦理学》（2008）（“*Environmental Ethics in Buddhism*：*A Virtues Cpproach.*” 2008.），K. C. Pandey 编论文集《佛教的生态学透视》（2008）（*Ecological Perspectives in Bud*

① 转引自［日］中村元《比较思想论》，吴震译，浙江人民出版社 1987 年版，第 13 页。

dhism. Readworthy Publications，2008.）等。印度学者也非常重视文学与环境关系研究，2004年成立了印度文学与环境研究组织（OSLE－India），致力于研究文学与环境之间的关系。2005年成立的“文学与环境研究会印度分会（ASLE－India）”致力于推动生态批评在印度的开展，于2005年10月发行了第1期生态批评通讯，并于2006年9月在本地治里大学举行了以“自然和人性自然：大地、风景和环境的文化建构”为主题的国际会议。在这些学术活动中，印度传统文化与文学的生态学意义受到更多的关注。由印度学者Nirmal Selvamony，Nirmaldasan，Rayson K. Alex主编的《生态批评文集》（*Essays in Ecocriticism*）也于2007年出版。印度古代文学的生态意义也是印度学者关注的课题，2003年旁遮普大学教授阿鲁纳·戈埃尔（Aruna Goel）出版了研究专著《环境与古典梵语文学》（*Environment and Ancient Sanskrit Literature*. Deep and Deep Publications，2003.），全书分“心灵与环境”“健康与环境”“自然与物质世界”“环境污染”“生物多样性保护”“薄伽梵歌与环境”“解脱的观念”等专题，比较系统地分析了古典梵语文学中的环境生态意识，成为这一领域的重要代表作。

二　印度文明的生态主义特质

生态主义是一种后现代思潮，但在前现代的印度文明中有着丰富的生态文化基因，与当下的生态文化诉求有相通之处。印度古代文明特质之一是森林文明。森林是人类的摇篮。人类原始时代主要生活在森林中，以采集和狩猎为主要生产方式，因此，可以说，人类是从森林中走来的，人类文明的第一个阶段就是森林文明。这样的森林文明曾产生远古神话，许多民族来源于森林，后来虽然文明性质发生了变化，但仍然继续保持森林生活时期的信仰，并且将自己曾经失落的森林视为“乐园”，比如《圣经·创世纪》（*The the Bible Book of Genesis*）中的伊甸园实际上是一座森林，亚当和夏娃是采集生活人类的代表。与其他文明相比，古代印度人对森林情有独钟，这一方面可能与气候有关。泰戈尔（Tagore）指出：“印度的气候常常邀请人们到露天去。”① 季羡林先生指出：“印度地处热带与亚热带，……有四时不谢之花，八节长春之草。一直到今天，人民的很多活动

①［印］泰戈尔：《我的学校》，康绍邦译，见刘湛秋主编《泰戈尔随笔》，安徽文艺出版社1995年版，第90页。

还都是在室外大自然的怀抱中进行。”① 这里的露天和室外当然不是一般的田野，而是浓荫密布的森林。烈日当头，一棵浓阴大树很能激发人的快感和想象力；酷热难当，浓浓的林荫不仅带给人凉爽，也带给人精神的愉悦甚至思想的启迪。由此培育了印度人民热爱自然、亲近自然、与自然融为一体的传统。泰戈尔曾经将古希腊和古印度两种文明进行对比，并总结各自特征。在他看来，古希腊文明是在城墙内发展起来的，是一种城市文明。这种文明养成了把一切被征服和被占领的东西都用壁垒保护起来，并把它们隔离开的习惯，由此造成人与自然分离。与此相反，“在印度，我们的文明发源于森林，因此也就带有这个发源地及其周围环境的鲜明特征。……古代印度居住在森林中的圣人们的目标就是努力去体悟这种人的精神与世界精神的大一统。”② 基于这样的文化渊源，泰戈尔进一步分析了西方与印度对待自然的不同态度：“西方似乎一想到自己正在征服自然就感到自豪，好像我们是生活在一个敌对世界中，一切都要靠我们自己去从一种不情愿、与我们格格不入的事物秩序中去夺取。这种心态是城墙生活方式造就和培养出来的，……这样他们就人为地在自己与宇宙大自然之间制造了隔阂，尽管他们就生活在大自然的怀抱之中。” 而“印度把一切重点都放在人与自然的和谐之上”③。正是在这样的印度森林文明中，形成了人与自然统一的整体主义的世界观。泰戈尔指出：“人与自然的这种根本的统一关系不仅是印度人的一种哲学猜想，而且在感情上和行动上体验这种和谐已经成为印度人的人生目的。”④ 另一方面，印度人的森林情结与宗教传统有关。林中修道现象在印度源远流长，大概在印度河文明时期，人们已经发明了在林中树下结跏趺坐的修行方式。后来的雅利安人继承了这种宗教修行方式，一些婆罗门离开社会人群来到森林，成为修道士仙人。他们舍弃家庭，脱离世俗生活，专心学道，追求解脱。他们不聚财物，以采集或乞食为生。他们是印度古代的文化人，著书立说，建立道院或称净修林，招收门徒，传播文化知识。在他们的著述中常常推崇简单清净的林居生活，如《奥义书》中讲众生的不同归宿，认为那些在林中

---

① 季羡林主编：《印度古代文学史》，北京大学出版社 1991 年版，第 113 页。

② ［印］泰戈尔：《正确地认识人生》，刘竞良译，见《泰戈尔全集》第 19 卷，刘安武、倪培耕、白开元主编，河北教育出版社 2000 年版，第 5—6 页。

③ ［印］泰戈尔：《正确地认识人生》，刘竞良译，见《泰戈尔全集》第 19 卷，第 6 页。

④ ［印］泰戈尔：《正确地认识人生》，刘竞良译，见《泰戈尔全集》第 19 卷，第 7 页。

崇拜信仰刻苦修行的人死后通过火焰进入天神之路，不再返回人间；在村庄崇拜祭祀布施行善的人，死后通过烟进入祖先世界，功德耗尽之后又原路返回。[①] 这种对林居生活的推崇和肯定对一般群众也产生了深远的影响，使他们对林居生活产生尊崇和向往。由于印度古代文化对林居生活有这样特别的爱好和追求，因而有“森林文明”之称。

印度古代文明特质之二是“仙人文化”。与其他文明相比，从文化人——知识分子群体的构成来看，印度文化可以称为“仙人文化”，因为印度知识分子的主体是仙人。印度古代的仙人分为广义和狭义，狭义的仙人指出家求道者，尤指婆罗门修道士；广义的仙人指整个知识阶层，如佛教创始人释迦牟尼（Sakyamuni）也被称作大仙人，而一些在家的婆罗门因为学识渊博、道行高深而被称作“大仙”。印度的仙人阶层崛起于公元前8、9世纪的奥义书时代。婆罗门祭司中有一部分人离开社会和家庭到森林中修道，被称为仙人。他们一方面研究阐释吠陀经典，著书立说，另一方面建立道院，招收门徒，传播文化知识。如果说吠陀经典的编订是早期的婆罗门祭司所为，那么，对吠陀经典的哲学和文化阐释则主要是仙人们的事情。这种阐释工作从公元前9世纪一直进行到公元前6世纪，其结晶便是梵书、森林书和奥义书，其中奥义书最有思想价值和文化意义。与此同时稍后，兴起了反对婆罗门教的沙门思潮。一些对婆罗门教的种姓制度和教义教规不满的知识分子自立门派，他们中的出家求道者称为沙门。沙门有时也称为仙人，他们或著书立说创立学派，或招收徒众组建僧团，或游行教化宣传推销，进行文化创造和传播活动。沙门在当时有许多派别，有六大沙门之说，其中影响最大的是佛教和耆那教。仙人和沙门最初都是出家人，是远离社会的修道者，他们的活动和他们之间的争鸣对话创造了印度文化的辉煌时代。他们热爱自然，珍惜生命，喜欢宁静，追求解脱，形成了印度文化人的独特精神品格。

仙人文化造就了印度宗教的发达。印度号称宗教博物馆，在印度产生的曾经发生世界影响的宗教就有5种，即婆罗门教、印度教、佛教、耆那教和锡克教，这些印度本土宗教文化大都具有丰富的生态智慧。由于印度河文明的印章文字还没有成功解读，土著文化的意识形态层面还难以阐释，因此，印度文化源头一般从“吠陀”说起。一般认为在婆罗门教正

---

① ［印］《歌者奥义书》，见《奥义书》，黄宝生译，商务印书馆2010年版，第183—184页。

式形成之前，有一个可以称为“吠陀教”的原初宗教。吠陀教以数量众多的自然神崇拜为特点，主要表现在印度上古文献《吠陀》（*Veda*）之中，所以称为吠陀教。吠陀教的主要特点是多神崇拜，特别是自然神崇拜。各种自然现象和各种社会现象都有相对应的神，其中以自然神为主，日月星辰、风雨雷电、山石水火等都被神格化为崇拜对象。公元前10世纪前后形成的婆罗门教，早期有杀生献祭这样的有悖生态主义的现象，这主要是早期雅利安人游牧生产生活方式的遗存。进入印度之后，生产方式转入定居农业，文化方面与土著融合，发生了重大转折。一是“梵我同一”世界观的形成，二是轮回转生观念的形成。前者是人与自然统一、人与外部世界互相依存的环境哲学的思想基础。后者是不同物种具有平等的生存权力的环境伦理学的思想基础。《奥义书》作为婆罗门教和印度教的哲学元典，其梵我同一、生命快乐、整体和谐等思想，既是对吠陀整体生态主义的提炼和升华，又开启了婆罗门教和印度教环境生态思想的大门。印度教是婆罗门教改革的产物，其改革的方向之一就是更重视生态环境问题。如对传统的杀生献祭，印度教首要经典《薄伽梵歌》采取了淡化和否定的态度，提倡以行动、瑜伽、智慧和信仰祭神，取代杀生献祭和用物质祭神。其中说道：“梵即祭祀，梵即祭品，梵将祭品投入梵火，谁能沉思梵即行动，这样的人能达到梵。……有些人用财物祭供，用苦行祭供，用瑜伽祭供，一些誓言严酷的苦行者，用自己的学问和知识祭供。……智慧的祭祀胜于一切物质的祭祀；一切行动，阿周那啊，在智慧中达到圆满。”[①] 这里一方面将祭祀泛化为人们符合正法的种种行动，另一方面强调智慧和信仰的意义。正如黄宝生先生所指出，《薄伽梵歌》所着力宣扬的业瑜伽、智瑜伽和信瑜伽，代表实践、认识和信仰，属于人类普遍的生存方式。[②] 其中涉及人与自然关系的自然生态问题，人与人关系的社会生态问题以及人与自身关系的精神生态问题，值得深入挖掘。另外印度教关于人生四大目的和人生四个阶段的规定，也蕴含着丰富深刻的生态智慧。人生四大目的，即法、利、欲、解脱，是以解脱一切现世束缚作为最后的也是根本的目的。人生四个阶段，即梵行期、家居期、林居期和遁世期，不仅有简朴自然的生活方式的体现，而且解决了出世和入世的矛

① ［印］毗耶娑：《摩诃婆罗多》第六篇第26章，黄宝生等译，中国社会科学出版社2005年版，第498页。

② 参阅黄宝生《〈摩诃婆罗多〉导读》，中国社会科学出版社2005年版，第74页。

盾，实现社会层面和个人精神层面的和谐。

佛教产生于公元前6世纪，是作为婆罗门教的反对派出现的，主要反对婆罗门教的吠陀天启、祭祀万能和婆罗门至上三大原则。佛教以“相依缘起”说明世间万物包括人的存在，以“众生平等”的自然伦理看待所有生命，以“无情有性”表明自然环境的精神意义，以“轮回转生”解释生命的循环和互相联系，都具有生态主义性质。佛教在印度与婆罗门教和印度教进行了长期的斗争，终于不及根深蒂固的印度教而失去了印度，在伊斯兰教和印度教的双重打压下于12世纪在印度几近消亡。但佛教与婆罗门教——印度教的关系是非常微妙的，二者有着共同的文化渊源，在各自的发展过程中既互相斗争，又互相影响，以至于相互融合。以佛教和印度教为代表的南亚多神教系统有许多共同特点。一是关于解脱的宗教目的。印度教、佛教、耆那教等南亚宗教都把现实人生看作虚幻短暂，把肉体和现实生活看作是对灵魂的束缚，从而以追求解脱作为终极目标。在各自的理论体系中都充满了关于解脱的途径和方法的探索。二是在宗教道德方面，印度教、佛教、耆那教都相信业报轮回。所谓业报轮回是个体灵魂在不同的生命形式中轮转，一次又一次地再生，其再生形式的高低决定于其前生所做的业。基于这种业报轮回思想，印度各宗教都有关于非暴力不杀生的伦理内容。三是在修行方式上，各宗教具有基本相同的行为和思维模式，如静坐、禅定、瑜伽、直觉感悟等，是印度本土各宗教所共有的。

总之，以森林文明和仙人文化为特质的印度古代文明，蕴含着丰富的生态智慧，可以为现代生态主义提供丰富的思想资源，可以为当下生态文明建设提供有益的借鉴。

三　印度文学经典的生态主义解读

印度文学经典中凝结着印度民族丰富的生态智慧，非常适合进行生态主义的解读。从生态文明的角度重新阐释印度文学经典，可以发现其中被忽略被遮蔽的意义和价值；同时发掘印度文学经典中的生态思想，总结印度文明的生态智慧，用印度文学和文化中的生态思想和生态智慧充实和发展生态批评。本课题研究的基本思路是以总体研究与个体研究相结合，文学研究与文化研究相结合，在跨学科、跨文化、跨文明的比较文学研究中进行现代、前现代和后现代的对话。所谓总体研究主要是从总体上梳理和把握印度文明的生态主义特质，研究生态文明对印度文学特征的影响，比如印度森林文明及其影响下的印度文学自然书写，特别是其中的森林文学现象，是印度生态文学的代表。森林在数千年间一直是印度文学的一个中心场景，从上古的吠陀、史诗到中古诗人迦梨陀娑（Kālidāsa），再到近现代诗人泰戈尔，都有丰富的森林书写。诗人笔下的森林既有外在于人的纯自然的森林，更有与人的生活有着密切关系的人化的森林，特别是其中的净修林，既是修道场所，也是教育基地，具有启迪智慧，净化心灵的作用。此外，印度仙人文化及其影响下的业报轮回与自然伦理、非暴力精神与社会和谐以及超越现实的寂静与解脱追求等，都是值得关注的印度生态文化与文学现象。

所谓个体研究就是对印度文学史上经典的作家作品分别进行生态主义的解读。第一是吠陀经典的解读。作为印度文化元典的《吠陀本集》（*Veda*），是人类上古最重要的文学经典之一，是人类上古生态文明的产物，蕴含着丰富的生态智慧。其中有许多咏自然的诗，这些诗歌咏的虽然不完全是纯粹的大自然，大多是把自然现象拟神化，或者说是对自然神的歌颂，但其中关注的主要是这些自然现象中自然形态的美，如《大地》《朝霞》《雨云》等。这些自然诗大多从万物有灵或自然神论出发，赋予自然以灵性，而且对自然展开细致的观察和丰富的想像，而这些观察和想像都与人的生活紧密联系。这些自然诗表现了人类早期对自然的认识，表现了人与自然的亲缘关系，也表现了人对自然美的热爱和欣赏。《吠陀》中自然现象的拟人与拟神化是建立在万物有灵思想基础上的人与自然和谐统一整体观的表现，这样的有机整体观可以看作人类原生态主义。《吠陀》中有大量的哲理诗，表现了对世界和人类起源等终极问题的关注和思考，表现了人类的探索精神和对世界、人生、自我等问题的认识。《吠陀》中大量的颂神诗和咒语诗，不仅体现了诗歌发生的渊源，而且表现了上古时期人的自我意愿的诉求方式，表现了上古印度人对人与神、人与人、人与自然、人与自我关系的认识，其中有许多值得挖掘和总结的生态智慧。

第二是印度两大史诗的生态主义解读。印度两大史诗《罗摩衍那》（*Rāmayāna*）和《摩诃婆罗多》是森林文明的结晶与仙人文化的产物。史诗的主人公都走进了森林。他们少年时代都曾经在森林中生活，后来虽然是遭流放，但他们都愉快地走进森林。森林中不仅有自然之美，而且有学问渊博待人友好的修道士仙人，作品的主人公从他们那儿获得了丰富的教益，增长了才干，加深了对世界和人生的认识，提高了人生境界。他们走出森林，建功立业，最后又都回到森林。森林成为博大、深厚、神秘的象征意象，是力量的源泉，又是生命的归宿。诗人有意表现了森林与城市的对立。森林中虽然有罗刹的骚扰，但人与人之间关系融洽，人与动植物之间也有亲密关系，生活虽然简单，心灵却非常宁静。两大史诗都表现了非暴力的社会与自然伦理。《罗摩衍那》的引子是一对麻鹬正在交欢，一个猎人射杀了其中的一只，另一只发出悲鸣。鸟的悲鸣激发了蚁垤仙人（Vālmīki）的创作灵感，他随口吟出一首诗。然后他就用这首诗的韵律创作了《罗摩衍那》。史诗的主人公罗摩，主动放弃王位继承权自愿流放森林 14 年，就是为了避免兄弟之间争夺王位的流血冲突。他在对猴国和罗刹国的征服过程中，尽管不能不使用一定的暴力手段，但并没有大规模的屠杀。而且即使这些有限的暴力在作品中也是被否定的。猴王波林被罗摩杀死后，不仅他的妻子和儿子谴责这样的暴行，而且与他争斗的弟弟须羯哩婆也悔恨得痛不欲生。在魔王罗波那的宫廷中，代表正义的维毗沙那也主要表现为非暴力，主张将悉多送还，避免战争，而罗摩一方在大战之前也先派代表和谈，尽力避免战争。战后则通过厚葬罗波那父子来消除战争带来的仇恨。这些都是非暴力的表现。《摩诃婆罗多》的形成过程是由武士颂歌到宗教经典的过程，也是由暴力走向非暴力思想的过程。作品虽然以大战为主干情节，但其中的正面人物如毗湿摩等都曾竭力避免战争。大战结束，双方几乎同归于尽，表现了战争的残酷。作品还描述了死去儿子和丈夫的妇女们的哀痛，她们对战争的诅咒。取得了战争胜利的坚战兄弟，最终也厌倦了人世，好容易登上天国，却发现被他们打败的难敌兄弟早已在天国享福。这表现的是战争的滑稽，具有耐人寻味的意义。《摩诃婆罗多》的插话《薄伽梵歌》是一部宗教哲学著作，强调行动而不执着行动的结果，强调心物合一的瑜伽智慧，主张以虔诚之爱实现人神合一、也是人与世界统一的完美境界，对人与自然、人与人、人与神关系都有深刻的富有生态智慧的论述。

第三是佛教文学的生态主义解读。佛教经典既是佛教思想的载体，又是具有审美意义的文学作品，历代高僧也留下了丰富的诗文创作，这些佛教文学中蕴含着丰富深刻的生态主义思想。许多著名的佛经如《佛本生经》《法华经》《华严经》等，形象化地阐释了佛教的相依缘起、业报轮回、慈悲仁爱、众生平等、出家求道、涅槃寂静等思想观念。佛教文学通过各种世界、社会和人生现象，说明相依缘起、无常无我与因缘果报之理，这些思想包含着世间万物互相依存的生态整体主义思想。慈悲与平等也是佛教文学突出表现的主题。佛教不杀生的戒律及其深层内涵慈悲仁爱，体现了印度文化的非暴力精神，大乘佛教的大慈大悲则将这种非暴力精神发展到极致。慈悲仁爱的思想基础是佛教的核心观念之一“众生平等”。众生平等思想包括了人与神的平等、人与人的平等、人与动物的平等。佛家关于人与动物平等的思想，与不杀生和慈悲精神互涵互动，形成超越人类中心主义的自然伦理，是伦理学史上的一场革命。佛教认为现实世界充满烦恼和痛苦，从而追求解脱。早期佛教追求自力解脱，山林栖居不失为求静之旅；大乘佛教主张外力拯救，佛国净土成为极乐之门；《维摩诘经》独辟蹊径，提出“心净土净”，推动了身不出家心出家的居士佛教的发展。佛教的这些解脱之道，经过历代诗僧的文学表现，更加富有诗意。可以说，山林栖居、净土发愿和心净土净是佛教解脱追求的三部曲，其中蕴含着诗意栖居的生态智慧。

第四是印度古代大诗人迦梨陀娑的生态主义解读。迦梨陀娑堪称自然诗人，他的《六季杂咏》（*Ṛitusaṃhāra*）、《云使》（*Meghadūt*）、《沙恭达罗》（Abhijñānaśā*kuntala*）等代表性作品都有非常丰富的自然书写。他继承并发展了印度文学与文化的自然生态思想，在他的作品中，不仅人与自然的亲密关系的表现进一步深化，而且自然美的表现也臻于完美。名剧《沙恭达罗》的几个重要场面都与自然有关。男女主人公在净修林相爱结婚，沙恭达罗告别净修林，最后团圆的仙境仍以美丽的大自然为基础。在这些场面中，诗人结合剧情，对自然美作了充分的表现。《沙恭达罗》自然美的特点是人与自然同一，自然人格化、人性化，人也自然化。沙恭达罗与林中的蔓藤一起生长，她的心灵也像是沁透了林荫的凉爽。也就是说大自然不仅存在于外界，而且存在于人物的心灵中。沙恭达罗与净修林中的鸟兽草木依依惜别，并非只是一种表现手法，而是人与自然和谐的生态主义世界观的表现。象征森林文明的净修林是人类与其他生物之间的裂缝得以弥合的地方。

第五是对泰戈尔、普列姆昌德（Premchand）等近现代作家生态思想的研究。泰戈尔继承并发展了印度文明的生态主义基因，在思想和创作中表现出丰富的生态智慧。在人与自然问题上，他在强调人与自然亲缘关系的同时，主张自然与人类社会的互动共进；在人类社会发展问题上，他在对现代工业文明进行深刻批判的同时，提倡有韵律的和谐发展；在对人类诗意生存的理想追求中，他以人格对治工具理性，以韵律对治僵硬和呆板，以整体和谐对治人类文明元素的片面失衡。泰戈尔立足于前现代文明的生态智慧，对于当下人类面临的生态问题的思考，对于后现代的生态文明建设，都有一定的启示意义。普列姆昌德继承了印度深厚的生态文化传统，在作品中表现出深刻的生态主义思想。他的小说中有大量的自然书写，在人与自然关系方面，表现出人与自然融为一体的思想，提倡回归到与自然和谐统一的状态。在社会发展问题上，普列姆昌德表现出矛盾态度，他对工业文明和资本主义持批判态度，试图在传统文明中寻找人格理想和社会理想，但也客观地反映了印度传统农业文明的解体和文化理想的破灭；他深刻揭示了阶级压迫和民族矛盾的现实，但反对暴力斗争，试图在作品中建立一个人与人关系和谐的理想世界。在人与自我关系的精神层面，他注重人的精神世界的独立和完整，主张涤除物欲，拓展人的精神空间，用艺术来构筑精神家园。以泰戈尔和普列姆昌德为代表的印度近现代作家，传承了印度文明的生态主义基因，对资本主义工业文明进行了深刻的批判，其中既有前现代的宗法制农民思想的表现，也有后现代的对生态文明的诉求。

印度文学经典的生态主义解读，顺应生态主义蓬勃发展、不断深入的大趋势，借鉴国内外生态批评的思想理论和印度文学研究成果，从印度文学经典入手开展印度生态文学与生态文明研究，具有重要的现实意义和学术价值。首先，通过对印度生态文学、生态文化等相关内涵、经验和问题的研究，发掘印度文明中的生态智慧，为建设社会主义生态文明提供有益的借鉴。其次，用生态批评方法解读印度文学经典，是对印度文学经典的重读和文学史的重构，有助于印度文学、东方文学学科的创新和发展。再次，印度文学经典的生态主义解读是生态批评与印度文学的双向阐发，不仅有助于推动印度文学研究，有助于生态批评理论的深化和发展，而且有助于推动比较文学学科的发展。

第二节　森林文明与印度文学

印度古代森林文明对其文学产生了深远的影响，丰富多彩的自然书写，特别是其中的森林文学现象，就是这样的森林文明的结晶。在世界各民族文学中，印度文学似乎对森林情有独钟。从上古的吠陀文学到近代诗人泰戈尔，森林一直是印度文学的一个中心场景。印度学者班瓦里指出："印度人的意识被树木和森林所充满。你是否看到，比如在古希腊文学中，你很少发现对树木和森林的描写，而在印度文学诸如《罗摩衍那》和《摩诃婆罗多》中，却充满这样的描写。人们总是处于树下。印度人民与树木之间的纽带是非常牢固的。"① 印度文学中的森林书写源远流长，丰富多彩，内涵丰富，寓意深刻，值得认真探讨。

一

印度文学中的森林书写源远流长，丰富多彩。早在印度文明的发端期，印度文学就与森林结下了不解之缘。产生于公元前15世纪的《梨俱吠陀》（*Ṛgveda*）中不仅有大量关于森林的描写，而且有专门的森林颂歌。除了四部吠陀本集之外，吠陀时代印度文学还有梵书、森林书和奥义书等吠陀文献，这些著作的作者基本上都是婆罗门仙人，他们中有许多人舍弃世俗生活，进入森林修道，过着林居生活。如果说梵书的作者主要是入世的婆罗门，他们以祭祀为职业，关心的是祭祀仪式和祭祀效果等方面的问题，那么森林书和奥义书的作者主要是在林中修道的婆罗门，他们除了探讨祭祀问题之外，更关心宇宙本原、人生本质、人从何处来向何处去等形而上的问题。当然，这些吠陀文献的界限并非那么分明，比如属于早期奥义书的《大森林奥义书》（*Bṛhadāraṇyaka Upaniṣad*），其体例可以说是梵书、森林书和奥义书的结合，其中既保留了梵书的祭祀情结，又具有森林书的某些特征，同时更进一步开启了奥义书所探讨的哲理问题。在这些吠陀文献中，特别是在森林书和奥义书中，仙人们的林居生活本身也得到反映，其中也就不乏森林书写。

两大史诗堪称印度古代森林文学的代表。《罗摩衍那》的主干情节和重要故事几乎都与森林有关。在开头的《童年篇》中，有蚁垤仙人在森林中创作《罗摩衍那》的缘起故事，另外，少年罗摩和弟弟那罗什曼那随众友仙人进入森林，在保护仙人修行的同时，也获得很多教益。第二篇《阿逾陀篇》的核心情节是争夺王位的宫廷斗争，其中的焦点是罗摩流放

① Ranchor Prime, *Hinduism and Ecology: Seeds of Truth*. Delhi: Motilal Banarsidass Publishers Private Limited, 1996, p. 10.

森林。第三篇《森林篇》完全以森林为背景，罗摩一行来到弹宅迦森林，承担起保护修道者的责任，在这里一住就是十年。罗摩与罗刹斗争，失妻和寻妻等主要情节也是在森林中发生的。其后的《猴国篇》背景也是森林。《后篇》主要故事都与森林有关，罗摩派罗什曼那将已经怀孕的悉多遗弃在森林里。悉多在蚁垤仙人的净修林中生下一对双胞胎儿子。他们成为蚁垤仙人的弟子，仙人教给他们演唱自己创作的《罗摩衍那》。季羡林先生指出："据粗略的统计，在《罗摩衍那》中，只有一小半的活动是在宫中、城内展开的。一大半则是在室外大自然中进行的。有一些篇，比如《森林篇》、《猴国篇》等，顾名思义，就能知道，场面不是安排在城内、室内，而是在城外的大自然中。其他篇里也有很多活动是在大自然中进行的。在这种情况下，诗人描绘自然风光，有如近水楼台。"① 季先生所说的大自然实际上就是森林，因为在古代印度，城市之外不像现在这样是大片的田野，而更多的是茂密的森林。

《摩诃婆罗多》的主人公也多次走进森林。史诗开篇，国王般度隐居森林，他的两个妻子生下五个儿子，在森林中生活，般度死后，王后贡蒂才领着孩子回到王宫。后来般度族被难敌设计陷害，住进易燃的紫胶宫，他们事先得到消息，于是挖地道逃跑，进入森林。后来，他们分得一半国土，坚战治国有方，国家繁荣昌盛，遭到难敌的嫉妒。难敌向坚战挑战掷骰子，结果坚战赌输，般度族流放森林 12 年。他们在森林中与仙人为伴，得到很多教益。在《森林篇》中，仙人们为了安慰般度族兄弟而讲的故事，如《罗摩传》《那罗传》《莎维德丽传》，男主人公都曾经失去王国流放或流亡森林。另外一些插话故事，如《沙恭达罗》《苏格尼雅》等，也都与森林有关。流放期间坚战兄弟四处朝拜圣地，这些圣地大部分也在森林中。长达一万余颂的《森林篇》，是史诗最精彩的篇章之一。《摩诃婆罗多》的森林书写还不止于此，史诗第 15 篇《林居篇》写老国王持国和妻子甘陀利晚年坚持要离开王宫，过林居生活，坚战的母亲贡蒂陪同前往。他们在林中生活了两年多，后死于森林大火。后来，厌倦了世俗生活的坚战兄弟将王位传给孙子，带上黑公主去朝圣，又走进了森林，最后由森林进入天国。

佛教文学中也不乏森林书写。佛祖释迦牟尼曾经在森林中访师问道，

① 季羡林主编：《印度古代文学史》，北京大学出版社 1991 年版，第 113 页。

也曾在林中修苦行多年，最后在菩提树下觉悟成道。他后来的传教事业也时常在森林中进行。因此，以释迦牟尼生平为题材的佛传文学中便少不了森林书写。佛本生故事是佛教文学中的奇葩，主要讲述释迦牟尼佛的前生故事，他曾经转生为各种动物，这些动物主要生活在森林中，因此，森林也就成为佛本生故事的重要背景。佛教文学中还有大量佛教僧尼们的创作，表现他们的出家生活和修行体验，由于他们的修行大多在山林清幽之地，因此作品中也常常有关于森林的篇什。如南传巴利文佛典三藏经藏小部中的《长老偈》，是上座高僧抒发宗教感情的诗集，共收入 264 位比丘的 1291 首诗偈。作品主要表现诗僧自己的宗教体验和宗教情感，其中有许多诗歌涉及林居生活。诗人或者以对林中优美的自然景色的歌颂表现出世之乐，或者以自然之动反衬比丘内心之静，或者以林居的艰险反衬比丘的意志坚定。如优帕塞那长老偈：“比丘居住地，寂静人烟稀；野兽时常见，悠闲在林区。”① 乌萨跋长老偈：“树草满山间，雨中湿淋淋。乌萨跋来此，用意在修行。林中此美景，宜僧作禅定。”②

大诗人迦梨陀娑称得上是一位自然诗人，他的代表性作品都与森林有关，其中有大量引人入胜的森林书写。抒情诗集《时令之环》（*Ṛitusaṃhāra*）有对一年六季森林景象的描写。长篇叙事诗《罗怙世系》（*Raghuvaṃśa*）描写罗摩的高祖、国王迪利波，为了求子，和妻子一起来到极裕仙人的净修林。仙人告诉他们，必须在林中居住一段时间，侍奉一头如意神牛，方能如愿。于是国王和妻子在净修林中住了二十多天，国王天天陪伴如意神牛在森林里自由游荡。长篇叙事诗《鸠摩罗出世》（*Kumārasambhava*）写雪山神之女与大神湿婆的爱情故事，开篇就是对喜马拉雅山林的描写，称喜马拉雅山为众山之王，林中的动物和植物也都非同寻常。戏剧《沙恭达罗》中，沙恭达罗和豆扇陀的爱情发生在净修林，后来沙恭达罗进城寻夫而离别净修林，亲人们和林中的鸟兽草木都依依不舍。戏剧《优哩婆湿》（*Vikramorvaśīyam*）中，女主人公优哩婆湿误入鸠摩罗林，化为藤萝。丈夫补卢罗婆娑在树林中四处寻找，他向孔雀、杜鹃、鸳鸯、蜜蜂、大象、小鹿以及山岳、河流、花草等打听优哩婆湿的下落，倾诉自己的忧伤。

在这样的文化和文学传统中，不仅抒情诗、叙事诗和戏剧文学有丰富

① ［印］《长老偈·长老尼偈》，邓殿臣译，中国社会科学出版社 1997 年版，第 137 页。

② ［印］《长老偈·长老尼偈》，第 49 页。

的森林书写，散文叙事文学，包括早期的故事文学和后来兴起的小说，也大多以森林为背景。著名寓言故事集《五卷书》的五个大故事中有四个是动物故事，第一卷主干故事讲述狮子和黄牛结为好友，由于豺的挑拨离间，狮子杀死了黄牛；第二卷主干故事讲述乌鸦、老鼠、乌龟和鹿结为朋友，互相合作，躲过猎人的捕杀；第三卷主干故事讲述乌鸦和猫头鹰之间的战争；第四卷主干故事讲述猴子与海怪结为朋友，海怪将猴子骗到海里，要吃它的心，猴子说心留在岸边了，回去取心，从而脱险。这些动物都生活在森林里，它们与其生活的环境一起构成森林文学的内容。一般认为印度最早的长篇小说是公元6世纪创作的《仙赐传》。小说写王子爱魁和公主仙赐的爱情故事。他们本来生活在各自的王宫，因为互相梦见而相思。爱魁为寻找梦中情人漫游来到森林，仙赐派女友寻找自己的梦中情人也来到森林。后来爱魁与仙赐私奔，进入文底耶森林。爱魁一觉醒来不见了仙赐，在森林中四处寻找，发现一座与仙赐一样的石像，上前抚摸，石像变成活的仙赐。原来仙赐在林中采果子，遇到两帮土匪。土匪为争夺她而互相残杀，同归于尽。目睹的苦行者认为她是祸根，诅咒她变成石头，后由于同情她而附加了解除诅咒的条件：她得到爱人的抚摸，咒语的力量就会消失。7世纪波那（*Bāṇa*）的长篇小说《迦丹波利》（*Kādambarī*）和檀丁（Daṇ ḍin）的长篇小说《十王子传》（*Daś akumāracarita*），也有许多故事情节在森林中展开。

热爱森林，表现森林，成为印度文学的一种传统。近代诗人泰戈尔继承了这样的森林文学传统。他早期连续创作了《森林和王国》《致文明》《森林》《净修林》等与森林有关的诗篇，收入1896年出版的诗集《收获集》中。中期创作中，直接或间接写到森林的作品也有许多。1926—1928年前后，泰戈尔进入一个新的创作高潮。在此期间，印度文学的森林情结再度在诗人的心中纠结，他又听到了森林的呼唤，创作出一系列与森林和树木有关的诗作，于1931年以《森林之声》为题结集出版。在诗集的序言中，诗人说自己听到了森林的声音："它们的语言，是生物界的原始语言，其暗示渗入心灵深处，震撼千百年被遗忘了的历史；在心中激起的反响，也属森林的语言范畴——没有清晰的意思，然而，其间吟唱着一个个时代。"① 正是这样，泰戈尔的《森林之声》，可以看作《梨俱吠

① ［印］泰戈尔：《森林之声集·序》，白开元译，见《泰戈尔全集》第5卷，刘安武、倪培耕、白开元主编，河北教育出版社2000年版，第367页。

陀》中的颂诗《森林》的现代回响。越过蜿蜒曲折的历史长河，是印度人世世代代森林情结的不断释放。

二

印度文学的森林书写不仅源远流长，而且丰富多彩，涉及森林的方方面面。这些森林书写大致可以分为两类，一是外在于人的纯自然的森林，二是与人的生活有着密切关系的人化的森林。

纯自然的森林书写，体现了印度文学善于发现和表现自然美的传统。所谓纯自然的森林，是相对于城市和村庄田野而言的广阔的树林。这样的森林首先是植物的王国，其作为审美对象也主要是森林植物。有学者认为："森林美是以乔木树种为主体的森林植物的美，这就是说森林植物的美是森林美的主体和主要依托对象。"[①] 这样的关于森林美的定义，就是从狭义的森林概念出发对森林美的界定。印度文学森林书写充分表现了森林植物的美，如迦梨陀娑笔下的雨季森林：

> 阵阵新雨驱散森林地区炎热，
> 四处迦昙波花绽放，如同欢喜，
> 树木枝叶迎风摇曳，如同跳舞，
> 盖多吉树萌发嫩芽，如同微笑。[②]

诗人非常生动传神地写出了森林树木的不同姿态和神情，表现出森林特有的形象美和韵律美。

森林不仅是植物王国，也是动物王国。动物是森林的重要组成部分。如果森林中没有动物，不仅影响生态平衡，而且从审美意义上说，森林也失去了很多活力和魅力。文学中的森林书写少不了动物的形象。《梨俱吠陀》称森林为"兽类的母亲"，这可以说是动物与森林亲密关系的最贴切的比喻。大量以动物为主要角色的寓言故事都发生在森林中，这些动物与其生活的环境一起构成森林文学的内容。大史诗《摩诃婆罗多》写般度族五兄弟流放森林，坚战提出要在大森林里找一处有许多鹿和鸟的地方，

---

① 赵绍鸿编著：《森林美学》，北京大学出版社 2009 年版，第 44—45 页。

② ［印］迦梨陀娑：《时令之环》，黄宝生译，见黄宝生编著《梵语文学读本》，中国社会科学出版社 2010 年版，第 223 页。

作为栖身之地。他们来到美丽的双林，坚战看到："森林中的大树枝头上，孔雀、鹤鹑和成群的鹧鸪，还有林中的杜鹃，发出婉转动听的鸣声。"看到："林中有成群成群的大象，每群有象王带领。象王如同高山，有雌象陪伴，春情发动，颞颥流着液汁。"[①]《罗摩衍那》对森林的描写更为细致，其中自然少不了动物的身影。就具体动物形象而言，佛教高僧吉得克长老对林中孔雀有细致的观察和描写：

头顶生美冠，孔雀有蓝颈。
游于卡郎林，引颈妙声鸣。
风雨添凉意，鸣声转融融，
我正修禅观，声动林中僧。[②]

从自然科学的角度看，人类对森林的认识有一个发展过程。在最初阶段，人们把森林看作是一群树木的集合体。19世纪中叶以后，生物学家和林学家们把森林看成一个复杂的有机体，是以树木为主体，包括森林植物、森林动物和微生物组成的一种生物群落。20世纪五六十年代以后，随着自然科学的发展，生物学家和林学家进一步把森林看成一个复杂系统，是森林植物、森林动物、微生物以及光、温、水、气、土等成分之间，通过能量转换和物质循环相互联系、相互依存、相互制约所构成的一个不可分割的统一综合体。[③] 从这个意义上说，森林是大自然的代表。因此，森林美就不仅仅是植物的美和动物的美，还包括森林中的山川、地貌、湖泊、溪流、瀑布以及季节更替所带来的气候变化等环境美。文学的表现总是超前于科学的认识，森林书写也不例外。印度古代诗人似乎早就体悟到森林美的综合性与复杂性，所以他们在作品中描写表现森林并不局限于植物和动物，而是更多地关注其环境美和各种变化的美。《罗摩衍那》第四篇《猴国篇》第一章，写罗摩和弟弟罗什曼那在森林中寻找悉多，来到美丽的般波湖畔。诗人写道：

① ［印］毗耶娑：《摩诃婆罗多》（二），黄宝生等译，中国社会科学出版社2005年版，第50页。

② ［印］《长老偈·长老尼偈》，邓殿臣译，中国社会科学出版社1997年版，第11页。

③ 参阅赵绍鸿编著《森林美学》，北京大学出版社2009年版，第58页。

罗什曼那！你看呀！
成行的树在般波池上，
莲花在水里闪着光辉，
像那初升的娇嫩的太阳。

池子里的水清澈见底，
这个般波池清香芬芳；
里面开着荷花和蓝莲，
鸿和迦兰陀鸟在里面游荡。

里面挤满了鸳鸯，
它处在山顶的丛林间；
成群的大象和小鹿，
为了喝水来到池边。①

这里写的是森林中山顶上的一个湖或者池塘，岸上有成行的树，水里盛开着莲荷，有水里的动物，也有陆地的动物，它们各得其所，是一幅非常生动和谐的森林生态图。

泰戈尔的《森林颂》一诗，开篇写太阳呼唤生命，森林响应太阳的呼唤，“昂首第一个对太阳礼赞”，由此说明森林是元初生命的代表；接着描写森林跨越死亡的城门，经过一个个新建的驿站，向“无极”的圣地前进；然后写森林作为生命的象征，在世界上不断征服不断开拓。在诗人笔下，森林不仅开拓了生命的疆域，而且不断地进行着美的创造。森林以自己的枝条“营造原始歌巢”，清风以森林的乐音的色彩涂染自己的肢体，在冷清寂寞的太空“映上歌曲的七色彩虹”；在广漠无际的原野上，森林“运用从太阳带来的想像力”，“首次绘画美的形象”；在雨季来临之时，森林又“以花叶之杯”承接甘霖，用以“滋润干旱的田野”。② 可见，森林不仅是美的创造者，也是生命的哺育者。总之，森林作为大自然的代表，作为一个生生不息的生态系统，创造并维系着地球的生命和

① ［印］蚁垤：《罗摩衍那·猴国篇》，季羡林译，见《季羡林文集》第二十卷，江西教育出版社 1995 年版，第 6 页。

② ［印］泰戈尔：《森林颂》，白开元译，见《泰戈尔全集》第 5 卷，第 370—371 页。

美丽。

文学是人学，主要表现人的生活和思想感情。因此，文学作品中的森林更多的是与人发生关系的森林，或者说是人化的森林。如果说纯自然的森林书写表现了印度文学的自然美传统，那么，人化的森林书写，则进一步表现了人与自然的亲密关系。

早在上古时期的吠陀中，诗人所关注的森林就已是人化的森林了。在题为《森林》的颂诗中，诗人写道：

森林女啊！森林女啊！
你好象是迷失了路途。
你怎么不去向村庄询问？
是不是你感觉到了恐怖？

响应兽的吼声，
虫鸟发出低鸣，
仿佛随着音乐伴奏，
森林女舞蹈，备受尊敬。

又好像牛在吃草，
又好像看到了住房，
又好像森林女到晚间
发出了车子般的声响。

啊！这一个在呼唤母牛。
啊！那一个在砍伐树木。
晚间留在森林里，
觉得听到有人惊呼。

森林女决不会伤人，
除非有什么向她走近。
可以吃甜蜜的果子，
然后尽情睡稳。

有油膏香气，散发芬芳，
食品富饶，不事耕种，
兽类的母亲，森林女，
我对她作这番歌颂。①

这可能是我们迄今为止所能见到的文学中最早的直接描写歌颂森林的诗篇。诗人写出了森林的深沉、丰富和神秘。这里森林是相对于“村庄”而言的，她伴随着鸟兽鸣叫的音乐而翩翩起舞，显然是外在于人的一种自然现象；然而这又是一个与人类生活有着密切关系的森林，人们在其中牧牛、伐木，从事各种各样的劳动；森林不仅不伤人害人，而且给人类提供甜蜜的果实，人们在森林中可以无忧无虑，尽情睡稳。可见，在吠陀诗人看来，森林不仅是“兽类的母亲”，而且是人类的朋友，因此才对她进行由衷的赞颂。

虽然现代科学已认识到森林不仅是一个由植物、动物和微生物组成的生物群落，而且是一个复杂的生态系统，但其对森林的理解仍有欠缺，主要是忽视了人这一重要因素。事实上，自从人类在地球上出现以来，在森林这样一个生态系统中，人始终是其中一分子，而且随着人类的发展，这一因素越来越重要。在印度文学的森林书写中，人与动物、植物有着天然的亲缘关系，人与自然界的万物一同生活，共同成长，和谐相处，亲密无间。在迦梨陀娑的《罗怙世系》中，国王迪利波来到极裕仙人的净修林，看到这样的景象：

这净修林中到处有鹿儿，
按照习惯期盼分享野稻，
像孩儿们那样，拥堵在
仙人妻子们的茅屋门前。

那些牟尼的女儿们浇灌
树木后，立刻转身离开，

① ［印］《梨俱吠陀》第十卷第146首，金克木译。“森林女”原文是“森林”一词的阴性，古注为森林的保护神。见金克木《比较文化论集》，生活·读书·新知三联书店1984年版，第38—40页。

为了让那些鸟儿们放心，
前来饮用树坑中的水。①

《沙恭达罗》的故事主要发生在净修林。男主人公豆扇陀刚进净修林，就看到了这样的景象：

树底下是从鹦鹉穴中雏儿嘴里掉下来的野稻。
别的地方又可以看到磨因拘地种子的光滑石墩。
麋鹿在人身旁依依不舍，听到声音并不逃掉。
溪旁的小路上印着树皮衣上流下来的成行的水痕。
微风吹皱了的河水冲洗着树根。
幼芽在溶化奶油的烟雾中失掉了光彩。
在前面，在已经割掉达梨薄草芽的林子里，
毫不胆怯的小鹿悠然地来回徘徊。②

这两部作品的两个场景，都描绘出了人与动物和谐相处、人与自然融为一体的动人图画，体现了诗人的自然观与人生观。后一部作品在这方面还有进一步的展开，女主人公沙恭达罗与林中的蔓藤一起生长，她的心灵也像是沁透了林荫的凉爽。没有净修林，也就没有这个具有自然质朴之美的人物形象。在沙恭达罗即将离开净修林时，她的养父、净修林主干婆仙人对林中的花木说："在没有给你们浇水之前，她自己决不先喝。虽然喜爱打扮，她因为怜惜你们决不折取花朵。你们初次著花的时候，就是她的快乐的节日。沙恭达罗要到丈夫家去了，愿你们好好跟她告别！"幕后的杜鹃以甜蜜的叫声作答："愿她走过的路上点缀些清绿的荷塘！愿大树的浓荫掩遮着火热的炎阳！愿路上的尘土为荷花的花粉所调剂！愿微风轻轻地吹着，愿她一路吉祥！"沙恭达罗告别亲人准备上路，感觉有什么东西跟在她的脚后面牵住她的衣服，回头看看，原来是她的义子，一头小鹿。沙恭达罗一边安慰这个孩子，一边伤心地哭起来。她的女友对她说："朋友呀！在我们的净修林里，没有一个有情的动物今天不为了你的别离而伤心。"自然和人类之间的爱是相互的，彼此交流情感，非常默契。沙恭达

① ［印］迦梨陀娑：《罗怙世系》，黄宝生译，见黄宝生编著《梵语文学读本》，第266页。
② ［印］迦梨陀娑：《沙恭达罗》，季羡林译，人民文学出版社2002年版，第7页。

罗与净修林中的鸟兽草木依依惜别，并非只是一种表现手法，而是人与自然和谐的原生态主义世界观的表现。

三

在印度文学的森林书写中，净修林占有非常突出的地位。这是印度独特的宗教文化土壤的产物。所谓净修林，是婆罗门修道士在森林中建立的栖居、修道和讲道的场所，又译为道院或梵行院，也可以与其他宗教的聚集场所一样称为寺院。印度文学作品中所描写的林居生活，主要场所就是这样的净修林。两大史诗《罗摩衍那》和《摩诃婆罗多》的主人公都曾长期在森林中生活。他们所居住的森林并非荒无人烟的野林，而是仙人们的净修林。罗摩流放森林 14 年，大部分时间是在仙人们的净修林中度过的。《罗摩衍那·森林篇》中写道：

> 在这吉祥的净修林里，
> 罗摩以后就安了家。
>
> 他幸福地住在那里，
> 他受到大仙们的敬重；
> 他依次走到其他的
> 苦行者的净修林中。①

就这样，罗摩在仙人们的净修林之间游走，每个地方住上几个月，不知不觉就过了十余年。正是有这些仙人的陪伴，罗摩轻松愉快地度过了漫长的流放生活。其他作品，只要涉及人们的林居生活，其中的森林大多与净修林有关。可以说，净修林是最具印度民族特色的森林。

净修林首先是仙人修道的场所，因而印度文学森林书写的主角是仙人。在古代世界伟大文明中，从文化人即知识分子主体的角度看，印度文化不同于中国的士人文化，不同于希腊的智者文化，也不同于西亚北非的

---

① ［印］蚁垤：《罗摩衍那·森林篇》，季羡林译，见《季羡林文集》第十九卷，江西教育出版社 1995 年版，第 54 页。

先知文化，而是仙人文化。[①] 印度的仙人阶层崛起于公元前 8 世纪前后的后吠陀时代，婆罗门中有一部分人离开社会和家庭到森林中修道，被称为仙人。他们一方面研究阐释吠陀经典，著书立说，另一方面建立道院，招收门徒，传播文化知识。泰戈尔在关于印度文化的演讲中指出："印度有贤才，有智者，有勇士，有政治家，有国王，有皇帝，但是这么多不同类别的人，她究竟选择了谁作为她的代表呢？是那些仙人。"[②] 净修林中的修道士仙人大多是一些思想者。他们除了进行自我的身心修养，还要沉思社会、人生及自我等方面的问题，尤其对人与自然关系有深刻的体验和独到的思考。他们提出的"梵我同一"的哲学基本命题，就体现了人与自然的统一关系。因此，他们不仅热爱自然，而且更有保护生命、维护自然的自觉意识。如《罗摩衍那》开篇，在森林中修道的蚁垤仙人，陶醉在自然美景之中，看到一对麻鹬正在交欢，感到安然和温馨。突然，一个属于尼沙陀部落的猎人将其中的公麻鹬射杀。母麻鹬因为配偶被杀死而伤心，在地上翻滚，悲鸣之声凄惨动人。仙人见此情景，悲悯之情油然而生，悲愤地谴责猎人，吟出一节诗：

你永远不会，尼沙陀！
享盛名获得善果，
一双麻鹬耽乐交欢，
你竟然杀死其中的一个。[③]

沉浸于悲愤中的蚁垤仙人无意间创造了一种琅琅上口的诗歌韵律——输洛迦体，成为史诗《罗摩衍那》的创作缘起。这个缘起故事的真实性值得怀疑，但其中表现了婆罗门仙人独特的自然观和文学观。在戏剧《沙恭达罗》中，正在打猎的国王豆扇陀追赶一只鹿来到净修林边，正要放箭射鹿，被两个苦行者阻止。苦行者说："你的箭不应该射向鹿的柔弱的身躯，这简直是无端放火把花丛来烧。唉！鹿的生命是异常脆弱的，你

① 参见侯传文《东方文化三原色——东方三大文化圈的比较》，载《东方丛刊》1997 年第 4 辑。

② ［印］泰戈尔：《正确地认识人生》，刘竞良译，见《泰戈尔全集》第 19 卷，第 11 页。

③ ［印］蚁垤：《罗摩衍那·童年篇》，季羡林译，见《季羡林文集》第十七卷，江西教育出版社 1995 年版，第 19 页。

那如飞的利箭，它如何能受得了？赶快把你准备好要射出去的箭放下！你的武器要用来拯救苦难，不能把无辜的乱杀。”① 可见，非暴力不杀生，是修道士仙人们普遍的道德准则。这样的仙人文化在印度文学中得到充分的表现。净修林是印度文化人的精神家园，也是印度文学表现的中心。

仙人们建立净修林或道院，不仅是个人静修的需要，也是传道授业的需要。也就是说，净修林不仅是修道场所，也是教育基地。奥义书中有青年学子手持柴薪作为拜师礼物，到仙人的净修林拜师学道的描写。如《疑问奥义书》（*Praśna Upaniṣad*）主要写婆罗堕遮之子苏盖舍等六位青年追求梵行。他们手持柴薪，走近尊者毕波罗陀。仙人对他们说：“你们要在这里住上一年，修炼苦行，恪守梵行和信仰。然后，依照你们的心愿提问。”一年后，六位青年学生先后提问，尊者一一解答。② 这样的净修林教育是印度传统的教育模式之一。诗人泰戈尔指出：“在印度，我们至今缅怀那些伟大导师在森林聚居的传统。这些森林聚居地，不是现代意义的学校，也非寺庙。它们是由若干家庭组成。在那里，人们同他们的家属生活在一起，他们的宗旨是看到神的世界并在其中亲证他们自己的生命。”这样的净修林，似学校非学校，似寺庙非寺庙，既在世外，又在世中。“在那里，学生们的成长不是处在教与学的气氛之中，不是处在僧侣隐居的残缺不全的生活之中，而是处在生活气息之中。他们放牧牛羊，捡拾木柴，采集果实，培育对万物的亲切感，他们的精神随导师精神的成长而成长。”③ 净修林的教育功能不但针对少年儿童，而且针对所有进入净修林的人。两大史诗的主人公都走进了净修林。他们不仅从学问渊博待人友好的修道士仙人那儿获得抚慰，而且获得了丰富的教益，增长了才干，加深了对世界和人生的认识，提高了人生境界。森林不但是智慧的启迪之所，而且是心灵的净化之地。《沙恭达罗》中耽于打猎游戏、善于玩弄女性的国王豆扇陀，来到净修林后不仅改掉了打猎的嗜好，而且面对自然纯真的净修女沙恭达罗，心灵也得到净化。诗人泰戈尔对这样的净修林发出由衷的赞美：

---

① ［印］迦梨陀娑：《沙恭达罗》，季羡林译，人民文学出版社 2002 年版，第 5 页。

② ［印］《奥义书》，黄宝生译，商务印书馆 2010 年版，第 281—282 页。

③ ［印］泰戈尔：《我的学校》康绍邦译，见刘湛秋主编《泰戈尔随笔》，安徽文艺出版社 1995 年版，第 85—86 页。

用心灵的眼睛瞭望古老的
印度，从南到北，从东到西，
只见郁郁葱葱的大片森林。
国王把王国的权力留在京城，
骏马车辇系在远处，低头走去，
聆听师尊讲解典籍。修道士
坐在河边的蒲团上冥想，弟子们
在幽静的树荫里专心学习经文；
浴着凉爽的晨风，圣哲的几个女儿
正往树底下挖的土坑里灌水，
粗糙的树皮掩饰娇嫩的风韵。
须发皆白的国王跨进森林之门，
不戴金光闪闪的王冠，舍弃王座，
平静的额头闪耀高洁的光泽。①

林中修道现象并非婆罗门仙人所创造，更不是婆罗门教—印度教一家所独有。这种现象在印度源远流长。据史学家研究，在公元前三千年前后的印度河文明时期，人们已经发明了在林中树下结跏趺坐的修行方式。② 后来的雅利安人继承了这种修行方式，一些婆罗门离开社会来到森林，成为修道士仙人。其他种姓或者反对婆罗门教的出家人一般称为沙门，释迦牟尼创立的佛教就是众多沙门流派之一。林中修道生活在佛教文学中也有充分的表现。如阿育王的弟弟独居长老，本名帝须，出家后喜林中独居，因称“独居长老”。他作诗赞美林居生活，偈曰：“山风甚清凉，且带有芳香；我自断无明，居住山岗上。林中花木多，所见唯山坡；心喜此山林，独享解脱乐。”③ 当然，佛教的山林栖居与婆罗门教印度教的净修林也有不同之处。净修林中仙人可以带上妻子儿女，可以过正常的家庭

① ［印］泰戈尔：《净修林》，白开元译，见《泰戈尔全集》第 2 卷，刘安武、倪培耕、白开元主编，河北教育出版社 2000 年版，第 319 页。

② 由于印度河文明遗址出土的印章文字还未破译，其宗教观念和神话叙述都无从谈起，但印章上刻的图像却能为我们传达一些信息。有一枚印章上刻有一位男性神，他的周围有树木和动物，他的姿势近于后来的瑜伽。参阅［印］R. C. 马宗达等著《高级印度史》，张澍霖等译，商务印书馆 1986 年版，第 26 页。

③ ［印］《长老偈·长老尼偈》，第 132 页。

生活，而佛教徒的山林栖居，无论是个人独居还是寺庙聚居，都不能有家室，要求绝对出世离欲。

无论是婆罗门教、印度教还是佛教，森林修道的目的是实现解脱，而解脱的重要标志是心灵的平静。相对于熙熙攘攘的社会，森林环境本身具有寂静的特点。因此，所谓解脱，剔除其中的神话成分，就是外部环境的寂静和内在心灵的宁静相结合，达到一种寂灭为乐的境界。这样的解脱境界不仅在文学创作中有丰富的表现，诗学家们还以此为基础，总结出了文学审美的平静味。14 世纪诗学家毗首那特在《文镜》中对“平静味”作了论述，指出：“平静味以上等人为本源，常情是静，颜色是优美的茉莉色或月色，天神是吉祥的那罗延。所缘情由是因无常等等而离弃一切事物，以至高的自我为本相，引发情由是圣洁的净修林、圣地、可爱的园林等等以及与圣人接触等等。”① 可见，离世修行、沉思自我的仙人及其净修林，是引发平静味的主要情由。由于这样的文化和诗学传统，森林成为寂静的象征。泰戈尔在《森林之声集》的序言中说：“这些树木，是世界这位游方僧的单弦琴，它们的骨髓里，回荡着质朴的音乐，它们的枝叶，以相同的节拍跳舞。当我们凝神屏息，以心魂谛听，解脱的信息，便袅袅飘入我们的心田。……我们在鲜花、果实、叶片中看到湿婆狂舞的快乐的韵律，从中品尝到解脱的滋味，听到全世界生命与生命那种自由而纯洁的聚会的消息。”② 在《森林颂》一诗中，他又写道：

> 啊，安静肃穆的森林，
> 你审慎地掩饰着你的豪气，
> 耐心地显示富于力量的娴静；
> 来到你的道院，我接受“恬静”的教育，
> 谛听缄默的伟大秘语。③

四

森林是人类的摇篮。人类原始时代主要生活在森林中，以采集和狩猎

---

① ［印］毗首那特：《文镜》第三章，见《梵语诗学论著汇编》，黄宝生译，第 896 页。

② ［印］泰戈尔：《森林之声集·序》，白开元译，见《泰戈尔全集》第 5 卷，第 367 页。

③ ［印］泰戈尔：《森林颂》，白开元译，见《泰戈尔全集》第 5 卷，第 371 页。

为主要生产方式，因此，可以说，人类是从森林中走来的，人类文明的第一个阶段就是森林文明。走出森林之后，人类踏上了不同的文明之路，形成了海洋文明、河谷文明、草原文明等不同文明类型。与其他古代文明相比，印度文明与森林关系更为密切。许多印度诗人、思想家和学者曾论及印度的森林文明特点，如泰戈尔在题为《正确地认识人生》的演讲集中指出："在印度，我们的文明发源于森林，因此也就带有这个发源地及其周围环境的鲜明特征。"[①] 在演讲集《诗人的宗教》第三篇《森林的宗教》中，他进一步强调印度文化的本质是森林文明，不同于西方的海洋文明，"森林与他们的工作和空闲，与他们每天的需要和期待构成神秘的生活关系"。[②] 他还进一步论述了这种文化基因在文学创作中的表现。古代印度人对森林情有独钟，一方面可能与气候有关。印度地处热带与亚热带，不仅适宜植物的生长，而且鼓励人们在室外活动。在古代印度，城市之外不像现在这样是大片的田野，而更多的是茂密的森林。夏季烈日当头，一棵大树就能激发人的快感和想象力；酷热难当，浓浓的林荫不仅带给人凉爽，也带给人精神的愉悦甚至思想的启迪。另一方面，如前所述，印度人的森林情结与宗教传统有关。林中修道的仙人在其著述中经常推崇简单清净的林居生活，如奥义书中讲众生的不同归宿，认为那些在林中刻苦修行的人死后通过火焰进入天神之路，不再返回人间；在村庄祭祀布施行善的人，死后通过烟进入祖先世界，功德耗尽之后又原路返回。[③] 仙人们对林居生活的推崇和肯定，也影响了一般民众的价值观和行为选择，使他们对林居生活产生尊崇和向往。由此，森林栖居由修道方式演变成一种生活方式。

婆罗门教和印度教法论中有关于人生四个阶段的规定。所谓人生四个阶段，即梵行期、家居期、林居期和遁世期。梵行期即青少年时代接受教育的时期，一般是进入净修林跟随老师学习；家居期即学习阶段完成后回家，娶妻生子，成家立业，履行人生的世俗职责；林居期是进入老年后将家业交给已成年的儿子，自己到森林中隐居；遁世期即完全脱离世俗生活，追求解脱。《摩奴法论》（*Manusmṛti*）关于林居期有这样的规定："当

---

① ［印］泰戈尔：《正确地认识人生》，刘竞良译，见《泰戈尔全集》第 19 卷，第 5 页。

② ［印］泰戈尔：《诗人的宗教》，冯金辛译，见《泰戈尔全集》第 21 卷，第 222 页。

③ 《大森林奥义书》和《歌者奥义书》都有这样的论述，见《奥义书》，黄宝生译，第 110—111 页、第 183—184 页。

家居者看到自己有了皱纹和白发而后代有了后代的时候，他就应该到森林去。”[①] 这样的林居生活以及由此实现的解脱之乐，不是人人都能做到的，但在印度，它又确实成为不少人向往的理想境界。在印度人的心目中，森林就是世界，正如印度学者班瓦里所说：“森林，在一定程度上，就是世界。它包含着整个造物。你也是森林的一部分。你不是外在于森林。你可以改造它，但不能绕过它。”[②] 这是对印度森林文明特征的深刻认识和高度概括，体现了一种原生态主义的世界观。

印度文学丰富多彩寓意深刻的森林书写，就是这样的森林文明的结晶。因此，在印度文化和文学中，森林不是外在于人的一种自然存在，而是与特定的生活方式相联系，是一种简朴自然生活的象征。这样的森林文明是与城市文明相对立的。在印度古代文学中，诗人已经有意表现森林与城市两种文明之间的对立。《罗摩衍那》描写罗摩进入森林之后，自然美景令他心旷神怡。他对悉多说：“亲爱的悉多，看到质多罗俱吒山和曼陀基尼河，又有你在身边陪伴我，我感到比在阿逾陀城还愉快。”[③] 佛教高僧林犊长老，为求清净而常居林中。有一次，他因事回王舍城数日，事毕欲返山林。亲友挽留，希望他常住城里。他执意不肯，作偈明志：“山有怡人水，复有白石广。猴兽常出没，青苔满山岗。山林惬我意，不愿居城巷。”[④] 迦梨陀娑的戏剧《沙恭达罗》第五幕，干婆仙人的两个弟子送沙恭达罗进京城，有一段对话表现他们对城市的感受：

> 舍楞伽罗婆：我认为这个挤满了人的地方是火焰弥漫的房屋。
>
> 舍罗堕陀：舍楞伽罗婆！我进了城，在这个地方跟你一样心神不安。我也认为这些人污尘遍体，而我独净；他们皆浊，而我独清；他们皆睡，而我独醒；他们枷锁在身，而我自由畅行；他们为邪欲所缚，而我独得适性怡情。[⑤]

林居者的心灵平静反衬出城市中芸芸众生的烦恼。森林中不仅有自然

---

① ［印］《摩奴法论》，蒋忠新译，中国社会科学出版社1986年版，第106页。

② Ranchor Prime, *Hinduism and Ecology: Seeds of Truth*. p. 8.

③ 参阅［印］格·支坦尼耶《新梵语文学史》，葛维钧译，见季羡林、刘安武编《印度两大史诗评论汇编》，中国社会科学出版社1984年版，第279页。

④ ［印］《长老偈·长老尼偈》，第50页。

⑤ ［印］迦梨陀娑：《沙恭达罗》，第67页。

美景，而且人与自然和谐，人与人关系融洽，相亲相爱。人们生活虽然简单，心灵却非常宁静。相反，城市王宫则充满了明争暗斗和尔虞我诈，人们事务缠身，疲于奔命。对此，迦梨陀娑笔下的国王豆扇陀深有体会，《沙恭达罗》中有这样一段独白：

> 高位重望只能满足一时的贪心。
> 保护已获得的东西更增加苦恼。
> 王位正像用自己的手撑着的遮阳伞，
> 带来的不是休息，而是疲劳。①

在《罗摩衍那》中，无论是阿逾陀城的王宫、猴国的王宫，还是罗刹国的王宫，都充满了斗争和杀气。作品的主要矛盾纷争，都发生在城市里。罗摩和悉多一对恩爱夫妻，在艰苦的森林中愉快生活，进城之后却夫妻反目，以致罗摩将已怀孕的悉多遗弃。蚁垤仙人的创作中已经表现出这样的倾向，泰戈尔深解此意，在《森林和王国》一诗中，写了登上王位之后的罗摩的疲惫和孤独，最后发出感叹："幸福身着破衣永远在林中漫游，帝王的宫殿里只有辉煌的痛楚。"② 在另一首题为《森林》的诗中，泰戈尔写道：

> 啊，苍翠、秀丽、宁静的森林，
> 你是古老的宅邸，容人类栖身。
> 你不像僵立、沉闷的宫殿——
> 日新月异，你清秀的容颜，
> 生命、爱情、意蕴使你朝气蓬勃。
> 你赐予凉阴，赐予果实、花朵，
> 你赐予服饰，赐予床榻、自由。③

诗歌以清新、活泼、自由的森林与僵死的城市宫殿相对比，表现了诗人对林居生活的神往，也表现了人类共有的怀旧寻根的森林情结。

---

① ［印］迦梨陀娑：《沙恭达罗》，第 64 页。
② ［印］泰戈尔：《森林和王国》，白开元译，见《泰戈尔全集》第 2 卷，第 317 页。
③ ［印］泰戈尔：《森林》，白开元译，见《泰戈尔全集》第 2 卷，第 318 页。

泰戈尔不仅体悟到森林的清新自由和城市宫殿的冷酷僵死，而且缅怀古代那些伟大导师的森林教育传统。他认为现代教育体制不能培养人的健全人格，其结果是使人与自然对立，使人与世界疏离。他特别推崇印度古代的净修林教育，并在其中看到了自己的教育理想。对此，他不仅写诗著文加以称颂，而且身体力行。1901 年，他在圣蒂尼克坦建立了一座具有印度古代净修林风格的学校。他在题为《我的学校》的演讲中说："此种教育理想，即通过与教师共享高尚生活实施教育的方式，占据了我的心灵。"他将这种方式看作是印度民族的宝贵精神财富，而且打算一旦时机成熟，就把它馈赠给世界其他地区，作为印度对世界永久幸福的贡献。[①] 这所森林学校由最初不到十个孩子的小学，发展成为中学，后来又发展成为著名的国际大学。泰戈尔的教育理想究竟实现了多少，不是本书所要探讨的问题，在这里，我们看到了诗人和他的同仁们试图返回森林的努力，感受到他们期望回归精神家园的梦想。

现代文明不仅将自然界的森林毁灭殆尽，而且破坏了人们心灵中的森林。那种外部环境的寂静与内在心灵的宁静相结合的平静境界，已离我们越来越远。对此，心灵敏感的诗人在百年之前就感慨系之。在写于 1896 年的《致文明》一诗中，泰戈尔呼吁：

送回大森林，撤销都市，
收回钢铁、泥灰、木材、砖石！
哦，残酷的鲸吞者，哦，新的文明，
送回那净修林圣洁的绿阴。[②]

人造的钢铁、水泥吞没了天然的森林，这就是新的现代文明的成果。诗歌鲜明地表现了现代工业文明和印度传统的森林文明的对立，表现了诗人对现代文明的反感和对传统森林文明的怀念。

随着工业文明的进一步发展，时至今日，灰色的钢筋水泥的林子遍布全球，代替了昔日绿色的森林；花花世界的人们欲壑难填，远离了林居的简朴。我们知道，供人类居住的大森林是很难再被送回来了，我们也没有森林可以返回，即使还有少量森林存在，也只能作为保护区或旅游景点，

① ［印］泰戈尔：《我的学校》，康绍邦译，见刘湛秋主编《泰戈尔随笔》，第 86 页。
② ［印］泰戈尔：《致文明》，白开元译，见《泰戈尔全集》第 2 卷，第 317—318 页。

而不能成为栖居之所了。然而，森林所代表的自然美，森林所象征的简朴自然的生活方式，不应被遗忘，不应被抛弃。森林的自然美，林居的平静味，在今天更显得珍贵。这样的原生态主义也许不是人类医治世纪病的良方，但至少可以给现代人以智慧的启迪。这是我们今天重读印度文学经典，关注其中的森林书写的意义之所在。

第三节　仙人文化与印度文学

印度古代的文化人以仙人为主体，印度文化因此可以称为仙人文化。对此，泰戈尔曾经论述："印度有贤才，有智者，有勇士，有政治家，有国王，有皇帝，但是这么多不同类别的人，她究竟选择了谁作为它的代表呢？是那些仙人。"[①] 然后他对"仙人"做了解释，认为仙人就是"那些彻悟了最高灵魂，因而充满智慧的；由于认识到自己与那灵魂合一而与自我完全和谐的；那些由于心中彻悟了'他'而不再有任何私欲的，由于在世间一切活动中都感受到了'他'而获得了平静的。仙人就是那些从各方面都认识到天神而找到了永久的平静，与一切都合而为一，已经进入了宇宙生命的人"。[②] 印度仙人文化在世界观、人生观、道德观和思维方式等方面都表现出鲜明的特点，其中蕴含着丰富的生态智慧，对印度文学产生了深远的影响。

一　业报轮回与自然伦理

印度教和佛教代表了印度文化传统的两条主流，一直互相斗争又互相影响。二者尽管存在深刻的矛盾，但却有一个共同的道德基础，即业报轮回。业报轮回有两层含义，一是轮回转生，二是因缘果报。所谓轮回转生，是指生命主体（灵魂）在不同的生命个体之间流转，生生不息，死亡不过是生命形式的转换而不是生命的结束。所谓"果报"又称业报，是在自然事物的因果律中加入了人的行为因素。业即造作，是人的行语意等运作而产生的能量。每人所作的善恶之业作为因，总会得到应有的报作为果，而且这种因果关系具有"已作不失，未作不得"的绝对性。业报

① ［印］泰戈尔：《正确地认识人生》，刘竞良译，见《泰戈尔全集》第19卷，第11页。

② ［印］泰戈尔：《正确地认识人生》，刘竞良译，见《泰戈尔全集》第19卷，第11—12页。

与轮回观念相结合，构成业报轮回思想，由生命主体生生世世所作的善恶不同的各种业力，决定其转生的不同档次，从地狱、饿鬼、动物、人类到天堂神仙，无一不受业报轮回的制约，在宇宙中生生死死流转不息，由此形成一种关于人生道德伦理的因果关系。

业报轮回的思想渊源非常复杂。尽管原始民族中“死者幽灵会在某种动物身上居住一个时期的观念是极广泛流行的”,[①] 但只有古代印度人上升到轮回转生意识。印度现存最早的含有轮回转生母题的神话只能追溯到佛教和耆那教，而现存最早的记载见于梵书，比较系统的业报轮回学说则见于奥义书。虽然婆罗门教的“吠陀文献”梵书和奥义书中最早出现关于轮回转生的记载，但从理论上说，业报轮回与婆罗门教义是不相容的，因为婆罗门教实行严格的种姓制度，既然种姓等级森严，血统纯净不变，所以不可能从中生出六道轮回的观念。佛教和耆那教都属于沙门思想体系，据季羡林先生分析，沙门是土著居民的宗教文化代表，而业报轮回则是他们宗教信仰的核心。[②] 沙门反对婆罗门教，反对种姓制度，信奉业报轮回，主张非暴力不杀生，在当时属非主流文化。奥义书虽属雅利安人主流文化体系，但非婆罗门教正统，而是其中的异端或改革派的产物，为与正统婆罗门教思想抗衡，他们吸收借鉴了包括轮回转生在内的沙门思想。奥义书中曾提到业报轮回是神秘学说，可见是从土著文化中借来的。奥义书吸收轮回转生等沙门思想，标志印度雅利安文化和印度河文明两大文化系统的融合，颠覆了婆罗门教的思想统治，揭开了印度思想史上百家争鸣时代的序幕。最后，我们顺着沙门思潮去探寻轮回转生的源头。有理由相信，早在纪元前3000年前的古印度河文明中已存在轮回转生观念。

业报轮回思想首先在佛教和耆那教文学中得以充分表现。据佛教传说，佛在生为释迦牟尼之前只是菩萨，必须经过无数次转生，积累下无量功德，才能最终成佛。他曾转生为鹿、大象、狮子、兔子等各种动物；转生为国王、婆罗门、商人、奴隶等各个阶层各种职业的人；转生为帝释天、天神、树神、夜叉、阿修罗等神仙魔怪。他每转生一次便有一个行善立德的故事，这样便产生了大量佛本生故事。南传巴利文佛典中有一部《佛本生经》，讲述了释迦牟尼前生547次转生的事迹。耆那教基本经典

① ［英］麦克斯·缪勒：《宗教的起源与发展》，金泽译，上海人民出版社1989年版，第79页。

② 参阅季羡林《佛教与中印文化交流》，江西人民出版社1990年版，第6页。

“十二支”中的《果报支》专讲善恶报应，当然离不开业报轮回。耆那教徒中流行不同作者创作的《六十三伟人传》，内容讲述包括耆那教祖师，转轮圣王和古代英雄在内的六十三位伟大人物的传说故事，其中多有轮回业报的内容。耆那教文学中叙事文学非常发达，大量的故事传说不仅散见于经典注疏，也独立成书，而且发展出长篇传奇，其结构大多借助轮回转生。如波陀利多的《多浪迦维》（约 5 世纪），内容是主人公讲述自己前生今世的爱情故事。师子贤的《婆摩奈耆》（8 世纪），悉达希的《人生寓言》（9 世纪）皆以主人公轮回转生为叙事框架，插入各种故事和传说。[①] 属于印度教系统的两大史诗有许多关于业报轮回的内容。《薄伽梵歌》是大史诗《摩诃婆罗多》中的一篇宗教哲学插话，其中有明确的轮回转生思想。般度族英雄阿周那看到敌方阵营中大多是自己的亲族，而且有自己尊敬的长辈和老师，对战争的意义产生怀疑，决心放下武器，宁可被杀，也不去杀人。黑天对他进行了长篇大论的说教，首先是从轮回的角度说明不必为死亡而忧伤，黑天说：“我、你和这些国王，过去无时不存在，我们大家死去后，仍将无时不存在。正如灵魂在这个身体里，经历童年、青年和老年，进入另一个身体也这样，智者们不会为此困惑。”（2. 12—12）[②] 这是从生命轮回的意义上对人的存在的解释。身体有限，灵魂无限，灵魂永恒，不生、不灭、不变，“正如抛弃一些破衣裳，换上另一些新衣裳，灵魂抛弃死亡的身体，进入另外新生的身体。”（2. 22）这是对轮回转生思想的非常诗意的表述。这样的宗教观念对一般世俗文学也产生了深刻的影响。古典梵文小说代表作家波那的长篇小说《迦丹波利》（7 世纪）描写两对情人生死相恋的故事，即以轮回转生为构思的基础。近现代作家普列姆昌德的长篇小说《新生》和短篇小说《前生所定》等作品也借用了轮回转生母题。

作为一种道德观念，业报轮回基于宇宙生命的自然循环，遵循客观存在的自然法则，因而是一种自然道德。当然，这种自然道德是建立在宗教世界观和善恶报应思想基础之上的，因而也具有宗教道德和社会道德的因素。但从比较的意义上说，其宗教性和社会性都建立在自然基础之上。业报轮回观念强调对自然律的信仰，特别是早期佛教，对自然律的信仰超过

---

① 参阅季羡林主编《印度古代文学史》第三编第四章《耆那教文学》。

② 本书采用黄宝生先生译文，根据［印］毗耶娑著、黄宝生译《薄伽梵歌》，商务印书馆 2010 年版。

对任何超自然的神灵的崇拜。神和人一样必须服从自然律，宇宙只服从自然法则，并不存在创世者和主宰者。因此宗教修行的主要任务就是研究、认识并服从这种自然律。这样的自然伦理具有丰富深刻的生态意义。

首先是人与自然统一的生命意识，其终极意义是生命之河长流不息的信念。尽管在古代恶劣的自然环境和黑暗的社会现实中，生存难，生活苦，但人类仍然热爱生命，执着生活。死亡忧虑是人类最大的焦虑，而超越或战胜死亡则是人类最大的梦想。人们世世代代探索生命的奥秘，寻找征服死亡保存生命的途径。这种生命意识可以说是人类的集体无意识。轮回转生以生命个体的转换实现生命本体的长存，将个体生命溶入宇宙生命，具有深刻的生态意义。佛教所主张的“无我轮回”尤为显著。[①] 佛教认为诸行无常，诸法无我，万物皆因缘和合而成，人的生命也只是五蕴（色受想行识等生命元素）的暂时和合，死后复归各种生命元素。由此可见，每个人的生命只是宇宙生命之海中的一滴水。一个人的生命与其他生命的关系，就如同一滴海水与海洋的关系。这种生命意识在泰戈尔笔下得到充分表现：

> 就是这股生命的泉水，日夜流穿我的血管，也流穿过世界，又应节地跳舞。
>
> 就是这同一的生命，从大地的尘土里快乐地伸放出无数片的芳草，迸发出繁花密叶的波纹。
>
> 就是这同一的生命，在潮汐里摇动着生和死的大海的摇篮。[②]

由于每个个体的生命都融入生命的海洋，死亡才会成为永生，由此诗人才会咏唱：“因为我爱今生，我知道我也会一样的爱死亡。当母亲从婴儿口中拿开右乳的时候，他就啼哭，但他立刻又从左乳得到了安慰。”[③] 这就是生命轮转的魅力。这种生命意识和生命之爱体现了人与自然的统一观，

其次，业报轮回蕴含着无中心的生命整体主义思想。众生平等是佛教

① “我”即个体灵魂。佛教持业报轮回说又主张“无我”，即没有轮回主体，似有矛盾，对此佛教各派亦有不同说法。耆那教和印度教皆持“有我轮回”说。

② ［印］泰戈尔：《吉檀迦利》第 69 首，谢冰心译，见《泰戈尔诗选》，人民文学出版社 1994 年版，第 344 页。

③ ［印］泰戈尔：《吉檀迦利》第 95 首，谢冰心译，见《泰戈尔诗选》，第 356 页。

的基本教义，业报轮回非常形象地表现了这一思想。早期佛经常用业报轮回说明众生平等思想。有情众生的轮回有三界六道，三界即欲界、色界和无色界；六道包括天、人、阿修罗、饿鬼、畜生和地狱。《长阿含·世纪经》将三界六道进行了系统的描述。天国居民虽然幸福，但不具有永恒性，福尽命终，也要往下轮回；地狱众生虽然痛苦，但也不是永久的，只要一念向善，就会往上轮回。根据这一思想，上至神仙，下至各种动物，甚至部分有意识的植物（即所谓“有情”众生），在本质上都是平等的。生命主体在各种生命形式中流转，并没有一个既定的中心。这样的无中心生命整体主义对解构人类中心主义具有重要的启示意义。

第三，业报轮回包含着自然生命神圣不可侵犯的天赋权利。在众生平等和生命之爱的基础上，建立起不杀生的非暴力思想，这是业报轮回思想的逻辑推演。业报轮回属于“自然律”，有情众生无论神人都必须服从，接受这一自然律的制约。建立在这一自然律之上的伦理道德，首要的一条就是“不杀生”。佛教文学经常表现不杀生的主题，如《佛本生经》中的《祭羊本生》，讲一个婆罗门仙人要举行祭祀，抓到一只山羊作为祭品。山羊先是大笑，后又痛哭。问它原因，山羊讲述了自己的宿业。它以前也是一个精通吠陀的婆罗门，就是因为祭祀祖宗杀了一头山羊，之后他四百九十九次转生为山羊，每次都遭到砍头之苦。这是它的最后一次，因为终于要摆脱这种痛苦，所以它十分高兴。但是想到这个婆罗门又要重复它的痛苦遭遇，出于怜悯之情，于是又大哭。婆罗门听完了这番话，就释放了山羊，并且不准任何人伤害它。山羊离开之后到山岩附近的树林里吃树叶，雷电击中山岩，一块石头掉在山羊伸出的脖子上，砍下了山羊的头。生为树神的菩萨看到了这一切，念了一首偈颂：“倘若众生知，痛苦之根源，不会再杀生，以免遭灾难。”① 不仅佛教和耆那教将“不杀生”列为戒律之首，印度教经典《薄伽梵歌》也反复强调“戒杀”。② 根据业报轮回的自然道德，即使再弱小的生命之中，也存在着同样的生命本体，这个生命本体也是人的生命之源。而且每个生物都有自己生存的权利，生命神圣不可侵犯，任何众生，包括人、神，都没有权利随意剥夺其他生物的生命。因此，这样的“不杀生”戒律是将人类对生命的挚爱扩展到人类之外的其他生命，这样的自然生命权利意识，是与生存竞争的残酷现实相对

① ［印］《佛本生故事选》，郭良鋆、黄宝生译，人民文学出版社 2001 年版，第 12—13 页。
② ［印］毗耶娑：《薄伽梵歌》，黄宝生译，商务印书馆 2010 年版，第 120、137 页。

立的，与当下的动物保护组织和绿色和平运动有相通之处。

第四，业报轮回的自然律体现了和谐的世界观。如果说热爱生命是个体本能体现的“集体无意识”，那么，有利于群体的生存和发展，维护社会的平衡和秩序，则是人类的一种“集体意识”。业报轮回强调因果报应，具有双重含义。一是个人选择的自由。生命形式的存在不是偶然的抛入，而是取决于自我选择；命运不是不可改变的定数，而是存在着与业（自我行为）相联系的前因后果。二是自己的行为自己负责。虽说有个人选择的自由，但一经选择就失去了自由，只要作业，就必须承担业果。业力作用具有持久性和不可逃避性，即善有善报，恶有恶报。从时间说有现世报，也有来世报甚或隔世报。这种业报思想体现了和谐的社会秩序。业报轮回不仅使物归其类，人得其所，而且为多灾多难的“有情世间”增添了情意韵味。业报轮回以宇宙自然和社会人生的平衡有序体现了和谐的宇宙秩序，在此基础上形成和谐统一的世界观，以及文学艺术中追求和谐的审美心理和审美理想。

二 正法与和谐

仙人文化对印度文学影响的另一个重要方面是宗教伦理与社会伦理的结合，这个结合点就是“正法”。“正法”（Dharma 音译达磨）是一个非常复杂的概念，具有真理、正义、良知、天理、道德和职责等内涵。关于正法的内涵，印度古代的法论著作作了很多解释，如《摩奴法论》说：“法的根是全部吠陀，还有知吠陀者的传承和修养，善人的习俗和我的满足。”① 印度现代学者也对正法作了大量的诠释，如印度哲学家和社会学家帕格温·达斯关于正法的定义是：“就极广的意义而言，正法即世界之秩序，……简单地说，就科学角度而言，正法是一种独特的品性；就道德与法律之意义而言，它是一种责任；就心理与精神之意义而言，它是一种具有其所有正确含义的宗教信仰；就一般的意义而言，它则是一种正义与法律，但是在此处责任尤其高于一切。”② 我国印度学家刘安武先生认为正法“比较接近汉语中的天道、大道、天理、天职等词的含义”③。可见，

① ［印］《摩奴法论》，蒋忠新译，中国社会科学出版社 1986 年版，第 15 页。

② 转引自［印］苏克坦卡尔《论〈摩诃婆罗多〉的意义》，李楠、王邦维译，见季羡林、刘安武编《印度两大史诗评论汇编》，中国社会科学出版社 1984 年版，第 207—208 页。

③ 刘安武：《印度两大史诗研究》，北京大学出版社 2001 年版，第 135 页。

所谓“正法”有哲学真理、宗教信仰、社会道义、人生职责等方面的内涵，其中有政治法律的意义，有宗教伦理的意义，也有世俗责任和行为规范的意义。遵守正法（达磨）是印度各宗教教派的首要教规。印度教规定人生有四大目的，即法、利、欲、解脱，其中解脱属于“出世法”，另当别论。在属于“入世法”的三大目的中，法是首要的、根本的目的。利即利益，包括财富和权利；欲即欲望，主要指情欲，都是形而下的世俗追求。印度教虽然承认利益和情欲的合理性，并且有《利论》和《欲经》等著作传世，但利益和情欲追求以不违法为前提。《摩奴法论》指出：“法的知识注定属于不执着于财利和欲乐的人。”（2.13）[①] 佛教也讲“正法（Dharma 达磨）”，虽然佛法中出世法的分量更重一些，但佛法中也有关注社会和人生的内容。阿育王被称为佛教的护法大王，以宣扬正法而著称。据说他在统一战争中杀戮太多，良心受到责备，于是皈依佛门，决心以法（达磨）治世，将战争征服改为道德感化。他对达磨的解释是：“除邪恶，多善良，发慈悲，乐施舍，重诚实，贵纯洁。”[②] 他将达磨具体化为一系列道德规范，刻于石柱而昭告天下。正法是在宗教体系内处理人与人之间关系的教义和教规，属于宗教的核心思想，体现了神或者佛的意志。如佛典《法句经》中有著名的七佛通戒偈：“诸恶莫作，诸善奉行，自净其意，是诸佛教。”[③]《摩诃婆罗多》中大神化身的黑天是正法的维护者，他在讲述自己神圣出生的时候说：“一旦正法衰落，非法滋生蔓延，婆罗多后裔啊！我就创造自己。为了保护善良的人，为了铲除邪恶的人，为了正法得以确立，我在各个时代降生。”（4.7—8）宗教中的神实际上是人的良知良能的体现和升华，宗教道德不仅规范人与神的关系，也要规范人与人的关系，因此，所谓正法必须体现神的意志，神也必然是正法的制定者和维护者。

正法涉及人与人、人与神的关系问题，是社会生态和谐的核心问题，在印度文学经典中得到充分的表现。印度两大史诗是以宣扬正法为己任，作品始终以正法为核心，作品的故事情节围绕正法与非法展开，作品着力表现的正面形象都是正法的代表。印度学者苏克坦卡尔在评论《摩诃婆

---

① ［印］《摩奴法论》，蒋忠新译，中国社会科学出版社 1986 年版，第 16 页。

② 参阅杜继文主编《佛教史》，中国社会科学出版社 1991 年版，第 45 页。

③ 法救撰、维祇难等译《法句经》第 22《述佛品》，见《大正新修大藏经》第 4 册，第 567 页。

罗多》时说道：“史诗中所描绘的世界好像是围绕着一个固定的轴在旋转，这个轴就是正法——正义和人的正确行为，遵循礼仪和对同类和大神的全部责任。”① 佛教文学的重要内容之一是宣扬正法劝善惩恶，一方面通过教义直接倡导正法，如《长阿含经》卷 11 对父母子女之间、师生之间、夫妻之间、亲族之间、主仆之间的义务都作了详细规定，如作为儿子，“当以五事敬顺父母。云何为五？一者供养，能使无乏。二者，凡有所为，先白父母。三者，父母所为，恭顺不逆。四者，父母正令，不敢违背。五者，不断父母所为正业。”② 另一方面是通过故事来劝善惩恶。劝善者如《佛本生经》讲述佛曾转生为各种人和各种动物。他是好国王、好大臣、好父亲、好儿子、好丈夫、好朋友、好修道士等等。他每次转生都以行善积累功德，终于成就佛果。佛经也经常通过故事来惩恶，忘恩负义的人，说谎的人，不孝敬父母的人，陷害他人的人都受到惩戒。比如《芒果本生》讲一个婆罗门青年从一位旃陀罗老师那儿学得一种咒语，能使芒果在任何一个季节成熟香甜。后来在侍奉国王时，出于虚荣，他谎称这本领是从婆罗们老师那儿学来的。由于说谎，咒语失去效力。这个故事既惩戒说谎，又讽刺了种姓制度。

关于正法的目的和意义，史诗《摩诃婆罗多》中毗湿摩在回答坚战的问题时作了很好的回答：“规定正法的目的，是为了所有众生的生长和发达，因此，能够使众生生长和发达的就是正法。规定正法的目的，是为了防止众生之间互相伤害，因此，能够阻止伤害众生的就是正法。正法之被称为正法，正因为它扶持一切众生，所以能够扶持一切众生的事物和行为就是正法。”③ 也就是说，正法的最终目的是为了实现社会和谐。社会由人群构成，人与人之间总是存在这样那样的矛盾，社会和谐必须要解决矛盾，在这方面，印度文学投入了比较多的关注。

首先，在古代宗法制社会，家族和谐是社会和谐的基础。《罗摩衍那》的主人公罗摩是一位道德君子，主要在家庭关系和家庭问题的处理中表现出来。他是一个好儿子，为了不让父亲为难，自愿流放森林 14 年；他是一位好兄长，把王位继承权让给弟弟婆罗多，从而解决了通常是靠流

① ［印］苏克坦卡尔：《论〈摩诃婆罗多〉的意义》，李楠、王邦维译，见季羡林、刘安武编《印度两大史诗评论汇编》，第 217 页。

② 《中华大藏经》（汉文部分）第 31 册，中华书局 1987 年版，第 135—136 页。

③ 参阅［印］苏克坦卡尔《论〈摩诃婆罗多〉的意义》，见季羡林、刘安武编《印度两大史诗评论汇编》，第 208 页。

血才能解决的宫廷矛盾和王权之争，而且对弟弟婆罗多深信不疑，与罗什曼那更是亲密无间；他是一位好丈夫，对妻子悉多忠贞不二。反过来看，父亲对儿子非常慈爱，以至因为儿子离去而悲痛欲绝；弟弟对兄长恭敬爱戴，婆罗多坚持让罗摩继承王位，罗摩坚辞之后又将罗摩的鞋子置于王座之上作为象征；罗什曼那则不避艰险，随罗摩一起流放。悉多更是一位贞妇贤妻，罗摩流放之后，她可以留在王宫享受荣华富贵，但她坚决要求随丈夫一起流放森林，过非常艰苦的生活。被罗波那抢到楞伽岛后，无论罗波那如何威胁引诱，悉多都坚贞不屈，对丈夫忠贞不二。可以说，通过这样的人物和故事情节，史诗宣扬了父慈子孝、兄友弟恭、夫爱妻贞的伦理道德理想。这些伦理道德体现了正法思想，通过正法消除或者缓解家庭内部的各种矛盾，从而实现社会和谐。泰戈尔在评论《罗摩衍那》时将其与荷马史诗作了比较，认为虽然《罗摩衍那》中有着频繁的战事描述，主人公罗摩也膂力过人，但它不同于一般的“以英雄情味为主的”史诗，因为《罗摩衍那》是人的故事，“《罗摩衍那》把存在于父子、兄弟、夫妻之间的职责关系、爱和虔诚的关系变得如此伟大，以至它们的内容只适宜于形式简单的史诗创作。”[①] 印度文学对家庭和家族问题不仅有正面的表现，也有反面的警示，表现了由非法而引起的家族矛盾。《罗摩衍那》中的猴国和罗刹国，由于没有处理好家庭矛盾，导致兄弟阋墙。《摩诃婆罗多》的中心情节是一场大战，战争几乎波及印度境内所有王国，其起因不过是家庭内部的矛盾和纷争。

其次，追求社会正义，维护社会和谐。在《罗摩衍那》中，罗摩的忍让取得了正面的效果，因为有婆罗多这样一个同样遵守正法的好弟弟。家庭矛盾解决的同时社会正义也得以实现。家庭宗法与社会正义相一致，家庭和睦与社会和谐共同得以实现。《摩诃婆罗多》中坚战也曾经试图忍让，但难敌得寸进尺，不守正法，一定要置般度族于死地，这样战争就不可避免了。在这种情况下，正法高于宗法。《摩诃婆罗多》描写般度族和俱卢族大战在即，双方摆好阵势，武士们雄赳赳气昂昂竞显威风之时，阿周那看到敌方阵营中大多是自己的亲族，而且有自己尊敬的长辈和老师，对战争的意义产生怀疑，决心放下武器，宁可被杀，也不去杀人。阿周那忧虑和困惑的出发点是传统的宗法制度。第一，他不愿意看到家族内部自

① ［印］泰戈尔：《〈罗摩衍那〉》，见《泰戈尔全集》第 22 卷，第 42—44 页。

相残杀，“我不明白，打仗杀死自己人，能够得到什么好处？”（1.31）在他看来，作为武士，自己的职责就是为自己的亲族谋幸福，如果没有了亲族，王国对我们有什么用？第二，他认为杀生有罪，即使难敌兄弟有罪，也不应该将他们杀死，因为“杀死了这些罪人，我们也犯下了罪恶”。（1.36）第三，他认为这样的内战会毁灭家族，“如果家族遭到毁灭，传承的宗法也毁灭；而宗族之法一旦毁灭，整个家族就陷入非法。”（1.40）亲族和家族是古代东方社会的核心和根基，从原始氏族社会形成的血缘共同体一直延续到近代，是马克思所提出的亚细亚生产方式的主要特征。因此维护家族的稳定，促进家族的繁荣，是家族成员义不容辞的责任，而杀害亲族，毁灭家族则是极大的犯罪。为了解除阿周那的困惑和忧虑，黑天对他进行了长篇大论的说教，除了一些超越现实的形而上追求之外，遵守正法也是一个重要的方面。黑天告诉阿周那，作为刹帝利武士，应该遵守“自己的正法”，指出：“对于刹帝利武士，有什么胜过合法战斗？”（2.31）强调战斗的合法性，就是要通过战斗维护正法，维护社会正义。《罗摩衍那》也表现了正法高于宗法、社会正义重于血缘和亲族关系的思想。罗刹王罗波那多行不义，弟弟维毗沙那离他而去，投奔罗摩。当侄子因陀罗耆责骂维毗沙那背叛自己的亲人，投靠敌人的时候，维毗沙那义正词严地反驳：“我不喜欢干残暴事，我不喜欢非达磨；一个弟兄做事不正，另一个不丢弃他又将如何？”（6.74.19）维毗沙那属于遵守达磨，坚持正义，所以他与罗波那之间不是一般的兄弟相争，而是包含着正义与非正义的斗争。以这样的正法思想为基础，印度史诗描写的战争都有正义与非正义之分。古希腊荷马史诗中的战争基本上没有正义与非正义之分，战争双方完全凭勇力和智谋取胜，神也分别支持自己喜欢的一方。印度史诗则不然。《罗摩衍那》中战争的起因是罗波那以非法手段抢走罗摩的妻子，《摩诃婆罗多》中战争的起因是难敌以不正当手段夺取坚战的王国，都有正义与非正义问题。正义的一方虽然弱小，但得道多助，最终打败强敌。虽然战争造成了生灵涂炭，但维护了社会正义，在更高层次更大范围实现了社会和谐。印度两大史诗展现了正法与非法的斗争、战争与和平的矛盾，深刻地表现了印度民族的社会生态智慧。

再次，贤明君王统治下的太平盛世，是维护正法实现社会和谐的典范。社会和谐需要国泰民安，国泰民安需要贤明君王，而君王的贤明主要体现为依靠和维护正法。佛教文学中有转轮王治世的描写。转轮王即能够征服世界，统一天下的伟大国王。南传巴利文佛经《长尼迦耶经》中有《转轮王狮子吼经》，汉译佛典《长阿含经》中有《转轮王修行经》，《中阿含经》中有《转轮王经》，都描写了转轮王治世的故事。古时候有个转轮王，依法统治天下数千年，一旦发现象征转轮王的轮宝出现下沉迹象，便将王位交给长子，自己出家隐居。七天后，轮宝消失。王子忧虑，去找隐居的父王。父王告诉他，轮宝不是传承的，只有行使转轮王的神圣职责，轮宝才会出现。王子问什么是转轮王的神圣职责？父王告诉他："你要依靠法，尊敬法，崇尚法，以法为旗帜，以法为标志，以法为统帅，保持警觉，保护自己的居民、军队、刹帝利、臣僚、婆罗门、家主、城乡百姓、沙门和鸟兽。在你统治的天下，没有非法行为。"① 可见，依靠和维护正法，是贤明国王的神圣职责，是国泰民安社会和谐的根本保证。《罗摩衍那》中的罗摩被塑造成贤明国王形象，其主要表现就是忠于达磨，维护正法。父亲十车王决定立他为太子，诗人借群众之口称赞："罗摩在世界上是个好人，他完全忠于达磨和真理。""他能容忍，他能抚慰，温柔、感恩，把感官控制住，他和蔼可亲、思想坚定，他宽厚、虔诚，决不嫉妒。"（2. 2. 20—21）由于小王后的阻挠，罗摩太子没有当成，但 14 年流放期满后，他继承王位，建立起太平盛世。《摩诃婆罗多》中的坚战是正法的化身，他和难敌各分得一半国土，由于他依法治国，国家很快强盛起来，由此遭到难敌嫉妒。他失去王国之后，仍然坚持正法，信守诺言，宽容忍让，赢得广泛的同情和支持，最后以弱胜强，夺回王国统治权，建立新的太平盛世。这样的贤明君王统治下的太平盛世寄托了印度古代人民的政治理想，也凝结了印度民族的社会生态智慧。

最后，和谐与秩序紧密联系，在古代印度，社会秩序主要体现为种姓制度。种姓的产生主要基于社会分工形成的职业群体，在特定的社会发展阶段具有一定的合理性。然而公元前 10 世纪前后婆罗门教形成，将种姓作为法的重要内容固定下来，种姓等级森严，不可逾越，不能改变，造成种姓压迫和人民隔阂，就失去了合理性。以佛教为代表的沙门反对婆罗门教，在种姓问题上一方面主张平等，另一方面强调刹帝利高于婆罗门，对种姓制度特别是婆罗门至上的观念有所冲击，但没有根本的改变。以《薄伽梵歌》为代表的印度教改革派，虽然也有一定的平等思想，如黑天

① 参阅郭良鋆《佛陀和原始佛教思想》，中国社会科学出版社 1997 年版，第 156—157 页。

说："我平等看待一切众生，既不憎恶，也不宠爱。"（9.29）"即使出身卑贱的人，妇女、吠舍和首陀罗，只要向我寻求庇护，也能达到至高归宿。"（9.32）但他不反对种姓制度，而且认可四大种姓的划分，黑天宣称他创造了种姓："按照性质和行动区别，我创造了四种种姓。"（4.13）这无疑是将种姓制度神圣化了。黑天还依据数论哲学确认四种姓的行动职责："平静、自制和苦行，纯洁、宽容和正直，智慧、知识和虔诚，是婆罗门本性的行动。勇敢、威武和坚定，善于战斗，临阵不脱逃，慷慨布施，大将风度，是刹帝利本性的行动。耕种、畜牧和经商，是吠舍本性的行动；以侍候他人为己任，是首陀罗本性的行动。"（18.42—44）《罗摩衍那》中的罗摩更是种姓制度的维护者，作品《后篇》有个婆罗门的儿子夭亡，仙人认定死亡原因是有没有资格修苦行的首陀罗在修苦行。罗摩为了维护秩序，找到这个首陀罗，毫不犹豫地将他杀死。这样的建立在种姓制度基础上的社会和谐，导致社会停滞、思想僵化，成为印度社会发展的主要障碍。这样的社会和谐不是值得借鉴的生态智慧，而是应该批判的破坏社会生态的糟粕。

三　寂静解脱与超越精神

印度"仙人文化"的重要标志是出世精神和超越精神。世界三大宗教中唯一以出世为特征的便是产生于印度的佛教。不仅佛家具有出世精神，印度传统的也是正统的宗教即婆罗门教—印度教，也有很强的出世性。印度教法典规定人生四个阶段，即梵行期、家居期、林居期和遁世期。梵行期即青少年时代接受教育的时期，一般是进入道院跟随老师学习；家居期即学习阶段完成后回家娶妻生子、成家立业，履行世俗的人生职责；林居期是进入老年后将家业交给已经成年的儿子，自己隐居修行；遁世期即完全脱离世俗生活，追求解脱。其中有三个阶段出世，只有一个家居期是入世的。印度教徒信奉的人生四大目的，即法、利、欲、解脱，所谓解脱就是解脱现世的束缚，达到宗教的彼岸，这样的宗教性的解脱是最后的也是根本的目的。印度各宗教教派之间存在很深的差异和矛盾，但在出世离欲方面却有着深刻的一致性。与这样的出世精神相联系的是超越精神。所谓超越精神是指形而上的追求。这种超越性基于对人生问题的思考，基于生命短暂而不自由的悲剧感，把现实人生看作虚幻不真或有限短暂，从而向往超凡脱俗的无限自由的境界。印度各宗教都表现出对现实生活既肯定又否定的倾向，肯定其存在而又否定其永恒价值，从而超越实在，追求形而上的无限和永恒。这样的仙人文化对印度文学产生了深远的影响。

首先，印度文学对出世离欲生活的肯定以及对相关的文学情味的追求，是具有出世精神的仙人文化影响的结果。印度文学的出世精神一是出家求道主题的表现。“出家求道”有特定的文化背景和宗教内含。作为文化现象，出家求道在印度源远流长，可能在古印度河文明时代已经存在，并影响了后来的雅利安人，出现了一些远离社会人群的修道士仙人和“沙门”。他们舍弃家庭，脱离世俗生活，专心学道，追求解脱，建立僧团，游行教化，不聚财物，以乞食为生。在文学中最早表现出世精神的是一些佛教诗人，如收在南传巴利文佛典中的《长老偈》和《长老尼偈》，是早期著名佛教僧尼创作的诗歌，表现对佛陀和佛教思想的赞美以及自己宗教修行生活的体验。佛教大诗人马鸣的作品表现了对世俗生活的否定和对出世的追求。后来印度教和耆那教的诗人也有类似的表现出世离欲思想境界的作品，如伐致诃利（Bhartṛhari）的《三百咏》（*Śatakatraya*）中便有“离欲百咏”。经过历代诗人的反复表现，“出家求道”成为印度文学中重要的文学母题之一。二是世外环境的描写。代表出世精神的寺院和净修林是印度文化人的精神家园，也是印度文学描写的重要场景。如前所述，印度两大史诗中以及迦梨陀娑等诗人的作品中，经常以仙人的净修林为故事背景。泰戈尔指出：“什么是占据印度心灵的主要理想；什么是不停地流遍她的生活的一种值得纪念的倾向；而她的诗人就是怀着仁爱和崇敬歌颂寺院。……寺院显得灿烂突出，这在我们所有的古代文学中都是如此，它是人类与其他生物之间的裂缝被弥合的地方。”① 三是求道者形象的塑造。佛经中讲述最多的是出家求道的故事，其中塑造了许多求道者形象。佛教文学常常以佛陀和他的弟子为主人公，无论是佛陀本人还是佛的弟子们，都是出家求道者。特别是佛陀，他既是佛教的主神，是佛徒的崇拜对象，也是佛经文学的主人公。在佛教文学中，佛陀是经过无数次轮回而生为释迦王族的太子，是经过长期出家求道修行圆满而得道的觉悟者，是创建僧团游行教化的沙门导师教主世尊，又是全智全能大慈大悲的救世主。另一类求道者形象是婆罗门仙人，他们是印度古代文学中经常出现的

① ［印］泰戈尔：《诗人的宗教》，冯金辛译，见《泰戈尔全集》第 21 卷，第 223 页。

一类形象。如《罗摩衍那》中描写的那罗陀、婆私吒、众友、蚁垤、阿竭多等仙人，给人留下了深刻的印象。

其次，解脱的人生目的在文学中的表现。所谓解脱就是摆脱现世的束缚，达到宗教的彼岸。印度各宗教教派都以解脱为根本目的，只是解脱方式不同，如佛教的解脱是达到涅槃状态，从而断绝生死轮回；印度教的解脱是实现梵我一如、人神合一。《薄伽梵歌》的核心思想是解脱之道，黑天指出："控制感官、思想和智慧，一心一意追求解脱，摒弃欲望、恐惧和愤怒，牟尼获得永久解脱。"（5.28）所谓永久解脱就是与神结合，作品所论述的业瑜伽、智瑜伽和信瑜伽，就是与神结合的不同方式和途径，都是追求人神合一的境界。这样的合一境界基于对人的个体灵魂和宇宙本体的认识，印度学者阿鲁纳·戈埃尔（Aruna Goel）认为："解脱的观念基于对灵魂的亲证，在印度思想中，灵魂被看作最高的价值。灵魂的征服在于对现象世界背后的实在的认识。"[①] 这是印度宗教哲学自奥义书哲学到吠檀多哲学不断探讨的核心命题，即梵我关系。"梵"是本体大宇宙，"我"是众生的个体灵魂。个体归依本体，进入本体，梵我同一，人神合一，就获得了解脱，实现了永恒。这样的解脱追求在印度文学中有充分的表现。印度古代文学塑造了许多求道者形象，他们都以解脱作为最高目标。大史诗《摩诃婆罗多》自称："法、利、欲和解脱，婆罗多族雄牛啊！这里有，别处有；这里无，别处无。"（1.56.33）佛教诗人则经常在自己的作品中表现解脱追求和解脱境界，如梵授长老偈："无漏得解脱，无嗔心宁静；八风吹不动，断除贪嗔痴。"[②] 独居长老偈："林中花木多，所见唯山坡；心喜此山林，独享解脱乐。"[③] 直到近现代诗人泰戈尔，其代表作《吉檀迦利》（*Gitanjali*）仍然表现了对人神合一的解脱境界的渴望。从宗教的角度说，解脱是进入梵我同一或者人神合一状态，脱离了生死轮回的苦海；从人生的意义上说，解脱意味着人们生存的内外环境的净化。印度学者阿鲁纳·戈埃尔指出："对解脱目标的渴求和用心，帮助每个个体追求纯洁的生活，从而导致内外环境的福乐。"[④] 因此，所谓解脱，

---

① Aruna Goel. *Environment and Ancient Sanskrit Literature*. Deep and Deep Publications Pvt. Ltd. New Delhi，2003，pp. 220-221.

② ［印］《长老偈·长老尼偈》，第117页。

③ ［印］《长老偈·长老尼偈》，第132页。

④ Aruna Goel. *Environment and Ancient Sanskrit Literature*. Deep and Deep Publications Pvt. Ltd. New Delhi，2003，p. 220.

就是摆脱内外的各种羁绊，获得身心自由，实现人与自我的和谐，其中蕴涵着深刻的精神生态智慧。

再次，寂静境界的表现与寂静味的追求。解脱的重要标志是心灵的平静。佛教将寂静作为解脱的最高境界，“涅槃寂静”成为佛教的三法印之一。《薄伽梵歌》中黑天描述了达到瑜伽智慧者的境界状态，其主要特点就是达到内心的平静。第十二章论“虔信瑜伽”，黑天讲述了几种与他结合的方式，然后指出：“智慧胜于练习，沉思胜于智慧，弃绝行动成果胜于沉思，一旦弃绝，立即平静。”（12.12）在黑天看来，那些控制了感官，心灵清净的人达到了这样一种境界：“欲望进入他，犹如江河流入满而不动的大海。”（2.70）因此，摒弃欲望，摆脱贪婪，达到平静，就获得解脱。他指出：“牟尼想要登上瑜伽，行动是他们的方法；牟尼已经登上瑜伽，平静是他们的方法。”（6.3）佛教诗人也经常在作品中表现寂静境界或者对寂静境界的追求。如高提克长老偈：“雨唱美歌声，禅房慰我情。冷风吹不进，我心甚安宁。大雨任你下，心在涅槃境。”[①] 诗偈写侍僧雨季在禅房参禅修道的情景，其中的心安宁和涅槃境都是寂静的同义语。再如幼犊长老偈：“佛陀说圣法，僧行佛所说；寂静诸行灭，可享涅槃乐。”[②] 作为解脱境界的寂静（sānta）或译为平静，既是一种客观的境界，又是一种主观的感受和内在的追求，或者说是外部环境的寂静与内在的心灵的平静相结合，构成佛教诗学所追求的寂静境界。这样的解脱境界不仅在文学创作中有丰富的表现，诗学家们还以此为基础，总结出了文学审美的“平静味”（sāntarāsa，又译寂静味）。公元前后产生的诗学论著《舞论》（*Nāṭyaśāstra*）提出了戏剧审美的八种味，其中还没有平静味。九世纪欢增的《韵光》（*Dhvanyāloka*）对当时还在争议的平静味表示认可，指出：“平静味确实被理解为一种味。它的特征是充满展现灭寂欲望的快乐。例如，前人的这种说法：‘人间的爱欲快乐和天国的至高幸福，比不上灭寂欲望之乐的十六分之一。’”[③] 10世纪著名诗学家新护否定了许多味的存在，但却对“平静味”表示认可并详加论述，认为平静味的常情是认识真谛，认识真谛也就是认识自我。[④] 14世纪诗学家毗首那特

① ［印］《长老偈·长老尼偈》，第24页。

② ［印］《长老偈·长老尼偈》，第6页。

③ ［印］欢增：《韵光》第三章，见《梵语诗学论著汇编》，黄宝生译，昆仑出版社2008年版，第306页。

④ 参阅黄宝生《印度古典诗学》，北京大学出版社1999年版，第60—63页。

（Visvanātha）不仅认可“平静味”，而且在《文镜》（*Sāhityadarpaṇa*）中对“平静味”作了论述，指出：“平静味以上等人为本源，常情是静，颜色是优美的茉莉色或月色，天神是吉祥的那罗延。所缘情由是因无常等等而离弃一切事物，以至高的自我为本相，引发情由是圣洁的净修林、圣地、可爱的园林等等以及与圣人接触等等。情态是汗毛竖起等等。不定情是忧郁、喜悦、回忆、自信和怜悯众生等等。”① 可见，所谓“平静味”是以出世离欲为现实基础和表现特征的。这样的平静主要是心灵的平静，是精神生态平衡的表现。在激烈竞争的现代社会，如何保持心理平衡，如何获得心灵平静，需要高超的精神生态智慧。在这方面，印度文学的寂静味可以给我们有益的启示。

① ［印］毗首那特：《文镜》第三章，见《梵语诗学论著汇编》，黄宝生译，第 896 页。

第一章

吠陀经典的原生态研究

《吠陀》是印度文化元典，是婆罗门教和印度教的基本经典。广义的吠陀经典包括吠陀本集和大量阐释性的文献，狭义主要指四部吠陀本集，本章取其狭义。吠陀本集包括《梨俱吠陀》、《娑摩吠陀》（*Samaveda*）、《夜柔吠陀》（*Yajurveda*）和《阿达婆吠陀》（*Atharvaveda*），大约编定于公元前15世纪至公元前10世纪。其中《梨俱吠陀》主要是颂神诗，共10卷，包括1028首、10589节诗，是吠陀中最古老也是最重要的一部；《娑摩吠陀》是歌曲集，《夜柔吠陀》是祈祷辞，皆用于祭祀活动，歌词和祷辞基本上来自《梨俱吠陀》；《阿达婆吠陀》主要是咒语诗，共20卷，包括731首、5975节诗。作为印度文化元典的《吠陀本集》是上古时期人类最重要的文学经典之一，是人类上古原生态文明的产物。《吠陀》中的自然诗表现了人类早期对自然的认识，表现了人与自然的亲缘关系，也表现了人对自然美的热爱和欣赏。《吠陀》中的颂神诗不仅是吠陀神话的主要载体，表现了独具特色的人神关系，而且富有哲理，表现了对世界和人类起源等终极问题的关注和思考。吠陀经典的思维方式及其体现的世界观具有原生态意义，既是文学的原生态，也是原生态的文学。这样的原生态主义，既有人类共同的原生态诉求，也有印度民族特有的原生态智慧。

第一节 《梨俱吠陀》自然诗与自然观

人离不开自然，人与自然的关系是人类始终面对的根本问题之一。人类从自然走来，长期与自然相伴，结成了亲密的关系。在人类早期的文学创作中，自然也是一个不可缺少的角色。特别是在东方文学中，自然诗更是源远流长。印度上古诗歌总集《梨俱吠陀》中有相当数量的自然诗，是上古时期人类文明的结晶，自然在诗中的表现程度和表现方式，体现了人对自然美的认识程度和体验方式。

一 自然诗

印度民族热爱自然而又富有想象力，这在其童年时期的文学创作中已有充分的表现。《吠陀》诗歌中的自然现象早已引起学者们的关注，如德国学者 Jan Gonda 在他的《吠陀文学》一书中论述《梨俱吠陀》的内容时，将自然和动物分别列专节进行讨论；[①] 季羡林主编《印度古代文学史》中关于《梨俱吠陀》的一章，第一节的题目就是《反映自然现象》；金克木先生则有专题论文《〈梨俱吠陀〉的咏自然现象的诗》发表。[②] 可见，吠陀文学中的自然现象是一个非常值得关注的问题。

《梨俱吠陀》中的诗歌以颂神诗为主，然而由于吠陀神话中的神多数是自然神，是自然现象的抽象和升华，所以许多颂神诗实际上就是自然诗，如下面这首《大地》：

> 真的，你就这样承受了
> 山峰的重压，大地啊！
> 有丰富水流的你啊！用大力
> 润泽了土地。伟大的你啊！
>
> 颂歌辉煌地鸣响着，
> 向你前去，宽广无限的女人啊
> 象嘶鸣着的奔马，
> 你发出丰满的云，洁白的女人啊！
>
> 你还坚定地用威力
> 使草木紧系于土地，
> 同时从闪烁的云中，

① Jan Gonda. *Vedic Literature*. Otto Harrassowitz，Wiesbaden，1975，pp. 161–166.

② 原载《国外文学》1982 年第 2 期，后收入论文集《比较文化论集》，生活 · 读书 · 新知三联书店 1984 年版。

由天上降下纷纷的雨滴。(RV. V. 84)①

这是一首典型的自然诗，大地本身是自然现象，它身上的山峰、水流、草木是自然现象，它上面的白云和由云中降下的雨滴，都是自然现象，诗人就是通过对这些自然现象的观察、想象和联想，创作出一首优美的诗歌。吠陀诗人生活在自然中，以自然为伴，他们笔下的自然大多是与自己的生活息息相关的自然现象，如太阳、风、雨、河流、森林等。以河流为例，吠陀时代印度文明主要集中在印度河流域，因此印度河成为诗人讴歌的重要对象，诗人写道：

闪光的印度河施展无穷威力，
他的咆哮声从地上直达天国；
犹如雷鸣中倾泻的滂沱大雨，
他奔腾向前，似怒吼的公牛。(RV. X. 75. 3)②

虽然这里的印度河被当作一位威力无比的男性神来歌颂，但其形象本身还是自然中的河流。在河流中，吠陀诗人赞颂最多的是娑罗室伐蒂河，诗人写道：

她凭借强大的波涛，
像掘藕人，冲破山脊；
让我们用颂歌祷词，
向娑罗室伐蒂求祈。(RV. VI. 61. 2)③

① 见季羡林、刘安武选编《印度古代诗选》，金克木译，漓江出版社 1987 年版，第 6 页。

② 引自季羡林主编《印度古代文学史》，黄宝生译，北京大学出版社 1991 年版，第 11 页。

③ 黄宝生译。娑罗室伐蒂河具体所指多有歧义。原始的娑罗室伐蒂河多次改道，约公元前 1900 年彻底干涸，主要原因是失去了它的两个支流耶木拿河和苏特来吉河，前者即恒河，后者即印度河。有学者根据《梨俱吠陀》大力歌颂娑罗室伐蒂河，而这条河公元前 20 世纪已经干涸，断定《梨俱吠陀》形成的时代应该是公元前二千年之前的伟大文明，与印度河文明属于同一时代，文明衰落的原因是长期干旱，使这一文明的母亲河娑罗室伐蒂河渐渐萎缩以至干涸。参阅 Navaratna S. Rajaram and David Frawley. *Vedic Aryans and Origins of Civilization*. New Delhi：Voice of India，1997. 也有学者认为《梨俱吠陀》中的娑罗室伐蒂河指的就是印度河，见季羡林主编《印度古代文学史》，第 11 页。

《吠陀》中的自然诗有几种不同的类型。第一类是比较纯粹的咏自然现象的诗，如上面那首《大地》，类似的还有《森林》《朝霞》《雨云》等，咏的对象大地、森林、朝霞、雨云等都是纯粹的自然现象。这些诗不是将自然现象作为起兴或言志的手段，更不是作为背景来表现人的活动，而是关注于自然本身的美。这些自然诗是从万物有灵或自然神论出发，赋予自然以灵性。这样的自然诗尽管不是纯自然的表现，但毕竟是把自然现象作为审美的对象了。如诗人对水的赞美："以海为首，从天水中流出，洗净一切，永不休息。……天上流来的水或是人工挖掘的，或是自己流出来的，向海流去的，纯洁的，净化者，水女神，请赐我保护。"(RV. VII. 49. 1—2)[①] 虽然将水称为"女神"，但诗人还是敏锐地抓住了自然之水的川流不息和净化万物的本质特点，加以生动的表现。

如果说上述诗歌描写的自然现象被诗人赋予了神灵的身份，还不是纯自然的表现，那么吠陀诗人笔下的一些动物则是纯自然的代表，如下面这首《蛙》：

默默沉睡了一年，
好象婆罗门守着誓愿；
青蛙现在说话了
说出雨季所激发出的语言。

他们躺在池塘里象干皮囊。
天上甘霖落在他们身上；
真象带着牛犊的母牛叫声，
青蛙的鸣声一片闹嚷嚷。(RV. VII. 103. 1-2)[②]

这里诗人描写雨季来临时青蛙的欢欣快乐，这些青蛙没有丝毫的神性，只是人类的同伴，是诗人的一个移情的对象。

第二类自然诗是将自然现象神圣化，作为崇拜的对象来歌颂。此类诗歌虽然属于颂神诗，不是纯粹的自然诗，但由于这些神是自然神，诗人对它们的描写、关注和赞美都集中于其自然属性，所以还应该属于自然诗之

① 金克木译，见季羡林、刘安武选编《印度古代诗选》，第7—8页。
② 金克木译，见季羡林、刘安武选编《印度古代诗选》，第8页。

列。这类被神圣化的自然现象很多，如太阳、朝霞、风、雨等。太阳驱散黑暗，照亮大地，哺育万物，是吠陀诗人们歌颂最多的自然现象之一，《梨俱吠陀》中约有十首歌颂太阳的诗篇，其中有一首写道：

在洞察一切的太阳面前，
繁星似窃贼，悄然逃散。

阳光似燃烧的火焰，
远远地照亮人间。(RV. I. 50. 2-3)①

这里虽然将太阳视为神灵，但对太阳神的歌颂还是借自然界太阳的光辉形象表现神的伟大和崇高，诗歌构思的基础和着眼点还是自然的太阳，因而既是颂神诗，也是自然诗。

《梨俱吠陀》中约有 20 首诗歌颂黎明或者朝霞。朝霞或黎明是最美的自然现象，被吠陀诗人想象为一位美丽的女神，而且由于她和太阳有着非常密切的关系，所以被想象为太阳神的妻子（一说是太阳神的母亲）。请看诗人对朝霞女神的赞美：

象刚放出栏的一群奶牛，
欢乐的光芒到了我们面前。
曙光弥漫着广阔的空间。

光辉远照的女人啊！你布满空间，
你用光明揭破了黑暗。
朝霞啊！照你的习惯赐福吧！(RV. IV. 52. 5-6)②

这里虽然诗人已将朝霞作为女神来歌颂，但描写还是集中于朝霞的自然属性。

《吠陀》中第三类自然诗是对司自然的神如火神、风神等的歌颂。这类诗情况比较复杂，因为这些神虽然来自自然，但已经被高度抽象化。他

① 黄宝生译，引自季羡林主编《印度古代文学史》，第 9 页。
② 金克木译，见季羡林、刘安武选编《印度古代诗选》，第 4 页。

们身上虽然还有一定的自然成分和原始影象，但作为被歌颂的对象，是以人事为重而不是以自然为重。如有一首献给火神阿耆尼的诗写道："阿耆尼啊！每天每天对着你，照明黑暗者啊！我们思想上充满敬意接近你。"(RV. I. 1. 7)[①] 其中仍有火的自然属性"照明黑暗者"的表现，然而歌颂者却更重视它作为人神之间中介的作用，即由他引导众神来到祭坛，祭品通过火而被众神享用。当然有的司自然的神自然属性多一些，从中还能体会到自然之美，如一首歌颂风神伐多的诗写道："伐多的车辆威力无比，摧枯折腐，咆哮号呼；向上搅红天国苍穹，向下席卷大地尘土。"(RV. X. 168. 1)[②] 还是写出了自然界中狂风的威力。

二　自然观

《吠陀》自然观主要表现为自然审美意识，人与自然的亲缘关系以及原生态主义的世界观。

首先是自然美意识。《吠陀》中的自然诗大部分超越了对象的使用价值，而对自然进行审美的观照。《梨俱吠陀》中有这样一节诗："两只鸟儿结伴为友，栖息在同一棵树上，一只鸟品尝毕钵果，另一只鸟不吃，观看。"(RV. I. 164. 20)[③] 显然，吠陀诗人就是那只观看的鸟。诗人对自然的观察非常细致，想象非常丰富，表现非常优美，自然的形态美、形状美、色彩美、线条美、声音美、运动美等审美因素都得到关注并得以表现。诗人不仅关注自然的形式美，而且关注自然与人的关系，在审美关系中实现人的本质力量的对象化。

《梨俱吠陀》中的自然属于自然的神化，如朝霞女神、风神、雨神等，然而这样的神化的本质也是人化。如吠陀诗人对雨神的描写：

咆哮而来吧！轰鸣吧！请放下胎藏；
请带着盛水的车子四处飞奔；
请将打开的皮囊向下拉好；
要使高岗和低谷都一般平。

① 金克木译，见季羡林、刘安武选编《印度古代诗选》，第 2 页。

② 黄宝生译，引自季羡林主编《印度古代文学史》，第 19 页。

③ 黄宝生译，见《奥义书》，商务印书馆 2010 年版，第 303、324 页。

请提起水桶，向下倾倒，
让放纵的水流向前泻出；
请用酥油润泽天和地，
让牛群得到畅饮之处。（RV. V. 83. 7-8）[①]

初看起来，诗人是将下雨这一自然现象神化为雨神的行为，细读则发现其中更多的是自然现象的人化，推车送水、用皮囊盛水、用水桶倒水，都是人的行为；下雨是为了人的生活，让牛群畅饮也是为了人的畜牧业生产。一方面，诗人以人的行为作参照来观察、想象和描写自然神；另一方面，要求雨水服从人的利益，另外还有恳求或者命令的口气，与祭祀或者巫术活动有关，所以还是自然的人化。[②]

其次是人与自然统一观。人类与自然关系的和谐统一，是诗人欣赏亲近自然的基础。《吠陀》诗人所关注的自然大多是与人类有着亲密关系的自然，如前面提到的关于森林的描写。诗人笔下的森林是相对于“村庄”而言的，显然是外在于人的一种自然现象，然而这又是一个与人类生活有着密切关系的森林，人们在森林中牧牛、伐木，从事各种各样的劳动，诗人写道：

森林女决不会伤人，
除非有什么向她走近。
可以吃甜蜜的果子，
然后尽情睡稳。

这里森林不仅不伤人害人，而且给人类提供甜蜜的果实，人们在森林中可以无忧无虑，尽情睡稳。可见这位伴随着鸟兽鸣叫的音乐而翩翩起舞的“森林女”，不但是“兽类的母亲”，也是人类的朋友，因此诗人才对她进行由衷的赞颂。河流与人和神的关系都非常密切，吠陀诗人对河流的赞颂，最能体现这样的人与自然、人与神的亲缘关系，如诗人称赞娑罗室伐蒂河：

① 金克木译，见季羡林、刘安武选编《印度古代诗选》，第5-6页。
② 参阅金克木《比较文化论集》，生活·读书·新知三联书店1984年版，第33页。

娑罗室伐蒂，
最好的母亲，
最好的河流，
最好的女神。(RV. II. 41. 16)①

这里的娑罗室伐蒂，既是一条河流，也是一位女神，她被诗人称作“最好的母亲”，因为这条河养育了他和他的部落甚至民族，可见人与自然之间感情之深厚，关系之亲密。

再次是自然生态观。吠陀诗人虽然没有多少生态学的知识，但他们通过想象和直观，已经意识到自然界有一个生态系统。如本章开篇列举的那首《大地》，是一首献给大地女神的颂歌，实际上表现的是诗人对大地这一自然现象的认识。在诗人笔下，以土地为中心形成一个生态系统：丰富的水流润泽大地，大地发出水汽变成丰满的云，大地将草木系在自己身上，又将雨水吸引到大地，润泽万物。诗人对大地母亲的宽广与深厚进行了由衷的赞颂。再如对雨神的歌颂中，诗人对降雨现象进行了想象：

哦！摩录多！
你从大海提起水来，
将云雾注满天空，
降下雨滴。(RV. II. 41. 16)②

诗人用拟人象征的手法，将水、云、雨在天、地、海洋之间循环的生态系统进行了诗意的表现。由于雨水是生命之源，风调雨顺对于人们的生活至关重要，所以诗人对下雨这一自然现象不是作一般性的描写，而是怀着虔诚和感恩之心：

雨云啊！当你吼叫时，
你轰鸣着，对恶人打击；

① 据英文转译，见 Navaratna S. Rajaram and David Frawley. *Vedic Aryans and Origins of Civilization*. New Delhi：Voice of India，1997. p. 111.

② 据英文转译，见 Navaratna S. Rajaram and David Frawley. *Vedic Aryans and Origins of Civilization*. New Delhi：Voice of India，1997. p. 131.

这一切都如此欢腾，
这大地上的一切。

你下过雨了。请好好收起雨来吧！
你已经使荒漠之地可以通过了。
你又为食物使草木生长了。
你从生物得到了祷告。（RV. V. 83. 9-10）[①]

人的加入使自然生态系统更为完整，更为活跃，也更为复杂，在诗人看来，人和万物一样享受着阳光雨露的恩惠而感到快乐，因此诗人代表全体生物进行祷告，以虔诚之心对这位司雨之神表示感恩。吠陀诗人将世界视为一个整体，对自然现象都付诸感恩的心、敬畏的态度和赞美的眼睛。

《吠陀》诗人的思维方式具有原始思维特征，其主要表现就是万物有灵。人类从自然界分离出来，有了自我意识的同时便有了灵魂观念，然后将自我灵魂观念推及万物，认为万物都有灵魂，其中居于人之上，与人的生产和生活有着密切关系的事物的灵魂成为崇拜的对象，由此产生出宗教信仰和宗教仪式，因此，万物有灵观念是人类宗教的最初形态。《吠陀》万物有灵的表现就是其复杂的自然神系统，《吠陀》中的神一般分为天上诸神、空中诸神和地上诸神，这些神大部分是自然现象的神格化，此外还有大量的没有列入崇拜对象的各种精灵，包括各种动物、植物、无机物等自然物的灵魂。我们说《吠陀》诗人的笔下有一个自然生态系统，这个自然生态系统实际上主要表现为自然神系统，而自然神系统则是以万物有灵观念为基础的。万物有灵，意味着世间万物都是生命链条上的一个环节，是宇宙整体中的一分子。作为生命主体，人珍惜自己生命的同时，推己及物，应该珍惜同样具有生命的万物；万物有灵，意味着世间万物都有一定的神秘性和神圣性，以敬畏神灵的方式，走向敬畏生命，敬畏自然。这样的万物有灵观念，也是后来印度各宗教所普遍认同的具有自然伦理意义的业报轮回和众生平等思想的基础。因此，万物有灵虽然是人类原始的自然观，但其中蕴含的自然生态伦理，是后现代的“大地伦理”等深层生态学的先驱，因而具有原生态主义的性质。

---

① 金克木译，见季羡林、刘安武选编《印度古代诗选》，第6页。

第二节　吠陀神话体系与宗教形态

《吠陀本集》是婆罗门教和印度教的经典，特别是其中的《梨俱吠陀》《娑摩吠陀》《夜柔吠陀》，分别以颂神诗、祭祀歌曲和祭祀祷词构建起印度早期宗教的神话体系，形成了早期印度教宗教形态，奠定了印度民族宗教发展的基础。这样的神话体系和宗教形态不仅体现了印度宗教的民族特点，而且蕴含着丰富深刻的原生态智慧。

一　神话体系

神话是人类通过想象对自然和人类社会现象进行解释的产物，是人类童年时期认识和把握世界的一种方式，因此神话是人类远古和上古时期最重要的文化现象。印度神话有婆罗门教印度教神话、佛教神话、耆那教神话等不同系列，婆罗门教印度教神话又有吠陀神话、史诗神话和往世书神话等不同系列，其中吠陀神话几乎是以上所有神话的源头。吠陀神话主要记录在印度上古文献《吠陀》中，特别是其中的《梨俱吠陀》的颂神诗中，属于印度雅利安人最古老的神话，有些产生于他们从中亚南欧草原迁徙之前，因此其神话与属于同一种族的古波斯、赫梯甚至古希腊人的神话有相似之处。吠陀神话对印度神话和宗教的发展产生了深远的影响。

《梨俱吠陀》以颂神诗为主，这些颂神诗以神话思维解释自然现象和社会现象，形成比较完整的神话体系。吠陀中的神一般分为天上诸神、空中诸神和地上诸神。[①] 天上诸神主要有天空神帝奥斯（Dyaus），太阳神苏尔耶（Sūrya），主神伐楼那（Varuṇa）、密多罗（Mitra）以及他们的母亲——无限女神阿底提（Aditi）等。太阳驱散黑暗，照亮大地，哺育万物，是吠陀诗人们歌颂最多的神之一，《梨俱吠陀》中约有十首歌颂太阳的诗篇。其中一首写道：

> 对全人类一视同仁的吉祥太阳，
> 徐徐升起，注视着一切地方。
> 这位神，密特罗和伐卢纳的眼睛，

① 关于吠陀神话分类参阅季羡林主编《印度古代文学史》第一编第二章第三节，北京大学出版社 1991 年版，第 16—24 页。

把黑暗收起，如同卷起皮革一张。
天空中金色的宝石，遥遥升起；
它的目标遥远，飞驰向前照射。
让太阳唤起的人们，
达到他们的目的，履行他们的工作。(RV. VII. 63. 3-4)①

诗人写太阳收起黑暗像卷起一张皮革，想象奇特，形象非常生动。太阳不仅卷走黑暗，照亮世界，而且唤醒人们，朝着目标，从事工作。与太阳一样作为自然现象神格化的神还有黎明或者朝霞女神，在吠陀诗人眼中，黎明和朝霞是最美的景象，所以《梨俱吠陀》中歌颂她的诗非常多，约 20 首，大大超过太阳神，其中一首诗中写道：

仿佛自恃体态娇美的欲女，
亭亭玉立，盼望我们看见，
这天国的女儿，驱散黑暗，
带着光明，来到我们面前。(RV. V. 80. 5)②

诗人塑造了一位美丽的天女形象。这位天国的女儿，天天首先打开天国之门，以欢快优美的形象出现在东方，永远年轻漂亮。她的姐妹黑夜女神虽然形象不如黎明女神优美，但却更是一位保护者，由于她的保护，挡住了豺狼，挡住了盗贼，人们可以安然入睡。

天上诸神中地位最高的是伐楼那，被称为“众神之王”，《梨俱吠陀》中有诗写道：

各族群众，彼行其中，
为一切人，之所归依。
婆楼那天，众神之王，
环宇遍现，无处不在；
在彼宫前，诸天礼敬。

① 崔连仲等选译：《古印度吠陀时代和列国时代史料选辑》，商务印书馆 1998 年版，第 7—8 页。

② 黄宝生译，引自季羡林主编《印度古代文学史》，北京大学出版社 1991 年版，第 10 页。

其余怨敌，愿俱消灭。

彼乃海洋，神秘深广，
又如旭日，升空自在；
群生瞻仰，顶礼赞扬。
彼之神足，闪烁异光，
驱散摩耶，直上穹苍。
其余怨敌，愿皆灭亡。（RV. X. 83. 7–8）①

这里的伐楼那是诸天礼敬、群生赞扬的大神，他曾经让天地分开、日月运行、江河流动，是支配自然、维护世界秩序的主神。伐楼那神在早期吠陀神话中地位极高，但后来他的地位下降，成为主管海洋的水神。与伐楼那相提并论的是密多罗，他俩形成对偶神，共同统治世界。他们属于雅利安人早期神话系列，与古波斯《阿维斯塔》（*Avesta*）中的神相通。天上诸神中比较重要的神还有能够救死扶伤的双马童（Aśvinau），道路神普善（Pūṣan），工匠神利普，以及后来演变成大神的毗湿奴（Viṣṇu）。

空中诸神主要有雷电神因陀罗（Indra）、暴风雨神摩录多（Marut）、风神伐由（Vāyu）和伐多（Vāta）等。其中因陀罗是吠陀神话中的主神，地位相当于古希腊神话中的宙斯（Zeus）。他既是源于自然现象的雷电之神，又是源于社会现象的战争之神。他曾经杀死困住河水的巨龙，作为天神的首领，他率领众天神与恶魔作战，杀死魔王弗利多（Vṛtra）；他被称为"堡垒摧毁者"，是在雅利安人与土著战争中立下丰功伟绩的民族英雄。《梨俱吠陀》中歌颂因陀罗的诗最多，近250首，约占《梨俱吠陀》诗歌总数的四分之一。其中一首写道：

固定摇晃的大地，
稳住颠簸的群山，
拓宽天空，撑住天国，
人们啊，他是因陀罗。

① 巫白慧译，见季羡林、刘安武选编《印度古代诗选》，第17—18页。

杀死巨龙，释放七河，
打开洞穴，赶出牛群，
从两石中间产生火，
人们啊，他是因陀罗。

促使宇宙变化不停，
征服和驱逐达娑人，
象赌徒赢得敌人财富，
人们啊，他是因陀罗。(RV. Ⅲ. 12. 2 -4)①

诗人以简短的诗行，高度概括了因陀罗神的丰功伟绩，塑造了一位既能掌控天地宇宙，又能征善战的主神形象。在吠陀众神中，因陀罗是一位最具个性化和人性化的神灵。他性格豪放，喜欢饮苏摩酒，具有人间英雄气质。同时他也非常残暴，对敌人毫不留情，在一次战斗中，他不仅摧毁了达娑人的城堡，而且杀死三万、捆绑一千、赶走五万达娑人，并抢走他们的牛群。暴风雨神摩录多是一群神，他们执闪电为长矛，发雷鸣，是因陀罗的重要助手，经常随他出征。风神伐由和伐多兄弟俩乘着车子不停地奔跑，他们是天神和众生的呼吸，他们一旦停止行动，世界就会一片死寂。空中诸神重要的还有雨神波阇尼耶，水神阿波纳以及后来演变成大神湿婆的楼陀罗等。

地上诸神主要有火神阿耆尼（Agni）、酒神苏摩（Soma）、死神阎摩（Yama）等重要神祇。火神阿耆尼是地上诸神中最重要的神，是雅利安种族普遍供奉的神灵。火是人类生活中一日不可或缺的东西，在人类的进化和文明的发展中起着非常重要的作用，因此，在《梨俱吠陀》中，火神是歌颂最多的神灵之一，有颂诗 200 多首，仅次于因陀罗。《梨俱吠陀》10 卷中，大多将火神颂排在卷首。下面是第一卷第一首的前三节：

我歌颂阿耆尼，司祭者，
在祭祀中，是天神，是祭司，
颂赞者，最高的赐予财宝者。

① 黄宝生译，引自季羡林主编《印度古代文学史》，北京大学出版社 1991 年版，第 18—19 页。

阿耆尼一向为古仙人
和新近的仙人所歌颂，
愿他引送天神到这里。

愿能由阿耆尼得到财富，
每天每天得到富裕，
名声显赫，英雄辈出。（RV. I. 1. 1-3）[①]

吠陀诗人笔下的火神不仅是自然之火的人格化，而且是祭火的人格化，是人类和天神之间交往的中介，即由他引导众神来到祭坛，祭品通过火而被众神享用。酒神苏摩在吠陀时代也是一位重要的神祇，《梨俱吠陀》中赞扬他的颂诗有 120 多首，仅次于因陀罗和阿耆尼。苏摩是一种植物，苏摩酒是从这种植物中榨取的饮料，有兴奋作用，所有天神都喜欢饮苏摩酒，因陀罗尤甚，喝上酒之后威力大增。对凡人来说，苏摩酒有延年益寿、医治百病的作用，诗人写道：

我们饮下苏摩，获得永生，
我们走向光明，找到天神，
现在，谁还敢敌视我们？
甘露啊，谁还敢欺侮我们？

苏摩啊，像朋友对待朋友，
苏摩啊，像父亲对待儿子，
请你愉快地流进我们心里，
苏摩啊，推迟我们的死期！

晶莹的酒滴强身健骨，
犹如皮带将车辆捆紧，
但愿这些酒滴保护我，

① 金克木译，见季羡林、刘安武选编《印度古代诗选》，第 1—2 页。

使我不瘸腿，不生病。(RV. Ⅷ. 48. 3-5)[①]

地球是人类和其他生物的家园，人类对大地上的一切更为熟悉，也更加关注，所以吠陀诗人创造的地上神灵也就非常多。《梨俱吠陀》中歌颂的地上神灵重要的还有大地女神、河神、森林女神等。

二　宗教形态

神话与宗教的关系非常微妙。宗教要素主要包括信仰体系，即所崇拜的神灵；仪式体系，即祭祀仪规；神话传说体系，即对神灵现象和各种仪规的解释；宗教经典，即承载神话、教义和教规的文献；以及掌握祭祀仪规并执行宗教任务的祭祀阶层和僧团组织。从这个意义上说，神话是宗教的重要组成部分。同时，神话又不同于宗教。马克思主义经典作家对宗教都持批判态度，但对神话却非常赞赏。然而，神话与宗教又的确是密不可分、互为表里的，甚至先有宗教还是先有神话，也像先有鸡还是先有蛋一样说不清楚。虽然一般的理解应该是先有神话，但正如卡西尔所说："在人类文化的发展中，我们不可能确定一个标明神话终止或宗教开端的点。宗教在它的整个历史过程中始终不可分解地与神话的成分相联系并且渗透了神话的内容。另一方面，神话甚至在其最原始最粗糙的形式中，也包含了一些在某种意义上已经预示了较高较晚的宗教理想的主旨。神话从一开始起就是潜在的宗教。"[②] 关于宗教的起源和发展次序，学术界众说纷纭，有自然神论、万物有灵论、星辰神话论、图腾论、巫术论、天帝论等等。[③] 一般认为，人类的宗教有一个发展过程，从最原始的万物有灵观念开始，经过祖先崇拜、庶物崇拜（或自然崇拜）、图腾崇拜、多神崇拜，最后发展到主神崇拜或一神教。（当然，并不是每个民族都必须经过这些阶段，实际上，有的原始民族已有"天帝"这样的高级宗教信仰，相反一些发达民族仍盛行自然崇拜和祖先崇拜。）宗教的本质是超越现实，是对具有超越性的神的信仰，神话则是关于神的故事。可以说，神话与宗教是互相阐发的，同生共进的，在不同的层次和阶段上保持着统一性。吠陀

① 黄宝生译，引自季羡林主编《印度古代文学史》，北京大学出版社 1991 年版，第 21 页。

② ［德］恩斯特·卡西尔：《人论》，甘阳译，上海译文出版社 1985 年版，第 112 页。

③ 参阅［德］W. 施密特《原始宗教与神话》，萧师毅、陈祥春译，上海文艺出版社 1987 年版。

颂神诗所反映的宗教形态非常复杂，对研究宗教的起源和发展具有重要意义，主要表现在以下几个方面：

首先，吠陀颂神诗反映的宗教形态是由自然神崇拜向多神教发展。吠陀中的神灵很多，而且多数来自于自然现象，表现出自然崇拜的特点。在吠陀经典中，日月星辰、风雨雷电、山石水火等都被神格化为崇拜对象。吠陀颂神诗赞颂的对象，如太阳神、风神、雨神、火神、大地女神、河神等，都属于自然神，可见自然神崇拜在吠陀教中仍然占有重要地位。吠陀颂神诗产生的基础是万物有灵观念。人类从自然界分离出来，有了自我意识的同时便有了灵魂观念，然后将自我灵魂观念推及万物，认为万物都有灵魂，其中居于人之上，与人的生产和生活有着密切关系的事物的灵魂成为崇拜的对象，由此产生出宗教信仰和宗教仪式，因此，万物有灵观念是人类宗教的最初形态。基于这样的万物有灵观念，神的数量理论上应该是无限的，然而，在吠陀中，并不是所有的自然物都是崇拜的对象。一方面，吠陀诗人笔下的自然大多是与自己的生活息息相关的自然现象，如太阳、风、雨、河流、森林等；另一方面，这些神虽然来自自然，但已经被高度抽象化。他们身上虽然还有一定的自然成分和原始影像，但作为被歌颂的对象，是以人事为重而不是以自然为重。而且更为重要的是，在吠陀中，真正作为崇拜对象的神灵是有限的，[①] 在天上诸神中，成为崇拜对象的主要有伐楼那、密多罗和太阳神苏尔耶，而朝霞黎明等神灵自然属性比较多，关于他们的诗歌中对自然之美的赞赏多于对人之上力量的崇拜。在空中诸神中，只有雷电神因陀罗、暴风雨神摩录多、风神伐由和伐多等少数神灵属于崇拜的对象，诗人对雨神、水神等也有赞美，但其中更多表现了对自然惠赐的感恩情怀，而不是对人之上力量的崇拜。在地上诸神中，火神阿耆尼、酒神苏摩、死神阎摩属于崇拜对象。地上的神灵还有很多，诗人对他们也有赞颂，但并非宗教意义上的“崇拜”。如关于森林的一首诗中写道：“响应兽的吼声，虫鸟发出低鸣，仿佛随着音乐伴奏，森林女舞蹈，备受尊敬。……有油膏香气，散发芬芳，食品富饶，不事耕种，兽类的母亲，森林女，我对她作这番歌颂。”（RV. X. 146. 2、6）这里的

---

① 关于吠陀神话中神的数量，《梨俱吠陀》的一首诗中说道：“三千三百三十九，是诸提婆礼火神，遍洒酥油铺圣草，唱赞祭司请安坐。”（RV. X. 52. 6）说的是一次祭祀活动有 3339 位天神参加。但《梨俱吠陀》中有多首诗题为《一切神赞》，所歌颂的神不过 33 个。参阅巫白慧《印度哲学：吠陀经探义和奥义书解析》，东方出版社 2000 年版，第 138—139 页。

“尊敬”和“歌颂”都算不上“崇拜”。可见，吠陀神话中众多的神衹有不同的等级，形成神话系列的同时，在宗教形态方面也在不断向更高的层次发展，表明印度宗教已经从自然神崇拜发展到多神教阶段。

其次，吠陀颂神诗已经表现出由多神崇拜向主神崇拜发展的趋势。吠陀颂神诗中占据主神地位的只是少数几位神灵，第一是因陀罗，不仅献给他的颂诗最多，达 250 首，占《梨俱吠陀》诗歌总数的四分之一，而且在献给其他神灵的颂诗中也突出他的地位，如关于苏摩酒神的一首诗，其中写道：

马愿拉轻松的车辆，
快活的人欢笑闹嚷嚷，
男人想女人到身旁，
青蛙把大水来盼望。
苏摩酒啊！快为因陀罗流出来。(RV. IX. 112. 4)[①]

不仅如此，在颂诗的用词和态度上，一般的颂神诗只是对神灵表示赞赏之情或者表达一定的敬意，但对几位主神，则有更多的崇拜之情和祈求之愿。如对因陀罗，诗人虽然称他为“朋友”，但不乏崇拜之意：

因陀罗！
各色人等，广设供养，
向汝祈求，普施恩典。
吾等甜食，味美异常，
爰为祭物，祈汝品尝。(RV. X. 112. 7)[②]

伐楼那在吠陀神话系列中的地位仅次于因陀罗。他经常被称为“大王”、或“众神之王”，居住在天国中有千柱千门的宫殿里，俨然是人间帝王的象征。诗人赞颂他说：

最胜之神，创立四维，

---

① 金克木译，见季羡林、刘安武选编《印度古代诗选》，第 11 页。
② 巫白慧译，见季羡林、刘安武选编《印度古代诗选》，第 25—26 页。

现身大地，从事测量；
水天行宫，古老辉煌；
婆楼那天，我等主人，
犹如牧主，放牧牧场。
其余怨敌，愿皆消亡。（RV. X. 83. 4）[①]

这首诗中伐楼那被看做至上至圣之神，他揭示宇宙，创立四维，区分昼夜，不仅支配自然，维护世界秩序，而且支配人类，如同牧主放牧羊群，已经具备主神的一切特征。此外，地上神灵中的火神也具有主神的特征。多位主神的存在，说明吠陀神话是由不同的神话系列融合而成。

再次，吠陀颂神诗中也有对终极存在与至上神的思考。这方面最有代表性的是《金胎歌》（又译《生主之歌》）诗人写道：

起先出现了金胎；
他生下来就是存在物的唯一主人。
他护持了大地和这个天。
我们应向什么天神献祭品？

他是呼吸的赐予者，力的赐予者；
一切听从他的命令，天神们听从他的命令；
他的影子是不死，他的影子是死。
我们应向什么天神献祭品？

他以伟力成为能呼吸的，能闭眼的，
能行动的一切的唯一的王。
他主宰这有两足的和有四足的。
我们应向什么天神献祭品？

这是一位创造一切、支配一切、主宰一切的至高无上的唯一之神，接

① 巫白慧译，见季羡林、刘安武选编《印度古代诗选》，第 16 页。

下来，诗人具体写他如何创造各种自然物和众天神，称他是天的产生者、地的产生者、祭祀的产生者、正法的产生者，最后一节以“生主啊！除你以外没有环抱这一切生物的。愿我们向你献祭的欲望实现”（RV. X. 121. 1-3、10）结尾，点出所歌颂的对象的神的名称，也是对上面问题的回答。[①] 这位生主后来演变成婆罗门教和印度教的创造之神大梵天（Brahma）。类似的作品还有《水胎歌》《造物者》《无有歌》等，其中《造物者》一诗中写道：

造一切者，智锐势强，
作者立者，现身无上；
香酥供品，令彼喜尝，
称此唯一，七仙之上。

彼乃吾父，生我立我，
诸有群生，尽为所知；
彼乃唯一，赐神以名，
余类问询，以彼知情。

往昔仙人，唱圣歌者，
奉行祭典，献彼真宝；
远方近处，地界下层，
彼造世间，万类生焉。（RV. X. 82. 2-4）[②]

这位“造一切者”既是世界的创造者，也是人类和群生的创造者，还是天神的创造者，显然是一位至高无上的“唯一”真神。吠陀诗人虽然已经有了这样的造物主和唯一神的意识，但由于多神教势力非常强大，多神教观念根深蒂固，印度本土宗教始终没有发展成为一神教，而是保持并发展了吠陀奠定的印度宗教的多神教传统。这种多神崇拜奠定了南亚地区多神教系统的基础。其后，印度本土产生的宗教，包括婆罗门教、印度教、耆那教和佛教，基本上都是多神教。其中婆罗门教是直接由吠陀教演

① 金克木：《比较文化论集》，生活·读书·新知三联书店1984年版，第13—15页。
② 巫白慧译，见季羡林、刘安武选编《印度古代诗选》，第18—19页。

变而成，主要继承了吠陀教的多神信仰，但已经由杂乱无章的多神信仰向有序的主神控制下的多神教演变。吠陀中众多的自然神仍然受到崇拜，但渐渐居于次要地位，世界的创造者“梵天”开始居于主神地位。后来，在吠陀中地位比较低的毗湿奴成为保护之神，具有土著文化渊源的湿婆成为毁灭之神，与创造之神大梵天共同构成三大神，成为婆罗门教——印度教中的主神。

三 人神关系

神话一般包括起源神话、自然神话、社会神话等类型。起源神话又称创世神话、推原神话、开辟神话等，主要是关于宇宙的生成和人类的起源的神话解释。自然神话是人类在万物有灵思想的基础上对自然现象的神话解释。社会神话则是对人的社会生活和人际关系的神话解释。无论是起源神话、自然神话还是社会神话，都是人类想象和幻想的产物，不仅表现了人对自然和社会的认识，而且反映了人类自身的生活和思想。神话的内核是宗教，宗教的核心是人神关系，吠陀宗教神话反映的人神关系，体现了人类文明的发展规律，也表现了印度民族文化的个性特点。

其一，宗教神话中人神关系的一个重要方面是神的形象和性格。就神的形象而言，一般经过了自然形、人兽同体形和神人同形三个发展阶段。原始时代的神话一般是前两者，文明时代的神话一般是后者。古希腊神话的一个重要特点是神人同形，与之相比，印度神话在神的形象方面显得比较杂乱。在吠陀神话中，既有神人同形的现象，也有神人异形的现象。这种差异一方面是神话的不同发展阶段使然，另一方面是不同的民族文化性格的表现。自然神往往具有自然的属性，其形象也具有自然的美。吠陀神话中的神多数是自然神，是自然现象的抽象和升华，所以其中神的形象往往表现出自然之美，如《朝霞》中描写的朝霞女神：

> 象刚放出栏的一群奶牛，
> 欢乐的光芒来到我们面前。
> 曙光弥漫着广阔的空间。(RV. IV. 52. 5)[①]

① 金克木译，见季羡林、刘安武选编《印度古代诗选》，第4页。

这个朝霞女神是自然界朝霞现象的神格化，其形象也是自然中朝霞之美的再现。吠陀神话中也出现了从自然形态的神向神人同形的发展趋势，自然神虽然基于自然现象，但多数自然神已经被赋予人的形象和性格，如黎明女神被塑造为一位永远年轻漂亮的美女形象，太阳神和风神都是乘车漫游，雨神则提起水桶从天上往地上浇水，都是人的形象和行为。吠陀主神因陀罗、伐楼那等，或者是部落英雄的神化，或者是人间帝王的象征，说明吠陀神话已经从自然形态的神向神人同形同性的方向发展。当然，印度神话中神的形象在体现共同规律的同时，也表现出自己的特点。不仅原始阶段的神有自然形和人兽同体形，其文明阶段的神也有许多不同于人类之处。如印度教三大神中的大梵天四面，毗湿奴四只手，湿婆三只眼，都不同于一般的人类，从而显示出神与人的区别。与神的形象相关的是神性问题。与古希腊神话的神人同性相比，印度神话也显得比较杂乱，由于不同阶段的神话混合杂糅，使其神性也非常复杂，既有保持自然属性的神，如太阳神、朝霞女神、大地女神等；也有具有人性的神，如因陀罗等；还有属于至上者和主宰者、具备赏善罚恶功能、体现至高无上尽善尽美性质的神，如伐楼那、生主等。在吠陀神话阶段，神人同性开始居于主导地位。至上神虽然出现了，但只是停留在少数仙人祭司的想象和赞颂之中，而没有为广大群众所接受，没有形成普遍性的信仰，而被淹没在众多的神灵之中，那些保持自然属性的神则更多体现了吠陀诗人的自然美意识。

其二，吠陀颂神诗中表现的人神关系具有鲜明的印度民族特点，对后来的印度宗教产生了深远的影响。首先，颂神诗表面上是歌颂神，但其本质和目的还是人，其内容主要是关心人的现实利益和最终归宿，因此，那些与人比较接近，与人类生活关系比较密切的神，受到更多的关注。其次，人知道自己身上有缺点，经常犯错误，所以一方面希望神弥补自己的不足，实际上许多神灵就是理想化了的人；另一方面，也希望神能够宽恕原谅自己，这方面的内容在吠陀祷词中有比较多的体现。祷词主要是为特定目的举行的祭祀活动中向神灵祈祷的用语，四部吠陀本集中都有祈祷词，其中《夜柔吠陀》以祷词为主。《夜柔吠陀》前 15 章包括各种重要祭祀的祷词，如第三章主要是家庭日常的火祭祷词，其中一节写道：“火神啊，你是身体的保护者，保护我的身体！火神啊，你是长寿的给予者，给予我长寿！火神啊，你是光辉的给予者，给予我光辉！火神啊，补足我身上的缺点。”（YV. Ⅲ. 17）[①] 伐楼那是一位曾经居于主神地位的神，他不仅支配自然律，也维护道德秩序，赏善罚恶。在有关伐楼那的颂诗中，诗人常常请求他宽恕罪过，其中一首写道：

倘若我们像赌徒，
有意无意犯错误，
但求赦免松套索，
我们与你亲如故。（RV. V. 85. 8）[②]

吠陀中大部分颂神诗都伴随着祈福祷词，从不同的侧面反映人与神的密切关系。

其三，吠陀中有不少颂神诗直接表现了人与神的亲密关系。火神与人类的关系非常密切，因为火不仅可以烧烤食物，驱除黑暗，抵御寒冷，防御野兽，而且是人类和天神之间交往的中介，即由他引导众神来到祭坛，祭品通过火而被众神享用。《梨俱吠陀》第一卷第一首是对火神的赞颂，以下是其中的三节：

阿耆尼（火）啊！每天每天对着你，
照明黑暗者啊！我们思想上
充满敬意接近你。

你主宰着各种祭祀，
是秩序的光辉的保卫者，
在自己宅内不断增长。

愿你对我们，如父对子，
阿耆尼（火）啊！容易亲近，
愿你与我们同居，为我们造福。（RV. I. 1. 7-9）[③]

---

① 黄宝生译，引自季羡林主编《印度古代文学史》，北京大学出版社1991年版，第25页。
② 黄宝生译，引自季羡林主编《印度古代文学史》，北京大学出版社1991年版，第17页。
③ 金克木译，见季羡林、刘安武选编《印度古代诗选》，第2—3页。

这里火神虽然仍有火的自然属性，是“照明黑暗者”，但吠陀诗人更重视它作为人神之间中介的作用。火神已经从自然中抽象出来，成为人们崇拜的神祇，但诗人还是强调了火神与人类的亲密关系，人们每天都要面对他，他是家庭之神，与人的关系如同父子，非常容易亲近。

《梨俱吠陀》中，不仅与人天天相伴的火神和人类有着密切的关系，主神因陀罗也被称为“朋友”，诗人写道：

风群之主！
坐在风群，彼等呼汝，
智者之中，最大智人。
慷慨施主！
若不求汝，无事能成，
愿汝获得，种种尊敬。

慷慨施主！
愿汝关注，吾等请求。
朋友，财富之主！
愿汝理解，朋友心意。
骁勇战士！
汝具实力，为我战斗；
未分财富，祈赐一份。(RV. X. 112. 9-10)[①]

这首诗宣讲因陀罗的功绩，称他为“最大智人”“慷慨施主”“财富之主”“骁勇战士”，把他看作朋友，希望他理解朋友的心意，关注朋友的请求，把他的财富和战利品拿出来让大家分享。在吠陀诗人笔下，神不是威严的审判者，不是高不可及的不可思议的抽象的存在，而是生活在人们中间的具体可感的形象。关于印度宗教中的神与人的关系，诗人泰戈尔有这样的论述：“与我们同在的神不是一个远离我们的上帝；他属于我们的寺庙，也属于我们的家庭。我们在所有爱情和慈爱的人性关系中感受到他对我们的亲近。在我们的节日里，他是我们尊敬的主宾。在鲜花盛开和

① 巫白慧译，见季羡林、刘安武选编《印度古代诗选》，第26—27页。

硕果累累的季节，在雨季来临之际，在秋天的丰满中，我们看到他的斗篷的褶边，听到他的脚步声。在我们崇拜的所有真实对象中，我们崇拜他；在任何我们的爱是真实的地方，我们爱他。”① 这样的人与神之间的亲密关系的源头就是吠陀颂神诗。

其四，吠陀颂神诗中已经有人神合一境界的初步表现。吠陀诗人关于人神关系的认识主要出于直觉，而不是建立在复杂的逻辑推理之上，然而这种直觉往往非常深刻，成为后来的宗教哲学家思考和思辨的基础。在关于伐楼那神的一首诗中，诗人写道：

各族群众，彼行其中，
为一切人，之所归依。
婆楼那天，众神之王，
环宇遍现，无处不在。(RV. X. 83. 7)②

这一颂诗前一句说明伐楼那神是一切人的归依，后一句说伐楼那神无处不在，当然也存在于每个人身上，可以说是人神合一境界的初步表现。人神合一或者人性与神性的统一，在关于宇宙起源的诗歌中也有所表现，《梨俱吠陀》中《造物者》一诗写道：

即此胎藏，水先承受，
诸天神众，于此聚会。
无生脐上，安坐唯一，
一切有情，亦住其内。(RV. X. 82. 6)③

诸天神众和一切有情，都在这个胎藏中汇聚。在西方，人具有原罪意识，神是至高无上尽善尽美的，人与神处于对立状态，是审判与被审判，救赎与被救赎的关系，人如果想成为神是对神的亵渎。东方宗教则不然，不仅强调人性与神性的统一，而且普遍追求人神合一。泰戈尔曾经指出："东方的最高智慧却认为，我们灵魂的功能并不是要得到上帝，去为自己

① Tagore, R. *Personality*. London: Macmilan, 1917. pp. 27-28.
② 巫白慧译，见季羡林、刘安武选编《印度古代诗选》，第 17 页。
③ 巫白慧译，见季羡林、刘安武选编《印度古代诗选》，第 19 页。

的某种物质利益服务，我们所要追求的就是要越来越与上帝合一。”① 他特别强调印度传统宗教中人神合一的理想，认为：“在这一合一的理想中，他认识到自己的生命的永恒和自己的情爱的无限。合一不仅是一个主观观念，而且是一条产生活力的真理。无论赋予这种合一什么名称，无论这一合一以什么形式出现，对于它的意识都是精神性的。而我们为了忠于它而进行的努力，正是我们的宗教。”② 这样的人神合一理想正是萌芽于吠陀颂神诗。

综上所述，吠陀文学所体现的人与神的亲密关系以及人神合一境界，是人与自然统一、人与人融洽、人与自我和谐的宗教学基础，蕴含着丰富深刻的原生态智慧。

第三节　吠陀思维方式与世界观

吠陀诗歌有很多类型，从内容方面看，有颂神诗、祭祖诗、送葬诗、招魂诗、自然诗、哲理诗、社会生活诗等；从形式方面看，有抒情诗、叙事诗、独白诗、对话诗、祷词、咒语诗等。这些诗歌内容丰富、形式多样，但在思维方式上表现出比较一致的特点，无论是具象化的形象思维，还是对立统一的辩证思维，都具有综合性和整体性。这样的思维模式既表现了人类思维发展的普遍规律，也体现了印度民族思维特点和独具特色的世界观，其中蕴含着丰富深刻的生态智慧。

一　形象思维

形象思维是人类童年时期主要的思维方式。所谓形象思维是一种具象化的思维方式，就是在思维的过程中始终伴随着具体可感的形象，或者是人物，或者是人化的自然物。形象思维的最终结果呈现为一个完整的形象，这个形象基于现实的物象而又超越现实物象，是思维主体的创造。作为上古印度文明结晶的吠陀诗歌，大部分是形象思维的产物。

首先，吠陀中大量的自然诗基本上是形象思维的产物。诗人面对的自然物都具有形象性，很容易以形象的方式进入思维主体。以赞颂大地女神的《大地》一诗为例，开始一颂，诗人以大地承受着山峰的重压，有丰

① ［印］泰戈尔：《正确地认识人生》，刘竞良译，见《泰戈尔全集》第 19 卷，第 86 页。
② ［印］泰戈尔：《人的宗教》，刘建译，见《泰戈尔全集》第 20 卷，第 248—249 页。

富的水流来表现大地女神的伟大，是典型的具象化思维。紧接着，诗人写道：

颂歌辉煌地鸣响着，
向你前去，宽广无限的女人啊
象嘶鸣着的奔马，
你发出丰满的云，洁白的女人啊！

可以看出，形象思维不同于抽象思维，不是以抽象的概念为思维的单元，而是以具体可感的形象为思维的基础，而且形象思维往往伴随着联想和想象。作品中诗人想象天空中丰满洁白的云彩是由大地发出的，这些白云像嘶鸣的奔马在空中飘动。这样的想象不仅奇特，而且通过直觉悟入真理。大地上的水蒸发为水蒸气，在空中形成雨云，这是现代科学研究的结果，3500多年以前的诗人通过想象和直觉得到的认识，与现代科学研究结果不谋而合，不能不令人惊叹。诗人的形象思维沿着这样的思路继续发展：

你还坚定地用威力
使草木紧系于土地，
同时从闪烁的云中，
由天上降下纷纷的雨滴。(RV. V. 84)①

牛顿通过苹果坠落发现万有引力，吠陀诗人通过观察和想象，也发现了大地的吸引力。大地女神依靠这样的吸引力，将草木系在自己身上，并且使雨云变成雨滴降落下来。通过想象和联想，可以直觉到事物的本来面目，认识事物的本质，这就是形象思维的魅力。

其次，吠陀颂神诗大多以形象思维为基础。以赞颂因陀罗神的一首诗歌为例，其中一颂写道：

因陀罗！

① 金克木译，见季羡林、刘安武选编《印度古代诗选》，第6页。

汝之战车，速超意念，
愿驭此车，来饮苏摩。
汝之战马，迅行骐骥，
愿乘此马，愉快临降。（RV. X. 112. 2）①

这一颂诗通过描写因陀罗的战车和战马来表现因陀罗神的强大威力，思维过程中必然伴随着因陀罗乘车骑马威风凛凛的形象，由此表现对因陀罗的赞美和崇敬之情。与逻辑思维和抽象思维相比，虽然形象思维也需要理性的约束，但形象思维更具有感性色彩，在思维过程中往往伴随着强烈的情感。请看另一首关于因陀罗的颂诗：

固定摇晃的大地，
稳住颠簸的群山，
拓宽天空，撑住天国，
人们啊，他是因陀罗。

杀死巨龙，释放七河，
打开洞穴，赶出牛群，
从两石中间产生火，
人们啊，他是因陀罗。（RV. Ⅲ. 12. 2）②

诗人在赞颂因陀罗丰功伟绩的同时，伴随着强烈的崇拜和感激之情。由于诗人思维的对象是具体的形象，直接感受对象的美丑善恶，所以主体的情感，包括喜爱、欣赏、崇敬、厌恶、恐惧、憎恨等，在思维过程中自然而然地流露出来，这就是形象思维诉诸情感、以情动人的特点。

再次，吠陀咒语诗也以形象思维为基础。咒语诗与巫术关系密切，在上古许多民族文学中都有发现，而印度文学中尤为丰富。《梨俱吠陀》中有少量的咒语诗，《阿达婆吠陀》则以咒语诗为主。吠陀咒语诗的思维方式具有非逻辑性，往往借助于形象思维。如下面这首《相思咒》：

① 巫白慧译，见季羡林、刘安武选编《印度古代诗选》，第24页。
② 黄宝生译，引自季羡林主编《印度古代文学史》，第18页。

象藤萝环抱大树，
把大树抱得紧紧；
要你照样紧抱我，
要你爱我，永不离分。

象老鹰向天上飞起，
两翅膀对大地扑腾；
我照样扑住你的心，
要你爱我，永不离分。

象太阳环着天和地，
迅速绕着走不停；
我也环绕你的心，
要你爱我，永不离分。（AV. 6. 8）①

这首咒语诗显然是形象思维的产物。藤萝环抱大树与诗人拥抱自己所爱的人之间没有逻辑联系，只有形象方面的相似，因此形象思维中相似性重于逻辑性。形象思维一方面相对于抽象思维而言，另一方面相对于逻辑思维而言。逻辑思维是基于概念、判断和推理，其推理过程要符合形式逻辑，形象思维则具有非逻辑性。形象思维的基础是联想和想象，面对比较抽象的事物，其思维特点是将抽象的思维对象拟人化，即以人的生活和思想为基础，通过想象和联想创造出拟人化的形象。比如这样一首《反诅咒》，就把诅咒想象为一个敌人：

有一千只眼的诅咒
驾起了车子向这儿出发。
找那咒我的人去吧，
像狼找牧羊人的家。

诅咒啊！绕一个弯过去吧，

① 金克木译，见季羡林、刘安武选编《印度古代诗选》，第31—32页。

像大火绕过湖；
打那诅咒我的人去吧，
像雷电打倒树。(AV. 6. 37)①

这个“咒语”有一千只眼，而且驾着车子，分明是一个手持利刃的武士形象。

最后，吠陀哲理诗的形象思维基础。不仅具象化的自然诗和神话诗是形象思维的产物，一部分表现理性思维、体现人类探索精神的哲理诗，也以形象思维为基础。比如创世神话是对人类和世界起源的解释，体现了吠陀诗人的终极关怀和形而上的哲理思考，然而这种哲理思考不是基于概念分析和逻辑推演，而是基于想象。吠陀创世神话有几种模式，一是胎藏。如《梨俱吠陀》中《造物者》一诗中想象有一个原始的“胎藏”，最先承受这胎藏的是水，诸天和有情众生都在这个“唯一”的胎藏中生成。二是幻化。在关于伐楼那神的一首诗中，诗人写道：“彼以摩耶，揭示宇宙，既摄黑夜，又施黎明。”“彼之神足，闪烁异光，驱散摩耶，直上穹苍。”（RV. X. 83. 3、8）②“摩耶（maya）”即幻，有幻化、幻力、幻术、幻现等意义，是印度哲学的一个重要范畴，说明现实世界的非真实性。该诗以伐楼那为世界的创造者，前一颂说明伐楼那以幻力创造了宇宙，包括黑夜、黎明等宇宙的变化和运行；后一颂说明伐楼那可以收回幻力，回归本体或者恢复本来面目。③ 三是化生。如《原人歌》描写创世之初众天神以原人布卢沙献祭，其身体的不同部位分别产生了天地日月以及不同的人类群体和社会阶层，是比较典型的尸体化生型创世神话。从哲学思维的角度看，这些诗歌表现了对世界本源问题深刻的形而上思考，然而，这种思考不是基于逻辑思维，而是基于形象思维。也就是说，这些创世神话的创作是以想象和联想为基础的形象思维，而不是以概念和推理为基础的逻辑思维。神话是上古人类认识和掌握世界的主要方式，体现的是人类童年时期对世界和人生的好奇心，这种方式以想象和象征为基础，是一种诗性思维方式，而不同于抽象思辨的理性思维，因而在神话的土壤上产生的哲

① 金克木译，见季羡林、刘安武选编《印度古代诗选》，第 32 页。
② 巫白慧译，见季羡林、刘安武选编《印度古代诗选》，第 16、18 页。
③ 参阅巫白慧《印度哲学：吠陀经探义和奥义书解析》，东方出版社 2000 年版，第 146—147 页。

学思考还只是一种萌芽，而不是完整的思想体系。

除了创世神话之外，吠陀中还有许多具有哲理性的作品，其中大部分也是形象思维的产物。吠陀诗人常常通过对现实事物的观察和描写体现哲理情趣，如《梨俱吠陀》中有这样一节诗：

两只鸟儿结伴为友，
栖息在同一棵树上，
一只鸟品尝毕钵果，
另一只鸟不吃，观看。（RV. I. 164. 20）[①]

这节诗被多种《奥义书》引用。这显然不是一首描写树和鸟的自然诗，而是进行世界观、人生观和价值观思考的哲理诗。这样的哲理诗显然是形象思维的产物。

二 逻辑思维

虽然吠陀神话有比较多的原始思维遗存，但吠陀文学毕竟是文明的结晶，其中有比较多的理性因素。所谓文明意味着人类理性的发展进入了一个新的阶段，通过理性约束感性，才能规范社会人生，从而形成文明社会。理性发展的外在标志是各种礼仪和典章制度，其内在标志则是逻辑思维的发展。吠陀诗歌也体现了这样的逻辑思维的发展。

首先是以自然和事理逻辑为基础的逻辑思维。随着理性思维的发展，人们逐渐从自然和人类生活中发现规律性，根据这样的规律性而形成逻辑思维，可以称为自然逻辑或事理逻辑。自然现象中的日出日落、昼夜更替、四季或六季循环，以及依据这样的循环更替而进行的人类活动，在诗歌中加以表现，都有逻辑思维的体现。《梨俱吠陀》中有许多反映社会现象的诗，如题为《苏摩酒》的一首诗中描写了当时的社会分工现象和由此形成的职业心理：

人的愿望各色各样：
木匠等待车子坏，

① 黄宝生译，见《奥义书》，商务印书馆 2010 年版，第 303、324 页。

医生盼人跌断腿，
婆罗门希望施主来。
苏摩酒啊！快为因陀罗流出来。(RV. IX. 112. 1)[①]

这样的反映社会生活的诗中，诗人面对日常生活，展开的是理性的逻辑思维，这样的逻辑思维不是条分缕析或层层推理，不是基于由概念、判断、推理组成的严密的形式逻辑，而是基于社会生活经验的事理逻辑。

吠陀诗人的理性思维比较多地体现在人生观和社会观方面。祭祖与送葬是当时印度重要的宗教活动和社会活动，许多祭祖诗和送葬诗是为宗教仪式创作的诗歌，比较关注社会问题，体现理性思维。《梨俱吠陀》第10卷第14首是一首歌颂阎摩的诗，是送葬时祭祀死者并向阎摩祷告用的，其中写道：

阎摩第一个为我们发现了道路。
这一片牧场决不会被人取去。
我们的先人们逝去的地方，
后生下的人们要依各自的道路前往。

去吧！去吧！遵循古时道路，
到我们的祖先所去过的地方。
你将看见两位王爷欢享祭祖礼品，
阎摩王和天神伐楼那王。

去和祖先们到一起，和阎摩一起，
带着祭祀和善行到最高的天上，
除去罪愆缺陷，再到家园，
和那身体一起，闪闪发光。(RV. X. 14. 2、7-8)[②]

这里贯穿一个思路，即阎摩是第一个死人，是死者之王或者死神，他为后来的死人开辟了道路。人死之后都要到他那里去，和祖先们在一起。

---

① 金克木译，见季羡林、刘安武选编《印度古代诗选》，第10页。
② 金克木译，见金克木《比较文化论集》，第48—49页。

这样的诗歌是逻辑思维的产物，是对死亡现象的解释，是对人生归宿的推理。送葬是人们面对死亡而展开理性思维的重要契机，对死亡问题的思考和探索，是思考人生意义，探索生命归宿的重要思想平台，因此诗人的世界观和人生观往往通过送葬诗表现出来。下面是《梨俱吠陀》中一首送葬诗的一节：

女人啊起来，你要活下去，
丈夫已死去，莫躺他身边；
如今这男子，成为你丈夫，
握住你的手，与你结姻缘。（RV. X. 18. 8）[①]

这首篇幅比较长的送葬诗，一开始写送走死神，最后几节写掩埋死者，中间大部分诗节是关心生者。这一节是诗人对死者的妻子说的话。她作为妻子陪伴死者到墓地，打算躺在死者身边随他而去，但诗人劝她活下去，不要躺在已经死去的丈夫身边，应该答应另一个男子的求婚，另结良缘。"《梨俱吠陀》时代社会中的人对死的看法与后来的很不相同。当时只认为死者是到祖先世界去了。诗中并没有悲伤的感情，也不认为死是最大的痛苦。没有生死轮回，自然也不需要超脱生死的解脱。那时的人对于生是眷恋的。死者由火送走或由地收去，重要的事情是保护生者。送葬诗中不是哀悼死者，而是庆幸生者活了下来，祝他们长命百岁。"[②] 总体上说，吠陀诗歌表现了热爱生活、珍惜生命的积极乐观的人生态度。这样的作品显然是理性思维的产物。

其次是终极关怀和形而上探索中体现的逻辑思维。吠陀诗人已经表现出对世界本源问题浓厚的兴趣和深刻的形而上思考。如上所述，创世神话是对人类和世界的起源的解释，总体上看大部分基于形象思维，但其中也有逻辑思维的体现，如《金胎歌》中写道：

洪水那时来到世界，
持着胚胎，生出了阿耆尼（火）；
由此众天神的唯一精灵出现了。

① 黄宝生译，引自季羡林主编《印度古代文学史》，第 15 页。
② 参阅金克木《比较文化论集》，第 74 页。

我们应向什么天神献祭品？

他以伟力观察水，
水持有能力，产生祭祀，
他是众天神之上的唯一天神。
我们应向什么天神献祭品？（RV. X. 121. 7-8）[①]

诗人思考的问题是水、火等物质元素和神灵等精神元素在创世过程中的作用。虽然这样的思考不是基于概念分析和逻辑推演，而是基于想象，但毕竟是哲学思辨的萌芽，体现了吠陀诗人的终极关怀和形而上探索。吠陀诗人关于人的归宿问题也有比较多的思考。比如《意神赞》一诗写道：

汝之末那，已经离开，到达遥远，阎摩境内。
吾人使之，退转归来，长享生活，在斯人间。（RV. X. 58. 1）

全诗 12 颂，是死者亲人祷告亡灵，认为亡灵将会投奔阎摩王国，或飞往海角天涯，或漫游空间四方崇山峻岭，或翱翔汪洋大海极地边疆，人们劝请死者的灵魂不要前往那些遥远的地方，而是返回人间，和亲人团聚。[②] 这样的对宇宙和人生奥秘的探索体现了人类的探索精神，表现了对世界、人生、自我等问题的认识。吠陀诗歌不仅表现了人类的探索精神，还表现出对神的存在及其作用的怀疑，如《有无歌》的最后两节：

谁真知之？谁宣说之？
彼生何方？造化何来？
世界先有，诸天后起；
谁又知之，缘何出现？

世间造化，何因而有？
是彼所作，抑非彼作？
住最高天，洞察是事，

① 金克木：《比较文化论集》，第 14 页。
② 参阅巫白慧《印度哲学：吠陀经探义和奥义书解析》，第 72—74 页。

唯彼知之，或不知之。(RV. X. 129. 6-7)[①]

在这首关于宇宙起源的诗歌中充满了疑问和困惑，表现了诗人的怀疑精神。怀疑是探索的基础，这种怀疑精神在上古时代是非常难能可贵的。其后的奥义书时代，婆罗门教中的许多思想家抛开对神的迷信，迈向纯粹的哲学思辨，而在婆罗门教之外，出现了否定一切神灵存在的顺世论哲学和否定吠陀权威的各种沙门思潮，这些都源于吠陀诗人的怀疑精神。从思维方式的角度看，探索和怀疑都是理性思维的体现，而且都要形成概念，经过判断和推理等逻辑思维过程，是逻辑思维的产物。

再次是哲学思辨中体现的逻辑思维。如果说形象思维的发达主要表现为文学艺术的繁荣，那么，逻辑思维的发展在精神文化领域主要表现为哲理思辨的出现。哲理诗主要是逻辑思维的产物，是诗人理性思考的结果。印度是一个富有哲学精神的民族，吠陀诗人已有丰富的哲学思考，创作出许多具有哲理性的诗歌。其中最有代表性的是《有无歌》（又题为《有转神》），诗中写道：

无既非有，有亦非有；
无空气界，无远天界。
何物隐藏，藏于何处？
谁护保之，深广大水？

死既非有，不死亦无；
黑夜白昼，二无迹象。
不依空气，自力独存。
在此之外，别无存在。(RV. X. 129. 1-2)[②]

这是一首纯粹的哲理诗，内容是关于宇宙起源和世界本体问题的讨论，提出了“有”“无”等哲学基本范畴，是一首直接以哲学基本问题为表现对象的哲理诗。其第一颂前两句说明宇宙本体超越有无的规定和限制，具有绝对性和超越性。这样提出哲学范畴和哲学命题的比较纯粹的哲

① 巫白慧译，见季羡林、刘安武选编《印度古代诗选》，第29—30页。
② 巫白慧译，见季羡林、刘安武选编《印度古代诗选》，第27—28页。

理诗，显然是逻辑思维的产物，然而，从逻辑思维的角度看，“无既非有，有亦非有”，这样的命题显然违反了形式逻辑，具有辩证思维的特点。巫白慧先生认为：“这两句话标志着吠陀哲学家在辨证的认识上有了一个飞跃，因为这两句话是对‘无’与‘有’作进一步的规定，是意味着‘无’与‘有’并非静止固定，而是在不断的运动中变化；‘无’不是永恒为无，‘有’也不会永远是有。按形式逻辑，这两句话是反矛盾律的；按辩证逻辑，二者则是对立统一的模式。……即运用‘非无’和‘非有’的双重否定来统一‘无’与‘有’的矛盾。从这个模式出发，吠陀哲学家推论任何两个相反的命题或判断，甚至‘生’与‘死’的矛盾，也将同样地发展到合二为一。”① 作品的第二颂“死既非有，不死亦无；黑夜白昼，二无迹象”就是这种对立统一的体现，也是吠陀诗人的辩证思维的延伸。从本体论的角度看，这一颂说明宇宙本体超越生死，是“不依空气，自力独存”的绝对存在。从逻辑思维的角度看，生与死是一对矛盾，如同黑夜和白昼，截然分明，互相对立。然而，黑夜与白昼是互相依存互相转化的，通过日月运行，黑夜变为白昼，白昼变为黑夜，生死之间也是一样，有生就有死，有死就有生，无生则无死，无死亦无生。在诗人看来，生与死，如同黑夜与白昼，虽然是互相对立的一对矛盾，但可以通过互相转化实现对立面的统一。这样的对昼夜现象的理解和认识，在一首歌颂黑夜女神的诗中也有所表现，诗人写道：

夜女神来了，
引出姊妹黎明；
黑暗也将离去。

你今天向我们来了；
你一来，我们就回到家里了，
如同鸟儿们回树上进窠巢。

我向你奉献，如献母牛，
白天的女儿啊！请选中收下

---

① 巫白慧：《印度哲学：吠陀经探义和奥义书解析》，第57—58页。

这如同对胜利者的颂歌吧！夜啊！（RV. X. 127. 3-4、8）[①]

在吠陀诗人那里，不仅光辉灿烂的朝霞和黎明受到歌颂，黑夜也被看作黎明的姊妹而受到赞美。这里的夜不是黑暗笼罩的恐怖世界，而是令人感觉温馨的时刻。夜女神来了，鸟儿归巢，劳动的人们回家歇息，体现了和谐的自然节律；夜女神引出姊妹黎明，他们都是白天的女儿。在吠陀诗人看来，白天、黑夜、黎明不是对立关系，而是亲缘关系。这样的观察和认识方式不同于西方的善恶、黑白、美丑截然相反的二元对立思维，体现的是对立统一的辩证逻辑。这样的对立统一的辩证思维奠定了印度古代哲学辩证法的基础，成为具有印度民族特色的哲学思维模式。

三　综合思维

无论是以具体可感的形象为思维单元的形象思维，还是以对立面的统一为特点的辩证思维，都具有综合思维的特征。所谓综合思维是相对于分析思维而言，季羡林先生指出："综合者从整体着眼，着重事物间的普遍联系，既见树木，又见森林。分析者注重局部，少见联系，只见树木，不见森林。"[②] 季先生认为，东方文化与西方文化的根本差异就是综合思维与分析思维的不同，西方文化的思维方式是分析性的，东方文化的思维方式是综合性的。吠陀诗歌既是东方文化综合思维的代表，也是东方文化综合思维模式形成的源头之一。

吠陀诗人综合思维的成果之一是整体主义世界观的形成。这样的整体主义世界观首先在创世神话中得以表现。吠陀诗歌中不乏对宇宙和人类起源问题的思考，如前面提到的《金胎歌》《水胎歌》《造物者》《无有歌》《原人歌》等，都有对宇宙和人类起源的终极思考，不仅表现了印度民族的探索精神和哲理情趣，而且体现了印度民族独特的世界观和思维方式。如《造物者》一诗中写道：

先于苍天，先于大地，
先于诸天，先于非天。

① 金克木译，见季羡林、刘安武选编《印度古代诗选》，第12—13页。

② 季羡林：《"模糊"、"分析"与"综合"》，季羡林、张光璘编选：《东西文化议论集》，经济日报出版社1997年版，第64页。

是何胎藏，水先承受，
复有万神，于中显现？

即此胎藏，水先承受，
诸天神众，于此聚会。
无生脐上，安坐唯一，
一切有情，亦住其内。(RV. X. 82. 5-6)[①]

诗人想象有一个原始的“胎藏”，最先承受这胎藏的是水，诸天和有情众生都在这个“唯一”的胎藏中生成。这些创世神话通过对宇宙发生过程的想象和叙述，形成了具有整体主义特征的世界观。

吠陀诗歌中最能体现整体主义世界观的作品是《原人歌》。该诗有16颂，前5颂说明原人布卢沙的终极性和超越性，他包摄天地四维，包含天神和众生。6至10颂描写祭祀，通过祭祀造出了牲畜、产生了三吠陀(梨俱、娑摩和夜柔)、马牛羊等。11至14颂描写天神通过以原人献祭而创造世界，诗人写道：

当他们分解布卢沙时，
将他分成了多少块？
他的嘴是什么？他的两臂？
他的两腿？他的两足叫什么？

婆罗门是他的嘴；
两臂成为罗阇尼耶；
他的两腿就是吠舍；
从两足生出首陀罗。

月亮由心意产生；
太阳由两眼产生；
由嘴生出因陀罗和阿耆尼；

① 巫白慧译，见季羡林、刘安武选编《印度古代诗选》，第19页。

由呼吸产生了风。

由脐生出了太空；
由头出现了天；
地由两足；四方由耳；
这样造出了世界。（RV. X. 90. 11-14）[①]

这是典型的尸体化生型创世神话，是对自然现象和社会文化现象进行幻想性解释，虽然其中有许多矛盾与不合理之处，但意蕴非常丰富深刻。特别值得注意的是其中的综合思维和整体主义世界观，自然现象的天地空及四方、日月星辰、各种动植物，社会现象中不同的人类群体和种姓制度，文化现象中三部吠陀典籍和祭祀仪轨等，不仅同源，而且同构，共同构成一个整体性的井然有序的世界。

其次，吠陀综合思维和整体主义世界观还表现为对宇宙构成元素统一性的认识。古代印度人认为世界是由地、火、水、风四大元素组成的，这四大元素在《梨俱吠陀》中都以神的身份出场。其中风神是风元素的代表，如一首歌颂风神伐多的诗写道：

众神的呼吸，万物的起因，
他依照自己心愿漫游四方，
声音能听到，模样见不着，
让我们拿祭品向伐多献上。（RV. X. 168. 4）[②]

这里把风看作“众神的呼吸，万物的起因”，体现了朴素唯物主义世界观。水元素不仅有水神作为代表，而且还有河神和海神，吠陀中到处可以看到人们对水的喜爱和敬畏。另外，代表土地的有大地女神。代表火的火神是吠陀中最重要的神祇之一，关于他的颂诗有 200 余首。

吠陀诗人认为不仅宇宙是由土、水、火、风等物质构成，人也是土、水、火、风四大元素的组合，人来自何处还要复归何处，人死之后还要回归四大元素。比如有一首歌颂火神的诗，是在送葬时诵唱的，其中写道：

---

① 金克木译，见金克木《比较文化论集》，第 9—12 页。
② 黄宝生译，引自季羡林主编《印度古代文学史》，第 19 页。

知世间者火啊！当你烧熟了他以后，
那时就请你将这人交给祖先。
当他走向这精灵界，
那时他便属于天神。

让眼睛走向太阳，呼吸向风，
依法走向天和地，
并走向水，若你安放在那里，
在草木中，就让你的身体停留下去。(RV. X. 16. 2-3)[①]

诗人首先说眼睛回归太阳，呼吸回到风，肢体安息在青草之中，也就是说，人本身是天地造化，人死之后也应该回归天地。接下来的一颂诗中，诗人还希望火神把他带到天国世界。这里的“他”肯定不是死人的尸体，而是他的灵魂，是人的永恒部分，[②] 也就是后世哲学家不断讨论的“我”。作品通过这样的综合思维，创造出具有象征意义的神话体系，不仅表现了对世界、人生、自我等问题的认识，而且表现了人与自然统一的整体主义世界观，蕴含着深刻的生态智慧。

再次，综合思维与整体主义世界观互为表里、互动并进。在综合思维的基础上形成整体主义世界观，这样的世界观又进一步强化人与世界统一性的认识，从而也强化并规范综合思维模式。在综合思维和整体主义世界观的基础上，吠陀诗人以整体和谐的思维看待人与世界的关系。自然诗中人与自然的亲缘关系，颂神诗中人与神的亲密关系，都是综合思维方式与整体世界观的表现。不仅如此，在吠陀咒语诗中，也有这样的综合思维与整体世界观的体现，如一首防止孕妇流产的咒语诗说：“像大地孕育一切萌芽，愿你的胎儿保住，妊娠期满后生下！”“像大地维持万物众生，愿你的胎儿保住，妊娠期满后生下！”（AV. VI. 17. 1、4）[③] 在诗人看来，大地孕育万物众生与人孕育胎儿之间有着必然的内在联系。

基于这样的整体主义世界观，吠陀诗人追求的最高境界是世界的整体

① 金克木译，见金克木《比较文化论集》，第 66 页。

② 参阅［英］麦克斯·缪勒《宗教的起源与发展》，金泽译，上海人民出版社 1989 年版，第 56—57 页。

③ 黄宝生译，引自季羡林主编《印度古代文学史》，第 29 页。

和谐。《夜柔吠陀》中有一首祷词，题为《祥和》，表达了对和谐世界的诉求和期盼：

让空间协调，天空祥和！
让大地平和，水流纯净！
让花草生长，树木茂盛！
让天神仁慈，大梵喜悦！
让一切充满和谐，祥和无处不在！
让这样的祥和伴随我们每个人！（YV. XXXVI. 17）①

作品表现了诗人对自然、人类、天神等不同存在的祥和祝愿，以及对人与人、人与自然、人与神之间和谐关系的追求。

世界的整体性，大宇宙与小宇宙统一观，是东方文化的精髓。这种统一观在中国表现为天人合一，在印度表现为“梵我同一”。“梵”是宇宙本体概念，是万物的根本和始基；“我”即个体灵魂。“梵我同一”思想在吠陀时代已经基本形成，如上所述，吠陀的创世神话类作品中已经有人与神、个体与本体统一的观念，有的吠陀诗歌则直接讨论了这方面的问题，如：

但愿此命我，兴奋又活跃，
躺在囚室中，安稳不动摇。
凡夫之命我，举行沙驮祭；
不死与有死，同出于一源。（RV. I. 164. 30）

这里“命我”即个体灵魂或意识，接近哲学范畴的“我”。囚室指肉体，有死是凡夫，不死即天神。在诗人看来，天上神明和地上生物虽然有外在的差别，但内在的自我具有同一性。② 这种统一性体现的是整体主义世界观，其中已经蕴含了“梵我同一”思想的种子。后吠陀时代《奥义

① 这里的协调、祥和、平和、纯净、生长、茂盛、和谐等，梵文原文都是一个词，本人参考印度学者阿鲁纳·戈埃尔的英译，根据修饰对象用了不同的词汇。Aruna Goel. *Environment and Ancient Sanskrit Literature*. Deep & Deep Publications PVT. LTD. 2003.

② 参阅巫白慧《印度哲学：吠陀经探义和奥义书解析》，第 97 页。

书》提出“我就是梵”的哲学命题并进行系统论述，建立起关于“梵”和“我”的哲学体系。这种“梵我同一”论为后世印度哲学特别是吠檀多派所继承，并加以发挥，成为印度宗教哲学的核心命题，亲证“梵我同一”成了宗教修行的最高境界。由此可见，吠陀诗人综合思维基础上的整体主义世界观和整体和谐思想，是后来“梵我同一”哲学命题的基础，而“梵我同一”思想则是印度民族综合思维与整体主义世界观的集中体现。

第二章

《摩诃婆罗多》的生态智慧

史诗是上古时代民族文化深沉厚积的结果，是最能体现民族精神和民族文化特点的一种文学现象，印度大史诗《摩诃婆罗多》就是这样一部作品。它既是印度民族文化传统的产物，体现了印度民族精神，又对印度民族文化传统的形成与发展产生了深远的影响。德国学者奥尔登伯格曾经指出：“在《摩诃婆罗多》中呼吸着印度的集体灵魂，也呼吸着她的民族的个体灵魂。”① 印度诗人泰戈尔指出：“读了《罗摩衍那》和《摩诃婆罗多》，我们感到它们像恒河和喜马拉雅山南侧一样属于整个印度，毗耶娑和瓦尔米基只不过是标志而已。”② 因此，将《摩诃婆罗多》放在印度文化传统中进行解读，既可以通过这部史诗了解印度文化，又可以通过印度文化加深对作品的理解。印度是一个富有生态智慧的民族，《摩诃婆罗多》作为英雄史诗体现的世俗文化，作为宗教经典体现的仙人文化，其森林书写体现的森林文明，都凝聚着印度民族丰富的生态智慧。

第一节　英雄史诗与世俗文化

印度文学史开端即存在两种不同的文学传统，一是表现王族武士生活和思想情趣的歌人传统或苏多文学传统，二是表现祭祀阶层生活和思想的颂诗传统或仙人文学传统。印度学者丹德卡尔认为，苏多或歌手主要诵唱人间英雄和国王的业绩以及普通民众的日常生活，在他们的叙事歌谣、通俗民歌和历史传说中，人们发现古代印度人多方面的世俗生活；而颂诗传统与宗教思想和宗教实践有关，其内容包含古代印度人的祷词、颂诗和巫

---

① 转引自黄宝生《〈摩诃婆罗多〉导读》，中国社会科学出版社 2005 年版，第 156 页。
② ［印］泰戈尔：《〈罗摩衍那〉》，倪培耕译，见《泰戈尔全集》第 22 卷，第 41 页。

术咒语，他们的精神渴望和哲学思辨。[1] 这两种文学传统，前者是世俗和历史的，是两大史诗的源头；后者是神话和仪式的，是《吠陀本集》和吠陀文献的源头。这两种文学传统最初是各自流动的，后来发生汇流。从文学源流的角度看，史诗《摩诃婆罗多》显然属于前者。

一

《摩诃婆罗多》的创作年代争议非常大，最早可以推到公元前 10 世纪以前，最晚可以推到公元后若干世纪。一般认为《摩诃婆罗多》的发展经历了三个阶段：第一个阶段名为《胜利之歌》，只有 8800 颂；第二个阶段名为《婆罗多》，规模扩大到 24000 颂；第三个阶段才成为号称十万颂的《摩诃婆罗多》。无论作品创作于何时，其原始阶段应该是苏多传统的产物。“苏多”即歌手，一般是刹帝利之男与婆罗门之女结合所生，地位比二者都低。他们的职业就是给国王或刹帝利贵族当歌手，有时担任史官或秘书。这一阶层的人既熟悉国王贵族内部的政治斗争，又与下层人民群众有密切的联系。他们是史诗的创作者和民间传说故事的搜集、编纂和加工者。许多历史传说由他们编成诗歌进行传唱。他们的地位决定了他们作品的倾向是世俗性的，不同于婆罗门仙人和佛教僧侣们的作品。因此，从创作主体的角度看，《摩诃婆罗多》显然是世俗文化的产物。

《摩诃婆罗多》的核心故事和主要内容都具有世俗性。史诗的核心故事是堂兄弟之间为争夺王位和领土而进行的一场大战，其主干情节是：毗湿摩的弟弟的两个儿子生下来，大的是个瞎子，名叫持国，小的名叫般度。持国生有百子，长子难敌；般度有五个儿子：坚战、怖军、阿周那、偕天和无种，是妻子以借种生子的方式与神灵结合所生。般度的妻子贡蒂出嫁前还有一个私生子，是太阳神的儿子，叫迦尔纳，被车夫收养。般度做了国王，但不久就死了，持国继承了王位，请德罗纳教这些孩子武艺。坚战长大了，应当继承他父亲做国王，难敌不肯，并嫉妒五兄弟武艺高强，便企图谋害他们，修建了一座易燃的紫胶宫让他们居住，准备放火烧死他们。般度族五兄弟事前得到消息，挖地道逃脱。他们来到另一个国家，赶上该国为黑公主举行选婿大典。阿周那武艺高强，战胜所有对手，赢得了黑公主，也得到一个强大的国家作为后援。持国得知五兄弟没死，

---

① 参阅［印］丹德卡尔《〈摩诃婆罗多〉的起源和发展》，黄宝生译，见黄宝生《〈摩诃婆罗多〉导读》，第 166—167 页。

便将国土一分为二，让坚战和难敌分别治理。坚战有政治才能，将国家治理得繁荣富强，引起难敌嫉妒。难敌向坚战挑战掷骰子，坚战勉强应战，先后输掉了财产、国土、五兄弟和黑公主。难敌兄弟当众侮辱黑公主，由此结下深仇大恨。持国接受毗湿摩等人的劝告，宣布赌博无效。难敌不甘心，提出最后赌一把，输者流放森林 12 年。坚战赌输，带领弟弟和黑公主去往森林。流放期满后，坚战要索回国土，难敌不给，战争不可避免。准备开战期间双方都争取盟友。关键人物多门岛国王黑天与难敌和阿周那都有交情，他将军队给了难敌，自己作为阿周那的车夫帮助坚战一方。战前双方谈判，坚战一方让步到只要五个村庄。难敌自以为胜券在握，寸土不让，双方大战。战争开局对坚战一方不利，但足智多谋的黑天为他们设计除掉了对方三位统帅：毗湿摩、德罗纳和迦尔纳。最后难敌一方战败，但他手下大将夜袭敌营，杀死了般度族的残军，只有不在营中的五兄弟和黑天幸免。战后，妇女们哭吊战死的亲人，诅咒这场战争，并诅咒大战主谋黑天一族遭受同样的命运。后来诅咒应验，黑天全族自相残杀而归于灭亡。胜利的坚战继承王位后，国家强盛，但由于亲人一个个离去，五兄弟厌倦尘世，与黑公主一起登雪山修道。最后他们来到天国，见到了早已进入天国的难敌兄弟。

《摩诃婆罗多》是一部以战争为题材、以武士为主人公的英雄史诗。作品描写的战争有一定的历史成分。在公元前 15 世纪前后，印度曾经发生过一场由雅利安人之间的内部纷争引起的毁灭性的战争，所以这部史诗在印度古代一直被看作“历史传说”。古希腊的荷马史诗《伊利昂纪》（*Iliad*）和《奥德修纪》（*Odysseus*）是英雄史诗的代表，塑造了阿喀琉斯、奥德修斯等英雄人物。东方文学史上并没有“史诗”概念，近代学者之所以将东方古代许多长篇叙事诗看作“史诗”，主要是受西方文类学的影响，同时也说明这些作品与以《荷马史诗》为代表的西方史诗非常相似。英雄史诗一般是以战争为题材，主人公一般都是英勇善战的英雄。《摩诃婆罗多》像希腊的《伊利昂纪》一样，写的是一场毁灭性的大战，宏伟壮观气势磅礴，战车隆隆刀光剑影，始终响彻着战斗的呐喊。围绕这场战争，史诗描写了一批英勇善战的英雄，其中的毗湿摩、阿周那、怖军、德罗那、迦尔那、马嘶等，都是勇敢的战士。因此，《摩诃婆罗多》是一部典型的英雄史诗。

怖军、阿周那、迦尔纳是作品着力塑造的武士形象，他们不仅个性鲜明，而且都是具有复杂性和多重性的典型人物。怖军嫉恶如仇，敢做敢为。他没有坚战的容忍，也没有阿周那的理智，他不能忍受难敌兄弟的欺侮，当难敌兄弟当众侮辱黑公主时，他怒不可遏，发誓要复仇。他们隐居摩差国期间，国舅空竹企图霸占黑公主，坚战怕暴露身份主张隐忍，怖军则设计杀死了空竹。在战场上，他对敌人毫不手软，杀尽难敌兄弟，实现了撕开难降胸膛喝血、打断难敌大腿的誓言，显得有些残暴，而且是违犯武士规则打断难敌大腿，胜之不武。他在战后一直不能原谅和宽容失去儿子的老国王夫妇，致使他们决心隐居森林并死于森林大火。他心直口快，常常出言不逊，惹事生非。比武大会上他羞辱迦尔纳，种下仇恨。然而他并非简单狂暴之徒，关键时刻也能深明大义。虽然他平时积极主张复仇，但当毁灭性的大战来临，为了避免生灵涂炭，他也表示了和平的意愿，他对即将出使的黑天说："你无论怎样说，都要让俱卢族人接受和平，诛灭摩图者啊！你不要拿战争恐吓他们。难敌粗暴，易怒，嫉恨，骄慢，对他说话不能严厉，要和气。……你要和和气气，慢慢地跟他讲清正法和利益，尽量顺从他的意愿，不要过分傲慢。黑天啊！我们都愿意谦卑地顺从他，不要让我们的婆罗多族毁灭。这样，他和俱卢族人就会放过我们，……恶运也就不会降临俱卢族。黑天啊，你去劝说老祖父和会堂里的人们，请他们恢复兄弟情谊，请持国之子难敌息怒。"（5.72.1-22）①

阿周那从小胆识过人，习武期间又表现得出类拔萃，比武大会上大显身手。他不仅武艺高强，而且遇事冷静理智，流放森林期间，他不是哀叹命运，埋怨兄长，或者无谓地争辩是否复仇，而是听从毗耶娑的建议，前往雪山修炼，取悦大神，从而获得法宝，为将来的战争做好准备。在争取盟友的过程中，黑天将自己和他的军队分作两份，让阿周那和难敌挑选，阿周那理智地挑选了黑天本人。大战开始，阿周那看到敌方阵营中大多是自己的亲族，而且有自己尊敬的长辈和老师，对战争的意义产生怀疑，决心放下武器，宁可被杀，也不去杀人，显示了他善良的本性和丰富的内心世界。经过黑天的说教，他明白了自己的职责，便义无反顾地投身战斗，成为般度族的主将。阿周那也是一个复杂的人物，作为武士，在战场上应该遵守武士规则，光明正大地战胜敌人，然而由于敌强我弱，难以取胜，他又不得不采纳黑天的建议，用诡计杀死敌方统帅，难免有胜之不武的内

---

① ［印］毗耶娑：《摩诃婆罗多》（三），黄宝生等译，中国社会科学出版社 2005 年版，第 247—248 页。本书引《摩诃婆罗多》皆依据该译本，下文只标出作品篇章颂编号，不再注释。

疚。另外他也有过分高傲的缺点，拒绝与“车夫之子”迦尔纳比武，不仅给迦尔纳造成无法弥补的心灵伤害，而且给难敌以拉拢迦尔纳的可乘之机。他趁人之危射死迦尔纳，也与第一武士的身份不符。

迦尔纳更是一个具有复杂性的人物。他是贡蒂出嫁之前与太阳神的私生子，生下来被抛弃在河里，被一个车夫救起抚养成人，因而他的身份非常特殊，既是地位低贱的车夫之子，又是英勇无敌的神灵之子，更是被王后遗弃的多余的孩子，这些造成了他性格的多面性和命运的悲剧性。作为太阳神之子，他是天生的武士，一降生就披着不可战胜的盔甲，而且通过努力学习精通各种武艺，不亚于阿周那。然而由于他是车夫的儿子，没有资格与王子比武，即使难敌封他为盎伽王也无济于事，因此他在羞愧之余，痛恨那个拒绝他侮辱他的世界，而对赏识他的难敌感恩戴德。他有正直善良的一面，当黑天向他说明身世，劝他与自己的亲兄弟和解，可以让他以般度族长子的身份灌顶为王，成为黑公主的丈夫，享受大地，般度族五兄弟将成为他的侍从，但迦尔纳拒绝了，理由是他不能对不起养父养母，不能背弃让他享受了十三年王权的难敌。当然，也许还有更深层的原因，他不能原谅遗弃自己的母亲和曾经侮辱自己的弟弟们。母亲贡蒂在大战前亲自找他说明真相，希望他与亲兄弟和解团聚，被他拒绝。后来受伤倒下的毗湿摩也劝他与般度族兄弟团聚，他回答说：“贡蒂抛弃我，车夫养育我。我享用了难敌的财富，不能背信弃义。”（6. 117. 22）遭遗弃的怨恨之情溢于言表。但他在黑天面前，还是为曾经伤害般度族兄弟而表示歉意，并祝愿坚战胜利为王，而且他还为般度族考虑，希望黑天保守秘密，因为根据当时情势和各人性格，如果坚战知道迦尔纳是自己的长兄，就不会接受王国，而如果迦尔纳接受了王国，也会送给难敌。这样迦尔纳就陷入两难境地，他要与自己的亲兄弟为敌，内心还希望敌人胜利，由此造成了他悲剧的必然性，无论他是胜利还是失败。这位英雄的悲剧还不止于此，不幸的命运造成了他的变态心理和双重人格，他仇恨般度族，不仅因为他们曾经羞辱他，而且因为他也参加了选婿大典但没有赢得黑公主，由此对黑公主也怀恨在心，在那场赌博中，他明知不公平，但却暗自高兴，和难敌兄弟一起羞辱黑公主。他性格乖戾，心胸狭窄，他对难敌表面忠诚，实则不顾大局，由于开始没有当上统帅，在毗湿摩当统帅期间他拒绝出战，致使敌方可以集中优势，将他们各个击破。他为了弥补自己的出身缺陷，常常装腔作势，以慷慨大度的形式博取人们的吹捧。他不仅虚伪，而且过于自负，这是作为武士的大忌，导致他最终的毁灭。他的生父太阳神曾经告诫他，任何时候不要丢弃与生俱来的盔甲和耳环，那是使他无敌于天下的法宝，然而，当阿周那的父亲变成一个婆罗门向他要这两件东西时，他一方面为了维护慷慨好施的形象，不能拒绝婆罗门的任何要求，另一方面也是由于过分自信，认为自己不需要宝物也能战胜敌人，将两件护身宝物给了婆罗门，结果自己被对手射杀。

史诗中大部分武士都具有鲜明的个性，是作者从生活出发以现实生活为基础塑造的武士形象，不同于以劝善惩恶为目的的宗教文学。宗教文学往往从概念出发，人物要么极善，要么大恶，结局都是善恶有报，从而实现劝善惩恶的创作意图。世俗文学则不然，作品不是从概念出发，而是从生活出发；人物不是模式化的某种概念的化身，而是像生活本身一样充满多样性和复杂性。人们以自己对人生对社会的不同立场和不同理解选择自己的道路和行为，读者也根据自己的社会经验和人生态度对人物有不同的理解和感受，其间善恶交织，美丑混融，对错难辨。这样的活生生的有血有肉的人物当然是世俗文化的产物。

二

《摩诃婆罗多》不同于一般的英雄史诗。作为世俗文化的代表，作品中还有政治家形象的塑造和治国之道的探讨，因而是一部政治性的史诗。作品中的坚战、难敌、黑天等人，他们的主要活动不是在战场上厮杀，而是胸有城竹，运筹帷幄，是政治家而不是武士形象。毗湿摩形象比较特殊，他既是武士，又是政治家，是作品的中心人物之一，也是作者着力塑造的一个人物形象。他是福身王的儿子，深得父王喜爱和信任，本来可以继承王位，但他为了父王能够娶到心爱的女人，放弃了王位继承权，而且为了避免后代争夺王位而发誓不结婚。即使两个弟弟无子而终，王族没有继承人，他也恪守自己的誓言，决不结婚、生子。后来，两个弟媳妇借种生子生下持国和般度，毗湿摩作为老臣和长辈尽心辅佐侄子，成为国家的支柱。他是一位坚持正法并精通治国之道的政治家，在他的治理下，算得上国泰民安。后来持国和般度的儿子们长大，王位继承权成了问题，他建议持国将王国一分为二，由坚战和难敌分别治理，不失为避免同室操戈兄弟阋墙悲剧的良策。面对俱卢族和般度族的争斗，他一方面极力劝和，一方面尽力主持公道。他内心非常矛盾，既同情处于弱势的般度族，在持国王面前为他们争取利益，但他作为大臣，又不能不为处于正统地位的持国和难敌效劳。大战之前，他极力劝和，但不能说他为避免战争已经竭尽全力，因为凭他的威望和能力是可以阻止战争的。大战之中，他认识到正义在坚战一方，并同情他们，然而却又担任难敌军队的统帅，执行难敌的意志，大战般度族。他感觉只有一死才能解决内心的矛盾，于是将打败并杀死自己的方法告诉前来请教的坚战。作品对他的矛盾心理有深刻的表现，一方面，他明辨是非，有正义感和同情心，是正法的代表；另一方面他又必须恪尽职守，这也是正法的要求。他性格刚毅过人，但却不够果断，因而处处被动；他智慧过人，却不够狡黠，只能以悲剧告终。

坚战是作品着力塑造的一个政治家形象，在他身上寄托着作者的也是印度古代人民的政治理想。他们的理想是建立一个贤明国王统治下的太平统一的大帝国，坚战就是这样一个被人民拥戴的贤明国王。坚战是贡蒂与阎摩生的儿子，是正法之神的化身。他作为王族的长子，有权继承父亲的王位，他的表现也得到人民群众的爱戴。作品《初篇》第 129 章写道，市民们看到般度的儿子们具备种种美德，常常议论："般度的长子年纪虽轻，为人处世却十分老成；他言语真实，慈悲为怀，如今我们理所当然应该为他举行灌顶登基礼。因为他深明正法，对于福身王之子毗湿摩，对于持国及其儿子们，现在他以礼相待，将来也会让他们尽享荣华富贵。"（1. 129. 7—8）也就是说，坚战不仅具有继承王位的资格，具备当好国王的素质，更重要的是，他不会排斥异己，当国王可以给国家和人民带来安定。然而难敌不愿意屈居人下，并且他也有继承王位的权利，由此矛盾冲突在所难免。难敌争夺王位不是靠德行和能力，而是设计谋害般度五子。面对难敌兄弟咄咄逼人的攻势和一次次的迫害，坚战采取了隐忍的态度。在毗湿摩的建议下，老国王持国为了调和矛盾，让坚战和难敌各分得一半国土，分别治理。坚战依法治国，表现出很高的政治才能，国家很快强盛起来，由此遭到难敌嫉妒，设计掷骰子阴谋，赢取坚战的王国。坚战失去王国之后，仍然坚持正法，信守诺言，赢得广泛的同情和支持，最后以弱胜强，夺回王国统治权，建立新的太平盛世。坚战的性格特点是宽容忍让，这一方面出于善良的天性和老成持重的性格，另一方面也是一种策略。处于弱势中的般度族，通过宽容忍让赢得广泛的同情。特别是大战之前，他为了避免战争，做出了最大的让步，只要五个村庄，让五兄弟有容身之地就行，而难敌则一意孤行，连针尖大的地方也不给。这样，坚战首先得到了道义上的胜利，连敌方的统帅、主将都成了般度族的同情者，对他们进行暗中帮助。坚战的另一个特点是以德报怨。在流放森林期间，难敌前来羞辱他们，被健达缚掳走。坚战不计冤仇，命令弟弟们将难敌救出。当然，坚战形象中也有多面性和复杂性，他也具有人性的弱点，难敌邀请他掷骰子，他一方面出于礼貌接受邀请，另一方面也存有侥幸心理，希望通过赌博赢取财富和王权，结果越陷越深，难以自拔。他以遵守正法和维护正法为己任，又渴望获得王权，然而王权和正法之间常常发生矛盾，使他无所适从。他曾经对毗耶娑表示："履行正法和统治王国，两者经常发生矛盾，我为此感到困惑，百思不得其解。"（12.38.4）大战中，面对强敌，他不能恪守武士规则，只能用计谋取胜。他原来从不说谎，却不得不用谎言欺骗德罗纳，说他儿子马嘶死了，使德罗纳心灰意冷，坐以待毙。他用不正当的手段杀死了自己尊敬的长辈毗湿摩、老师德罗纳和兄长迦尔纳，虽然最终取得胜利，但他始终不能摆脱负罪感；虽然被拥戴登基为王，却始终背着精神的重负，享受不到王权的快乐。只有精通政治、洞悉人性而又熟悉王族生活的作者，才能塑造出坚战这样的具有悲剧色彩的政治家形象。

治国之道的讨论是这部史诗的重要特色。这些讨论主要集中在《和平篇》。大战结束后，取得胜利的坚战登基为王，请躺在"箭床"上的毗湿摩传授治国之道。毗湿摩对坚战进行的长篇说教，是史诗中最长的一篇插话。毗湿摩对坚战的教诲分为《王法篇》、《危机法篇》和《解脱法篇》三部分。其中后一篇属于出世法，前两篇为治国之道。所谓"王法"是指国王在正常情况下的职责。在《和平篇》第59章，毗湿摩开始讲述由大梵天创造、世代传承的治国论著作《刑杖政事论》，内容包括国家的起源、国家的日常事务、人生四大目的、四种姓的划分及其职责、人生四个阶段、国王与臣民的关系、违法犯罪的惩治等。关于国王的职责和治国的方法是其中的主要内容，包括政治谋略，战争艺术，分清敌人、朋友和中立者，消除隐患，保护臣民等。所谓"危机法"是指国王在非常时期采取的非常手段，体现"正法微妙"思想。因为现实生活复杂多变，一旦国家陷入危机或遇到特殊情况，国王必须有应变能力，为了保存自己，克服危机，可以采取一些非常甚至非法的手段。坚战曾经顾虑履行正法和统治王国之间的矛盾，为曾经杀死许多不该杀的人而深感不安，毗耶娑安慰他说，如果杀死一个人可以保全家族，如果杀死一个家族可以保全王国，那么这样的杀戮不违正法，并指出："有时正法以非正法的面貌出现，有时非正法以正法的面貌出现，智者能够识别。"（12.34.20）毗湿摩则告诫坚战："国王要想取得成功，就要兼用正法和非正法两种手段。"（12.81.5）在作品的主干情节中，难敌一方多次试图除掉般度族，采取了许多非法手段，作者对此是否定的，因为难敌是在国家处于正常情况下，没有遇到危机而采取了非法手段，因而成为非正义的代表。坚战一方在与俱卢族的斗争中一直处于弱势，采取隐忍克制的态度，赢得了广泛的同情，成为正义的代表。然而在大战中，般度族在黑天的指导下屡次使用诡计除掉对方统帅，是在危机状态下为了保存自己消灭敌人而采取的非正常手段，符合危机法，因而是合理的。然而，难敌兄弟一方面始终认为自己应该继承王位，认为自己的事业是正义的；另一方面，在大战中他们恪守武士规则，符合刹帝利正法，虽然败亡，仍不失英雄本色。最后作者让双方都升入天国，也是正法微妙的表现。

在治国方面，作品特别推崇"刑杖"。《和平篇》开始，大家劝说坚战登基为王，阿周那主要依据"刑杖论"，说道："刑杖统治一切众生，保护一切众生。一切沉睡时，刑杖警觉着。智者们懂得刑杖就是正法。"（12.15.2）"如果世界上没有刑杖，众生会毁灭，强者会像在叉子上烤鱼那样蹂躏弱者。"（12.15.30）"世界上每个人都受到刑杖管束，天生纯洁的人难得，大多出于惧怕刑杖，而奉守职责。"（12.15.34）"一切众生依靠刑杖，智者们认为刑杖是威慑。天国根植刑杖，这个人类世界也根植刑杖。"（12.15.43）后来毗湿摩为坚战讲解治国之道，依据的也是《刑杖政事论》，他对坚战说："在这世上，一切依赖刑杖。它是正法的名称，大王啊！又可以称作法则。"（12.121.8—9）"如果世上没有刑杖，人们就会互相行凶，坚战啊！由于惧怕刑杖，人们才不互相残杀。"（12.121.33）"刑杖永远一视同仁，依据正法判断。"（12.121.47）"无论父亲、母亲、兄弟、妻子或家庭祭司，谁不遵守自己的正法，都不能逃避国王的惩罚。"（12.121.57）"刑杖"即律法，在这方面，史诗作者类似主张严刑峻法的中国法家，其思想基础是人性本恶。

三

除了战争和政治方面的内容，作为世俗文化的产物，《摩诃婆罗多》非常关注人生和社会问题。人生问题主要是关于人生四大目的探讨。法、利、欲、解脱是印度教规定的人生四大目的，其中解脱属于“出世法”，另当别论。在属于“入世法”的三大目的中，法即正法，有宗教教义和伦理道德的内涵，但主要指人生的责任和义务；利即利益，包括财富和权利；欲即欲望，主要指情欲，都是形而下的世俗追求。印度教承认利益和情欲的合理性，这在《摩诃婆罗多》中有比较充分的体现。作品的核心故事就是堂兄弟之间围绕王位继承权的斗争。王国之争是权利之争，也是财富之争，这样的争夺本身无可厚非。在王位继承权问题上，作品没有特别的倾向性，不像中国的《三国演义》那样有正统观念。代表公正的老祖父毗湿摩也认为难敌和坚战都有继承权，因而促使持国王将王国一分为二，交给难敌和坚战分别治理。战争的起因是难敌以不正当手段夺取坚战的王国，这是作品所反对的，因此难敌成为非正义的一方，坚战成为正义的一方，最后正义的一方得道多助，取得胜利。可见作品对利益和欲望本身并不否定，而是反对用不正当的手段获取利益。

史诗将法、利、欲称为“人生三要”，它们之间的关系是作品中经常讨论的问题。在《和平篇》第 161 章，坚战问四位弟弟和叔叔维杜罗，正法、利益和爱欲，三者之中那个最重要？维杜罗回答：“国王啊！正法最优秀，利益居中。智者们都说爱欲居次。因此，控制自我的人最倚重正法。”（12. 161. 8）阿周那认为利益最重要，说道：“这是行动的世界，国王啊！生计受到称赞。耕种、经商、牧牛和各种技艺。这就是利益，一切行动都不违背它。经典上说，缺少利益，正法和爱欲都不能运转。有了财富，就能履行至高的正法，就能实现自我不完善的人难以实现的欲望。经典上说，正法和爱欲是利益的肢体。因为只有获得了财富，才能实现正法和爱欲。”（12. 161. 10—13）阿周那一方面引经据典，他所说的经典估计是《利论》一类的著作，因为印度古代不仅有阐述正法的各种法论著作，而且有关于利益的《利论》和关于爱欲的《欲经》等，属于世俗文化经典；另一方面，阿周那以现实中的人为例，无论哪个阶层，甚至离世修行的仙人，身穿袈裟的僧侣，也都追求财富。正所谓天下熙熙，皆为利来，天下攘攘，皆为利往。怖军更强调爱欲的重要性，认为：“没有爱欲，便不会追求利益；没有爱欲，便不会追求正法。没有爱欲，无所追求。因此爱欲最重要。”（12. 161. 28）这些观点与作品中人物的人生追求是一致的。

社会问题主要是处理人与人之间关系，在《摩诃婆罗多》中，社会问题主要表现为种姓问题。作品对种姓制度是基本肯定的，四大种姓的划分以及各个种姓的职责的规定，是作品的重要内容。为了维护种姓制度，作品一方面将这一制度神圣化，如《薄伽梵歌》中黑天宣称他创造了种姓：“按照性质和行动区别，我创造了四种种姓。”（6. 26. 13）另一方面通过正法规定各个种姓的责任义务。《和平篇》第 60 章，毗湿摩先讲了适合一切种姓的永恒的正法：“不发怒，说真话，公正，宽容，与自己的妻子生儿育女，纯洁，不背叛，正直，养育仆人，这九项是一切种姓的正法。”（12. 60. 7—8）然后分别讲述婆罗门、刹帝利、吠舍和首陀罗的正法。婆罗门的正法主要是学习和教授吠陀、自制、平静、拥有知识、获取财富，另外还特别提到繁衍后代、施舍和祭祀；刹帝利的正法主要是保护臣民，消灭盗匪，在战场上逞威，征服世界；吠舍的正法主要是施舍、学习、祭祀和正当地积聚财富，另外还“应该像父亲一般保护牲畜，……通过保护牲畜，他会获得极大快乐。因为生主创造牲畜，就是要把它们托付吠舍照看”。（12. 60. 22—23）首陀罗的正法是侍奉其他种姓，不能积聚财富，“如果首陀罗获取财富，控制其他种姓，便成罪人”。首陀罗的生活主要靠其他种姓供养，使用再生族用过淘汰的旧物品，“首陀罗没有自己的财产；主人可以取走他的财产。”（12. 60. 35）显然，首陀罗被置于奴隶地位。种姓的产生主要基于社会分工形成的职业群体，在特定的社会发展阶段具有一定的合理性。婆罗门教将种姓作为法的重要内容固定下来，种姓等级森严，不可逾越，不能改变，造成种姓压迫和人民隔阂，就失去了合理性。

为了缓和种姓矛盾，维护社会和谐稳定，《摩诃婆罗多》也对种姓制度进行了一定的改革。首先是通过正法约束各个种姓的行为，使正法成为处理人与人之间关系的主要依据。“正法”具有哲学真理、宗教信仰、社会道义、人生职责等方面的内涵，其中有政治法律的意义，有宗教伦理的意义，也有世俗责任和行为规范的意义，其主要作用是处理人与人之间关系，维护社会的和谐稳定。印度学者苏克坦卡尔在评论《摩诃婆罗多》时说道：“史诗中所描绘的世界好像是围绕着一个固定的轴在旋转，这个轴就是正法——正义和人的正确行为，遵循礼仪和对同类和大神的全部责任。”[①] 印度现代学者也对正法作了大量的诠释，如印度哲学家和社会学家帕格温·达斯关于正法的定义是：“就极广的意义而言，正法即世界之

① ［印］苏克坦卡尔：《论〈摩诃婆罗多〉的意义》，李楠、王邦维译，见季羡林、刘安武编《印度两大史诗评论汇编》，第 217 页。

秩序，……简单地说，就科学角度而言，正法是一种独特的品性；就道德与法律之意义而言，它是一种责任；就心理与精神之意义而言，它是一种具有其所有正确含义的宗教信仰；就一般的意义而言，它则是一种正义与法律，但是在此处责任尤其高于一切。”① 我国印度学家刘安武先生认为正法“比较接近汉语中的天道、大道、天理、天职等词的含义”。② 虽然关于正法的一些规定并不合理，但其中有责、权、利相统一的思想内涵，对稳定社会秩序起了重要作用。其次，作品也表现了一定的平等思想，如黑天说：“我平等看待一切众生，既不憎恶，也不宠爱。”（9. 29）“即使出身卑贱的人，妇女、吠舍和首陀罗，只要向我寻求庇护，也能达到至高归宿。”（9. 32）这些思想成为后来印度教进一步改革的虔诚运动的基础之一。再次，史诗中也有打破种姓界限的尚贤思想。毗湿摩在讲述国王应当任用的大臣中，包括：“四位精通吠陀、果断、英勇而纯洁的婆罗门，三位训练有素，行为一向纯洁的首陀罗，一位具备八种品德、精通往世书的苏多。”（12. 86. 7—8）毗湿摩还说，如果盗匪猖獗，国家混乱，不管是婆罗门、吠舍还是首陀罗，都可以依照正法，高举刑杖，征服盗匪，“不管他是首陀罗，还是别的什么人，都应该受到尊敬。”（12. 79. 37）甚至说：“谁始终保护善人，惩处恶人，他就应该成为国王，维持一切。”（12. 79. 43）这样的打破种姓界限，举贤任能思想在当时是非常难能可贵的。

第二节 宗教经典与仙人文化

《摩诃婆罗多》不仅是一部具有政治诉求的英雄史诗，而且是一部支配人们思想和灵魂的宗教经典，对印度人的行为规范和人生价值观产生了深远的影响。在史诗时代，《摩诃婆罗多》已经有“第五吠陀”之称，后来，随着印度主流宗教由婆罗门教发展成为印度教，其地位逐渐高于吠陀经典，其插话之一《薄伽梵歌》甚至成了印度教的首要经典。《摩诃婆罗多》由英雄史诗发展成为宗教经典，是仙人文化影响的结果。

---

① 转引自［印］苏克坦卡尔《论〈摩诃婆罗多〉的意义》，李楠、王邦维译，见季羡林、刘安武编《印度两大史诗评论汇编》，第 207—208 页。

② 刘安武：《印度两大史诗研究》，北京大学出版社 2001 年版，第 135 页。

一

《摩诃婆罗多》的作者署名为毗耶娑（意译“广博”），可能是原初的《胜利之歌》的作者，也可能是假托的名字，因为毗耶娑有划分、扩大、编排等含义。这个署名不仅意味着有许多人参与了史诗的创作和加工编订，而且意味着印度世俗文化和仙人文化在作品中的融合，因为毗耶娑的身份比较特殊，他既是作者，又是作品中的一个人物；在作品中，他既是修道士仙人，又是作品主人公王族武士坚战兄弟和难敌兄弟共同的祖父，本身就体现了世俗文化与仙人文化的结合。

从史诗开篇的缘起故事得知，歌人毛喜之子厉声，在镇群王举行的蛇祭大会上，听到护民子仙人演唱由其师傅毗耶娑创作的《摩诃婆罗多》。他来到飘忽林参加寿那迦仙人的祭祀大会，应林中仙人们的请求，他将从护民子那儿听到的和从自己父亲那儿听到的《摩诃婆罗多》演唱出来。作品中还有持国王的一个侍从全胜，由他给瞎眼的持国讲述大战经过。毗耶娑创作完成后，教给儿子苏迦和四个徒弟分头演唱。在这些参与创作和最初演唱的群体中，全胜、毛喜、厉声的身份属于苏多，其余皆为仙人。这个创作和演唱群体也体现了史诗世俗文化与仙人文化结合的特点。

史诗由最初的《胜利之歌》发展到第二阶段的《婆罗多》，既有内部的发展，也有外部的影响。内部发展主要表现为主干情节的复杂化，战争前因的追寻和后果的交代，以及婆罗多族早期历史的追溯等，其创作主体应该是苏多。外部影响主要是宗教因素的渗透。由《胜利之歌》转化为《婆罗多》的一个重要的推动力量是公元前 5 世纪前后的新宗教运动，这个新宗教运动的主要导师和领袖是黑天。[①] 这一新宗教的兴起和发展与《胜利之歌》发展成为《婆罗多》同步。新宗教的倡导者们参与了史诗的改编，他们让史诗的主人公般度族英雄与黑天发生联系，黑天成为他们的亲戚、朋友、导师，进而让他们意识到黑天的神性，使黑天逐渐成为史诗的中心人物。在《胜利之歌》发展成为《婆罗多》的过程中，苏多歌手与黑天信徒都有所作为，因此，可以说，《婆罗多》是苏多文化与仙人文化结合的产物。当然，这里的仙人文化取其广义，因为新宗教领袖黑天及其追随者属于刹帝利，而不是婆罗门仙人。在民族身份方面他们与土著渊

---

① 参阅［印］丹德卡尔《〈摩诃婆罗多〉的起源和发展》，黄宝生译，见黄宝生《〈摩诃婆罗多〉导读》，第 170—171 页。

源更深。他们虽然有反对婆罗门教的倾向，但与释迦牟尼等人不同，他们不是公然反对婆罗门教，而是吸收改造吠陀和奥义书等婆罗门教传统，以适应新的时代要求。他们一方面自觉地继承和改造婆罗门教的文化传统，另一方面，新宗教也被婆罗门仙人改造，结果是黑天成为婆罗门教大神毗湿奴的化身。经过这样的双向改造，婆罗门教发展成为印度教。婆罗门仙人对新宗教的改造与《婆罗多》发展为《摩诃婆罗多》的过程是一致的。与《婆罗多》相比，《摩诃婆罗多》进一步婆罗门化，不仅增添了大量美化婆罗门仙人、歌颂婆罗门家族的内容，而且将大量有关婆罗门教的知识和文化产品纳入史诗，婆罗门教的宗教哲学、法律、伦理、宇宙观和社会政治学说等内容，都以插话的形式进入史诗，凸显了仙人文化的特点。如果说《胜利之歌》转化为《婆罗多》是武士颂歌向宗教经典发展的第一步，那么，从《婆罗多》到《摩诃婆罗多》，已经基本完成了这样的转化。由此可见，《摩诃婆罗多》不是作家创作的产物，而是文化发展的结晶。在其形成和发展过程中，仙人群体起了非常重要的作用。也就是说，尽管史诗产生之初属于世俗文学作品，但经过婆罗门的加工改造，染上了浓厚的“仙人文化”色彩，使《摩诃婆罗多》成为婆罗门教——印度教的经典。

在古代世界伟大文明中，从文化人即知识分子主体的角度看，印度文化不同于中国的士人文化，不同于希腊的智者文化，也不同于西亚北非的先知文化，而是典型的仙人文化。① 泰戈尔在关于印度文化的演讲中指出：“印度有贤才、有智者，有勇士，有政治家，有国王，有皇帝，但是这么多不同类别的人，她究竟选择了谁作为她的代表呢？是那些仙人。”② 在古代印度，仙人有广义和狭义之分，狭义的仙人指出家求道者，尤指婆罗门修道士，广义的仙人指整个知识阶层，如佛教创始人释迦牟尼也被称作大仙人，一些出家修行的刹帝利被称为“王仙”，而一些在家的婆罗门因为学识渊博、道行高深也被称作“大仙”。印度的仙人文化虽然起源很早，但作为一个社会阶层，仙人崛起于公元前 9 世纪前后的后吠陀时代。在此之前，无论是古印度河文明还是雅利安文明的前吠陀时期，都没有独立的知识分子阶层。后吠陀时期随着城邦国家的形成，有了四大种

① 参见侯传文《东方文化三原色——东方三大文化圈的比较》，载《东方丛刊》1997 年第 4 辑。

② 泰戈尔：《正确地认识人生》，刘竞良译，见《泰戈尔全集》第 19 卷，第 11 页。

姓的划分，掌握文化特权的祭司婆罗门把自己作为最高种姓规定下来。婆罗门中有一部分人离开社会和家庭到森林中修道，被称为仙人。他们一方面研究阐释吠陀经典，著书立说，另一方面建立道院，招收门徒，传播文化知识。如果说吠陀经典的编订是早期的婆罗门祭司所为，那么，对吠陀经典的哲学和文化阐释则主要是仙人们的事情。这种阐释工作从公元前9世纪一直进行到公元前6世纪，其结晶便是《梵书》、《森林书》和《奥义书》。与此同时稍后，兴起了反对婆罗门教的沙门思潮。一些对婆罗门教的种姓制度和教义教规不满的知识分子自立门派，他们中的出家求道者称为沙门。沙门有时也称为仙人，他们或著书立说创立学派，或招收徒众组建僧团，或游行教化宣传推销，进行文化创造和传播活动。他们的活动和他们之间的争鸣对话创造了印度文化的辉煌时代。《摩诃婆罗多》就是这样的仙人文化的产物，体现了印度仙人文化的特点。

二

"仙人文化"决定了《摩诃婆罗多》的超越精神和形而上的宗教意义。泰戈尔曾经用《蒙达迦奥义书》中的话对"仙人"做了解释，认为仙人就是"那些彻悟了最高灵魂，因而充满智慧的；由于认识到自己与那灵魂合一而与自我完全和谐的；那些由于心中彻悟了'他'而不再有任何私欲的，由于在世间一切活动中都感受到了'他'而获得了平静的。仙人就是那些从各方面都认识到天神而找到了永久的平静，与一切都合而为一，已经进入了宇宙生命的人"。[①] 可见仙人文化的特点就是超越性。这种超越性是基于经验而又不止于经验的形而上追求，既超越有限的现实存在，又超越人类自身，从而追求无限，追求永恒。这种追求有近有远，有高有低，其最高指向便是宗教中的至上和终极者的体现，即神或上帝。这样的文化主体的超越精神决定了文化产品的宗教指向。《摩诃婆罗多》的核心人物黑天是大神毗湿奴的化身，至高无上，全知全能。他是宇宙万物的本源和本体，同时又是宇宙秩序的制定者和维护者。黑天宣称："为了保护善良的人，为了铲除邪恶的人，为了正法得以确立，我在各个时代降生。"（6.26.6—8）一旦正法衰落，非法滋生蔓延，神就会创造自己，化身下凡。因此，在印度教徒看来，黑天的所作所为和所有言论都具有了

---

① 泰戈尔：《正确地认识人生》，刘竞良译，见《泰戈尔全集》第19卷，第11—12页。

形而上的意义。

《摩诃婆罗多》的宗教意义主要表现在两个方面，一是促进了婆罗门教向印度教的转变。印度教是在批判继承婆罗门教的基础上发展起来的，这在《摩诃婆罗多》中有充分的体现。《薄伽梵歌》中黑天对传统的婆罗门祭司进行了批判："他们热衷谈论吠陀，宣称没有别的存在。充满欲望，一心升天，举行各种特殊仪式，宣称再生的业果，求得享受和权力。"（6.24.42—43）这样的人贪图享受和权力，思想迷失，即使再有智慧也无法进入三昧。婆罗门教有吠陀天启、祭祀万能和婆罗门至上三大原则，新兴宗教无不针对这三大原则展开批判，黑天的新宗教也不例外。首先是对吠陀经典的淡化。黑天认为"吠陀的话题局限于三性"，[①] 要求阿周那超脱三性和由此而来的对立性，"把握自我，永远保持真性。"（6.24.45）当然，黑天不是彻底否定吠陀，而是批判继承。他指出："所有的吠陀经典，对于睿智的婆罗门，其意义只不过是水乡的一方池塘。"（6.24.46）这里的"水乡"直译是"周围到处有水流"，意思是说，吠陀只是众多的知识之一。其次是对祭祀的改造。黑天的新宗教不反对祭祀，但反对杀生献祭，反对为满足虚荣举行大规模祭祀，反对功利主义的祭祀，更强调虔诚的信仰，以自己的行为、知识和虔诚之心作为祭品，这在《薄伽梵歌》中有充分的体现。另外《马祭篇》中的插话"猫鼬故事"，也对印度传统的祭祀方式提出了批评。大战结束后，坚战为消除罪孽而举行盛大的马祭，作品中形容这场祭祀以大量的食物、财富和宝石为波浪，以美酒为大海，以酥油为湖中泥淖，食物堆积成山，以凝乳为河中淤泥，人们制作和享用各种食品，宰杀的牲畜不计其数。在马祭结束之时，一只猫鼬从洞里走出来，说："国王们啊！这场祭祀还抵不上俱卢之野拾穗者的一把面粉。"众人不解，于是猫鼬就讲了一个故事：一位拾穗者将自己得到的一把面粉分给一家四口，而每位家人都将自己的面粉给了一位需要帮助的婆罗门客人。这位婆罗门客人是正法之神的化身，他对这位拾穗者说："孩子啊！正法之神并不喜欢大布施和大果报，而对怀着虔诚和纯洁之心，用合法获得的微薄之物布施，感到满意。"（14.93.73）拾穗者由此进入天国，旁边的猫鼬也跟着沾光，半边身子变成金的。听说坚战王举行盛大祭祀，猫鼬专程赶来，希望另外半边身子也变成金的，但是没有实

① 所谓三性又称三德，属于数论哲学范畴，是指原初物质所具有的善、忧、暗（又译喜忧暗）三种德性，都属于形而下的层面。

现，因此说这场祭祀抵不上一把面粉。再次是打破婆罗门的知识垄断。《薄伽梵歌》中黑天宣称他传授的是“国王的学问和奥秘”。这一说法一方面表明黑天的新宗教不同于传统的婆罗门教，另一方面也表现了刹帝利与婆罗门的矛盾。在吠陀时代，婆罗门祭司垄断文化，强调自己作为第一种姓的文化特权。到奥义书时代，婆罗门的文化垄断已经被打破，许多国王不仅掌握了由婆罗门垄断的吠陀知识，而且掌握了非婆罗门教非雅利安人的神秘文化，甚至婆罗门仙人也要向他们请教。不仅黑天的国王身份不同于婆罗门仙人，而且他传授的思想学说与传统婆罗门教迥异，故而属于“国王学问和国王奥秘”。

二是在宗教信仰方面，印度教独特的人神关系的形成。首先，就崇拜对象而言，史诗表现了对传统的婆罗门教的继承和超越。吠陀时代的早期印度宗教以自然神崇拜为主，后期特别是奥义书时代转向崇拜永恒不灭、无所不在的梵，然后进一步演变为崇拜三大神，即创造之神大梵天、保护之神毗湿奴和毁灭之神湿婆。印度教则主要崇拜大神的化身，特别是毗湿奴大神的化身罗摩和黑天，前者是另一部大史诗《罗摩衍那》的主人公。《薄伽梵歌》中阿周那问黑天：崇拜黑天与崇拜“不灭和不显”哪个更好？黑天的回答是：怀着最高信仰崇拜黑天，是最优秀的瑜伽行者。崇拜“不灭、不显、无所不在”的梵，也能到达黑天，但那条道路更加艰难：“因为不显现的目标，肉身之人不易达到。”（6. 34. 5）因此号召人们诚心诚意、专心致志崇拜黑天，由此黑天就很快把他们救出生死轮回之海。由此可以看出黑天的新宗教与奥义书以来的婆罗门教的继承与发展关系。其次，人性与神性的统一。在作品中，作为大神化身的黑天，不仅自身表现为人神统一，既是人，又是神；既具有神性，又具有人性，而且与人结成了亲密关系。就存在的本质而言，人与神具有统一性，黑天说：“我的一部分永恒，变成生命世界的生命，支配居于原质中的感官，其中的心是第六感官。”（6. 37. 7）也就是说，每个人身上的自我都是神的一部分，作为自在者占据身体，支配感官。（6. 37. 8—9）再次，人与神的亲密关系的表现。泰戈尔曾说：“与我们同在的神不是一个远离我们的上帝；他属于我们的寺庙，也属于我们的家庭。”[①] 这样的宗教传统是由两大史诗确立的，其中《摩诃婆罗多》功不可没。在作品中，神一方面是至高无上、

① Tagore, R. “What is Art?” in *Personality*, London: Macmilan, 1917. p. 27.

全知全能的救世主，另一方面又是与人亲近的导师和朋友。黑天和般度族英雄特别是阿周那的关系，就是这样的神人关系的象征。作品中，黑天与阿周那和难敌都是朋友和亲戚关系，大战之前都请黑天加盟。黑天将自己的军队交给难敌，自己作为御者为阿周那赶车，看起来不偏不倚，实际上帮助阿周那和般度族，在战争中起了关键的作用。这里的御者，是精神导师的象征。黑天不仅是阿周那的朋友，而且是人类甚至所有众生的朋友，阿周那只是其中的代表。黑天自称："我是一切众生的朋友，我是一切世界的主宰，祭祀和苦行的享受者，知道我的人达到平静。"（6. 27. 29）这样的人神关系在史诗中得到具体深刻的表现，使作品具有了深刻的形而上的宗教意义。

三

"仙人文化"的出世精神对《摩诃婆罗多》产生了深刻的影响。与中国文化的积极入世及西亚北非文化的来世主义不同，印度主体文化的特质是出世。世界三大宗教中唯一以出世为特征的便是产生于印度的佛教。印度传统的也是正统的宗教即婆罗门教印度教也有很强的出世性。印度教法典规定人生四个阶段，即梵行期、家居期、林居期和遁世期。梵行期即青少年时代接受教育的时期，一般进入道院跟随老师学习；家居期即学习阶段完成后回家娶妻生子、成家立业，履行世俗的人生职责；林居期是进入老年后将家业交给已经成年的儿子，自己隐居修行；遁世期即完全脱离世俗生活，追求解脱。其中有三个阶段出世，只有一个家居期是入世的。印度教徒信奉的人生四大目的，即法、利、欲、解脱，是以解脱一切现世束缚作为最后的也是根本的目的。印度各宗教教派之间存在很深的差异和矛盾，但在出世离欲方面却有着深刻的一致性。出世精神在《摩诃婆罗多》中主要表现为对解脱的追求。诗人在作品中宣称："关于法、利、欲、解脱，婆罗多族雄牛啊！这部书中有的别处才有，这里没有的，任何地方也不会有。"（1. 56. 33）法、利、欲被称为人生三大目的，属于"入世法"，解脱作为第四也是最终、最根本的目的，属于"出世法"。综观《摩诃婆罗多》全书，其核心故事主要体现的是"入世法"。大战起因于争权夺利，双方都认为自己合法，或者说遵守正法，其结局是般度族取得胜利。最后般度族和俱卢族的刹帝利武士们都升入天国，走的也不是解脱之路。尽管如此，由于仙人文化的影响，《摩诃婆罗多》还是体现了追求解脱的出世精神。一方面，作品的主要人物表现了对解脱的渴望。史诗的主人公虽然不是仙人或者婆罗门阶层，而是刹帝利，但他们大都受到仙人的教诲。他们虽然都生活在城市王宫，但他们都曾经在森林流放，与仙人交往，在人生观方面受到一定的熏染。坚战五兄弟出生入死，获得胜利，夺取了政权，但很快就厌倦了世俗生活，转而寻求解脱。坚战与诸兄弟和叔叔维杜罗讨论人生目的，其他人有的说正法优秀，有的说利益重要，有的主张爱欲第一，然而坚战却赞赏解脱，说道："不热衷善和恶，不热衷正法、利益和爱欲，这样的人摆脱错误，对金子和土块一视同仁，摆脱苦乐和成就。众生皆有生和死，衰老和变化，由此醒悟的人们赞赏解脱。"（12. 161. 42—43）另一方面，作品中充满了关于解脱的说教。作为"出世法"的解脱论主要出现在作品的插话中，特别是理论说教部分，如《和平篇》《教诫篇》等。《和平篇》是毗湿摩对坚战的长篇说教，其中一部分称为《解脱法篇》，就体现了这样的出世精神。

解脱有现世解脱和来世解脱，前者主要是摆脱烦恼，愉快生活。《和平篇》第277章，坚战问毗湿摩，生活在大地上的国王如何获得解脱？毗湿摩为他讲述了一个古老传说：古时候娑伽罗问如何在这世上摆脱忧愁烦恼，达到至善，获得幸福？坚辋的回答说明了现世解脱的特征：一是不执着，"在这世上，解脱的快乐是真正的快乐。而世人拥有财富和谷物，执着儿子和牲畜，不懂得解脱。"（12. 277. 5）二是知足，"知足的人在这世上获得解脱"（12. 277. 32）；三是一视同仁，"或苦或乐，或得或失，或胜或败，或爱或憎，或惧或忧，一视同仁，这样的人获得解脱。"（12. 277. 37）

来世解脱是摆脱生死轮回，实现与梵同一，是至高境界和最后归宿。《和平篇》第211章，毗湿摩为坚战讲述了密提罗国王遮那迦摒弃人间享受获得解脱的故事：遮那迦思考各种丧葬法及死后灵魂会怎样的问题，宫廷中的一百位老师的解说都不能令他满意。一位名叫五髻的大仙人来到密提罗，为遮那迦讲述了基于数论哲学的解脱学。五髻认为，除了自我之外，一切东西必将衰竭和死亡，将自我与非自我等同是错误的；身体领域是感觉器官、心和行动器官的聚合，产生于五大元素的结合和三性（善、忧和暗）的互相作用，而居于心中的那个存在是"知领域者"，即灵魂，是永远不灭的自我；谁不加分辨，认为这种聚合与自我同一，将蒙受无穷的忧愁。他指出："通晓这种解脱智慧的人，勤奋努力，追求自我，不沾染邪恶的业果，犹如水中的莲叶。”（12.212.44）解脱的途径一方面要认识自我，另一方面要懂得舍弃：“祭祀在于舍弃财物，誓愿在于舍弃享受，苦行和瑜伽在于舍弃快乐，圆满在于舍弃一切。”（12.212.18）“犹如鸟放弃坠向水中的树，腾空飞走，无所依恋，解脱者摆脱苦乐两者，无所执着，走向至高境界。”（12.212.49）经过五髻的教诲，遮那迦摆脱了忧愁，达到至高幸福。

五髻的解说主要依据数论哲学，还有另一种解脱之路是瑜伽修行。《和平篇》第266章，坚战询问老祖父如何用切实的方法追求解脱？毗湿摩的回答是通过瑜伽。他认为愤怒、爱欲、贪婪、恐惧和昏睡是瑜伽实践的障碍，要摒弃这些障碍，才能找到解脱之路，并指出：“这就是解脱之路：清净，纯洁，无垢，控制语言、身体和思想，摒弃欲望。”（12.266.19）然后，毗湿摩讲述了那罗陀和提婆罗·阿多私的古老的传说，说明数论和瑜伽是解脱的两种途径，两大法门，是区分灵魂和身体的关键。数论偏重于哲学阐释，认为人的自我是灵魂，而人出于无知，将身体认作自我；由于自我认同身体，受身体束缚，不断从事行动，也就带着业报，陷入生死轮回之中。解脱的方法便是让自我（灵魂）彻底摆脱身体的束缚，摒弃一切行动，断绝一切善业或恶业，也就摆脱生死轮回。瑜伽偏重于修行实践，是实现解脱的重要途径。在《和平篇》第289章，毗湿摩为坚战论述了数论和瑜伽的关系：“瑜伽依据亲证，数论依据经典，两者的原理我都认同。……两者同样要求身心纯洁，怜悯众生，恪守誓言，只是各自的见解不同。”（12.289.7、9）然后，他进一步强调了瑜伽的作用：“依靠至高的瑜伽，迅速焚毁一切善业和恶业，如愿获得解脱。”（12.289.41）这些关于解脱的说教往往伴随着对婆罗门仙人的美化和赞颂，显然是后来加入的，是出于婆罗门仙人之手。一部世俗的歌颂民族英雄的史诗，逐渐演变成为一部宣扬解脱的宗教经典，无疑是婆罗门祭司和修道士仙人加工改造的结果。

四

“仙人文化”使《摩诃婆罗多》由表现尚武精神转向宣扬非暴力思想。印度两大史诗都是表现刹帝利武士生活的作品，这些作品的最初创作是颂扬武士们的英雄业绩和英雄精神，其中必然有尚武精神的表现。《摩诃婆罗多》写的是一场毁灭性的大战，围绕这场战争，史诗描写了一批英勇善战的英雄，他们的人生价值观都是在战场上战胜对手，赢得荣誉。不仅武士本人有尚武精神，其母亲和妻子也习惯甚至鼓励自己的儿子和丈夫走上战场。大战开始之前，贡蒂委托黑天向自己的儿子们转述英雄母亲维杜拉的故事，激励他们勇敢战斗。维杜拉的儿子被信度王打败后，灰心丧气，郁郁不乐，躺倒床上。母亲维杜拉斥责不懂正法的儿子怯懦、没有男子汉气概，而后又鼓励和教导他："一个想要生存的刹帝利，不竭尽全力和施展勇气，人们会认为他是窃贼。"（5. 132. 1）"刹帝利生下来就是为了战斗和胜利。行为勇猛，永远保护臣民，无论获胜还是被杀，他都能获得因陀罗的世界。……一个有志气的人，即使屡遭挫折，依然怒火中烧，决心要战胜敌人。"（5. 133. 11—13）维杜拉鼓舞儿子的斗志，告诫儿子只有赢得战争，才能得到她的尊重。这样的尚武精神是古代印度雅利安人的民族特性。雅利安人原来是南欧中亚草原上的游牧民族，他们在公元前 20 世纪前后开始向外迁徙，其中一部分迁徙到希腊和西亚北非，另外一支经伊朗高原进入印度。他们以尚武崇力著称，在西亚曾作为掠夺者逞强一时，在希腊成为荷马史诗中的英雄。进入印度的雅利安人摧毁了原有的印度河文明，并在印度河文明的基础上，建立起新的以雅利安人为主体的印度文明。在早期的征服土著和城邦国家建立的过程中，印度雅利安人还保持着尚武的本性，《摩诃婆罗多》描写的大战和歌颂战争表现英雄的早期史诗，就是这样的尚武精神的结晶。也就是说，《摩诃婆罗多》的核心故事和原初创作表现了雅利安人的尚武精神。

然而，由于仙人文化对《摩诃婆罗多》的影响，或者说由于婆罗门仙人的参与改造，使作品的主题由表现尚武精神转向了宣扬非暴力精神。非暴力精神表现在人类社会层面，主要是反对战争。《摩诃婆罗多》大战之前，正义的一方尽力隐忍，有识之士则积极斡旋，努力避免战争，为此史诗专设了一个《斡旋篇》，描写正义之士为争取和平避免战争而进行的努力。坚战一方首先派出使者，表示愿意与难敌兄弟和解，受到持国和毗湿摩等人的欢迎。持国派全胜作为使者与般度族和谈，坚战回答全胜说："朋友啊，和平比战争更重要。得到了和平，谁还会战争？……还有什么比战争更无意义的事呢？"（5. 26. 1—2）然后，黑天代表般度族出使与俱卢族谈判。临行前，般度族兄弟都发表了争取和平的意见。坚战认为，尽管以难敌为首的俱卢族不断迫害他们，但是，现在要做的第一件事是争取与他们和解，共享幸福。他们大都是亲戚、朋友和老师，杀死他们罪孽深重。战争是充满罪恶的，胜利只会产生仇恨，失败带来的是痛苦，只有摒弃胜利与失败，才可能安然入睡。既然我们不想放弃王国，也不想毁灭家族，就只能委曲求全，争取和平。连勇猛善战又性格暴躁的怖军也表示愿意和平。在俱卢族一方，持斧罗摩劝告俱卢族与般度之子和解，不要把心思放在战争上。甘婆仙人讲述摩多梨嫁女选婿的故事，劝告难敌与正法之子坚战和解，共同保护大地！那罗陀讲述迅行王的故事，劝告难敌与般度之子讲和，消除怨恨。在俱卢族会堂上，使者黑天对难敌说："俱卢族和般度族应该和解，双方英雄不应致力于战争，婆罗多子孙啊！我就是为此而来。"（5. 93. 3）"听从朋友们的劝告，与般度族和解吧！与朋友们友好相处，你将获得持久的幸福。"（5. 122. 61）毗湿摩和德罗纳都劝告难敌听从黑天的话，让战争平息！维杜罗也力劝难敌接受和解的意见。老国王持国听了大家的意见，也劝告难敌去会晤坚战，寻求和平。难敌的母亲甘陀利也对儿子说："你应该讲和，以示对毗湿摩、父亲和我，对以德罗纳为首的朋友们的尊重。"（5. 127. 20）"孩子啊！战争没有好处。没有正法和利益，哪里会有幸福？胜败无常，你不要把心思放在战争上。"（5. 127. 39）难敌不听劝告，毗湿摩和德多纳进一步呼吁："摒弃傲慢，去与兄弟们会和吧！然后，你和兄弟们一起统治整个大地！让国王们互相高兴地拥抱，然后回家。"（5. 136. 17—18）"停止战争，为了俱卢族繁荣昌盛，与那些英雄和好。不要带着儿子、大臣和军队走向灭亡。"（5. 137. 22）以上反战言论与英雄史诗的战争主题显然是不一致不协调的。当然，战争最终还是发生了，难敌拒绝了大家的好意规劝，违背反对战争的民意，一意孤行，导致大战，走向毁灭。战争的结果非常惨烈，双方几乎同归于尽。作品还描述了死了儿子和丈夫的妇女们的哀痛。大战结束后，坚战在恒河岸边看到，"一群群妇女如同雌鹗痛苦哀号"，她们围着坚战哭诉："国王哪里通晓正法？哪里仁慈？他已经杀死父亲、兄弟、老师、儿子和朋友们。……你再也见不到你父亲们和兄弟们，见不到顽强的激昂和德罗波蒂的儿子们，婆罗多子孙啊！王国对你还有什么用？"（11. 11. 7—9）战场上尸横遍地，尸骨分离，鲜血横流，俱卢族妇女看到这些，有些停止哭泣，陷入沉思，痛苦地走来走去；有些妇女望着尸体，呼喊着，哭诉着；有些妇女用柔软的手掌拍打自己的头颅。她们一边痛哭，一边谴责战争。难敌的母亲甘陀利愤怒地指责黑天没能阻止战争，并诅咒黑天一族遭受同样的自相残杀的报应，这个报应后来果然实现了。战前的斡旋和战后的谴责，都体现出强烈的反战情绪和非暴力精神。取得了战争胜利的坚战兄弟，最终也厌倦了人世，好容易登上天国，却发现被他们打败的难敌兄弟早已在天国享福，这表现的是人生的荒诞与战争的滑稽，具有耐人寻味的讽刺意义。《摩诃婆罗多》这部表现战争的英雄史诗转向了对战争的谴责和对非暴力精神的宣扬，无疑是仙人文化影响的结果。

第三节　森林书写与森林文明

《摩诃婆罗多》中有两大场景，一个是王宫，另一个是森林，因此，作品中有大量的森林书写。这样的森林书写是印度森林文明的产物，形成了印度特有的森林文学传统，是人类绿色文学的重要遗产。

一

《摩诃婆罗多》的许多重要情节是在森林中或者围绕森林展开的。史诗开篇就是歌人厉声来到飘忽林参加寿那迦仙人的祭祀大会，与林中仙人们交谈中，讲述从护民仙人那儿听到的由毗耶娑创作的《摩诃婆罗多》。《初篇》中的《出生篇》主要讲述般度五子的出生经历。国王般度带着妻子在林中修苦行，他因为受到诅咒不能生育，王后贡蒂用咒语招来天神与两位王后生下五个儿子。可见，史诗主人公般度五子的出生地就是森林，由此与森林结下了不解之缘。他们在森林中度过童年时代，直到般度王死后，王后贡蒂才带着五个儿子回到象城王宫。后来由于命运的作弄，般度族又多次走进森林。他们先是被难敌设计陷害，住进易燃的紫胶宫，由于事先得到消息，他们挖地道逃跑，进入森林。后来，般度族五兄弟被召回，分得一半国土，建立了自己的国家。阿周那却因为违反了兄弟之间关于共同妻子黑公主的约定，自愿受罚，去森林过 12 年梵居生活。再后来，由于坚战治国有方，国家繁荣昌盛，遭到难敌的嫉妒。难敌邀请坚战掷骰子，坚战应战，结果赌输，般度族流放森林 12 年。他们在森林中与仙人为伴，得到很多教益。在《森林篇》中，仙人们为了安慰般度族兄弟而讲的故事，如《罗摩传》《那罗传》《莎维德丽传》等，男主人公都曾经失去王国流放或流亡森林。另外一些插话故事，如《沙恭达罗》《苏格尼雅》等，也都与森林有关。流放期间坚战兄弟四处朝拜圣地，这些圣地大部分也在森林中。长达一万余颂的《森林篇》，是史诗最精彩的篇章之一。《摩诃婆罗多》的森林书写还不止于此，史诗第 15 篇《林居篇》写老国王持国和妻子甘陀利晚年坚持要离开王宫，过林居生活，坚战的母亲贡蒂陪同前往。他们在林中生活了两年多，后死于森林大火。后来，厌倦了世俗生活的坚战兄弟将王位传给孙子，带上黑公主去朝圣，又走进了森林，最后由森林进入天国。围绕主人公和其他人物的活动，作品对森林作了充分的展现，形成了丰富多彩的森林书写。印度学者班瓦里指出："印度人的意识被树木和森林所充满。你是否看到，比如在古希腊文学中，你很少发现对树木和森林的描写，而在印度文学诸如《罗摩衍那》和《摩诃婆罗多》中，却充满这样的描写，人们总是处于树下。印度人民与树木之间的纽带是非常牢固的。"[①] 这是对《摩诃婆罗多》为代表的印度文学森林书写的高度概括。

这样的森林书写是印度森林文明的产物。与中国、埃及、巴比伦和希腊等其他古代文明相比，印度文明与森林关系更为密切。因此，从印度文化产生和发展的客观环境方面看，可以称之为"森林文明"。关于印度的森林文明特征，泰戈尔曾经有所论述，他在《正确地认识人生》中指出："在印度，我们的文明发源于森林，因此也就带有这个发源地及其周围环境的鲜明特征。"[②] 在演讲集《诗人的宗教》第三篇《森林的宗教》中，他进一步强调印度文化的本质是森林文明，不同于西方的海洋文明，指出："森林与他们的工作和空闲，与他们每天的需要和期待构成神秘的生活关系。"[③]《摩诃婆罗多》就是这样的森林文明的结晶。

二

森林文明的一个重要特点是人与自然关系的和谐，《摩诃婆罗多》的森林书写在这方面有深刻的表现。《毗湿摩篇》开篇讲世界的构成，认为大地上的生物分成动物和不动物两种，各种形态的动物分成 14 种；各种生物的形态和习性不同，有些动物生活在林中，包括人在内的一些动物生活在村中，但各种生物之间的关系是互相依存的，诗人强调："这一切生

---

① Ranchor Prime. *Hinduism and Ecology: Seeds of Truth*. Motilal Banarsidass Publishers Privete Limited, Delhi, 1996, p. 10.

② 《泰戈尔全集》第 19 卷，第 5 页。

③ 《泰戈尔全集》第 21 卷，第 222 页。

物，互相依赖而生存。”（6.5.16）大地是一切生物的支持者和养育者，“一切在大地上产生，一切在大地上毁灭；大地是众生的支持，大地是众生的庇护。”（6.5.20）大地不仅是动物和植物的生存之源，而且是人类和各种神灵的家园。作品用了很大的篇幅，叙事大地上的山川、河流、森林和城市，意在说明为什么国王武士们为争夺大地而舍生忘死，在叙述中则透露出诗人对大地及各种自然现象的赞美与热爱之情。其中特别值得关注的是作品中表现的世界观。诗人认为世间万物都是由地、水、火、风、空五大成分构成，“维系世界的五大成分全部相同”。（6.6.3）色、声、香、味、触等“五种属性存在于一切世界的五大成分中，国王啊！世界万物得以维系。浑然一体时，它们互不发生作用。一旦互相失去平衡，它们就变得具有形体。事情就是这样。它们依次消失，依次产生。它们不可测量。它们的形态就是至高的自在”。（6.6.7—9）也就是说，五大成分的不同组合形成不同的物质和物质的不同形态，其本质具有统一性。这样的人与自然万物统一的世界观是印度古代人民创造并积累的生态智慧，在人类面临生态危机的今天，具有重要的借鉴意义。

人与自然和谐相处最典型的场所是净修林。净修林是婆罗门修道士在森林中建立的栖居、修道和讲道的场所，又译为道院或梵行院，也可以与其他宗教的聚集场所一样称为寺院。《摩诃婆罗多》中描写的森林，大多不是蛮荒的野林，而是净修林。作品开篇是关于史诗的讲述与传唱情况的说明，其地点不是在王室宫廷，而是在一个被称为飘忽林的森林里，这里是寿那迦仙人的净修林。《森林篇》描写坚战为首的般度族流放森林，他们渡过恒河，穿过一座又一座森林，来到修道士仙人们喜爱的迦摩耶迦林，受到众牟尼的欢迎，接受众多国王朋友的安抚。然后，他们进入美丽圣洁的双林，这里不仅景色迷人，有各种美丽的花草树木和各种可爱的动物，而且，“林中住着许多悉陀和仙人，身穿树皮，头盘发髻，坚持正法，思想坚定。”（3.25.20）《教诫篇》中对大雪山上的一个净修林作了这样的描述：“这个净修林内各种各样的树木生长无数，散发着醉人的芳香。不同的灌木和攀缘植物分布在这里那里。动物和鸟类在这儿愉快地生活着。树林里繁花似锦，成道的人吟诵圣诗的声音和游方艺人悦耳的歌声往来回荡。四处散布的，还有大批潜心宗教的人和修习苦行的人。他们使净修林大为增色。大批的婆罗门聚集在这里，他们精神焕发，有如炽热燃烧的太阳。此外还有各色的苦行者、约束自身的人和遵行严格戒条的人，婆罗多族俊杰啊，还有行过了入教礼的人和达到了很高宗教境界的人。在这里愉快相处的还有大批的矮仙和过禁欲生活的人。婆罗多族雄牛啊，净修林中到处是朗朗的诵读吠陀的声音。”（13. 10. 6—9）可见，在诗人笔下，森林并非令人恐怖的蛮荒之地，这里不仅充满鸟语花香，而且有学问渊博待人友好的修道士仙人，主人公从他们那儿获得了丰富的教益，增长了才干，提高了人生境界。

净修林的一个重要特点就是人与自然的和谐，泰戈尔指出：“什么是占据印度心灵的主要理想；什么是不停地流遍她的生活的一种值得纪念的倾向；而她的诗人就是怀着仁爱和崇敬歌颂寺院。……寺院显得灿烂突出，这在我们所有的古代文学中都是如此，它是人类与其他生物之间的裂缝被弥合的地方。”① 这里的“寺院”指的就是净修林。人与自然、个人与宇宙的统一观是印度传统文化的精髓，这样的文化精髓又是通过《摩诃婆罗多》这样的文学与文化经典积淀下来的。泰戈尔指出：“人与自然的这种根本的统一关系不仅是印度人的一种哲学猜想，而且在感情上和行动上体验这种和谐已经成为印度人的人生目的。”② 他还进一步强调这种文化基因在文学创作中的表现：“他们与世界的完美的关系是融洽一致的关系。这一被古代印度的林中居民竭力鼓吹的完美理想贯穿于我们古典文学的心脏，目前依然在我们的心中占首要地位。”③ 史诗《摩诃婆罗多》就是印度“古典文学的心脏”的典型代表。

三

在人与自然关系和谐的基础上形成的非暴力不杀生的自然伦理，是印度森林文明的重要遗产，这在《摩诃婆罗多》中也有充分的表现。史诗《初篇》中，般度王射杀一对正在交欢的麋鹿，麋鹿谴责般度王的行为。般度王以国王杀鹿符合正法为自己辩解，麋鹿说：“我不责备你杀鹿，国王啊！也不是为了我自己。可是，你如果心地善良，你就应该等我交配完了。在对一切众生有利的时刻，也是一切众生盼望的时刻，一头公鹿正在森林中交配，哪一个有良知的人会杀死它呢！”（1. 109. 18—19）麋鹿诅咒般度王将在与妻子交欢中丧命。由于害怕诅

① ［印］泰戈尔：《诗人的宗教》，冯金辛译，见《泰戈尔全集》第 21 卷，第 223 页。

② 《泰戈尔全集》第 19 卷，第 7 页。

③ 《泰戈尔全集》第 21 卷，第 221 页。

咒应验，般度王不敢与妻子交欢，因此无法繁衍后代，只好让妻子借种生子。后来由于控制不住自己的情欲，强行与妻子交欢，结果丧命身亡。这是般度王杀死正在交欢的麋鹿的报应，体现了非暴力不杀生的自然伦理。

非暴力精神不仅要求不杀生，而且要求保护生命。《森林篇》中有一个插话《老鹰与鸽子》，讲述因陀罗和火神为了考验婆罗优湿那罗王，分别变成老鹰和鸽子，来到优湿那罗的祭祀典礼上。鸽子惧怕老鹰，飞落在优湿那罗的大腿上，寻求庇护。国王保护鸽子，老鹰提出抗议，因为鸽子是老鹰的食物，失去食物，老鹰就会饿死，老鹰一死，其儿子和妻子也会毁灭，它对国王说："你保护一只鸽子，却要毁掉很多性命。一个正法妨碍另一个正法，它就不是正法。"（3. 131. 9—10）最后，国王以自己身上的肉换取鸽子的性命。国王割肉救鸽，名声流传于世，这个故事充分表现了非暴力不杀生思想。

基于这样的自然伦理，作品对印度传统的杀生献祭提出批评。《马祭篇》中的插话"猫鼬故事"就表现了这方面的思想。为了举行盛大的马祭，坚战不仅挥霍了大量的财物，而且宰杀了大批的牲畜。在猫鼬看来："这场祭祀还抵不上俱卢之野拾穗者的一把面粉。"因为那把面粉是拾穗者通过辛勤劳动得来的，虽然微薄，但体现了施舍者的虔诚之心。随后，护民子讲述从前因陀罗神举行祭祀，准备宰杀牲畜的时候，仙人们怜悯牲畜，对因陀罗说："这种祭祀方式不吉祥，……按照规则，不应该看到牲畜这种样子。……杀生不是正法。"（14. 94. 12—14）因陀罗和仙人就应该用动物还是植物祭祀发生争执，让婆薮王裁定。这位国王没有认真考虑，随口说道："准备了什么，就用什么祭祀。"结果坠入地狱。最后，护民子强调指出："灵魂邪恶，心术不正，非法行事，热衷杀生，这样的人提供布施，在今生和来世都不会赢得声誉。陷入贪欲和愚痴，一心敛财，思想邪恶，热衷杀生，这样的人危害众生。……以苦行为财富的人们遵行正法，尽自己的能力布施谷穗、根茎、果子、野菜和水，赢得天国。这才是伟大的正法。舍弃、布施、怜悯众生、梵行、诚实、仁慈、坚定和宽容，这些构成永恒正法的永恒根基。"（14. 94. 27—31）诗人强调这是祭祀的至高规则和功果。这里反复强调的正法主要内涵为伦理道德，其中的不杀生和怜悯众生具有自然伦理特征，体现了印度民族特有的非暴力精神。

四

对自然的热爱，对自然之美的欣赏和艺术表现，是森林文明的重要遗产，这在史诗《摩诃婆罗多》中也有所表现。与同时代的《罗摩衍那》相比，《摩诃婆罗多》不以景物描写取胜，但作品中也不乏自然书写。比如《初篇》中用了很大篇幅描写国王豆扇陀来到大森林，感受到森林的自然之美："那森林令人心生欢喜，令人双目欣悦，又有凉爽的清风习习。遍地有鲜花盛开的树木，宜人的萋萋绿草。"广阔的森林中到处有蜜蜂的嘤嘤，鸟雀的啼鸣，林中树木枝条茂密，浓荫匝地，到处是繁花硕果，风光旖旎，国王走进美丽的大森林，"立刻心旷神怡"。(1. 64. 3—7) 森林中不仅花草芬芳，鸟兽和鸣，而且许多地方"都有茂盛的鲜花巧饰妙扮，点缀着一座座藤萝小屋，令人心中油然增长喜爱之情"。(1. 64. 11) 国王当时见了，喜不自胜。他在这样的花木丛中发现了一座道院，不仅鲜花璀璨，鸟雀喜人，而且有流水环绕，河面有一群群的水禽，河畔有许多驯顺的野兽，诗人写道："国王看见那一道河流，环绕着森林道院，满是圣水，其中孕育了各种生命，好似一位偎依在身边的母亲。"(1. 64. 20) 这样大段的充满热爱之情的自然描写，在《摩诃婆罗多》中并非绝无仅有。

《森林篇》是自然书写比较集中的一篇，开篇写般度族五兄弟流放森林，坚战提出要在大森林里找一处有许多鹿和鸟的地方，作为栖身之地。他们来到美丽的双林，坚战看到大森林里花团锦簇，生长着各种各样的树木，看到"森林中的大树枝头上，孔雀、鹌鹑和成群的鹧鸪，还有林中的杜鹃，发出婉转动听的鸣声。坚战王看到林中有成群成群的大象，每群有象王带领。象王如同高山，有雌象陪伴，春情发动，颞颥流着液汁"。(3. 25. 17—19) 在流放森林期间，坚战接受仙人们的建议，带领弟弟和黑公主四处朝拜圣地，这些圣地都是古代大仙人的净修林。有一天，他们来到那罗和那罗延的净修林，诗人写道："他们看到各种鸟类聚居的金顶美那迦山和吉祥的宾度湖。恒河圣地美丽吉祥，河水纯洁清凉，布满宝石和珊瑚，树木为之增色。神奇的鲜花盛开，赏心悦目。灵魂高尚的般度之子们在这里游览。"(3. 145. 39—41) 这里"处处美丽可爱，有多种多样的杜鹃，滋润茂密的树叶，清凉迷人的树荫。到处有美妙的湖泊，湖水清澈，红莲和青莲相映生辉"。(3. 146. 3—4) 优美的树林景色吸引一切众生，坚战兄弟和黑公主观赏各种美景，心旷神怡。然后，作品写怖军为采莲花而进入香醉山，看到“云漂浮在山腰，犹如长了翅膀在舞蹈；一条条山溪奔腾直下，犹如佩戴珍珠项链。山上有美丽的河流、丛林、瀑布和岩洞，许多孔雀随着天女们的脚铃声翩翩起舞。方位象用牙尖摩擦岩面；水流直下，犹如绸衣脱落”。(3. 146. 25—27) 后来，坚战一行经过美丽的白山，到达香醉山山顶。这里犹如天国乐园，诗人用了很长的篇幅将这里的各种树木、各种果实、各种花儿、各种动物进行了细致的描绘，如诗人对孔雀的描写：“在用簇簇莲花装饰的蔓藤凉亭中，雌孔雀伴随雄孔雀听到林中乐声而欣喜若狂。这些林中的舞蹈家发出甜蜜的叫声，如同歌唱；展开美丽的尾翎，愉快兴奋，翩翩起舞。他们看到另外有些雄孔雀带着雌孔雀在蔓藤茂密的山坡上寻欢作乐。在树林的间隙中，他们还看到有些大孔雀，在树枝上骄傲地展开尾翎，犹如美丽的头冠。”(3. 155. 53—56) 只有熟悉树林热爱自然的诗人，才能写出这样的森林景色；只有经过森林文明的培育，才会有这样的森林书写。这样的自然书写不仅表现了人对自然的热爱和对自然美的欣赏，而且充分表现了人与自然的审美关系。

第三章

《罗摩衍那》生态主义解读

印度是一个富有生态智慧的民族，史诗《罗摩衍那》既是文学经典，又是宗教经典，其中蕴含着丰富深刻的生态主义思想。生态主义是 20 世纪后期在西方兴起的后现代社会文化思潮之一，这种针对工业文明和现代性的后现代思潮又与前现代的尤其是东方文明中的生态智慧有着深刻的内在联系。《罗摩衍那》在人与自然关系、人与人关系以及人与自我关系方面都表现出深刻的生态智慧，形成独特的自然生态观、社会生态观和精神生态观。[①] 对《罗摩衍那》进行生态主义解读，挖掘其中的生态智慧，不仅有助于重新认识和阐释这部作品，而且通过史诗与生态主义的双向阐发，有助于生态批评和生态美学理论的丰富和发展。

第一节 人与自然关系

印度史诗《罗摩衍那》特别关注人与自然关系，其中有大量的自然场景特别是森林的描写。作品的主干情节和重要故事几乎都与森林有关。在开头的《童年篇》中，少年罗摩和弟弟罗什曼那就随众友仙人进入森林；第二篇《阿逾陀篇》的核心情节是争夺王位的宫廷斗争，其中的焦点是罗摩流放森林；第三篇《森林篇》完全以森林为背景，罗摩一行来到弹宅迦森林，承担起保护修道者的责任，在这里一住就是十多年，罗摩与罗刹斗争，失妻和寻妻等主要情节也是在森林中发生的；其后的《猴

---

① 关于自然生态、社会生态和精神生态的划分，参阅鲁枢元《生态文艺学》，陕西教育出版社 2000 年版；《生态批评的空间》，华东师范大学出版社 2006 年版。有学者认为生态批评和生态文学应该只关注自然生态，反对社会生态和精神生态说，因为如果将二者纳入，生态批评就失去了边界。笔者认为，自然生态、社会生态和精神生态三者是密不可分的，就生态文明建设而言，仅有自然生态是不够的。

国篇》中的猴国背景也是森林；最后的《后篇》主要故事都与森林有关，罗摩派罗什曼那将已经怀孕的悉多遗弃在森林里，修道士仙人蚁垤收留了她，悉多在仙人的净修林中生下一对双胞胎儿子，他们成为蚁垤仙人的弟子，仙人教给他们演唱自己创作的《罗摩衍那》。作品的创作缘起、故事情节和人物关系都与自然紧密联系，体现了古代印度人特有的自然生态观，或者说是一种具有生态主义特点的自然观。

一

《罗摩衍那》开篇有一个关于史诗创作缘起的故事：蚁垤仙人听天仙那罗陀讲了罗摩的事迹，很受感动。这一天他和弟子在林中漫步，周围景色赏心悦目。仙人看到一对麻鹬正在静悄悄地愉快交欢，突然，一个属于尼沙陀部落的猎人用箭将其中的公麻鹬射杀。母麻鹬因为配偶被杀死而伤心，在地上翻滚，悲鸣之声凄惨动人。蚁垤仙人见此情景，悲悯之心油然而生，他怒斥猎人：

> 你永远不会，尼沙陀！
> 享盛名获得善果，
> 一双麻鹬耽乐交欢，
> 你竟杀死其中的一个。(1.2.14)[①]

蚁垤反复品味，发现自己作了一首诗，并创造了一种诗律“输洛迦”。然后大梵天降临，命他用这样的诗律“编写纂述罗摩故事全传”。这个缘起故事虽然不具有史实性质，但却与史诗的内容与风格都有着深刻的内在联系，具有丰富深刻的象征意义。首先是在形式上，以等量的音节和四个音步为典型特征的输洛迦诗体的创造和运用；其次，关于诗的起源的内在动因，是“情动于中而形于言”；再次，在审美风格方面以情味为中心，而且特别突出了悲悯味；最后，表现了非暴力不杀生思想。后者正是生态主义的核心理念，因此，《罗摩衍那》自然生态观的第一个特点就是非暴力不杀生。

① 蚁垤：《罗摩衍那》，季羡林译，见《季羡林全集》第22卷，外语教学与研究出版社2010年版，第33页。本书所引《罗摩衍那》均采用季羡林先生译文，下文只标出作品篇章颂编号，不再注释。

在人与动物关系方面，《罗摩衍那》表现了杀与不杀的矛盾。“不杀生（ahimsā，亦译为非暴力）”是印度传统文化的精髓之一，源远流长。这一概念虽然最早见于《奥义书》，但其渊源应该是印度土著文化，因为具有尚武精神和习惯于杀生献祭的雅利安人不可能自发产生出非暴力不杀生思想。最早大力提倡不杀生的是佛教和耆那教等沙门集团，而沙门思潮大多有土著渊源。雅利安文化中最早接受非暴力不杀生思想的是婆罗门仙人。属于雅利安正统文化的两大史诗都是表现刹帝利武士生活的作品，这些作品的最初创作是表现武士们的英雄业绩和英雄精神，其中必然有暴力杀生的渲染。由于史诗的加工编订者都是婆罗门仙人，他们对原来流传民间的英雄故事和传说进行了加工改造，由此非暴力不杀生思想渗透到作品中去，与原初创作的暴力杀生产生了深刻的矛盾。

《罗摩衍那》的创作缘起故事表现了非暴力精神，但表现这一缘起故事的《童年篇》显然是后来加上去的。正文部分则存在着暴力与非暴力的矛盾。《森林篇》第 8 章，悉多劝罗摩不要滥杀无辜。她认为淫欲产生三种罪，说谎、通奸和滥杀。对前二者，悉多很放心，最担心的是第三件事，她对罗摩说道：

你手里拿着弓和箭，
同你兄弟走向林中；
看到林中所有的动物，
你的箭怎能弃置不用。(3.8.11)

为了劝导罗摩，悉多讲了一个故事：从前有一个苦行者在净修林中与鸟兽同乐，因陀罗为了破坏他的修行，将一把宝剑丢弃在净修林中。苦行者为了保护这件“寄存物”，经常将宝剑带在身上，结果苦行者的行为渐渐改变，经常干残暴的事情。悉多因此对罗摩说：

住在弹宅迦林里的罗刹，
没有挑衅竟把他们来杀；
无罪而杀戮世上的人们，
英雄呀！我不喜欢这办法。(3.8.21)

然而，还是这个悉多，若干年后却鬼迷心窍，让罗摩去追杀那只漂亮的金色鹿，结果中了魔王罗波那的调虎离山之计，自己被罗波那抢走，受尽凌辱，尽管被丈夫救出，却始终洗不清污点而终遭遗弃。这也许是由于她动了杀心，违背了林中居民非暴力不杀生、与各种生物和谐相处的原则，而受到的报应。面对金色鹿的诱惑，罗摩也动了杀心，说道："由于它自己那无比美丽，它今天性命保不住。"（3.41.23）罗摩认为杀死鹿是理所当然的，其他国王也都这么做，为了吃肉，或者仅仅是为了娱乐。最后，他不仅杀死了罗刹变成的鹿，而且又杀死了一只真正的鹿，带上鹿肉返回住处。这正应了刚入森林时悉多对他的担心，手中的弓箭不会闲置不用。罗摩是刹帝利武士，他的价值观和生活方式毕竟与婆罗门仙人不同。他刚进入森林的时候，须底刹那仙人邀请他住在自己的净修林里，罗摩拒绝了仙人的好意，理由是：

> 我的箭闪光像霹雳，
> 它有着锋利的箭镞。
> 幸福的人！如果我射死
> 那些来到这里的群鹿，
> 那么你就会诅咒我，
> 什么能比这更不舒服？（3.6.19—20）

可见，以罗摩为代表的刹帝利，与蚁垤、须底刹那等为代表的婆罗门仙人在人生观和自然观方面有着深刻的差异。

罗摩对猴王波林的态度鲜明地表现了他的武士本性。波林谴责罗摩暗箭伤人，不合乎达磨。罗摩反唇相讥，为自己辩护，声称："整个大地都属于甘蔗族，包括大山、森林和丛莽，包括野兽、飞鸟和人类，他们可以惩罚，可以奖赏。"（4.18.6）他认为自己有权惩罚犯了错误的猴王波林。如果说以上的思想体现了罗摩作为王族武士的傲慢，那么，他对猎杀行为的肯定则表现出人类中心主义思想。他认为人们可以使用罗网、陷阱、绳索等手段捕捉野兽，"人们总是要吃肉的，不管野兽注意不注意，或者甚至把脸转过去，杀死它们都不犯错误。"（4.18.35）波林"不过是一只猴子"，罗摩用任何手段杀死他都不为过。可见，罗摩本质上是一个人类中心主义者，体现的是刹帝利的世界观、人生观和自然观，与蚁垤仙人非暴力不杀生的境界相去甚远。罗摩和悉多所遵守的达磨，其中也有一定的非暴力，但只适用于人类社会。波林用以谴责罗摩行为的道德信条：“杀国王的人、杀婆罗门的人、杀母牛的人、盗贼、害生灵的人、无神论者、先于哥哥而结婚的人，都将堕入地狱。”（4.17.32）其中“害生灵”行为已经被视为罪孽，可能是一种比较新的道德规范，还没有被人们所普遍接受。作品中所体现的杀与不杀的矛盾，说明非暴力不杀生思想在两大史诗中还处于滥觞阶段，主要体现于仙人群体，还没有成为全民族的道德共识。然而，由于作者或者加工编订者是婆罗门仙人，作品在杀与不杀的矛盾中也有明显的倾向性，对非暴力不杀生表示了充分的肯定。

二

在非暴力不杀生的基础上人与自然和谐相处，是《罗摩衍那》作者所追求的境界。蚁垤本人就是人与自然和谐相处的典范，作品一开始就描写他在森林中的惬意生活。作品涉及的自然环境主要是森林，然而，其中着力描写的森林不是荒无人烟的野林，而是仙人修道的净修林。少年罗摩曾在众友仙人的净修林中接受教诲，流放森林期间，他经常走访仙人们的净修林。后来，罗摩儿子的出生和成长都是在净修林中。这些净修林不仅环境优美，而且人与自然关系也非常和谐融洽。罗摩流放森林之初便拜访了一些大仙人，其中须底刹那仙人邀请罗摩在他的净修林中长住，对他介绍说，这里不仅有成群的仙人，有丰富的根茎和果子，而且“成群的鹿常常来到这一座净修林，游荡嬉戏，然后回去，逗人喜爱，并不怕人”。（3.6.17）罗摩少年时代就在众友仙人的净修林中体验过与自然和谐的林居生活。《童年篇》描写众友仙人做完祭祀，准备离开净修林，与净修林中的各种神灵告别。这里的神灵即各种生灵，其思想基础是万物有灵。紧接着描写送别场面，不仅仙人的弟子以及在林中学习经典的圣人们前来送行，而且

> 还有住在“完成”净修林里的
> 成群的鹿和成群的鸟。
> 它们都跟在高贵尊严的
> 大牟尼毗奢蜜多罗后面跑。（1.30.17）

正因为有过这样的林居生活的体验，受到仙人们林居生活的熏陶，罗摩不仅不把流放森林看作不可忍受的痛苦，而且非常惬意地投入其中。进入森林之后，自然美景令他心旷神怡，他对悉多说："美女呀！看到质多罗俱吒，看到这一条曼陀基尼河，因为能够经常看到你，我认为比城市生活好得多。"（2. 89. 12）婆罗多追赶要去森林的罗摩，请他回去继承王位。罗摩以自己必须遵守诺言为由拒绝了弟弟的好意，劝他回去时说道：

让那一柄遮阳伞，
婆罗多！罩在你头上，
散出清凉的阴影，
遮住太阳的光芒。
我自己在林中，
利用那些大树；
在它们的阴影里，
躲避炎热酷暑。（2. 99. 18）

可见，在罗摩眼里，森林中的树荫如同象征王权的华盖一样可以遮阳避风，而且更有益于人的身心健康，因此他怀着愉快的心情走向弹宅迦森林。①

罗摩流放森林 14 年，其中有十多年住在仙人们的净修林中，承担保护修行者免受罗刹骚扰的职责。后来他想独立生活，请仙人指点一个居住的地方，大仙人阿竭多指点他去般遮婆帝，说：

那里有丰富的果子和根茎，
有各种不同的鸟群；
长胳臂的人呀！那里真是
干净、圣洁、美妙绝伦。（3. 12. 19）

罗摩根据仙人的指点来到这里，果然是环境美丽，风光宜人。河边长满了繁花盛开的树木，河里游着母鹅和成对的鸳鸯，"在不太远也不太近

① 参阅［印］格·支坦尼耶《新梵语文学史》，葛维钧译，见季羡林、刘安武编《印度两大史诗评论汇编》，中国社会科学出版社 1984 年版，第 278—279 页。

的地方，有成群的小鹿在那里游荡。”（3.14.13）远处是充满绿树的高山，繁花似锦，孔雀叫彻。罗摩三人在这环境优美的地方搭建茅屋，愉快生活。作品写他“随意地幸福地住下”，“活像天上不死的神仙”。（3.14.28—29）

三

《罗摩衍那》自然生态观的第三个特点是自然美的发现和表现。人与自然和谐相处，能够发现自然之美，并进一步欣赏自然之美，与自然建立起审美关系。《罗摩衍那》之前以及同时代的印度文学作品中，景物描写虽然也有，但都比较简单。《罗摩衍那》人物活动主要在森林中，诗人有意围绕人物活动写出了印度六个季节的自然风光，表现了对自然的热爱。前人对这部史诗的自然美表现已经有比较多的关注，如印度学者格·支坦尼耶指出：“蚁垤对于自然环境的处理，有许多理由值得仔细评论。首先，我们看到，吠陀文学中对于自然美的敏锐感受，到《罗摩衍那》中又有了很大的发展。”[①] 美国学者赫·戈温指出：“六季之内的种种乐事，草木鲜花的争芳斗艳，林中动物的不同习性，所有这些都是史诗作者们倾心喜爱的。”[②] 季羡林先生认为，《罗摩衍那》在描绘自然景色方面开辟了一个新的纪元。[③] 从生态主义的角度说，重要的不是自然景物描写本身，而是其中所体现的对自然美的欣赏态度。罗摩被流放森林，担心森林生活很艰苦，他让妻子悉多留下，但悉多坚决要求跟罗摩去森林，一方面是出于爱情和对丈夫的依附，另一方面也有对森林中自然美的神往，她对罗摩说：“我将同你这英雄在一起，满怀喜悦地去瞧一瞧那些开满繁花的荷花池，里面游着天鹅和迦兰陀鸟。”（2.24.14）“我在树林子里游荡，躺在绿草如茵的地上，比起铺着毛毯的床铺，难道不是更加舒畅？”（2.27.13）他们来到森林之后，看到自然美景，感到心旷神怡，罗摩对悉多说：“亲爱的！丢掉了王国，被迫离开了我的亲人，都没能使我心情抑郁，看到了这美丽的山林。”（2.88.3）接下来，作品用了两章的篇幅描写森林的山川、河流、草木和动物。

---

① ［印］格·支坦尼耶：《新梵语文学史》，葛维钧译，见季羡林、刘安武编《印度两大史诗评论汇编》，第278页。

② ［美］赫·戈温：《印度文学史——从吠陀时代到当代》，葛维钧译，见季羡林、刘安武编《印度两大史诗评论汇编》，第451页。

③ 季羡林主编：《印度古代文学史》，北京大学出版社1991年版，第112页。

《罗摩衍那》对自然美的观察和描写是非常细致的，不仅写出了森林植物的美，包括植物的形态美、色彩美、气味美，而且写出了森林动物的美、山川的美、河流的美，其中写道：

请你看一看这条河，
美妙的曼陀基尼，
沙滩纵横，飞满天鹅，
各种荷花长在水里。（2.89.3）

成群的鹿在那里喝水，
现在那里的水有点浑浊；
这些美丽悦目的津渡，
使我内心里充满快乐。（2.89.5）

树上的叶子和繁花，
向着小河伸出；
微风吹动了树顶，
这山好像是在跳舞。（2.89.8）

这里写的是山林中的一条小河，岸上有开满花的树，水里盛开着莲荷，有水里的动物，也有陆地的动物，它们各得其所，是一幅非常生动和谐的森林生态图，难怪罗摩陶醉其中，忘却了丢失王位离别亲人的烦恼。显然，《罗摩衍那》自然书写的境界不仅是简单地衬托人物情感，而且表现了诗人对自然美的感受和认识，说明史诗时代印度文学已经有了比较成熟的自然美意识。这样的人与自然的审美关系，是人与自然和谐关系的升华。

四

人与自然的和谐关系和审美关系，都是以人与自然的统一为基础的。在《罗摩衍那》中，人类并不是自然的主宰。在作者笔下，人与自然具有同一属性，自然人格化、人性化，人也自然化，森林中的动植物都是有情识的，可以与人沟通交流。罗摩夫妇进入森林后，罗摩对悉多说：“就把这座山看作阿逾陀，把野兽看作城中的邻居。”（2.89.15）在森林中生活的十余年间，山川湖泊、花草树木、日月星辰、飞禽走兽都成为他们生活中不可缺少的陪伴。作品常常将动植物拟人化，树木藤条花草鸟兽都被赋予人类的特性，人则会以其自然本性去亲近森林。当悉多被罗波那抢劫的时候，各种动物都对悉多表示同情，有的奋不顾身前往营救，如大鹫阇吒优私与罗波那搏斗，两只翅膀被砍掉，最后伤重而死。一些弱小的生物则表现为恐惧，如植物因恐惧而不再摇摆，动物因恐惧而不发出任何声音。自然已经不是仅仅作为故事背景和场景，而是成为推动故事情节发展的一个重要部分，也成为塑造人物形象的一个重要因素。

在人与自然关系中，人对自然的态度至为重要。由于人的自我意识和行动能力都强于其他生物，往往凌驾于其他生物之上，对自然产生占有欲和支配欲，这是人与自然关系恶化的根源。在《罗摩衍那》中，人与动物基本上是平等的关系。《森林篇》中大鹫阇吒优私讲述自己的经历时，先从生主讲起。天神、人类和各种鸟兽，都是生主之女所生，其中蕴含了众生平等思想。由于大鸟说他是罗摩父亲十车王的朋友，罗摩便将他视为长辈，向它致敬，愉快地拥抱它，甚至“跪在地上行礼”，并将妻子悉多托付给了这只大鸟。（3.13.35—36）。后来这位鸟王为救悉多献出了生命，罗摩被它的行为感动，为它的死而悲伤，并为它举行了火葬和水祭，“像痛悼自己的亲属一样”。（3.64.22—31）《罗摩衍那》关于猴国的描写问题比较复杂，其中的社会结构和生活方式与人类相似，因此可以看作是一个以猴为图腾的民族，但其中的猴子又有一些自然属性，也可以视为人与自然的统一。从作为自然属性的猴子的角度看，罗摩与猴王结盟，表现了人与动物的平等关系。

《罗摩衍那》还在一定程度上表现了人对自然的敬畏。《童年篇》第23章，众友仙人告诉罗摩，大梵天用自己的心创造出一个湖，从湖里流出圣洁的萨罗逾河，由此说明萨罗逾河的神圣。他还让罗摩兄弟对河表示虔诚，磕头致敬。不仅是萨罗逾河，他们所遇到的每一条大河，几乎都给人以神圣感。如《童年篇》第31章：

> 这一条苏摩竭底河，罗摩！
> 属于那高贵尊严的婆苏；
> 罗摩呀！它流向东方，

土地肥沃，粮食充足。(1.31.8)

可见人们对河流的尊敬，是由于河流的冲刷创造出肥沃的土地，肥沃的土地给人们带来充足的粮食。在《童年篇》中，众友仙人说他的姐姐萨哆也婆底变成了一条河：

这条大河神圣可爱，
溢满功德水源出雪山，
为了给世界带来幸福，
它是我的姐姐所变。(1.33.9)

众友说这条河源出雪山，又“领袖群河”，似乎说的是恒河。恒河是印度的母亲河，赢得了印度人的敬仰，一提起恒河人们便肃然起敬。《童年篇》中描写，众友仙人和罗摩兄弟看到恒河，都非常高兴激动。作品用了近10章的篇幅讲述恒河的故事。恒河是喜马拉雅山神的女儿，众天神来求婚，为了三界的幸福，山王将她嫁给了三界之神，于是天神将恒河带到了天上。后来，由于萨竭罗6万儿子胡作非为，亡灵不能超生，其后代跋吉罗陀通过修苦行感动大梵天，让恒河下凡净化他们的灵魂，于是恒河成为洗涤各种罪孽的圣河。对于恒河下凡，神仙、人类和其他各种生物都非常欣喜，诗人写道：

人们得到了圣水，
都感到欢欣鼓舞；
他们在恒河沐浴，
一切疲劳都消除。(1.42.20)

这一条一切江河的魁首，
能够把一切罪孽都洗涤。(1.42.24)

与仙人和罗摩敬畏自然相反，罗刹王罗波那始终将自己凌驾于自然之上。凭着大梵天给他的恩惠，他威胁天地三界，不仅与神仙和人类为敌，而且与自然为敌。《童年篇》中天神述说：

太阳不敢照射他，
风不敢吹到他的身边，
波涛汹涌的大海，
见了他也不敢动弹。(1.14.10)

《森林篇》中罗波那自吹："天上飞的，地下爬的，见了我都吓得逃跑，正如众生把死神惧怕。"(3.46.3) 这样的与自然为敌，征服自然，凌驾于自然之上，是作者所否定的，也是罗波那走上毁灭之路的重要原因。

五

人与自然的统一关系基于整体主义世界观，这在《罗摩衍那》中亦有所体现。古代印度人认为世界和人都是由地、火、水、风四大元素组成的，这四大元素在《罗摩衍那》中都以某种角色出场。悉多是土地的代表。"悉多 Sītā" 一词的含义是土地翻耕后的犁沟，在古老的《梨俱吠陀》中，"悉多" 作为农业女神而被祈祷崇拜，并且被认为是雷电之神因陀罗的妻子，因为降雨可以滋润犁沟，[①] 有天地结合保证农业丰收之象征意义。在史诗中，她是遮那竭国王在犁地时从垄沟中捡来的，所以取名"悉多"。悉多是大地的女儿，后来在她被情势所逼走投无路的时候，呼吁大地母亲出现，张开怀抱容纳自己伤痕累累的女儿。河流是水元素的代表，作品中到处可以看到人们对河流的喜爱和敬畏。海神也是水元素的象征，在罗摩与罗波那的战斗中，海神全力帮助罗摩，为猴子大军造桥，成为胜利的重要因素。神猴哈奴曼是风神之子，是风元素的代表，在寻找悉多和为悉多而进行的战斗中，他发挥的作用最大。史诗中还多次对哈奴曼风神之子的身份进行解说。《后篇》第 35 章讲哈奴曼小时候把太阳当作苹果，飞到天上去摘，被天帝因陀罗打伤。其父风神由于悲伤停止活动，于是天地人三界所有生命都被窒息。后来大梵天救活哈奴曼，风神高兴，重新工作，于是众生复活。火神是火元素的象征。罗摩将悉多从罗波那的魔爪中解救出来，却因为她在魔宫中呆了一年多而怀疑她的贞洁，悉多有口难辩，投身烈火，火神将悉多托出，证明她的贞洁。作品通过这样的神

---

① 参阅季羡林《罗摩衍那》译注，《季羡林全集》，第 22 卷，第 470 页。

话象征，深刻反映了人与自然和谐统一的整体主义世界观。

这样的人与自然统一思想是印度古代森林文明的产物。与中国、埃及、巴比伦和希腊等其他古代文明相比，印度文明与森林关系更为密切。从印度文化产生和发展的客观环境方面看，可以称之为“森林文明”。泰戈尔曾经将古希腊和古印度两种文明进行对比，并总结各自特征。在他看来，古希腊文明是在城墙内发展起来的，是一种城市文明。这种文明养成了把一切被征服和被占领的东西都用壁垒保护起来，并把它们隔离开的习惯，由此造成人与自然分离。与此相反，“在印度，我们的文明发源于森林，因此也就带有这个发源地及其周围环境的鲜明特征。……古代印度居住在森林中的圣人们的目标就是努力去体悟这种人的精神与世界精神的大一统。”[①] 基于这样的文化渊源，泰戈尔进一步分析了西方与印度对待自然的不同态度：“西方似乎一想到自己正在征服自然就感到自豪，好像我们是生活在一个敌对世界中，一切都要靠我们自己去从一种不情愿、与我们格格不入的事物秩序中去夺取。这种心态是城墙生活方式造就和培养出来的，……这样他们就人为地在自己与宇宙大自然之间制造了隔阂，尽管他们就生活在大自然的怀抱之中。” 而“印度把一切重点都放在人与自然的和谐之上”[②]。正是在这样的印度森林文明中，形成了人与自然统一的整体主义的世界观。泰戈尔指出：“人与自然的这种根本的统一关系不仅是印度人的一种哲学猜想，而且在感情上和行动上体验这种和谐已经成为印度人的人生目的。”[③] 他还进一步强调这种文化基因在文学创作中的表现：“他们与世界的完美的关系是融洽一致的关系。这一被古代印度的林中居民竭力鼓吹的完美理想贯穿于我们古典文学的心脏，目前依然在我们的心中占首要地位。”[④] 史诗《罗摩衍那》就是所谓“古典文学的心脏”的典型代表。

这样的自然观和世界观与利奥波德和罗尔斯顿等人的生态整体主义有相通之处。生态整体主义把是否有利于维持和保护生态系统的完整、和谐、稳定、平衡和持续存在作为衡量一切事物的根本尺度，超越了以人类利益为根本尺度的人类中心主义，超越了以人类个体的尊严、权利、自由

① ［印］泰戈尔：《正确地认识人生》，刘竞良译，见《泰戈尔全集》第 19 卷，第 5—6 页。

② ［印］泰戈尔：《正确地认识人生》，刘竞良译，见《泰戈尔全集》第 19 卷，第 6 页。

③ ［印］泰戈尔：《正确地认识人生》，刘竞良译，见《泰戈尔全集》第 19 卷，第 7 页。

④ ［印］泰戈尔：《诗人的宗教》，冯金辛译，见《泰戈尔全集》第 21 卷，第 221 页。

和发展为核心思想的人本主义和自由主义。史诗《罗摩衍那》所表现的生态智慧，包括整体主义世界观以及人与自然的和谐、欣赏和统一关系，为现代生态主义提供了思想资源。人与自然和谐的前提是非暴力不杀生，其思想基础是人与自然统一的整体主义世界观。审美关系是人与自然关系的最高境界，这种境界必须以和谐为前提，以统一性为基础，必须摈弃对自然的暴力，包括毁坏、掠夺和征服，这是史诗《罗摩衍那》给我们的重要启示。

第二节 社会生态分析

人是社会关系的总和，每个人都不可能脱离社会关系而独立存在。所谓社会生态，就是社会成员及社会群体之间互相影响、互相依存、互相制约而构成的生态系统，主要表现为人与人之间或人与其社会环境之间的关系。人类社会发展过程中总是存在着各种各样的矛盾，如何处理这些矛盾，体现了不同的社会生态观。《罗摩衍那》形成的时代是印度各种社会矛盾集中爆发的时代，包括夫妻关系与男女矛盾、王室家庭的争权夺利、种姓与阶级矛盾、雅利安人与非雅利安人的矛盾、森林文明与城市文明的矛盾等等，这些矛盾在作品中都有所表现。史诗的作者们处心积虑，充分发挥想象力和理性思维，试图调解各种社会矛盾，构建伦理道德体系，实现社会生态平衡。他们的努力有成功，也有失败，给后人留下了丰富的文化遗产和精神财富，其思想智慧至今仍有借鉴意义。

一

家庭是社会的细胞，处理好家庭成员之间的关系是社会和谐的基础。家庭矛盾的解决与家庭伦理的建构，是《罗摩衍那》社会生态平衡的努力之一。作品描写了三个王室家庭，从不同侧面表现了处理好家庭矛盾的重要意义。憍萨罗国的十车王有三个王后，通过祭祀求子，三个王后生了四个儿子。国王对儿子们非常钟爱，儿子也都非常优秀争气。特别是长子罗摩，16 岁就承担了降魔除怪保护仙人的职责，并通过拉开神弓赢娶了弥提罗国公主悉多，其他王子也各自娶了门当户对的妻子。这是一个父慈子孝、兄弟和睦、上下和谐的圆满家庭。然而，有人的地方就有矛盾，家庭也不例外，特别是富贵之家，常常有争权夺利的事情发生。王位之争历来是王室矛盾的焦点，处理不好就可能造成流血事件，甚至天下大乱。憍萨罗国也同样面临这样的问题。年老的十车王准备立长子罗摩为太子，小王后吉迦伊在女仆的挑拨之下，向国王提出两个要求，一是立自己的儿子婆罗多为太子，二是将罗摩流放森林 14 年。十车王以前曾经许诺吉迦伊两个恩典，因此左右为难，既不愿伤害罗摩，又不能不履行诺言。为了不让父王为难，罗摩表示愿意把一切交给婆罗多，自己去往森林。弟弟罗什曼那不服，提出以武力为罗摩夺取王位，被罗摩劝阻。罗摩去往森林，父亲十车王悲伤而死。婆罗多一直在舅舅家，对阿逾陀城发生的事情一无所知，被接回继承王位时才知道真相。他拒绝即位，指责母亲，并在众人面前发誓表明自己没有参与这个阴谋。给父亲送葬之后，婆罗多带人去追赶罗摩，请他回去即位。罗摩要遵守自己的诺言，坚决不回，婆罗多不得已奉罗摩的一双鞋子回去放在王座上，自己代罗摩摄政。这样，罗摩就以自己的忍让解决了家庭矛盾，避免了纷争。

作为对比，作品描写了另外两个王室家庭。猴国和罗刹国王室都发生了兄弟阋墙的悲剧。猴国的波林和须羯哩婆本来是一对好兄弟。兄弟俩一同与阿修罗作战，波林追赶敌人进一洞里，一年未出，洞口流出血水。须羯哩婆以为哥哥被杀死，就把洞口堵死，自立为王，并娶了嫂子。后来波林回来，发现弟弟自立为王，气得暴跳如雷。弟弟好言相劝，解释误会并主动交还王位，但波林不依不饶，将弟弟赶走并占了他的妻子，于是兄弟成仇。须羯哩婆与罗摩结盟，终将哥哥杀死。波林也是一个英雄人物，曾经打败所向无敌的罗波那，杀死魔王东杜毗的儿子摩耶波，但由于脾气暴躁、倔强，对兄弟不宽容，又不听妻子劝阻，最后走上绝路。作者对他表示了同情、赞赏和惋惜之意，用比较多的篇幅写他对罗摩的谴责，而且让他们兄弟最后和解，哥哥同意弟弟即位为王，弟弟答应照顾侄子并厚葬兄长。在罗摩的安排之下，须羯哩婆灌顶为王，同时让波林的儿子鸯伽陀灌顶为太子，从而结束猴国的王室纷争。特别是须羯哩婆为鸯伽陀灌顶当太子，赢得了众猴的欢呼致敬。由此，拥护波林的臣民与拥护须羯哩婆的臣民能够和睦相处，避免分裂与纷争。

罗刹国的情况比较复杂。大仙人毗尸罗婆先有一个儿子，通过修行感动梵天成为财神。后来仙人又与罗刹女结婚，生了三个儿子罗波那、鸠槃羯叻拿、维毗沙那和一个女儿首哩薄那迦。罗波那通过修苦行感动梵天，获得神的恩惠之后，在罗刹们的怂恿下，首先向自己的同父异母哥哥财神挑战，从他手里夺取楞伽城，当了罗刹王。之后，罗波那为非作歹，财神派使者前往规劝，反而激怒了罗波那。他率领罗刹大军征讨财神，打败财神并抢了他的云车。后来罗波那抢了悉多，罗摩率领猴子大军来到楞伽城下。罗波那召集属下商议对策，众罗刹鼓动罗波那与罗摩开战，有正义感的弟弟维毗沙那劝他交出悉多，与罗摩讲和。罗波那却认为弟弟嫉妒他的权威和荣誉，把维毗沙那一顿臭骂。维毗沙那眼见罗波那执迷不悟，于是辞别哥哥，投奔罗摩。罗摩接受了维毗沙那，并给他灌顶为罗刹王。由于维毗沙那知道罗波那阵营的底细，他为罗摩出谋划策，多次挫败罗刹，最后将罗波那击毙。罗波那属于多行不义，维毗沙那属于遵守达磨，坚持正义，所以他们之间不是一般的兄弟相争，而是包含着正义与非正义的斗争。所以当因陀罗耆责骂维毗沙那背叛自己的亲人，投靠敌人的时候，维毗沙那义正词严地反驳："我不喜欢干残暴事，我不喜欢非达磨；一个弟兄做事不正，另一个不丢弃他又当如何？"（6. 74. 19）然而就家庭内部矛盾来看，也有伦理道德问题。罗波那与哥哥作对，是出于嫉妒。在他小的时候，功成名就的财神回家看望父亲，罗波那的母亲非常羡慕，罗波那立志要胜过哥哥，于是有了兄弟相争。罗波那以小人之心度君子之腹，认为维毗沙那反对他的所作所为也是出于嫉妒，拒绝了弟弟的善意苦心，将弟弟推到敌人一边，导致身败名裂、家破人亡。从家庭的角度看，罗波那之死也是兄弟阋墙的悲剧，是作者着力表现的一个反面典型。

通过对比，进一步凸显了罗摩这样一个道德君子形象。作品通过罗摩这样一个好儿子、好兄长、好丈夫形象的塑造，宣扬了父慈子孝、兄友弟恭、夫爱妻贞的伦理道德理想。正如诗人泰戈尔所指出："《罗摩衍那》昭示的，是儿子对父亲的恭顺，为兄弟作出的自我牺牲，夫妻之间的坚贞不渝，国王对平民所负的责任，可以达到怎样的高度。像这种凡人的家庭成员之间的关系，在别国的史诗中未被当作值得描写的内容。"① 孝悌之道是封建社会伦理道德的核心，其形成和发展有一个过程。在史诗《罗摩衍那》中，这样的伦理道德还处在形成时期，属于新兴事物，只存在于憍萨罗国这样比较发达先进国家的先进人物身上。猴国和罗刹国等落后国家，还处于比较野蛮的以勇力取胜的原始社会后期到奴隶社会的发展阶段，还难以做到通过构建伦理道德体系实现家庭和社会和谐。罗波那的

① ［印］泰戈尔：《〈罗摩衍那〉》，白开元译，见《恒河畔的净修林——泰戈尔散文随笔集》，中国广播电视出版社 2000 年版，第 229 页。

外公鼓动外孙从财神哥哥手中夺取楞伽城，罗波那曾经有过一丝良知，感觉不妥，对外公说："财神是我们长兄，你这样说不相应。"(7.11.10）但罗刹头领对他的教诲是"英雄群中无悌道"，(7.11.12）他也就心安理得地接受了罗刹们的建议，派使者向哥哥索取楞伽城。可见，父慈子孝、兄友弟恭、夫爱妻贞的家庭伦理是史诗作者为人们树立的一个理想，当时还没有得到普遍认同。这一伦理道德体系的建立不仅为当时的家庭和社会矛盾的处理提供了解决模式，而且通过罗摩这样一个为印度人民世代敬仰的道德君子形象，对印度社会生态平衡产生了巨大而深远的影响。

二

《罗摩衍那》中罗摩的憍萨罗国、须羯唎婆的猴国和罗波那的罗刹国属于不同的民族，罗摩与罗波那的斗争反映了当时的民族矛盾，这是大部分学者的共识。罗摩故事发生时代，印度境内主要的民族矛盾无疑是雅利安人与非雅利安人的矛盾。英国学者阿·麦克唐奈在1905年出版的《梵语文学史》中提到，拉森最早认为《罗摩衍那》反映了雅利安人对印度南方的征服，但麦克唐奈不以为然，理由是史诗里没有一个地方描写罗摩在德干建立了一个雅利安王国，也没有地方暗示他有这样一种打算。威伯尔表示了与拉森类似的观点，认为《罗摩衍那》是要说明雅利安文化由北向南传播，麦克唐奈对此也表示反对，因为史诗没有一个地方讲到罗摩的远征使南方的文明发生了任何变化或改进。他认同亚戈比的观点，认为罗摩和罗波那的战争并没有政治、文化和历史的寓意，只不过是吠陀神话中因陀罗与弗栗多斗争的故事的翻版。① 我们认为麦克唐奈的批评理由并不充分，甚至是站不住脚的。首先，罗摩没有在南方建立雅利安王国，不能说明他没有征服这些地区；其次，虽然从史诗中没有看到罗摩的远征使南方的文明发生了任何变化或改进，但我们看到发生了实质性的民族融合，变化和改进需要一个过程，而且是双方都会发生的；再次，罗摩没有这方面的打算，不影响其产生客观的效果；最后，从原型研究的角度，罗摩和罗波那的战争的确可以追溯到吠陀神话中因陀罗与弗栗多的斗争，但不可否认，因陀罗是雅利安人民族英雄的神化，他和弗栗多的斗争正是雅

① ［英］阿·麦克唐奈：《梵语文学史》，王邦维译，见季羡林、刘安武编《印度两大史诗评论汇编》，第544—545页。

利安人和土著斗争现实的神话反映，从这个意义上说，罗摩和罗波那的斗争，也是雅利安人和土著斗争的象征。印度学者夏斯德利与拉森和威伯尔等人的观点一致，指出："从《罗摩衍那》中还可以清楚地看到，当时雅利安人还未到南方定居，南方地区还是非雅利安人的天下，他们是和罗摩交往之后才开始走向文明的。"又说："照某些学者的意见看来，罗摩和罗波那的战争实际上是雅利安文明与非雅利安文明之争。雅利安人打败了非雅利安人之后把自己的文明扩大到了楞伽岛，这个说法不纯粹是个隐喻，实际上站在罗波那一边的都是一些雅利安文明和宗教礼仪的反对者。"① 诗人泰戈尔强调了不同文明的融合，他说："凡是成功地促使雅利安人同非雅利安人联合的人，他们至今在我们国家里被视为神的化身而受到人们的崇拜。在古代，雅利安人同非雅利安人的联合，是伟大努力的一个组成部分。"② 也就是说，罗摩之所以被印度人崇敬和爱戴，就是因为他促进了雅利安人同非雅利安人的联合。值得注意的是，两派观点虽然对立，但都把罗摩看作雅利安人的代表。

季羡林先生也认为《罗摩衍那》反映了雅利安人与非雅利安人的矛盾，然而，关于罗摩和罗波那的民族身份，季先生却有不同的看法。他认为罗摩是一个冒牌的刹帝利，不是雅利安人。理由首先是罗摩皮肤黑，又是毗湿奴的化身，与黑天类似。其次，罗摩的先辈有一个国王叫波斯匿，而释迦牟尼同时代的憍萨罗国也有一位波斯匿王，是印度本地原始部落出身，由此可以证明罗摩不是雅利安人。再次，罗摩的憍萨罗国的生产方式主要是农业和商业。相对应的是，罗波那出身于地地道道的婆罗门世家，而且罗波那及其罗刹族以肉食为主。《美妙篇》描写神猴哈奴曼跃过大海来到罗波那的宫廷，看到罗刹们在那里欢宴，"成堆的肉放在那里，有鹿肉和水牛的肉，还有野猪肉堆在一起。"（5.9.11）接下来还罗列了孔雀肉、公鸡肉、山羊肉等等。罗刹以肉食为主，说明他们与游牧的雅利安人同宗。在以上分析的基础上，季先生总结说："罗摩是原始居民，是冒牌的刹帝利，作为国王他是靠从农民那里收租，从商人那里收税过日子。……他的对立面罗波那是一个婆罗门，是那些以吃肉为主的人们的代

① ［印］斯·格·夏斯德利：《新梵语文学史》，刘安武译，见季羡林、刘安武编《印度两大史诗评论汇编》，第24、39页。

② ［印］泰戈尔：《印度的历史潮流》，殷洪元译，见《泰戈尔全集》第24卷，第4页。

表，是外来的雅利安人的代表，是奴隶主的代表。”①

季先生的分析有一定道理，但他忽略了一些重要现象，其一，从地理位置上看，罗摩的忻萨罗国在北方，罗波那的罗刹国在南方的楞伽岛，而雅利安人进入印度是由北往南发展的。其二，罗刹是婆罗门仙人的死对头，他们专干骚扰婆罗门仙人祭祀的勾当，使仙人们不得不寻求刹帝利武士的保护。婆罗门仙人无疑是雅利安人的文化代言人，他们利用自己掌握的话语权，将这些骚扰者描述为吃人的恶魔。其三，罗波那的出身，并非地道的婆罗门家庭，他是婆罗门仙人与罗刹女生的儿子，只能算是混血儿。其外祖父是罗刹头子，由他扶持罗波那成为罗刹王。罗波那虽然得到大梵天的恩惠，但他与因陀罗为首的天神作对，他的儿子“因陀罗耆”名字的意思是“战胜因陀罗者”。而因陀罗是雅利安神话中的主神，他作为“堡垒摧毁者”，是在雅利安人与土著战争中立下丰功伟绩的民族英雄，是雅利安人的骄傲。由此看来，将与婆罗门仙人作对的罗刹们的首领、同时与因陀罗神为敌的罗波那看作雅利安人的代表，似乎不妥。史诗毕竟出自婆罗门仙人之手，是雅利安主流文化的产物，从民族矛盾的角度看，将与婆罗门仙人作对的罗刹视为土著更有说服力。至于罗刹肉食的问题，可以做另外的理解，首先，肉食说明一部分罗刹可能以狩猎为主要生产方式，这显然是比较落后的原始的生产方式。其次，史诗描写罗波那宫廷中的肉食成堆，与描写其黄金珠宝成堆一样，是为了表现罗刹王的穷奢极欲，如同中国史家笔下商纣王宫廷的酒池肉林一样。实际上作者并没有从生产方式角度考虑，所以没有说明肉食的来源，没有提供相应的生产方式的描写。再次，已经将非暴力和简单生活视为理想的诗人，对反面形象罗波那及其同伙的丑化性描写，写他们吃人，吃各种动物，残害生灵，因此罗摩将他们消灭是正义的行为。

关于罗摩的民族身份，我们认同季羡林先生的分析，而不赞同那些笼统地认为罗摩是雅利安人的观点。从肤色和家世可以看出，罗摩不是典型的雅利安人，但他是否印度土著达罗毗荼人的代表呢？恐怕也不是。印度的土著居民很多，肯定不止达罗毗荼一族，包括史诗中的尼沙陀、猴国和罗刹国，都应该是土著部落。达罗毗荼人建立的印度土著文明在西北部的印度河流域，而罗摩的部族国家在印度东部。雅利安人从西北进入印度，

① 季羡林：《〈罗摩衍那〉初探》，见《季羡林全集》第17卷，第216—217页。

首先摧毁了达罗毗荼人的印度河文明，然后由西北沿恒河向东向南发展。处于恒河下游的憍萨罗国应该是较早接受雅利安文化的土著国家。正如季先生分析，罗摩属于“冒牌的刹帝利”，然而，罗摩冒“刹帝利”之牌，标志他和他的部族已经雅利安化了，说明在罗摩时代，印度北方地区雅利安文化与非雅利安文化已经实现融合。

罗摩的历史功绩是将这种融合推进到印度南部，通过对猴国和罗刹国的征服，解决了民族矛盾，实现了民族融合。其中的罗刹国可能是达罗毗荼人在南方建立的国家。达罗毗荼人在印度河流域建立的文明被外来的雅利安人摧毁了，但他们并没有被消灭，而是退居南方或者森林，仍然对占领者构成威胁。《罗摩衍那》中罗刹王罗波那所在的楞伽城在印度南边，应该属于土著达罗毗荼人的国家。这不仅从地理上说是合乎逻辑的，而且楞伽城建筑优美、富丽堂皇，历史上，达罗毗荼人的特点就是善于城市建筑，在手工艺方面比雅利安人高明。显然，楞伽城的主人、罗刹王罗波那的臣民，与达罗毗荼人有着深刻的渊源。猴国的问题也比较复杂，作品中有对他们的猴子属性的描写，但其社会结构和生活方式与人类相似，因此可以看作是一个以猴为图腾的土著部族。美国学者 W. 诺曼・布朗认为，在史诗《罗摩衍那》产生之前，就有关于罗摩诉诸武力，征服南方，并将文明的光辉带给土著部落的传说。这些部落的居民，凡是不愿顺从者，都被称为“罗刹”；如俯首听命，归附罗摩，则以猕猴和熊罴相称。他们被描述为亚于人类的生灵。后来，史诗《罗摩衍那》对此类神话传说有所修正，使之“合理化”。进而指出：“所谓‘合理化’，与其说是意在使雅利安人的婆罗门加之于非雅利安人部落的歧视有所减弱，毋宁说是旨在赋予业已神化、为公义而战的盟友以应有的地位。”并且认为罗摩的首要面貌就是“文化英雄”，即新文化的传播者。①

需要说明的是，虽然罗摩不是纯粹的雅利安人，但史诗中表现的民族矛盾主要还是雅利安人与非雅利安人的矛盾。作品中经常有修道士仙人被罗刹骚扰，不得不寻求刹帝利武士保护的描述，就是这种民族矛盾的反映。在《童年篇》中，罗摩 16 岁时，正在森林中静修的众友仙人由于时常受到罗刹骚扰，便请罗摩去降妖除怪，保护自己的修行。罗摩用仙人们教给的咒语、法术和各种武艺，顺利完成了保护仙人修行的任务。后来罗

---

① ［美］W. N. 布朗：《印度神话》，见［美］塞・诺・克雷默等《世界古代神话》，魏庆征译，华夏出版社 1989 年版，第 277—278 页。

摩流放进入森林，林中的修道仙人和苦行者都请罗摩保护自己，因为有许多婆罗门仙人和苦行者被罗刹杀死或吃掉。罗摩兄弟作为刹帝利武士，有责任保护仙人们的修行，于是他答应仙人们的请求，立下打败罗刹的诺言，在这里一住就是十年。实际上，罗摩和悉多他们自己也常常受到罗刹的侵袭。他们刚进入森林不久，就有一个罗刹强抢悉多，被罗摩兄弟杀死。后来罗波那的妹妹首哩薄那迦骚扰罗摩兄弟，欺负悉多，被罗什曼那割掉鼻子和耳朵。首哩薄那迦的两个弟弟去为她报仇，被罗摩兄弟杀死。罗波那得知妹妹被辱，兄弟被杀，为了报仇，才计划去抢悉多。悉多的被抢使罗摩和罗刹王的矛盾进一步激化，促使他们非进行一场决战不可。这时候的罗摩，实际上已经成了雅利安人的代表。除了雅利安人与非雅利安人的矛盾，各土著之间也有矛盾，如猴子与罗刹之间也有摩擦，猴王波林与弟弟一起追杀罗刹，导致兄弟之间产生误会，发生决裂。可见当时的印度次大陆民族矛盾错综复杂。

《罗摩衍那》作者在社会生态平衡方面的主要努力之一，就是要解决这些民族矛盾，实现民族融合。当然，罗摩并非以自觉的使命感从事民族融合的事业，只是说他客观上起了促进民族融合的作用。值得注意的是他处理民族矛盾的方式。首先，罗摩是一位政治家。史诗描写罗摩通过政治手腕与猴王结盟，为其所用；又利用罗刹国的内部矛盾，战胜了强敌。他让与自己友好的维毗沙那即位当罗刹国王，实际上是建立起不同民族之间的友好交往关系，促进了民族文化的融合。其次，罗摩对猴国和罗刹国的征服既不是毁灭式，也不是掠夺式，没有占领其国土，而是让这些国家继续存在，只是换一个与自己友好或服从自己的领导人。再次是非暴力精神的表现。罗摩在对猴国和罗刹国的征服过程中，尽管不能不使用一定的暴力手段，但并没有大规模的屠杀。而且即使这些有限的暴力在作品中也是被否定的。猴王波林被罗摩杀死后，不仅波林和他的妻子谴责这样的暴行，而且与他争斗的弟弟须羯喱婆也悔恨得痛不欲生。在魔王罗波那的宫廷中，代表正义的维毗沙那也主要表现为非暴力，主张将悉多送还，避免战争，而罗摩一方在大战之前也先派代表和谈，尽力避免战争。战后则通过厚葬罗波那父子来消除战争带来的仇恨。这些都是非暴力的表现。

《罗摩衍那》在这方面的努力是成功的，作品塑造了罗摩这样一位促进文化交流与民族融合的文化英雄，使印度人民世代敬仰，奠定了印度次大陆不同民族和平共处的基础。不同文化渊源的民族能够实现文化融合，具有不同信仰的民族也可以通过交流和平共处。刘安武先生认为在罗摩身上没有体现出民族统一的理想，而是小国寡民，导致印度长期处于分裂状态，以至于不能有效地抵抗外来侵略。① 的确，罗摩如果将猴国和罗刹国以及后来由弟弟和侄子们征服的国家都纳入自己的版图，然后实行中央集权，在印度建立一个统一的大帝国，印度的历史就可以重写了。然而人类历史上并不缺少大帝国，好大喜功的帝王不计其数，并非都像中国人那样形成大一统观念和天下大同思想，更多地带来的是无休止的纷争。从这个意义上说，《罗摩衍那》的"小国寡民"理想虽然有其历史局限性，但其不同民族和平共处的理想，在今天的地球村时代更有借鉴意义。

三

在罗摩故事发生和《罗摩衍那》形成的历史时期，印度存在着森林文明与城市文明的矛盾。人类从森林中走来，人类文明的第一个阶段就是森林文明。走出森林之后，人类踏上了不同的文明之路。与其他古代文明相比，印度文明与森林关系更为密切。许多印度诗人、思想家和学者曾经论及印度的森林文明特点，如诗人泰戈尔指出："印度文明发源于丛林，而不是都市，这是一种奇特的现象。……森林曾以奶娘的身份，照看印度古时候两个漫长的时代——吠陀时代和佛教时代。……时过境迁，印度的藩邦相继建立城镇，与外国开展商品贸易。贪图粮食的农田将浓荫蔽日的密林一步步向远处推去。"② 由此，印度进入城市文明。相对于森林文明，城市文明具有历史的进步性，因为城市的人群聚居不仅有利于国家实施更加有效的行政管理，而且有利于经济发展和人际交往，人们的物质生活水平由此得以提高，文化生活也更加丰富多彩。然而，历史进步并不意味着道德的提升，相反，经常出现历史与道德的二律悖反现象，也就是说，历史进步往往伴随着道德沉沦。一方面，物质生活丰富，可能导致人们欲望进一步膨胀，人人追求奢华而资源有限，必然造成人与人之间关系紧张，从尔虞我诈的斗争到你死我活的战争，城市文明总是在血与火中诞生和发展；另一方面，文化生活的丰富多彩，可能使人沉迷声色，失去心灵的平

① 刘安武：《印度两大史诗研究》，北京大学出版社 2001 年版，第 77 页。

② ［印］泰戈尔：《净修林》，白开元译，见《恒河畔的净修林——泰戈尔散文随笔集》，第 90—91 页。

静。印度森林文明向城市文明的转换始于公元前10世纪前后，其时印度出现了许多城邦国家，以城市为中心的政治经济和文化开始引领社会发展进程。同时，森林文明和城市文明的矛盾也日益显现，文明冲突成为历史发展的文化景象和文化动力。史诗《罗摩衍那》形成的时代，正是印度森林文明向城市文明发展的过渡时期。

许多研究者曾经关注《罗摩衍那》中的文明冲突，但关注的角度不同。比如印度学者格·支坦尼耶在罗摩与罗波那斗争中发现其中的文化与文明问题，认为罗摩的国家主要是农业社会，而罗波那的国家主要靠掠夺侵略获得财富；在政治制度方面，阿逾陀是君主立宪，国王的重大决策，都要咨询长老会和国民大会，而罗波那则是专制独裁者。[①] 季羡林先生同意支坦尼耶的看法，认为阿逾陀是靠兴修水利，从事农、商来谋取生活资料，与支坦尼耶不同的是，季先生认为楞伽城的居民以吃肉为生，属于游牧民族。研究者大都忽略了作品所反映的森林文明与城市文明的矛盾。实际上，森林文明与城市文明的矛盾不仅是罗摩时代印度的主要矛盾之一，而且是贯穿印度甚至人类数千年历史的重要矛盾之一。

森林文明与城市文明是截然不同的文明，其差异和矛盾在生产方式、生活方式、人生观、世界观和价值观方面都有深刻的表现。首先，《罗摩衍那》通过对城市和森林两大场景的描写，表现了城市和森林两种不同的文明形态。作品中描写的城市主要有两个，一个是罗摩国家的阿逾陀城，另一个是罗波那的楞伽城。这两个城市的共同特点是建筑辉煌、等级森严，人们都忙于追逐利益，满足情欲，人与人之间充满纷争。阿逾陀是作品中正面描写的城市，也不能避免明争暗斗和尔虞我诈。十车王时代的阿逾陀，因为立太子而出现矛盾纠纷，导致后宫纷争，国王丧命，国家面临分裂。只是由于罗摩的大度忍让，才避免了更大的悲剧发生。罗摩时代的阿逾陀已经是太平盛世，也发生了悉多被遗弃的悲剧，发生了婆罗门儿子的死亡与偷偷修行的首陀罗被杀的惨案。统治者仁慈如罗摩，也经常派兄弟和侄子四处征讨，战争的血与火伴随的必然是生灵涂炭。罗波那的楞伽城更是一个穷奢极欲的象征。《罗摩衍那》第五《美妙篇》花了很多的篇幅描写楞伽城的辉煌，神猴哈奴曼看到，这座楞伽城周围城墙有黄金装饰，城里有很多白色美丽的宫殿，到处有楼台亭阁；他经过一个个显贵的

① 参阅［印］格·支坦尼耶《新梵语文学史》，葛维钧译，见季羡林、刘安武编《印度两大史诗评论汇编》，第266—267页。

府邸，都豪华美丽，阔绰富庶；最后看到罗波那的宫殿，更是珠光宝气，富丽堂皇；他看到罗刹王正大摆宴席，酒池肉山，一派奢侈景象。

森林则是另一番景象。作品中描写的森林有自然的森林和仙人的净修林两大类，其中自然的森林是人物活动的自然环境，净修林则是森林文明的代表。《森林篇》第一章开篇写罗摩进入弹宅迦森林，看到仙人的净修林："那里挂满了俱舍草衣，洋溢着虔诚庄严的风致；……是一切有情的避难所，经常洒扫得干干净净；"这里居住着年迈的牟尼，"他们淡泊，只吃果子和根，好像那太阳和火神一样；这里还点缀着至高的仙人，神圣、纯洁、断绝了食粮。"（3. 1. 2—7）最后，诗人概括说：

> 这净修林就像梵天宫阙，
> 响彻了喃喃诵经的声音；
> 这里点缀着许多婆罗门，
> 都深通大梵、挺拔超群。（3. 1. 8）

从宗教的角度看，净修林类似于佛教的寺庙或者僧团；从社会的角度看，净修林更像是农村公社。其社会结构是以一个德高望重的仙人为核心，其家庭成员以及弟子们一起生活，组成一个大家庭。他们除了学习研究宗教经典和祭祀礼仪之外，还要开垦荒地、植树种草、采集果实、捡拾木柴，进行自给自足的生产劳动，过着简单纯朴的生活。《罗摩衍那》中描写的林居者也分为两大类，一类是修苦行者，他们怀着各种目的以各种方式折磨自己的肉体。另一类是一些文化人，他们沉思冥想，关注自然、社会和人生问题。后者一般称为仙人，是森林文明的代表。这些林居者生活简单，他们穿树皮衣，吃根茎和果子，对动植物怀有亲情，与自然万物融为一体。他们关系融洽，没有尔虞我诈或猜忌纷争。他们心灵宁静，以追求解脱为人生目的。他们通过阐释甚至创造文化经典，既影响着人们的心灵，也影响着人们的生活方式甚至社会进程。印度文化与文学中人与自然的亲密关系，以及与之相关的非暴力思想，都是这样的森林文明的产物。当然，森林，包括仙人的净修林，并非世外桃源。这里不仅生活艰苦，而且时常有罗刹骚扰。对城市居民而言，森林是蛮荒之地，是流放或流亡者的居所。正因为这样，吉迦夷提出将罗摩流放 14 年的要求，即表现了她的私心，为了不影响自己的儿子即位；也表现了她的残忍。而悉多和罗什曼那执意跟随罗摩去森林，更显示出他们的忠诚和情谊。城市里的人民要跟罗摩一起去森林，甚至要把森林变为城市，更显示出对罗摩的拥护。

其次，作品表现了林居者和城市人的矛盾斗争。罗摩一行刚进入森林的时候，须底刹那仙人邀请他们在自己的净修林里居住，罗摩拒绝了仙人的好意，因为：

我的箭闪光像霹雳，
它有着锋利的箭镞。
幸福的人！如果我射死
那些来到这里的群鹿，
那么你就会诅咒我，
什么能比这更不舒服？（3. 6. 19—20）

可见，刹帝利王族身份的罗摩，是城市人的代表，与蚁垤、须底刹那等为代表的林居者在人生观和自然观方面有着深刻的差异和矛盾。另外，众友与婆私吒斗争的故事也可以看作城市文明与森林文明冲突的反映。众友原来是一位国王，率领军队四处巡回，来到婆私吒仙人的净修林，婆私吒以礼相待，并让如意神牛变幻出各种美食款待众友的大臣和军队。众友看上婆私吒仙人的神牛，提出用大量的财物来交换，被仙人拒绝。众友于是动武强抢，与神牛变出的军队大战，结果战败。他将王位交给儿子，自己到林中修苦行，获得神通，找婆私吒仙人报仇，又被打败。众友服气，承认刹帝利不如婆罗门，并决心通过修行变成婆罗门。他的苦行感动大梵天，承认他为“王仙”。众友不满足，继续修苦行，最后终于获得“梵仙”的称号，并且获得大仙人婆私吒的认可。

再次，通过罗摩在森林和城市中的不同表现，也可以看出两种文明的差异。仔细分析可以看出，在森林中过流亡生活的罗摩，人情味更浓，更富有人格魅力。他与悉多住在景色秀丽气象万千的净修林中，与日月星云、山川花草为伴，他与悉多的真诚相爱，带给双方无比的欢乐。魔女看上他，费尽心机引诱他，都被他轻蔑地拒绝。悉多被十首王罗波那劫走后，罗摩一改以往的老成持重和沉稳练达，两次昏厥，含泪遍询山川花草可否知道悉多行踪，情真意切，感人至深。他与弟弟罗什曼那的手足之情亦有所表现，两人敞开心扉，无话不谈，他在关键时刻都能尊重弟弟的意见。他与仙人们交往，也显得比较率真坦诚，他遵守诺言，保护仙人修行，尽到了刹帝利的责任。他与尼沙陀王俱诃、猴王须羯哩婆、神猴哈奴曼等交往，平等友好，他们都是土著居民的代表，同他们友好交往，促进了民族联合与文化交融。总之，森林中的罗摩是一个好丈夫、好兄长、好朋友。然而，离开森林，重回城市之后，本来相濡以沫、亲密无间的夫妻，突然就面临很大的问题，忠于爱情的罗摩很快就遗弃了悉多。这时候的罗摩，已经成为高高在上的君主，薄情寡义，人性被社会强行扭曲，遗弃共患难的妻子，随意剥夺人的性命。在城市里，夫妻之间的感情被迫屈服于社会的伦理和国家机器，兄弟关系也被冷严的君臣关系所取代。季羡林先生曾经批评罗摩是虚伪的伪君子，[①] 主要针对的是城市中的罗摩。罗摩的虚伪、两面派、冷酷无情，体现的都是城市文明的特点。总之，在森林中的罗摩不仅更英勇，而且更富有人情味，他对悉多的爱，对大鸟的尊敬，与猴王的结盟，都是林居生活影响的结果。入森林之前的虚伪，回到城市之后的猜忌和残忍，都是按照城市文明规则行事，是城市文明熏陶的结果。

沟通森林文明与城市文明，缓解森林文明与城市文明矛盾，使两种文明在印度历史上互动并进，是《罗摩衍那》社会生态平衡的努力之一。作为王子的罗摩是城市文明的代表，他流放森林，在净修林中与修道士仙人们共同生活，实际上是沟通了森林文明与城市文明，缓和了不断激化的文明冲突。支坦尼耶已经注意到了城市文明与森林文明的关系问题，但他只看到了其和谐的一面："在阿逾陀，贤人隐居的森林与城镇乡村紧密相连，因此，高尚生活的净化之泉经常得以从净修林流入世俗社会。"[②] 这样的文明沟通与融合正是诗人的理想。作为林中居民代表的史诗作者，虽然努力调和森林文明与城市文明，但他们的立足点是森林文明，所以调和的同时也表现出鲜明的倾向性，比如众友与婆私吒斗争的结果，作为城市文明代表的国王众友，最终皈依了森林文明，成为仙人。

---

① 季羡林：《〈罗摩衍那〉初探》，见《季羡林全集》第 17 卷，第 221—222 页。

② 参阅［印］格・支坦尼耶《新梵语文学史》，葛维钧译，见季羡林、刘安武编《印度两大史诗评论汇编》，第 267 页。

四

处理好家庭矛盾、民族矛盾和不同文明的矛盾，其出发点都是追求社会和谐，这是印度乃至整个东方传统文化的特点。在东方，群体和谐既是社会共同体得以维持的前提，又是其长期延续的结果。人与人之间关系实质是个体与群体的关系。个体与群体是人类社会中一对具有永恒性的矛盾。个人的发展、自我的实现，必然含有利己的因素；对群体来说，则要求牺牲个人利益以有利于群体的存在和发展。对于这一矛盾，东西方有不同的侧重。西方比较重视个人的发展和自我的实现；东方比较注重群体的和谐，提倡利他主义和集体主义。这种和谐的群体关系，对于社会的长期稳定和群体在艰难环境中的生存发展都起了重要作用。然而，古代东方社会的和谐不是平等基础上的和谐，而是与秩序、等级、规范等相结合的和谐，是严格的秩序约束下的和谐，是对人的独立个性压抑基础上的和谐。《罗摩衍那》为了追求社会和谐，也不能不努力维护社会秩序，甚至为了维护秩序而不惜牺牲个人，泯灭自我。作品中对社会秩序的维护主要表现在两个方面，一是男女关系，二是种姓制度。

男女关系与妇女地位是不同民族、不同时代都必须面对的社会问题之一，也是史诗《罗摩衍那》着重表现的主题之一。男女主人公罗摩和悉多的悲欢离合构成作品的主干情节，反映了当时的夫妻关系与男女问题。他们是一夫一妻、夫爱妻贞的典范，不仅为印度人民世代敬仰，而且受到学者们的普遍关注。季羡林先生在其《〈罗摩衍那〉初探》中将“一夫一妻制”作为重点讨论的问题之一。刘安武先生在《印度两大史诗研究》中列有专节《罗摩与悉多——一夫一妻制的典范》。[①] 作品中罗摩和悉多的关系非常微妙，他们不乏真挚的爱情，同时又存在深刻的矛盾。

悉多是作者塑造的理想的妇女形象，是一个贤淑、忠贞的妇女典型。她深明大义，有自己的主见。罗摩要去森林流放，他劝悉多留下继续享受荣华富贵，但悉多坚决拒绝，义无反顾地跟随丈夫走进了森林。十余年的森林生活中，悉多和罗摩相濡以沫、感情融洽。被罗波那掳走之后，悉多日日以泪洗面，思念罗摩。面对魔王罗波那的威胁利诱，她毫不动心。失去悉多，罗摩痛不欲生。他四处寻觅，历尽艰险，他的倾诉和悲叹中显

① 季羡林：《〈罗摩衍那〉初探》，见《季羡林全集》第 17 卷，第 219—221 页。刘安武：《印度两大史诗研究》，北京大学出版社 2001 年版，第 58—69 页。

示出对妻子的真挚爱情。罗摩和悉多夫爱妻贞，这样的爱情是感人至深的，也是作者所赞赏的夫妻关系和男女关系。作为对比，作品也描写了猴王和罗刹王的男女关系。罗刹王罗波那有一个贤惠的妻子曼度陀里，是大仙人与天女生的女儿，美丽异常，为他生了英勇无敌的儿子因陀罗耆。然而罗波那将这样一位妻子冷落在后宫，自己到处掳掠美女，强暴侄媳妇，还用不正当的手段劫掠罗摩的妻子悉多。作为君王，他是一个荒淫无度的暴君；作为男人，他是一个没有爱情只有性欲的淫棍。猴国的两个猴王在男女关系方面也有问题，两个人都有自己的妻子，但都惦记别人的妻子。先是弟弟自立为王，占了嫂子；后是哥哥赶走弟弟，占了弟媳。弟弟须羯喱婆是误以为哥哥死了，他的行为从法律上可以原谅，但从爱情的角度却无法恭维。哥哥波林在弟弟还活着的时候占有弟媳，则是大逆不道，成为罗摩惩罚并杀死他的主要理由，罗摩对中箭垂死的波林说："同亲生的女儿和亲姊妹，同自己的兄弟媳妇，谁要是耽于淫欲通了奸，他就应该受到惩处。"（4.18.22）后来须羯喱婆灌顶为王，再度娶了嫂子陀罗，而且耽于淫乐忘了对罗摩的承诺，导致罗摩和罗什曼那发怒警告。通过对比，可以看出罗摩夫妻真挚爱情的可贵。

然而不仅残酷的命运作弄这对理想夫妻，现实的道德文化也和他们过不去。悉多本来可以及早脱离魔爪，被掳不到一年，神猴哈奴曼就跳过了大海，见到了悉多，可以带悉多离开魔宫。然而，十分想念罗摩的悉多还是拒绝了神猴背她过海的提议，因为她不能接触丈夫之外的男人的身体。罗摩消灭了罗刹，救出悉多，但却对她的贞节产生怀疑。悉多别无选择，只能跳进烈火，让火神来证明自己的清白无瑕。罗摩返国即位若干年后，当听到民众对悉多住过魔宫仍表示怀疑和不满时，竟狠心地将怀孕的妻子遗弃在恒河边的森林里。十几年之后，尽管悉多被召了回来，但罗摩仍坚持要她在大庭广众面前再一次证明自己的清白。悉多至此已被逼得走投无路，她的心碎了，于是，向大地母亲哭诉自己的不幸，要求回到地母的怀抱中去，以证实自己清白的一生。大地终于敞开了胸怀，把自己的女儿接了回去。读者在赞叹罗摩的正义和贤明的同时，又无不为悉多的不幸洒一掬同情之泪。

悉多的悲剧是男权社会造成的，体现了父系文化中妇女的地位和命运，具有深刻的社会意义。首先是男尊女卑现象的揭示。当罗摩让悉多留下顺从婆罗多时，悉多坚决要求跟罗摩一起去森林，理由主要是："只有妻子把丈夫的欢乐和忧愁分享。”（2.24.3）“在这个世界和另一个世界里，只有丈夫是唯一的庇护。”（2.24.4）“三个世界我都不想要，我只想忠诚于自己丈夫。”（2.24.9）“住在森林里的艰难困苦，同我对你的爱情比起来，要知道都是微末不足数。”（2.26.2）“一个女子没有丈夫，她就没有法子生活。”（2.26.5）这里有爱情的表现，也有女子对丈夫的依附。悉多抛弃富贵荣华跟随丈夫流放森林的行为，受到森林中苦行女的称赞：

> 不管住在城中还是山林，
> 不管丈夫是罪人还是歹徒，
> 妇女们只有把丈夫来热爱，
> 她们的世界就非常幸福。（2.109.23）

可见妻子不能离开丈夫，也是当时的妇道要求，说明男女处于不平等的地位。罗摩的母亲在埋怨丈夫流放儿子时说：“女子的第一条路是丈夫，第二条路是自己的儿子，第三条路是那一些亲属，国王呀！第四条不为人知。”（2.55.18）说明妇女总是处于依附的地位。

其次是对妇女贞节的强调。悉多被罗波那劫持是一种无妄之灾，虽然被救出，但阴影始终挥之不去。悉多在魔王的宫中待了一年多，作品中说由于罗波那受制于诅咒不能占有悉多，但罗摩本人和一般民众都不知情，按常理推断，罗波那不是什么正人君子，面对美丽的悉多，肯定会不择手段去占有。罗摩历尽艰辛、浴血奋战，救出悉多之后，却对她非常绝情，理由是：

> 魔王怀中曾颠倒，
> 罪恶眼睛把你瞧；
> 出身高门大族人，
> 如何能把你再要。（6.103.20）

悉多悲剧的根源是贞节问题，对妇女贞节的强调是封建社会成熟期父系文化强化的结果。罗摩故事发生的时代，贞节问题似乎并不突出。同时代的《摩诃婆罗多》并没有这方面的关注。黑公主一妻多夫，般度的妻子借种生子，都没有贞节方面的顾虑，或者说当时还没有贞节要求。从这个角度看，《罗摩衍那》创作应该晚于《摩诃婆罗多》。当然，《罗摩衍那》提出贞节问题主要在《战斗篇》的末尾和《后篇》中。其中《后篇》为后人增补，时间在公元2世纪前后，已经成为共识。那么《战斗篇》的末尾，罗摩历尽艰辛战胜魔王，救出日夜思念的妻子，却怀疑她的贞节而对她冷淡，态度上出现了一百八十度的大转弯，与前面的描写很不协调，也很有可能是后加的。这些后加的成分虽然从思想方面看与原作有些不协调，但从审美情调的角度看，凸显了大史诗《罗摩衍那》的悲悯味，使悲悯成为作品的主基调。作品开始由麻鹬哀鸣引发诗人悲悯情怀，决心创作悲悯味的诗；罗摩和悉多无辜流放森林，奠定了作品悲悯味的基础；悉多被抢，罗摩伤心，使悲悯味得以强化；罗摩登基之后，悉多再度被放逐森林，使作品的悲悯情调得以延续；最后悉多投入地母怀抱，使悲悯情调达到高潮。① 正是由于悉多的不幸遭遇，使整个作品的审美情调保持统一。

悉多形象具有悲剧性。她是一个完美的妇女，不仅容貌美丽，性格刚柔适度，而且知书达理，贞洁贤淑，几乎具备所有美德，然而就是这样一位完美的妇女，却不容于当时的社会，说明这个社会有问题。除了偶然的天灾人祸，悉多悲剧的根源是男女不平等的社会，或者说是这个社会中男女生态的失衡。在这样的社会中，悉多的悲剧具有必然性。作品通过悉多的悲剧命运揭示了社会生态问题，说明作者并不完全认同这样的男女不平等现象。作品中作为国王的罗摩不得不顺应所谓的民意，但他的内心是痛苦的。《后篇》的作者也许试图以此表现罗摩的自我牺牲精神，但作品中无论是决策者罗摩，还是执行者罗什曼那，内心都非常悲痛，说明那些所谓的"民意"是有问题的。悉多悲剧的发生，说明印度当时存在严重的社会生态问题，历代读者在对悉多的不幸表示同情，产生悲悯之情的同时，也应该对造成悲剧的原因有所思考，对当时的社会制度有所怀疑和批判。

五

作为一部产生于印度古代种姓制度盛行并强化时期的一部史诗，《罗摩衍那》不可能不涉及种姓问题。印度的种姓制度形成于公元前10世纪以前，雅利安人进入印度建立起稳定的政权，并与土著居民融合，社会分

① 参阅［印］斯·格·夏斯德利《新梵语文学史》，刘安武译，见季羡林、刘安武编《印度两大史诗评论汇编》，第26页。

工和民族成分相结合而形成种姓制度。此后种姓之间的矛盾成为印度社会的主要矛盾之一。史诗的作者，包括蚁垤仙人和后来的加工者，都是等级最高的婆罗门种姓，是种姓制度的既得利益者，因此也必然是种姓秩序的维护者。毫无疑问，作品反映了种姓之间的矛盾冲突，包括两个高等种姓婆罗门与刹帝利之间的斗争，也包括被压迫的低等种姓和压迫者高等种姓之间的矛盾，作品对种姓秩序总体上采取了维护的态度。

《罗摩衍那》对种姓秩序的维护，首先是站在婆罗门立场调和婆罗门与刹帝利两大种姓的矛盾。季羡林先生在其《〈罗摩衍那〉初探》中对作品中的种姓制度问题作了重点论述，认为罗摩代表刹帝利，罗波那代表婆罗门，指出："罗摩与罗波那的斗争，确实就是刹帝利与婆罗门的斗争。"其主要理由是罗波那出身婆罗门。[①] 这一观点值得商榷。其一，《罗摩衍那》反复强调和表现的矛盾冲突之一是婆罗门仙人与罗刹的矛盾，罗刹经常骚扰林中修道或者举行祭祀的婆罗门仙人，罗刹是婆罗门的死对头，而罗波那的身份是罗刹王。其二，罗波那的所作所为，表明他是婆罗门教的敌人。他向天界之王因陀罗挑战，向阴间之王阎罗王挑战，破坏人间国王和婆罗门举行的祭祀，搅乱三界秩序，而这种秩序正是婆罗门教的世界秩序。第三，从出身角度看，罗波那的父亲的确是婆罗门，但他的母亲是罗刹女，他的精神导师和得力助手是作为罗刹头领的外祖父。其外祖父挑拨他与同父异母的哥哥财神俱毗罗反目，同时也意味着他与其婆罗门家庭的决裂，身为婆罗门的父亲将他视为逆子，对他发出诅咒。(7. 11. 33) 所以，罗波那应该属于婆罗门教的叛逆者，他与罗摩的矛盾斗争，不能代表婆罗门与刹帝利的斗争。

如果说史诗作者们有意在种姓方面做文章的话，他们是站在婆罗门立场上来调和婆罗门与刹帝利两大种姓的矛盾。在《罗摩衍那》中，长期与刹帝利为敌的持斧罗摩与罗摩比武被挫，承认罗摩无敌并向他致敬。国王众友与仙人婆私吒本来是好朋友，为了争夺神牛而翻脸。众友失败后承认刹帝利不如婆罗门，并立志成为婆罗门，经过三番五次的严厉苦行，终于获得了"梵仙"的称号，并得到仙人魁首婆私吒的友好认同。这两个故事，一个刹帝利占上风，一个婆罗门占上风。关键在于结果，斗争的双方都握手言和。这两大种姓的矛盾毕竟是统治阶级内部的矛盾，他们互相

---

① 季羡林：《〈罗摩衍那〉初探》，见《季羡林全集》第 17 卷，第 209 页。

斗争又互相利用，没有到你死我活的程度。特别是罗摩作为刹帝利的代表，流亡来到森林，受到修道士仙人们的欢迎和热情款待。罗摩则承担起保护仙人修行的职责，与仙人们在净修林中一起生活，建立起深厚的友谊，从而弥合了两大种姓之间的矛盾。

低等种姓与高等种姓之间的矛盾，属于不可调和的你死我活的阶级斗争。统治者对低等种姓的反抗，对破坏种姓等级秩序的行为，采取了残酷镇压的方式。作品《后篇》中写道，城中一个婆罗门因为儿子死了，向国王罗摩哭诉。罗摩召集大臣、婆罗门和市民代表商议，查找原因。仙人那罗陀认为婆罗门儿子死亡的原因是种姓秩序遭到了破坏。按照他的说法，在“圆满时代”，只有婆罗门能够修苦行；到“三分时代”，刹帝利也尝试修苦行，由此出现了四个种姓的制度，也出现了各种各样的犯罪行为，但种姓等级还是井然有序的；到“二分时代”，吠舍加入了修苦行的行列；到了如今的“争斗时代”，首陀罗也修苦行。他断言，那个婆罗门儿子的夭折，就是因为没有资格修行的首陀罗在修苦行。罗摩亲自四处巡查，果然在南部山区发现一个名叫商部伽的首陀罗在修苦行。罗摩问明他的身份后，毫不犹豫地处死了这个越界犯规的首陀罗。

这样的对种姓秩序的维护，无疑是一种历史的倒退。实际上，种姓壁垒在奥义书时代已经有所打破。《歌赞奥义书》中有这样一个故事，圣者乔答摩正在净修林中给弟子们讲解《吠陀》，一位少年前来拜师求学。乔答摩对他说，只有婆罗门才有权利学习吠陀，并问他属于什么种姓。少年回家问母亲，母亲告诉他：“吾年少为侍婢时，多所奔走侍奉，遂得汝矣。故我不知汝父族为何姓。”少年去见乔答摩，照实回答。乔答摩的弟子们有的讪笑，有的骂他“贱种”，但圣者乔答摩却被孩子的诚实所感动，对他说：“非婆罗门，不能作此真实语也。”遂收他为弟子。[①] 这个故事一方面说明婆罗门文化特权的存在，另一方面说明种姓壁垒已经被一些开明的婆罗门仙人打破。稍后的沙门思潮对种姓秩序形成了更有力的冲击，佛教、耆那教等沙门僧团大都主张众生平等，特别反对婆罗门教的种姓秩序，在接收弟子方面都是有教无类。后来直到公元前后，随着婆罗门教的复兴，种姓制度和种姓秩序再度被强化。一直到公元 15 世纪前后印度教改革的虔诚运动时期，才有宗教改革家提出了种姓平等的思想。《罗

---

① ［印］《歌赞奥义书》第四篇第四章，见徐梵澄译《五十奥义书》（修订本），中国社会科学出版社 1995 年版，第 154—155 页。

摩衍那》的《后篇》正是这样的种姓秩序强化时期的产物。罗摩的行为和史诗作者的初衷，都是通过维护种姓秩序来实现社会的和谐，罗摩也因此被看作一位贤明的国王。然而，印度古代人与人之间和谐关系是以严格的种姓规范为基础的，这种在严格的种姓制度约束之下的和谐追求，对个人和人的独立个性无疑是沉重的压抑，个人利益要无条件地为群体利益让步，很容易造成个人精神生态系统的失衡。这样的等级秩序基础上的和谐实际上走向了和谐的反面，造成了人与人之间的隔阂，对印度社会生态平衡产生了不良的影响。

《罗摩衍那》社会生态观中有合理的成分，其家庭矛盾、民族矛盾和不同文明之间矛盾的处理，有利于促进社会和谐，其生态智慧对于我们今天的和谐社会建设仍有积极的借鉴意义。然而，印度古代的社会和谐不是平等基础上的和谐，而是与秩序、等级、规范等相结合的和谐，作品中的男尊女卑观念的宣扬，对种姓制度的维护，形成了印度传统文化的痼疾，我们也应该引以为戒。我们今天所追求的和谐，应该是平等、自由、民主、人权基础上的和谐，应该是与个人的发展和自我的实现相伴随的和谐。这是印度史诗《罗摩衍那》社会生态观给我们的启示。

第三节　精神生态分析

精神生态是指人的情感、欲望、理智和意志等内在精神因素的构成关系。当今世界，环境的污染和自然生态的破坏已经引起人们的普遍关注，然而，内在的心灵污染比外在的环境污染更可怕。自然生态危机的根源在于人的精神和心灵，自然生态平衡与人的精神生态平衡是相辅相成的。如果说自然生态平衡主要解决人与自然关系问题，那么，精神生态平衡则主要解决人与自我的关系问题。印度民族的生态智慧不仅表现在处理人与自然关系方面，而且表现在处理人与自我关系方面，这样的民族智慧也在史诗《罗摩衍那》中表现出来。作品通过展示人物的内心世界，表现人的精神世界与人物命运关系，从不同侧面说明精神生态平衡的重要意义。

一

《罗摩衍那》中罗刹王罗波那是自我膨胀的典型，是精神生态失衡的代表。通过罗波那现象，作品对违背自然规律、无视社会道德的行为进行了批评和否定，对欲壑难填、自我膨胀而精神失衡的危害作了深刻的揭示。

罗波那系出名门，他的父亲是著名的婆罗门仙人毗尸罗婆，母亲是罗刹首领须摩里的女儿。财神是他的同父异母的哥哥，有一次回家看望父亲，罗波那的母亲羡慕财神的威仪，希望罗波那也能像他哥哥一样。罗波那发誓一定要超过兄长，于是他通过修苦行来满足自己的心愿。他的苦行感动大梵天亲自降临，表示要满足他的心愿。罗波那提出的心愿是：

死神不能为我敌，
我今选择要长生。

金翅鸟、龙和夜叉，
底提耶、檀那婆和罗刹，
都不能把我杀死，
生主！神也不能杀。(7.10.16—17)

大梵天满足了他的要求，成就了他的心愿，也由此使他走上了自我膨胀的不归路。罗波那修苦行的目的是为了出人头地，胜过自己的哥哥，所以他获得大神的恩惠之后做的第一件事，就是从哥哥手中强索楞伽城。楞伽城本来是罗刹的国度，由于罗刹作恶危害人类，被毗湿奴打入阴曹地府。罗波那拿自己的哥哥开刀虽然不义，但罗刹们在楞伽城复国也还情有可原。接下来他的一系列残暴行径，就完全是个人私欲的膨胀了。作为一个以自我为中心的极端享乐主义者，他的个人生活穷奢极欲，他的后宫美女如云，酒池肉林，他的出场总是伴随着享乐场面。而且他的享乐是建立在别人的痛苦之上的。他的财富积累基本上是靠掠夺。他到处掳掠美女，还杀掉她们的亲属。他强暴侄媳妇，还用不正当的手段劫掠罗摩的妻子悉多。不仅他的对手敌人看到了他豪华奢侈生活背后的残暴，他自己的亲人对他的穷奢极欲也看着不顺眼。妹妹向他求助时发现他只顾享乐，没有履行国王的职责，斥责他："你沉湎于爱欲享受，胡作非为，不守规矩；可怕的危险就在眼前，可你却一点也不留意。"(3.31.32) 罗波那要他的属下也是好朋友摩哩遮帮忙去抢悉多，摩哩遮曾经领教过罗摩的厉害，劝他不要和罗摩作对，并指责他："像你这样的一个国王，淫佚无度，行为邪恶，满肚子坏水，好听谗言，将毁灭自己、人民和王国。”（3.35.7）他的外祖父的哥哥摩厘耶梵[1]也批评他：“你游行各个世界，践踏了那大达磨；”（6.26.14）“你贪图感官享受，你什么事情都做。”（6.26.16）

由于自我膨胀，自然之美在罗波那身上激发出来的也是邪念。出征天国的途中，他在财神居住的吉罗婆山驻扎一夜，这里风景优美，新月初升，花树飘香，和风怡情。在此情景下，美丽的仙女兰跋出现。罗波那春心荡漾，兽性大发，将这位正要与情人幽会的侄媳妇强奸。又一次，罗波那驻军在那摩陀河边，在他眼中，神圣的那摩陀河像是一个供他享乐的美女，花树显出来凤冠，鸳鸯形成了乳房，长滩形成了肥臀，成群的天鹅是腰带，盛开的莲花是美目，于是生出抚摩戏弄的欲望。（7.31.20—22）由于河流的气息缓和了暑热，罗波那感到惬意，但在他心目中，自然是因为他而改变，由于他的到来，火热的太阳变得像月亮一样柔和，而且，“微风来自河中水，清凉芬芳消疲倦；由于害怕我来到，专心一志不怠慢。”（7.31.26）可见罗波那是一个绝对自我中心主义者、极端个人主义者和极端享乐主义者。正如印度学者格·支坦尼耶所指出：“罗波那内在的悲剧性弱点是他的唯我主义。他把他的自我与他的冲动等同起来了。他的行为表明他具有惊人的自制能力，但是他之所以这样做，不过是从神祇那里邀得恩宠，使自己具有不可抵抗的力量，使世界无力拒绝他的欲求。他的表现是一个值得注意的精神逆转的实例，说明人身上的最高能力怎样变成了满足最低级的欲望的手段。”[2]

罗波那性格多疑，心理阴暗。作为国王，他刚愎自用，独断专行，听不进不同意见。罗摩大军出现后，他虽然也召集群臣商议，但他的御前会议形同虚设。弟弟维毗沙那认为这场战争毫无意义，会给楞伽城和人民带来不幸，劝他交出悉多，同罗摩讲和。他不仅拒绝了弟弟的建议，而且认为弟弟嫉妒他的权力和成就，认为最大的敌人是自己的亲属，表现了他心理的阴暗。罗波那的外祖父须摩里的哥哥摩厘耶梵是一个有大智慧的罗刹，当罗摩渡过大海，兵临楞伽城的时候，他看到了罗摩的实力，发现了许多不祥的征兆，劝罗波那同罗摩媾和。对于摩厘耶梵的高明策略和善意

① 季羡林译《罗摩衍那·后篇》讲罗刹世系：罗刹须吉舍生三子：摩厘耶梵、须摩里和摩里，其中须摩里的女儿嫁给仙人毗尸罗婆，生子罗波那。《战斗篇》讲摩厘耶梵献策时又说他是罗波那的“外曾祖”。两处人物关系不一致。

② 参阅［印］格·支坦尼耶《新梵语文学史》，葛维钧译，见季羡林、刘安武编《印度两大史诗评论汇编》，第268—269页。

忠告，罗波那也不能接受，他的回答是：

我想你是妒忌我是英雄，
也许你站到敌人一边；
也许你用粗暴的语言，
刺激我去同敌人作战。（6.27.6）

他喜欢听赞美和吹捧，不管是谁，只要对他提出不同意见，他就认为是嫉妒或者不敬，这样的心理状态决定了他注定走向灭亡的命运。这样的国王，既毁了自己，也毁了国家，害了人民。

罗波那不仅多疑，而且暴躁易怒。由于这样的性格和心理，他几乎没有一个真正的亲人和朋友，是名副其实的孤家寡人。他最亲近的人，包括父亲、弟弟、妹妹、妻子都对他有所评价。当罗波那向哥哥财神索要楞伽城时，财神禀报父亲，父亲说他："梵天恩典迷了心窍，好坏事情不知道；从前我曾诅咒他，显露本性行残暴。"（7.11.33）妹妹说他："你看不起别人，局限于自己的感官，不知道各部门情况，不知道时间和地点。"（3.31.22）弟弟鸠槃羯叻拿说他："你专靠自己的勇力和傲气，你不考虑事情的后果。"（6.51.4）"坏事装出好事的样子，有人大言不惭把牛皮吹破；良言和忠言都不采纳，他们会把事情弄砸了锅。"（6.51.16）他的妻子曼度陀里，一直被他冷落在后宫。在他战死后，妻子对着他的尸体哭诉，说他："耽于爱欲喜暴怒，因此招来这灾星。"（6.99.22）这些人里面有好人，也有坏人，有的出于好意加以规劝，有的出于个人目的对他发出警告，有的出于同情和怜悯诉说不幸，但都认为他不分善恶，高傲自大，性情残暴。

罗波那野心勃勃，欲壑难填。获得大梵天的恩惠之后，他有恃无恐。被拥戴为罗刹王，更激发了他的野心，开始迫害神仙和其他众生。财神得知他的恶行后，派人前往规劝，警告他不要继续作恶，众神和大仙正在商议对他进行制裁。罗波那不仅不思悔改，还恼羞成怒，决心杀死这位兄长，征服三界。财神将楞伽城让给罗波那后移居吉罗婆山，罗波那率领罗刹，进军吉罗婆山，打败财神，抢走他的云车作为战利品。之后，罗波那扫荡大地，破坏祭祀，吃掉仙人，向众国王挑战。绝大部分国王自动认输，只有阿逾陀的阿那兰若不服，与之搏斗。罗波那将其打倒在地，扬言："在这三界中，无人敢同我对阵。"（7.19.19）此后，罗波那游行大地，迫害世人，人人惊慌。天仙那罗陀为了拯救世人，采用激将法，对罗波那说，杀凡人已经没有意义，应该去向死神阎摩挑战。于是罗波那的"豪气"被激发，他决心到阴间去争斗，向死神挑战，狂妄地叫嚣：

我先征服三世界，
龙神都被我征服；
我将搅动那阴间，
我将搅海求醍醐。（7.20.13）

罗波那与死神大战。死神本来可以置罗波那于死地，但由于大梵天给了罗波那许诺，为了给大梵天面子，死神隐身。罗波那得胜，更加肆无忌惮。他进入大海，向海中诸神挑战。后来又决心征服天国，向天帝因陀罗挑战：

三十三天要征服，
还要压倒天帝释；
得胜回转享受多，
三界之中是主子。（7.25.33）

罗波那率领罗刹进军天国，与天神因陀罗大战。他扬言要杀死众天神，"自己升天登宝座"。（7.29.8）罗波那的儿子用隐身幻术活捉了因陀罗，得胜回城。由于大梵天出面调解，罗波那父子才释放了天帝因陀罗。

罗波那是超人的典型。他恣意妄为，扰乱人间，征服三界，导致人神共愤。他在向大梵天提出要求时目中无人，说道："我不怕其他生物；以人为首群众生，变得野草都不如。"（7.10.18）罗波那视众生为草芥，也没有把人放在眼里，在对大梵天的请求中没有提到人，所以最后被凡人罗摩杀死。"目中无人"是他的失误，也是他性格中的弱点，他最终因此丧命，具有象征意义。实际上，历史上任何唯我独尊的"超人"，都没有好下场。

罗波那是一个悲剧性角色。他开始的所作所为，代表罗刹索回楞伽城，恢复罗刹国，无可厚非；他挑战死神、海神和天神，是对现存秩序的破坏，表现出一定的叛逆精神，不失为英雄壮举。然而，他的征服欲是无止境的，他扫荡大地，草菅人命，抢掠美女，强暴侄媳，都属于胡作非为了。他为妹妹复仇，与罗摩为敌本身无可厚非，然而他不是正面向罗摩挑战，而是用诡计抢人家的妻子，有点儿卑鄙下作，不够光明正大。面对强敌，他毫不示弱，敢于迎战，战场上英勇顽强，赢得了对手的尊敬，算得上英雄好汉；然而他刚愎自用，不听忠言和良言，一意孤行，最终一败涂地。罗波那作为反面典型，没有处理好人与自我的关系，导致自我膨胀、唯我独尊、心理阴暗、性格刚愎。罗波那悲剧的原因不是外在的能力问题，而是内在的精神问题，是精神生态失衡的结果。

二

罗摩是作品着力塑造的英雄人物，有着多方面的优秀品质。他在少年时代就随众友仙人降妖除怪，做出了不平凡的业绩，并以勇武赢得弥提罗公主悉多为妻。后来，他又以自己的品德和智慧赢得父亲十车王的欣赏和全国人民的尊敬。《阿逾陀篇》开篇便从各个方面介绍罗摩，称赞他的品行："他的心灵永远宁静，说话总是和婉动听。"（2.1.15）"他知法、识利、懂得爱情，他精通法律，智慧出众，他熟悉谙练人情世故，他了解风俗习惯，他聪明。"（2.1.19）也就是说，他心理健康，精神正常，符合社会规范。作品还写他："不怀恶意，不生气，他不骄傲，不猜忌，他不轻视芸芸众生，他不屈从于命运的势力。"他"具有人类的最优秀的品质，他具备那大地容忍一切的禀性"。（2.1.25—26）因此，当十车王感到自己老之将至，准备立太子的时候，首先想到罗摩。国王征求大臣、婆罗门和市民代表的意见，大家一致同意立罗摩为太子。在此，诗人又通过众人之口，对罗摩的美德进行了一番称赞，如说："罗摩在世界上是个好人，他完全忠于达磨和真理。""他能容忍，他能抚慰，温柔、感恩，把感官控制住，他和蔼可亲、思想坚定，他宽厚、虔诚，决不嫉妒。"（2.2.20—21）可见，他的禀性与罗波那形成鲜明对比。然而，这样一个优秀人物，却受到命运的作弄，先失去王国，后失去妻子。后来虽然夺回了妻子，结束流放当了国王，却又妻离子散，也没有获得幸福。罗摩也是一个悲剧性人物，他的悲剧中有命运作弄的无妄之灾，也有他自身的原因，说明他的精神生态也存在问题，值得进行分析。

罗摩的精神世界和内在人格非常复杂，矛盾重重。首先，他是孝悌的模范，力图做一个好儿子、好兄长，然而却给人留下了虚伪的印象。季羡林先生在其《〈罗摩衍那〉初探》中列出很多证据，说明罗摩是虚伪的伪君子。[①] 罗摩的虚伪主要表现在王位继承问题上。由于侍女的挑拨，小王后吉迦伊利用国王曾经许诺他两个恩惠，提出让自己的儿子婆罗多即位，将罗摩流放森林 14 年。由此，罗摩与国王、王后和弟弟婆罗多之间出现了矛盾。罗摩为了不让父亲食言，表示愿意去流放，将王国交给婆罗多，甚至劝妻子留下顺从婆罗多，但他背后却非议父亲和吉迦伊。对此，我们不应该过分责备罗摩。罗摩放弃原本应该属于他的王位，走入森林，为了维护父亲的形象和家族的利益，他尽了自己应尽的义务。但他是一个有血有肉的人，对于这一切有怨言是理所当然的。他为了安慰母亲，大骂吉迦伊，的确与在国王和吉迦伊面前的顺从判若两人。然而，罗摩利益被剥夺，无辜遭流放，如果毫无怨言，那就不符合人性了。他在父亲和吉迦伊面前忍辱负重，一是不愿意伤害父亲，二是维护王族也是国家的稳定和谐。在自己母亲面前，他说出心里话，宣泄不满情绪，也在情理之中。而且在骂吉迦伊的同时，他极力劝说母亲维护自己的丈夫："只要这大地之主我的父亲还活着，就要顺从尊敬他，这是永恒的达磨。"（2. 21. 10）从思想上说，前后是一致的。即便这样，罗摩为了当一个好儿子、好兄长，人性被压抑，心理被扭曲。为了演好人生大戏的每一个角色，力图做好儿子、好兄长、好丈夫、好朋友、好国王，他常常会失去自我。因为这些角色有不同的要求，有时互相矛盾，在不同情景不同场合会有不同的表现，因而显得虚伪。这种虚伪表现正是由于他常常压抑自己的个性。他克己复礼，失去了自然直率的天真，显得过分老成。他为人处世都有太多的顾虑，不够自然洒脱。

其次，罗摩是一个忠于爱情的好丈夫，但在夫妻关系上，却表现出柔情与冷酷的矛盾。罗摩为了维护父王的权威而同意流放森林，他劝悉多留下，应该是真诚的。作为男子汉，在自己落难的时候，不愿自己所爱的人跟着自己受苦，也是可以理解的。悉多对罗摩的爱也是真诚的，她坚决要求跟罗摩一起去森林，一方面出于不能离开丈夫的"妇道"，另一方面也出于真挚的爱情。他们在森林中共同生活十余年，相依为命，相濡以沫，彼此爱情更加深厚。在森林中，魔女看上罗摩，费尽心机引诱他，都被他

---

① 季羡林：《〈罗摩衍那〉初探》，见《季羡林全集》第 17 卷，第 221—222 页。

轻蔑地拒绝。他为了让悉多高兴，亲自追赶那只漂亮的金色鹿。悉多被罗波那劫走后，罗摩一改以往的老成持重和沉稳练达，两次昏厥，含泪遍询山川花草可否知道悉多行踪，并几次责骂忠实的弟弟。他对妻子的思念之情，感人至深。为了救出妻子，他翻山越海，进行了艰苦卓绝的战斗，终于打败罗波那，救出悉多，表现了对妻子的深厚感情。然而，当相爱的两人劫后重逢，悉多见到罗摩悲喜交集，激动万分，罗摩对悉多却非常冷淡，对她说了一番冷酷的言语，说什么自己浴血奋战不是为了悉多，而是为了自己的尊严和家族的名声。他进而怀疑悉多的贞节：

如今你站在眼前，
我怀疑你品行端；
你对我不敢正视，
眼疾不敢把灯看。（6. 103. 17）

他甚至表示对悉多已经恩断义绝："你愿往哪就往哪，四面八方随你意，我已同你无牵挂。"（6. 103. 18）声言：

女子住在别人家，
一个出身高贵人，
如何能心情愉快，
把她再领回家门？（6. 103. 19）

面对罗摩的绝情，听到如此粗暴的言语，悉多伤心透顶。她的忠诚遭到怀疑，她的人格受到侮辱，她没有别的选择，只有投身烈火。罗摩任凭人们安排火葬堆，眼看悉多投身烈火而无动于衷，等到火神将悉多托出，证明了她的贞节，才又接受悉多。罗摩此时对悉多的冷淡，与他之前对悉多的爱和思念形成巨大的反差，现在的冷酷和以前的多情判若两人。此时罗摩的心理是非常复杂的。印度学者格·支坦尼耶分析指出："神裁不仅意味着悉多可以在世人面前洗刷自己，而且能够驱除罗摩自己的疑惧。这种疑惧他是不肯承认的，然而确实折磨着他。"① 罗摩自己说，他弃绝悉

① 参阅［印］格·支坦尼耶《新梵语文学史》，葛维钧译，见季羡林、刘安武编《印度两大史诗评论汇编》，第272页。

多，是为了防人之口，怕人家说他被爱情迷了心窍，是“为了向三界证明，我认真坚持真理；我就眼看悉多，纵身跳入烈火里”。(6.106.14) 这不能说不是罗摩的真实动机。根据罗摩对悉多的了解，他深知悉多对他的爱，熟知悉多性格的坚强和刚烈，加上哈奴曼的所见所闻，他完全可以相信悉多不会背叛自己，即使有所怀疑，通过悉多的一番表白，也完全可以释怀，不应该眼看着悉多投身烈火。所以，罗摩此时此地的言行，主要是做给别人看的，这比较符合他自我压抑的性格。

再次，罗摩是一个贤明的国王，但又表现出宽厚爱民和残酷无情的矛盾。罗摩是一位政治家，有政治抱负，关心人民疾苦，有治国平天下的理想。他有政治才能，曾经给婆罗多讲如何知人善任；他有政治谋略，能够忍辱负重，审时度势，善于利用矛盾，团结一切可以团结的力量，结成广泛的统一战线以对付主要的敌人。终于，作为一个落难流亡的王子，战胜了不可一世的罗刹王罗波那。然而，也正因为他是政治家，作为一个个人又不能不受制于政治，被政治支配。十四年流放期满，罗摩回国继承王位。执政之后，他努力当一个好国王。作为国王，罗摩的残酷无情主要通过两件事情表现出来。一是他杀死了并未作恶，只是偷偷修行的首陀罗，因为他的修行导致了一个婆罗门的儿子夭亡。实际上，将婆罗门之子的死归因于首陀罗越界修苦行，并没有足够的证据。对于国王来说，社会的和谐是最重要的，秩序的维护是一个君主应尽的责任，为了维护这种和谐，罗摩必须惩罚犯规的首陀罗。另一个表现罗摩残酷无情的事件是他再次遗弃妻子悉多。他在御前会议上向大臣们了解民情民意，得知人们对悉多曾经长期居于魔宫仍然耿耿于怀，议论纷纷，他只好忍痛命令弟弟罗什曼那将已经怀孕的妻子遗弃在恒河边的森林里。如果说罗摩在楞伽城再见悉多时，还有对悉多贞节的怀疑的话，多年后再次遗弃悉多，则完全是为了照顾舆论而自我压抑了。为了家族的荣誉，必须牺牲个人，这里牺牲的不仅是悉多，也包括罗摩自己。我们看到，遗弃悉多之后的罗摩并没有再娶，一直孤独一人生活，这足以证明罗摩并不是寡情的君王。也就是说，不是他不爱悉多，也不是内心挥之不去的疑惧的阴影，只是迫于家族、社会、国家的种种压力而做出的无奈选择。十几年之后，经过蚁垤仙人的斡旋，罗摩认了儿子并将悉多召回，但他仍坚持要悉多在大庭广众面前证明自己的清白，以至于悉多毅然决然投入地母怀抱，永远地离开了她一直爱着的罗摩和这个世界。罗摩一再考验悉多，实际上，一直以来，不相信悉多的始终都不是罗摩自己，而是整个社会。相对于整个社会群体来说，不管悉多还是罗摩都是渺小的。罗摩放弃悉多是整个社会的要求，当与群体利益发生冲突时，个人的内心需求被漠视，个人利益必须放弃。与暴君罗波那的极端个人主义形成鲜明对比，作为贤明君王的罗摩，为了群体利益必须牺牲个人。有学者认为罗摩“过于苛刻而不近人情”,[①] 因为在好国王与好丈夫不能两全的情况下，他选择做一个好国王。如果史诗中的罗摩不是狠心遗弃悉多，而是顶住社会压力留下悉多的话，只怕他就不是印度人民心目中的英雄形象了。现代读者可能为罗摩的绝情和悉多的不幸而愤慨，但他却一直是备受人们尊敬爱戴的君主，他治下的罗摩王朝被印度人民视为理想的太平盛世，罗摩也由此成为贤明君王的典型形象。在社会生态领域，罗摩是一个正面人物，较好地处理了各种矛盾，实现了社会的和谐，但在精神生态方面，罗摩不是一个理想人物，而属于中间人物。他背着道德重负，心理压抑，性格扭曲，处事谨慎，属于自我压抑型人格。

最后，罗摩身上还存在着神性与人性的矛盾。应该指出，《罗摩衍那》的核心部分虽然也有对罗摩的神化和歌颂，但他基本上是一个凡人的形象，而后来加入的两篇则极力宣扬罗摩是大神毗湿奴的化身，并且极力鼓吹对作为大神化身的罗摩的崇拜。这样，在罗摩身上就表现出神性与人性的矛盾。首先是至高无上与平易近人的矛盾。作为王子，罗摩由于和蔼可亲而赢得人民群众的爱戴，当他被流放去往森林时，人民都依依不舍。在森林中，他对修道士仙人很谦恭，对土著居民很友好，包括尼沙陀王俱诃、猴王须羯哩婆、神猴哈奴曼、罗刹维毗沙罗等，实际上都是土著居民的代表，他们都成了罗摩的好朋友。同时，罗摩又常常对这些朋友，包括自己的兄弟，表现出居高临下的态度。本来是结盟关系的盟友，不知不觉地成了罗摩的下属。其次是尽善尽美与人性弱点的矛盾。罗摩作为大神化身，应该体现神性的尽善尽美，史诗作者也努力把罗摩塑造成一个完美英雄，但罗摩不仅做出一些让人非议的事情，而且有时表现出人性的弱点。比如他被取消王位继承权并被流放森林时，一度悲叹自己命运不济。他还有一些只有人才会有的小心眼，比如流放期满返回阿逾陀时，先派哈奴曼前往打探，了解婆罗多的态度。最后是全知全能与局限性的矛盾。作为神的罗摩应该是全知全能的，他也时常有这样的表露，如果他愿意，他

---

① ［法］路·勒诺：《古代印度》，见季羡林、刘安武编《印度两大史诗评论汇编》，第510页。

可以毁灭这个世界，粉碎所有敌人。然而，在森林中他却上了罗波那的当，去追赶金色鹿，以致失去妻子；在战场上，他几度被打伤。这些矛盾都是由于将凡人罗摩提升为神的结果。当然，罗摩身上也有人性与神性的统一。实际上，作为人的罗摩的优秀品质就是神性的体现，或者说，作为神的罗摩体现了完美的人性，由此形成了印度教独特的人神关系。

三

相对于罗波那的自我膨胀和罗摩的自我压抑，《罗摩衍那》中人与自我关系处理得比较好的是那些仙人。作品中写到的仙人很多，如那罗陀、婆私吒、众友、蚁垤、阿竭多等，都是经常出场的重要仙人，作品中提到的、与罗摩有交往的仙人则不计其数，另外还有大量的苦行者。在作品所描写的众多仙人中，给人留下深刻印象的是众友和蚁垤。

众友原来是一位国王，看上婆私吒仙人的如意神牛，提出用大量的财物来交换，被仙人拒绝。他武力夺取也没有成功，军队和许多儿子都被仙人诅咒烧成了灰。众友感到奇耻大辱，将王位交给最后一个儿子，自己到林中修苦行。通过苦行获得神通之后，众友找婆私吒报仇，又被打败。众友认输服气，承认刹帝利不如婆罗门，决心通过修行变成婆罗门仙人。他长期修严厉的苦行，感动了大梵天，但只承认他为“王仙”。所谓“王仙”就是出身刹帝利的修道士，而出身婆罗门的大仙人称为“梵仙”。“王仙”比“梵仙”在身份和境界方面都差了很多，所以众友不满足于“王仙”称号，继续修苦行。此时，一个名叫陀哩商古的国王，想通过举行祭祀带着肉身升入天宫。他找到大仙人婆私吒提出自己的想法，婆私吒回答说“办不到”。他又找了很多仙人，不仅没有办成，还被诅咒变成了旃荼罗。后来他找到正在修苦行的众友。众友由于自己的遭遇，非常同情陀哩商古，答应帮他实现愿望。于是众友为陀哩商古举行祭祀，但婆罗门都拒绝参加，众神也不来享受祭祀。众友不甘心失败，以自己的苦行之力送陀哩商古的肉身升上天去。天神因陀罗发现后命令他返回，众友则在下面力挺，陀哩商古的肉身只能悬在空中，上不去，也下不来。在印度古代神话中，人神之间的交往是非常密切的，尽管如此，人神之间还是有界限的，肉身升天属于越界行为，陀哩商古和众友的失败是对非分之想的告诫。众友用蛮力帮助越界的行为，说明他的确还没有达到真正的仙人的境界。

众友继续修苦行，中间曾被天女诱惑，陷入情网。但他幡然醒悟，摆脱诱惑，实行更严厉的苦行。大梵天受感动，赐予他“大仙人”称号。众友仍不满足，要求“梵仙”称号。大梵天认为他还未能完全控制感官，需要继续努力。于是众友继续严厉苦行：

在夏季，他五火绕身，
在雨季，他露宿林间，
在冷季，他站在水里，
日日夜夜，苦行磨练。(1.62.23)

众友的苦行引起众神的不安，因为国王出身的众友成为梵仙毕竟是一件破坏现有秩序的事。于是天帝释命美丽的天女兰跋去引诱众友，自己带上爱神前往助阵。在迷人的春天里，众友听到杜鹃悦耳的歌唱，抬头看到一个美丽的天女，心中一阵激动。但他立刻冷静下来，识破了因陀罗的诡计，怒而诅咒兰跋变成石头。兰跋变成了石头，因陀罗和爱神偷偷溜走。但由于众友动了怒，减少了他苦行的威力，“不能控制感官，他不会得到内心宁息。”(1.63.15) 众友又经过长期的严酷苦行，终于获得了成功：

在这整整一千年里，
大牟尼变成了木块。
多种障碍来动摇他，
忿怒却从不袭来。(1.64.3)

他终于达到了心如止水的境界，实现了心灵的宁静。天神和其他神灵都承认：大牟尼众友经受住了引诱、激怒等等考验，“哪怕是一点点细微的虚伪，在他身上也找不到痕迹。”(1.64.6)，众友最终实现了自己的愿望，大梵天给了他“梵仙”的称号，同时，在他的请求之下，他曾经的朋友、后来的敌人、大仙人婆私吒，对他表示了友好的认同。

众友的故事有着丰富深刻的象征意义。首先是表现了婆罗门与刹帝利两大种姓的矛盾，并且站在婆罗门的立场调和矛盾。其次，说明种姓界限不是不可逾越的。从注重和谐，维护秩序的角度，史诗作者们对越界行为是否定的，比如《猴国篇》中讲了金翅鸟兄弟俩追赶太阳的故事。鸟王商婆底和弟弟阇吒优私“傲气冲昏了头脑，想把勇力显示一下，我们飞得高而又高”。（4.60.3）他们和人打赌，要把太阳追赶。太阳是追上了，但鸟王兄弟被太阳烤得晕头转向。哥哥用翅膀保护弟弟，结果翅膀被烧毁，再也不能飞行了。还有前述陀哩商古肉身升天的故事，都是对自我膨胀、违背自然规律的越界行为的否定。然而众友的种姓越界却成功了，他本来是刹帝利，通过修行变成了婆罗门，虽然很艰难，经过了许多曲折，最后还是如愿以偿。这一方面说明，种姓界限比人神之间的鸿沟相对小一些，种姓毕竟是人类社会内部的划分，实际生活中改变种姓的事情也时常发生；另一方面，越界需要大功德、大毅力，而且，更为重要的是，越界的目的应该是高尚的。陀哩商古肉身升天、金翅鸟追赶太阳、罗波那征服三界，都属于单纯的自我膨胀，众友的越界是为了追求更高的精神境界，因而，他的越界是受到鼓励的。再次，众友的故事表现了宗教修行的不同层次和不同境界。作品中写到了大量的仙人和修行者。苦行者与仙人关系非常复杂，据说最初只有婆罗门有资格苦行，因此“苦行”往往和婆罗门仙人相联系。后来，随着秩序的混乱，其他种姓的人也修苦行，所以苦行者不都是仙人。苦行者和仙人有共同点，如主要活动在森林中，都要求控制感官等。但二者又有本质的不同，苦行者修苦行是为了达到某种具体目的，如获得神通、消除罪孽或者求得神灵的恩惠等，方法是尽可能折磨自己的身体。而仙人大多是文化人，他们以知识和思想立身扬名，方式是研究经典或沉思冥想，他们生活简朴，在森林中主要以植物的根、茎和果实为生，但不折磨自己。苦行者的代表如罗波那，通过严厉的苦行获得神恩，由于神恩而产生了征服世界的欲望。众友开始修苦行，也是为了获得神通，打败婆私吒。仙人的代表如婆私吒、众友、蚁垤等，他们主要在林中生活，经常主持或者参加祭祀，也可以担任国师辅佐朝政。仙人和苦行者也有交叉，有的仙人也修苦行，还有的是通过修苦行而成为仙人。苦行者各有所求，仙人群体也非常复杂，有三六九等。众友从一个尚武嗜杀的刹帝利国王，变成一个控制感官的苦行者，应该说是一大进步。但是，通过苦行获得神通后，争强好胜的欲望和心理不仅没有消除，反而变本加厉。众友和罗波那都出现了这样的问题。罗波那得到梵天恩惠后肆无忌惮，做下种种人神共愤的恶行，而众友获得神通后便向婆私吒复仇，这是作品所否定的。幸好众友没有靠神通获得成功，与仙人婆私吒斗争的失败拯救了他，使他能够继续修行，而没有像罗波那那样成为欲望的奴隶。从苦行者到“王仙”，众友具有了仙人的资质，有资格主持祭祀，但他仍然没有摆脱刹帝利国王的性格和行为方式，争强好胜，好勇斗狠。他成为王仙后做的第一件事就是帮助陀哩商古肉身升天，他不顾其他仙人的反对，勉强举行祭祀，用尽苦行之力与众神抗衡，让陀哩商古的肉身悬在空中。失败又一次帮助了他，激励他继续修行，从王仙提升到“大仙人”的境界，并且最终摆脱各种诱惑，控制感官，克服自身暴躁易怒的缺点，达到内心宁静的“梵仙”境界。

仙人是古代印度社会的一个特殊群体，本来是指吠陀颂诗的作者，后来广泛用于《吠陀》的传诵者和阐释者，进一步泛指婆罗门修道士，再进一步泛指整个知识阶层，如佛教创始人释迦牟尼也被称作大仙人，而一些在家的婆罗门因为学识渊博、道行高深而被称作“大仙”。印度的仙人阶层崛起于公元前八、九世纪的奥义书时代，婆罗门中有一部分人离开社会和家庭到森林中修道，被称为仙人。他们一方面研究阐释吠陀经典，著书立说，另一方面建立道院，招收门徒，传播文化知识。与此同时稍后，兴起了反对婆罗门教的沙门思潮。一些对婆罗门教的种姓制度和教义教规不满的知识分子自立门派，他们中的出家求道者称为沙门。沙门有时也称为仙人，他们或著书立说创立学派，或招收徒众组建僧团，或游行教化宣传推销，进行文化创造和传播活动。仙人和沙门最初都是出家人，是远离社会的修道者，但也有一些人被请为国师，聘为官吏，或以其他方式参与社会生活。他们的活动和他们之间的争鸣对话创造了印度文化的辉煌时代。他们热爱自然，珍惜生命，喜欢宁静，追求解脱，形成了印度文化人的独特精神品格。泰戈尔曾经用《蒙达迦奥义书》中的话对“仙人”做了解释，认为仙人就是“那些彻悟了最高灵魂，因而充满智慧的；由于认识到自己与那灵魂合一而与自我完全和谐的；那些由于心中彻悟了‘他’而不再有任何私欲的，由于在世间一切活动中都感受到了‘他’而获得了平静的。仙人就是那些从各方面都认识到天神而找到了永久的平静，与一切都合而为一，已经进入了宇宙生命的人”①。《罗摩衍那》中描写了众多的仙人，其层次和境界有三六九等，只有那些大仙人和真正的“梵仙”，才符合这样的关于仙人的界定，蚁垤仙人就是其中的一个。

---

① ［印］泰戈尔：《正确地认识人生》，刘竞良译，见《泰戈尔全集》第19卷，第11—12页。

蚁垤仙人是《罗摩衍那》的作者，也是作品中的一个人物，是一个精神生态平衡的正面形象。关于他的生平没有确切的记载，只有一些零星的传说。据说他曾经是一个强盗，名叫多罗那迦，靠杀人越货养活父母妻儿。有一次他要抢劫一位修道士仙人，仙人问他为什么干这样罪大恶极的事情，他说要养活自己和家人。仙人说你的罪孽只能你自己承担，没人愿意和你分担。强盗不信，回家问父母妻子，愿不愿意分担他杀人抢劫的罪孽。他们都说不愿分担，因为养活父母妻子是他的义务，没有人让他去抢劫杀人。多罗那迦感到恐惧，认识到自己罪孽深重，于是去问那位修道士仙人如何才能得救。仙人让他反复念诵“摩罗”（罗摩的颠倒写法）。于是他站在那里翻来覆去地念，一动不动，以至最后身上堆满了蚁垤。从此以后他就成了“蚁垤仙人”。史诗《童年篇》和《后篇》讲了蚁垤仙人创作《罗摩衍那》和教两个弟子演唱《罗摩衍那》的故事。故事不一定反映历史真实，但却能够反映诗人的人格和精神世界，有助于我们进行精神生态的分析。

首先，蚁垤仙人具有悲天悯人的情怀。有一天，他在林中漫步，看到一对麻鹬正在静悄悄地愉快交欢，感到安然和温馨。突然，一个尼沙陀猎人用箭将其中的公麻鹬射杀。母麻鹬因为配偶被杀死而伤心，在地上翻滚，悲鸣之声凄惨动人。蚁垤仙人见此情景，悲悯之心油然而生，随口吟出诗句：

> 你永远不会，尼沙陀！
> 享盛名获得善果，
> 一双麻鹬耽乐交欢，
> 你竟然杀死其中的一个。(1.2.14)

当时沉浸于悲愤的仙人并没有意识到自己在作诗，只是在反复的回味之中，他发现自己无意中创造了一种朗朗上口的诗歌韵律——输洛迦。蚁垤仙人对自己能够创作出这样恰如其分地表现自己思想感情而又悦耳动听的诗句感到惊奇，这时天神告诉他，可以用这样的韵律创作赞颂罗摩事迹的诗歌。这就是《罗摩衍那》的创作缘起。这个缘起故事表现了诗人的悲悯情怀和非暴力精神。众生的痛苦对仙人来说感同身受，对动物是这样，对人更是如此。后来悉多无辜遭流放，来到仙人的净修林边，面对痛苦忧愁、走投无路的悉多，蚁垤仙人收留她，安慰她，像父亲对女儿一样保护她。悉多在仙人的净修林中生下一对双胞胎儿子，蚁垤仙人为孩子举行护婴祭奠，为孩子擦身、取名，并收为弟子。

其次是致力于社会和谐。仙人是印度古代的知识分子群体，他们虽然大多离世修行，但仍然关心社会，心系苍生。作品一开始，蚁垤仙人问天仙那罗陀："当今这个世界上，谁有道德，谁最勇敢？谁解达磨，谁知感恩？谁说真话？谁忠于誓言？谁的行为端正，谁真爱护众生？"（1.1.2—3）然后那罗陀为他讲了罗摩的事迹。蚁垤为什么要问这些呢？当然不只是出于好奇，而是因为他关心这方面的事情。那罗陀的讲述，激发了蚁垤仙人的思考，罗摩的事迹感动了他，以至于他看到清洁的河水便发出感叹："这河水真是可爱呀，就像是善人的心灵。"（1.2.5）仙人潜意识中已经产生了创作的冲动，要将他听到的罗摩事迹写成诗篇加以传扬。接下来对麻鹬的同情，对猎人的谴责，是这一巨大工程的前奏，输洛迦诗律的创造，则是艺术形式方面的准备；大梵天的出现，是诗人心中的愿望的象征。诗人一开始所关心的社会问题、道德问题以及对众生的爱护等问题，都在罗摩故事中找到了答案，有了形象化的显现。他要通过创作作品，塑造形象，惩恶扬善，干预社会生活。他成功了，不仅成功塑造了罗摩这样一个道德君子、文化英雄和贤明国王形象，而且让自私、邪恶、不道德、戕害生灵的罗波那受到了惩罚。通过这部作品，蚁垤仙人建立起一套父慈子孝、兄友弟恭、夫爱妻贞、朋义友信的道德体系。他将自己的作品教给两个弟子，让他们在民众中演唱，从而发挥社会作用。同时，这两个弟子又是罗摩的儿子，通过在罗摩的宫廷中演唱，使他们父子相认，家庭团圆，也起到了社会和谐的作用。而他的弟子们秉承了师傅的教诲，受到诗人塑造的罗摩形象的感染和熏陶，有了与师傅相同相似的社会理想，后来他们即位当了国王，就会将这些理想付诸实践。就这样，蚁垤仙人通过为文和为师，实现自己的和谐社会的理想。

再次，相对于罗波那的自我膨胀和罗摩的自我压抑，蚁垤仙人属于自我实现型。他不仅通过为文和为师实现自己的社会理想，而且摆脱各种羁绊，达到了诗意生存的境界。蚁垤和一般仙人一样喜欢林居，通过林居，不仅可以实现人与自然和谐，而且可以达到心灵的宁静，实现人与自我的和谐。人与自我和谐的前提是淡泊名利。为了让罗摩一家团圆，蚁垤仙人带弟子参加罗摩举行的祭祀活动，让两个弟子演唱他创作的《罗摩衍那》。他对弟子有一番教导，一是强调“愉快”，要求弟子：“怀着极端喜悦心，唱全部《罗摩衍那》。”（7.84.3）让他们“极大愉快怀心上，一天唱完20章”。（7.84.）二是要求淡泊，告诉弟子：“不要去想多得钱，即使钱少也要干；我们林中吃果、根，为何要那么多钱？”（7.84.10）弟子果然谨遵师命，当第一天唱完，罗摩高兴，让人赏赐大量金钱时，他们拒绝接受，说道：“我俩住在森林中，林中果根吃为生；这些黄金和白银，树林子里有何用？”（7.85.14）三是强调对艺术的执着，要求弟子演唱要符合章法、讲究技巧、尊重听众、认真演唱：“我曾把方法教过，要照方法去歌唱。”（7.84.9）“琵琶乐声极甜美，升调、降调曾细论；放开喉咙唱美音，歌唱下去莫担心。”（7.84.12）从这些对弟子的教导中，我们可以看出诗人蚁垤自己的价值观、生活方式和精神境界。

蚁垤仙人在林居中创作《罗摩衍那》，创作过程就是精神享受和审美愉悦的过程，他教弟子演唱，“弟子能把全部诗篇默诵”，而且，

> 不管是在什么时候，
> 只要虔诚神圣的大仙，
> 聚在一起，坐在一起，
> 他们俩就把这诗来念。（1.4.13）
>
> 两个人进入了情绪，
> 就合起来纵声高唱，
> 甜蜜、激昂又优美，
> 音调均匀又很柔和。（1.4.17）

演唱者全身心投入，获得审美愉悦。众牟尼则听得“眼泪盈眶”“精神愉快”“大声赞叹”，（1.4.14—）有的牟尼听得兴高采烈，将自己的水瓶或树皮衣赠送给演唱者。可见，仙人林居，并不是终日沉思或者苦行，而是摆脱了世俗的羁绊，获得身心的自由，有更丰富的精神生活。印度教将“法、利、欲、解脱”作为人生四大目的，“解脱”才是人的最终追求。印度是一个非常注重精神修养的种族，印度各宗教教派都有关于解脱的论述，都以追求解脱为最高目标。所谓“解脱”，意味着人们生存的内外环境的净化，印度学者阿鲁纳·戈埃尔指出：“对解脱目标的渴求和用

心，帮助每个个体追求纯洁的生活，从而导致内外环境的福乐。”① 人只有摆脱内外的各种羁绊，获得身心自由，才能够实现精神生态系统的平衡。只有真正做到清心寡欲，才能像蚁垤等大仙人那样，获得身心自由。正如史诗中描写的那样，他们经过修行，内心平静；他们生活简单，内心世界却非常丰富；他们在优美的自然环境中惬意生活，与万物和谐相处，与自然与世界达到融合统一的境界；他们以经典和艺术为伴，诗意地栖居在山林净土之中。这也许只是诗人的理想，而不是现实的存在，然而，艺术家可以为理想而创作，我们也应该为理想而生活。

① Aruna Goel. *Environment and Ancient Sanskrit Literature*. Deep and Deep Publications Pvt. Ltd. New Delhi, 2003, p. 220.

第四章

生态文明视阈中的佛本生故事

佛本生故事的原文 Jātaka，是从动词根 jan（降生）变来的名词，音译为阇多伽、阇陀等，意译为生、本生。根据佛教的业报轮回观念，每个人都有前生、今生和来生。所谓“本生”即前生，而所谓佛本生故事，则是关于佛陀释迦牟尼前生事迹的记述。《大毗婆沙论》卷一二六指出：“‘本生’云何？谓诸经中宣说过去所经生事，如熊、鹿等诸本生经；如佛因提婆达多说五百本生事等。”[①] 从其本义来看，Jātaka 并非专指佛陀前生，而是可以作通泛的理解，但在公元 3 世纪以后的佛教论书中，“本生”都被解说为释尊的前生——菩萨行事。[②]

这样记述佛陀前生事迹的佛本生故事也有广义和狭义之分。广义是指佛经中的一个部类，包括各时期、各部派、各类佛典中的同类故事；狭义是指南传上座部巴利文佛典小部中的一部经，即《佛本生经》，它将有关释迦牟尼前生的故事编辑在一起，共有 547 个。[③] 全书分为 22 篇，以含偈颂的多少次第编成。第一篇由 150 个本生故事组成，分成 15 品，每品 10 个故事，每个故事有一首偈颂；第二篇由 100 个故事组成，分成 10 品，每品 10 个故事，每个故事有两首偈颂；第三篇由 50 个本生故事组成，分成 5 品，每品 10 个故事，每个故事有三首偈颂。依此类推，越往后，每篇中的故事数量越少，而故事中的偈颂越多。其中每个本生故事基本由五部分组成：1. 今生故事，说明佛陀讲述前生故事的地点和缘由；2. 前生故事，这是作品的主体；3. 偈颂诗，穿插

---

① 《大正新修大藏经》第 27 册，第 660 页。

② 参见释印顺《原始佛教圣典之集成》，中华书局 2011 年版，第 454 页。

③ 狭义《佛本生故事》亦称《佛本生经》，为南传巴利文佛典“小部”中的一部经。本章以狭义为主，主要依据郭良鋆、黄宝生译《佛本生故事选》，人民文学出版社 1985 年版。兼及汉译佛典中的有关部分，主要依据《大正新修大藏经》。

于故事讲述之中或放在故事最后以点明题旨；4. 注释，解释偈颂诗中每个词的含义；5. 对应，把前生故事中的角色与今生故事中的人物对应起来。《本生经》（*Jātaka*）的巴利文原典只有偈颂，传入斯里兰卡后被译成古僧伽罗文，后来原典失传。大约在公元5世纪，一位斯里兰卡比丘依据古僧伽罗文译本，用巴利文写成《佛本生义释》，也就是现存的《本生经》。《本生经》在我国有过完整的翻译，《出三藏记集》卷二记述："《五百本生经》，未详卷数。阙。……齐武皇帝时，外国沙门大乘于广州译出，未至京都。"① 可惜这部"五百本生"的完整汉译未能保存下来。现存汉译佛典中收录佛本生故事的经籍有十几部，重要的有《六度集经》，吴康僧会译，其中有91个佛本生故事和佛传故事；《生经》，西晋竺法护译，所收55个故事中多数为本生故事。此外，《佛说兴起行经》《贤愚经》《杂宝藏经》《菩萨本生鬘论》等经典中也有一些本生故事。1985年，郭良鋆、黄宝生合译的《佛本生故事选》由人民文学出版社出版，2022年由中西书局出版了该书的增订本，为《本生经》研究奠定了文献基础。②

生态文明是对治工业化和现代化过程中出现的环境破坏和生态危机而提出的新的文明形态，属于后现代范畴。然而，生态文明的核心要义环境友好、人与自然和谐等生态主义思想，并非纯粹后现代的产物，而是包括森林文明和农业文明在内的人类文明生态智慧积累发展的结果。也就是说，后现代的生态主义与前现代的生态智慧有割不断的精神血脉。产生于前现代的佛教经典，既是佛教思想的载体，又是具有审美意义的文学作品，这些佛教文学作品中蕴含着丰富深刻的生态主义思想。对佛教文学进行生态主义解读，挖掘其中的生态智慧，不仅有助于重新认识和阐释佛教经典，而且通过佛经与生态主义的双向阐发，有助于生态批评和生态美学理论的丰富和发展。在卷帙浩繁的佛教经典中，佛本生故事不仅最具有文学性，在文学史上产生了深远影响，而且也最富生态智慧。它们是印度森林文明时期的产物，非常关注人与自然关系，其中不仅有大量的动物故事，而且有丰富的植物书写，表现出独特的自然伦理和深刻的生态智慧，值得专题研究。

---

① （梁）释僧祐：《出三藏记集》，苏晋仁、萧炼子校点，中华书局1995年版，第63页。

② 本章主要依据郭良鋆、黄宝生译《佛本生故事选》，人民文学出版社1985年版。

第一节 动物故事

从生态主义的角度看，佛本生故事中最值得关注的是动物故事。根据佛教传说，佛祖释迦牟尼是经过无数次转生，积累下无量功德，才最终成佛。他曾转生为各种动物，曾转生为人类的各阶层和各种姓，也曾转生为各种神祇精灵。他每次转生，都有行善立德或惩恶扬善的事迹。据统计，南传巴利文佛典小部中的《佛本生经》共有547个佛本生故事，其中有人生故事357个、神生故事65个，动物生故事175个，可见动物故事在其中占有重要地位。

《佛本生经》中的动物故事多种多样，不仅动物种类繁多，而且表现的主题也形形色色，其中大部分具有道德训诫意义。由于这些故事采取拟人化的表现方式，其中所宣扬的世俗道德如统治者的仁慈、夫妻之间的爱情、朋友之间的诚信，佛教道德包括施舍奉献、忍辱牺牲、慈悲仁爱、智慧禅定等，更适合人类社会生活，所以，人们往往将其归入寓言故事之列。然而，这些故事毕竟是以动物为主要角色，反映了动物的生活，包括其生活场景和生活习惯，有的情节曲折复杂，塑造了生动鲜明的动物形象，其创作宗旨并非用以映射象征人类社会，所以不应该将其视为一般的寓言，而应该还原其作为动物故事的本质。当然，《佛本生经》中的动物故事的宗旨不是为了描写和表现动物，而是为了讲述佛陀的前生事迹，表现佛陀前世的无量功德。作为佛本生故事，这些动物故事大多以佛陀前生事迹的方式呈现，其中的主要角色具有菩萨的身份，往往表现出超强的能力和高尚的道德。如《有德象本生》讲菩萨转生的大象不仅救人，而且以德报怨，任忘恩负义者三番五次锯走自己的象牙，以此表现忍辱牺牲精神。《鳄鱼本生》讲述菩萨转生的猴子机智脱险的故事。鳄鱼的妻子要吃猴子的心，鳄鱼为了满足妻子的愿望，假装要背猴子到对岸去吃鲜美的果子，猴子听信了鳄鱼的话，上了鳄鱼的背。游到河中心，鳄鱼将猴子抛到水中，说出实情。猴子说自己的心没有带在身上，而是挂在树上，让鳄鱼背它回去取。鳄鱼信以为真，将猴子背回对岸。猴子跳上岸边的无花果树，脱险之后反而嘲笑鳄鱼没有脑子。表现菩萨智慧的动物故事很多，大都意味隽永。《鹿本生》则表现了动物之间的朋友之谊，讲述菩萨转生为一只鹿，住在森林中池塘旁边的灌木丛里。旁边一棵树上住着一只啄木鸟，池塘里面住着一只乌龟。它们相亲相爱地住在一起，成了好朋友。有一天鹿落入猎人设下的网中，啄木鸟和乌龟听到喊声先后赶来。为了救助落难的朋友，乌龟使劲咬张网的皮子，啄木鸟飞到猎人的住处，阻止猎人出门。猎人赶来时，乌龟已经咬断大部分皮条，鹿一使劲就挣脱了，但乌龟却累得爬不动，被猎人逮住，装到袋子里挂在树上。为了救乌龟，已经挣脱的鹿假装筋疲力尽，跑不动了。于是猎人去追鹿。鹿把猎人引到远处之后，飞快跑回，把乌龟从树上的袋子里救出来。猎人一无所获，垂头丧气地走了。类似的故事还有《大鹗本生》，讲述森林中有一个很大的天然湖，岸边树上一雄鹰向一雌鹰求婚，雌鹰要求雄鹰广交朋友，以便遇到危险的时候有朋友相救。于是雄鹰便与岸上的狮子王、鹗王以及湖中小岛上的乌龟交朋友。两鹰结为夫妻，生了两只小鹰。有一天夜里，来了几个猎人，在树下生火，准备抓小鹰。雄鹰去找朋友求救。鹗王赶来，见猎人爬树，它就取水灭火；猎人下树重新生火，然后再去爬树，鹗王再把火灭掉。如此再三。鹗王累得筋疲力尽，让雄鹰去请龟王。龟王听说朋友遇到危险，奋不顾身，带上一身泥，到树下灭火。猎人用绳子捆住乌龟，结果被乌龟拖到水里。猎人爬上岸，升起一堆火，准备天亮再上树抓小鹰。雄鹰趁机去向狮子求救。狮子来到树下，猎人看到狮子，四处逃散。再如《速疾鸟本生》中啄木鸟救助狮子，帮狮子拔出卡在喉咙中的骨头。尽管啄木鸟知道将头插进狮子口中有危险，狮子如果闭口他就会命丧黄泉，但他还是知难而进，只是为免意外采取了有效的防护措施，即用一根棍子将狮子的上下颚支住。故事表现危难时朋友互相救助，体现交友之道，同时也表现了动物生活特点。这些以表现佛陀功德为宗旨的动物故事，道德训诫是其题中应有之义，但这些故事说明动物也像人一样有感情、懂道德、与人处于平等地位，因而也具有一定的生态主义价值。

《佛本生经》中的动物故事不仅表现了动物之间的情谊，还表现人与动物之间的互助友爱。如《宽心象本生》描写有 500 个木匠在森林中伐木，遇一大象脚被巨大木刺刺穿，红肿化脓，难以行走。木匠用刀切开皮肤，挤出脓水，并用细绳拴住木刺将其拔出。不久大象伤好，便携小象前来帮木匠干活。后遇敌人入侵，小象帮木匠打败敌人，捍卫了人们的家园。动物是人类的朋友，在佛本生故事中，人与动物之间互相帮助的故事还有很多。有个故事讲述佛陀前生是一位隐士，在干旱季节，他为保证野生动物能有水喝而忙碌，以至于没有时间为自己准备食物，于是动物们为他弄来食物以示感谢。[①] 类似的故事还有《箴言本生》，讲述菩萨转生的隐士从洪水中救起了一个人、一条蛇、一只老鼠和一只鹦鹉。隐士觉得三个动物弱小，需要照顾，于是先给小动物取暖和食物，后给人。那个人是位王子，认为受到怠慢，怀恨在心。洪水退去，被救的四位先后告辞。蛇许诺给恩人四亿金钱，鼠许诺三亿金钱，鹦鹉许诺为恩人提供白米，王子许诺自己登上王位后供养隐士。后来，蛇、鼠和鹦鹉都兑现了自己的诺言，只有已经成为国王的那个人，让侍卫捆绑来访的隐士，当街鞭打，准备处死。隐士当街念诵箴言："人们说得对：世上有些人，你若救他命，不如捞浮木。"[②] 众人知道国王忘恩负义的行为，觉得他不配当国王，起来暴动，处死国王，推举隐士为国王。新任国王将蛇、鼠和鹦鹉接到皇宫，为它们建造住所，和睦友爱地共同生活，度过一生。这个故事表现了动物们知恩图报诚信守诺的美德，谴责了忘恩负义的小人恶行，同时表现了人与动物之间的和谐关系。

从生态主义的角度看，《佛本生经》中最值得关注的是表现佛教非暴力不杀生思想的动物故事。不杀生是佛教的第一戒律，佛本生故事以多种方式表现非暴力不杀生的佛教伦理，首先是通过动物的高尚行为感化人们放弃杀生。如《榕鹿本生》讲菩萨转生为一只金色鹿，名为榕鹿，由于漂亮健美而成为鹿王，住在森林里，有500只鹿相随围绕。附近还有一只金鹿，名为枝鹿，也有500只鹿相随。国王热衷打猎，酷爱吃肉，经常让臣民为他捕猎。臣民为了满足国王嗜好又不耽误工作，便将鹿群由森林赶到国王的御花园。国王看到两头金鹿非常可爱，赐它们免死。然后时常亲自或派御厨到园中射鹿取肉，不仅给鹿群带来惊慌，而且造成无谓死伤。菩萨榕鹿与枝鹿王商议，既然难免一死，不如两个鹿群按次序轮流，每次有一只鹿自愿给国王宰杀，使鹿群免遭伤害。枝鹿王同意。于是，凡轮到的鹿便自动前往受死。一天，轮到枝鹿群中一头怀孕的母鹿，它请求枝鹿王等自己生下小鹿之后再去赴死，枝鹿王不答应。怀孕的母鹿又到菩萨那里诉说。菩萨答应母鹿，推迟它的死期，又不能将痛苦转移给另一只鹿，于是自己前往，替母鹿赴死。国王得知缘由，很受感动，于是对菩萨说：像你这般宽厚仁慈，我在人类中也未曾见过。于是赐榕鹿王和怀孕的鹿免

① 参见［英］彼得·哈维：《佛教伦理学导论：基础、价值与问题》，李建欣、周广荣译，上海古籍出版社2012年版，第172页。

② 《佛本生故事选》，郭良鋆、黄宝生译，人民文学出版社2001年版，第60页。

死。菩萨对国王说："我们两个得到赦免，其余的鹿怎么办?"国王说："我也赦免。"菩萨又问："御花园外的鹿怎么办?"国王说："我也赦免。"菩萨又问："大王啊！鹿得到赦免，其它的四足兽怎么办?"国王说："我也赦免。"菩萨又问："大王啊！四足兽得到赦免，鸟类怎么办?"国王说："我也赦免。"菩萨又问："大王啊！鸟类得到赦免，水栖的鱼类怎么办?"国王说："我也赦免。"由此，菩萨说服国王不再杀生，然后带着鹿群回到森林。后来，鹿群吃人们的谷物，人们禀报国王，国王下令不许伤害鹿群。榕鹿王得知此事，下令鹿群不要吃森林外面的谷物。这个故事以榕鹿的高尚行为感动国王，促使其产生了不杀生的思想和行为，这是佛本生故事表现非暴力不杀生伦理思想的主要方式。

类似的故事还有许多，如《露露鹿本生》讲述波罗奈国一个商主之子，挥霍完继承的财产之后又大量借债，还不上债便投河自尽。菩萨转生的金鹿将他救起，并把他领出森林，送上回家的大路。波罗奈王后夜里梦见一头金鹿，告诉国王她想得到金鹿，于是国王悬赏，提供金鹿信息者，可以得到一个富裕村庄和美女妻子。商主之子贪图赏赐，带领国王和他的军队前往森林，包围了金鹿居住的丛林。金鹿得知是它搭救的人出卖了自己，念了一首偈颂："人们说得对：世上有些人，你若搭救他，不如捞浮木。"然后对国王讲了缘由。国王要杀掉那个忘恩负义的人，金鹿反劝国王不要杀生，而且遵守诺言，兑现赏赐。国王要给金鹿恩惠，金鹿要求从它身上开始，解除一切众生的恐惧。国王答应金鹿的请求，派人击鼓宣旨："保护一切动物。"①

佛本生故事还以业报轮回的说教方式表现不杀生的佛教伦理。如《祭羊本生》，讲述一个婆罗门仙人要举行祭祀，供奉祖先，于是让人逮来一头山羊。山羊先是大笑，后又痛哭。问其原因，山羊讲述了自己的宿业：它前生也曾经是一个精通吠陀的婆罗门，就是因为祭祀祖先而杀了一头山羊，被诅咒要受 500 次砍头之苦的报应。之后他四百九十九次转生为山羊，每次都遭到砍头之苦，这是它的最后一次。因为终于要摆脱这种痛苦，所以它十分高兴；但是想到这个婆罗门又要重复自己的痛苦遭遇，出于怜悯之情，于是又大哭。婆罗门听完了这番话，就释放了山羊，并且不准任何人伤害它。山羊离开之后到山岩附近的树林里吃树叶，雷电击中山

① 《佛本生故事选》，郭良鋆、黄宝生译，人民文学出版社 2001 年版，第 314 页。

岩，一块石头掉在山羊伸出的脖子上，砍下了山羊的头。当时菩萨转生为那里的一个树神，看到了这一切，于是念了一首偈颂："倘若众生知，痛苦之根源，不会再杀生，以免遭灾难。"①

以上几个故事都是正面表现佛教的不杀生思想，《佛本生经》中有些动物故事还以悲剧方式从反面表现佛教的不杀生伦理，这方面比较典型的是《六牙本生》。故事讲述菩萨转生为一头美丽的六牙白象，它成为象王，带领群象生活在喜马拉雅山区一个美丽的湖边。它有两个王后，大妙吉和小妙吉。小妙吉发现象王对大妙吉比对自己好，认为自己遭到歧视，由嫉妒而生怨恨，发誓死后转生为摩揭陀公主，嫁给波罗奈国王，成为王后，受到宠爱，然后让国王派猎人用毒箭射死象王，以便得到它的一对发出六色光彩的象牙。小妙吉绝食而死，转生为公主，实现了当王后的愿望。她假装生病，说自己梦见六牙白象，需要它的象牙才能治好自己的病，于是国王召集全国的猎人为王后猎象取牙。被选中的猎人通过王后指引，历尽艰辛，找到六牙白象住处，埋伏在必经之路，以毒箭射杀象王。象王中箭后，本来可以杀死射箭之人，但它决心遵循正道不杀生。它问猎人受谁指使，猎人据实相告。象王知道是小王后妙吉所为，忍着剧痛帮猎人锯下自己粗大的象牙，然后死去。猎人带着象牙回到波罗奈，献给王后。王后接过闪耀六色光芒的象牙，抱在怀里，想起前世的丈夫，悲不自胜，心儿崩裂而死。这是一部具有悲剧性的作品，小妙吉因爱生恨，相爱相杀，自己绝食而亡，转生为王后妙吉又去杀死曾经深爱的六牙白象，无疑是又一次自杀。这一切从反面说明，嫉妒、怨恨、自杀、杀动物，都是罪孽。由此可见，佛本生故事中人与动物关系设计非常微妙复杂，而其关于不杀生的说教也表现得非常生动形象。

《佛本生经》中有些具有道德训诫意义的动物故事，同时内含着一定的生态意义。比如《摩尼克猪本生》讲述菩萨转生为一个富人家的一头牛，名叫大红，它和弟弟小红整天干牵引拖拉的重活，但食物只是一些粗草料。而主人家养了一头名叫摩尼克的猪，不干活，却能吃上牛奶粥。小红心理不平衡，颇有怨言。菩萨对小红说，不要羡慕这头猪，主人家的女儿准备结婚，把猪养肥，是为了在婚礼上用猪肉招待客人。然后念了一首偈颂：

① 《佛本生故事选》，郭良鋆、黄宝生译，人民文学出版社2001年版，第12—13页。

勿羡摩尼克，它吃断头食。
嚼你粗草料，此乃长命食。

不久，摩尼克被宰杀，做成美味佳肴招待客人。小红看到摩尼克享受的结果，真正明白了哥哥说的道理："我们尽管吃的是稻草、麦秸、谷皮，却要比这头猪吃的牛奶粥好上百倍千倍，因为它们对我们无害，保证我们长寿。"① 这个故事说明不要追求非分之享受，也不要羡慕别人的非分享受，安分守己，才是长寿幸福之道。现代社会物欲横流，人们欲壑难填，许多人靠不义之财一夜暴富，享尽荣华富贵。他们像摩尼克猪一样吃的是断头食，并不值得羡慕。这样的故事意味深长，既有普遍伦理价值，也有实现心理平衡，解决精神生态问题方面的意义。类似的故事如《鹌鹑本生》，讲菩萨转生的鹌鹑，虽然只吃粗糙且没有营养的草籽，却长得很胖，而乌鸦天天吃肉，却骨瘦如柴。鹌鹑问乌鸦为何这么瘦，乌鸦回答："四面皆仇敌，觅食常惊慌，心儿直扑通，怎么会发胖？尽做亏心事，常常魂魄丢，所得不餍足，因而这么瘦。"然后乌鸦问鹌鹑，为何吃得不好还会体胖，鹌鹑以偈作答：

我不飞远处，我不怀奢望，
有啥就吃啥，因此我发胖。
知足得安乐，定量利消化，
谁都能掌握，这种养生法。②

这样的不怀奢望、知足安乐的养生之道虽然有些消极，但在欲壑难填的现代社会，也有一定的训诫意义。

第二节　植物书写

佛教文学中有非常丰富的植物书写，这在佛本生故事中也有所表现。佛陀一生与树木和森林有着特殊因缘。他诞生在园林树下，母后在蓝毗尼园手攀树枝，王子从母亲右胁出生。他出家之后曾经到婆罗门仙人的净修

① 《佛本生故事选》，郭良鋆、黄宝生译，人民文学出版社 2001 年版，第 20—21 页。
② 《佛本生故事选》，郭良鋆、黄宝生译，人民文学出版社 2001 年版，第 238 页。

林访学，然后在森林长期修苦行，最后在一棵菩提树下觉悟成道。他后半生说法传教，初转法轮于鹿野苑，经常说法的地方是祇树给孤独园，最后于娑罗双树下涅槃圆寂。佛陀传记中记述了他和树林的特殊因缘，他曾经在树下禅定，树影为其遮阳而不移。这样的人与树木或森林的密切关系是印度森林文明的结晶。印度学者班瓦里指出："印度人的意识被树木和森林所充满。你是否看到，比如在古希腊文学中，你很少发现对树木和森林的描写，而在印度文学诸如《罗摩衍那》和《摩诃婆罗多》中，却充满这样的描写，人们总是处于树下。印度人民与树木之间的纽带是非常牢固的。"① 其实，不仅是印度教的两大史诗中充满着树木和森林，早期佛教文学中也有比较多的森林书写，如巴利文佛典小部中的第八部经《长老偈》，收入264位比丘所作的1279首偈颂，表现上座高僧们的林居生活及其修行体验、宗教情感和智慧境界。这些作品常常把森林看作修行的理想之地，如乌萨跋长老偈：

树草满山间，雨中湿淋淋。
乌萨跋来此，用意在修行。
林中此美景，宜僧作禅定。②

又如优帕塞那长老的诗偈：

比丘居住地，寂静人烟稀；
野兽时常见，悠闲在林区。③

身在山林的僧人，大都有对自然包括动物、植物以及山山水水的热爱，如大迦叶长老偈：

山水何其清，石岩何广平；
猴鹿常出没，树花时坠溪。

---

① Ranchor Prime. *Hinduism and Ecology: Seeds of Truth.* Motilal Banarsidass Publishers Privete Limited, Delhi, 1996, p. 10.

② ［印］《长老偈·长老尼偈》，邓殿臣译，中国社会科学出版社1997年版，第49页。

③ ［印］《长老偈·长老尼偈》，第137页。

身在此山岗，我心常喜悦。[1]

早期佛教文学向往寂静、热爱自然、山林栖居的森林情结，对佛本生故事的编撰也产生了直接影响，其植物书写也以树木和森林为中心。其中有些故事直接讲述出家人的林居生活，表现对森林的依恋和对自然的热爱。如《盖萨婆本生》，讲述菩萨转生的婆罗门迦波出家，成为一个著名的苦行者盖萨婆的学生，师徒二人诚挚友好，亲密无间。有一次老师带领学生进城行乞，被国王安排在御花园热情招待。雨季结束，苦行者要回森林，国王见盖萨婆年纪大了，邀请他留在皇宫。迦波和众弟子返回喜马拉雅山的森林。盖萨婆在皇宫思念迦波等弟子，夜不成寐，消化不良，得了痢疾，痛苦异常。国王带五个御医来护理他，也不见好转。盖萨婆请求国王让他回喜马拉雅山，国王答应并派人护送。盖萨婆回到喜马拉雅山的净修林，见到迦波。迦波盛一碗苞米粥，搁上一些树叶，无盐无调料，端给盖萨婆。盖萨婆吃了粥，心情舒畅，痢疾也痊愈了。国王惦记盖萨婆，派大臣前去探望。大臣发现盖萨婆身体康健，问他是如何治好的，盖萨婆念了一首偈颂：

各种树木，甜蜜可爱；
迦波妙音，令我开怀。[2]

《佛本生经》中类似这样表现出家人宜林居的作品不少，如《思想本生》讲述菩萨转生的婆罗门出家之后在喜马拉雅山林修行，采集树根野果为生，获得五通八定，成为一位道行颇深的苦行者。后来他离开森林，走进城市，国王为他平静端庄的仪态所吸引，将他请进王宫，热情款待，并安排他在御花园居住。好多年后，有一天国王出外迎敌，让王后负责招待苦行者。苦行者看到王后的身体，情欲萌动，禅思消失，感官浑浊。他吃不下饭，躺了七天。国王回来发现苦行者奄奄一息，问他是不是受伤了，伤在哪里？他以偈颂回答："思想摒情欲，锐利如刀剑。我自伤我心，浑身烈火燃。纵然有伤口，不见鲜血溅，心灵受污染，痛苦自己

① ［印］《长老偈·长老尼偈》，第193—194页。
② 《佛本生故事选》，郭良鋆、黄宝生译，人民文学出版社2001年版，第205页。

担。”[①] 然后，告别国王，返回喜马拉雅山继续修行。这个故事从反面说明出家人不能离开山林。

《佛本生经》中的动物故事大都发生在森林，人物也时常走进森林，但佛本生故事的植物书写不限于以森林为背景，而且还有许多以树神、花神为核心角色的植物故事。佛教没有人转生为植物的观念，早期佛典中也没有人转生为植物的描述，佛教提倡保护植物，一方面是出于为神灵和动物保护居所，另一方面是大乘佛教特别是中国佛教“无情有性”思想影响的结果。[②] 然而，在巴利文《佛本生经》中，佛陀曾经 10 次转生为树神（又译为树精）和花草之神，[③] 即树和花草的精灵或灵魂。根据万物有灵论，树神（树精）和花草神是树和花草的主体性存在，实际上就是作为植物的树和花草。如《波罗奢树本生》，讲述菩萨转生的金天鹅与一棵大波罗奢树的树神成为好朋友，有一天它看到波罗奢树旁边生出一棵小榕树，对树神说：“朋友，波罗奢！凡有榕树生长的地方，别的树总会被它毁掉。不要让它长起来，它会毁掉你的住处。”但树神没有接受金天鹅的忠告。榕树日益长大，其中也住有一位树神。榕树挤压波罗奢树，折断了波罗奢树神居住的一根枝杈。它后悔没有听金天鹅的劝告。后来榕树越长越大，把整棵波罗奢树的树杈全部折断，只剩下一个树桩。这样，树神的住处全部毁坏了。这样的以树神为主人公的故事，其主要表现对象为植物，可以视为《佛本生经》的植物书写。就这个故事而言，一方面表现了植物及其所附神灵的生存竞争，另一方面也体现了树神与树木的关系。英国学者彼得·哈维在其《佛教伦理学导论》一书中分析：这样一尊神被认为是在他的树上“再生”（nibbata）的生灵，而树被认为既是这尊神的“命”（sarira），又是他的“楼家”（vimāna）。在这则故事中，神的寿命只与他的“楼家”一样长。[④]

类似的故事在《佛本生经》中还有很多，如《树法本生》讲述天神

---

① 《佛本生故事选》，郭良鋆、黄宝生译，人民文学出版社 2001 年版，第 150 页。

② ［英］彼得·哈维：《佛教伦理学导论：基础、价值与问题》，李建欣、周广荣译，上海古籍出版社 2012 年版，第 174—177 页。

③ 参阅［美］克里斯托弗·基·查普尔《佛本生故事中的动物与环境》，见［美］玛丽·E. 塔克尔、邓肯·R. 威廉斯编《佛教与生态》，何则阴等译，江苏教育出版社 2008 年版，第 131、141 页。

④ ［英］彼得·哈维：《佛教伦理学导论：基础、价值与问题》，李建欣、周广荣译，上海古籍出版社 2012 年版，第 176 页。

向树木、灌木和蔓藤宣布：可以自由选择住处。那时，菩萨转生为喜马拉雅山上一座娑罗树林中的树神，他对自己的亲属们说："你们选住处不要选空旷的地方，你们就在我选的娑罗树林周围居住吧。"有些愚蠢的树神不听菩萨的劝告，为了获得人们更多的祭品和崇敬，选择处于交通要道上的城镇附近空旷地方的大树居住。一天，暴风雨大作，交通要道空旷之处的大树被吹得叶落枝折，连根拔起。而在娑罗树林，由于树木互相毗连，任凭风吹雨打，一棵树也没被刮倒。那些住处被毁的树神拖儿带女回到喜马拉雅山，诉说他们的遭遇。菩萨向众树神说法，念了一首偈颂："众木汇成林，任凭风吹打。独木纵巍峨，枝折连根拔。"① 这个故事一方面说明菩萨智慧，另一方面表现团结就是力量的道理，此外，还体现了树神和树木的关系。综合《佛本生经》中关于树神的故事，我们认为，树神和树木的关系比较复杂，一方面，树神和树木不完全是一回事，树是树神的居所或栖息处；另一方面，二者又密不可分，树和树神的关系犹如人的身体和灵魂，在一次生死循环的生命中，灵魂和肉体基本上是一体的，但形灭而神不灭，灵魂可以脱离已经死亡的肉体而转移到别处。树神也是这样，他可以寄居于一棵树，伴随它从生到死，但如果树死了，树神可以迁移居所，仍为树神，也可以根据业报去轮回转生。

《佛本生经》中有些植物故事明确表现了植物保护思想。如《吉祥草本生》，讲佛陀曾经转生为一棵吉祥草，生活在一棵树干粗大、枝叶繁茂的愿望树旁边。那棵树的树精前生曾经是一位尊贵的皇后，这棵吉祥草曾经是她的密友。附近一个国王的行宫需要一根支柱，国王派木匠寻找可以当支柱的木材。木匠看上了那棵高大漂亮的愿望树。面临被砍伐命运的大树泪流满面，树林里大大小小的树精都安慰愿望树，但却没有解救之策。后来吉祥草想出了良策，她化作变色龙，从树根一直爬到树梢，使那棵大树看起来千疮百孔。伐木工来到，看到大树的样子，以为树已经腐烂，只好放弃。由此，吉祥草救了愿望树。最后佛陀申明，那棵吉祥草就是他本人，愿望树则是他的兄弟和弟子阿难陀。这个故事说明，虽然佛教没有像耆那教那样明确的人转生为植物的观念，但佛本生故事却突破了观念的束缚，出现了人转生为植物的叙述。由此，人和植物有着共同的生命，植物的生命也应该受到保护。由此推论，后来中国佛教发展出"无情有性"

① 《佛本生故事选》，郭良鋆、黄宝生译，人民文学出版社 2001 年版，第 62 页。

之说，认为没有情感意识的存在，如草木瓦石山河大地等，也具有佛性，不能随意伤害，是符合佛教根本精神的。

在《佛本生经》中，宣扬植物保护的故事并非绝无仅有，有许多故事直接或间接地表现保护动植物、维护生态平衡的思想。比如《虎本生》，讲述佛陀曾经转生为一个森林里的树神，这个森林旁边有一个古老的森林，住着另一位树神。在这个古老的森林中住着狮子和老虎，由于惧怕狮虎，人们不敢到那里砍树垦荒。然而由于狮虎吃小动物，且扔下残骸，散发腐烂臭味。于是这个古老森林的树神要把狮虎赶走。菩萨转生的树神对他说："正由于狮子和老虎，我们的住所才得以保住。一旦赶走它们，我们的住所就要遭殃。人们发现林中没有狮虎的足迹，就会来砍光树木，开辟耕地。请你不要这样做。"然后菩萨又念了两首偈颂：

倘若所交之友，破坏和平安宁，
你应保护主权，犹如保护眼睛。
倘若所交之友，增进和平安宁，
你应推己及人，尊重他人习性。①

那个树神不听菩萨劝告，赶走了狮虎。人们不见狮虎足迹，知道狮虎已经到别的森林去了，于是便来这里砍倒一片树丛。树神跑到菩萨那里请教办法，菩萨劝他请回狮子和老虎。于是树神找到狮虎，请它们回自己的森林，念了一首偈颂：

老虎请回吧！请回大森林！
无虎林被砍，无林虎无家。②

但狮虎已经习惯了新的森林生活，拒绝了树神的请求，树神只能垂头丧气独自返回。不久，人们砍光这座森林的所有树木，开辟成耕地。

虽然这个故事的主要宗旨是保护树神的住所而不是保护森林本身，但由于森林不仅是树神的住所，也是许多动物的栖息地，因而保护森林就有了既保护植物也保护动物的意义，这一点作品中的诗句"无虎林被砍，

① 《佛本生故事选》，郭良鋆、黄宝生译，人民文学出版社 2001 年版，第 171 页。
② 《佛本生故事选》，郭良鋆、黄宝生译，人民文学出版社 2001 年版，第 172 页。

无林虎无家”表现得非常明确。此外，作品内含着维护生态平衡，尊重各自习性，增进和平安宁的思想观念，而且形象地表现了动物、植物、人类以及神灵之间微妙的生态关系，具有深刻的象征意义。

再如《大鹦鹉本生》，讲述一只鹦鹉王住在一棵无花果树上。后来果子稀少了，只能吃些树叶或树皮，也停留在那里。它一方面是知足，另一方面是不愿意离开老朋友。帝释天为了考验它，用神力使无花果树凋谢枯萎，只剩下布满裂缝的树干。鹦鹉宁可吃裂缝中的灰尘，也不飞往别处。帝释天问它为什么不离开这棵枯树，鹦鹉以偈颂回答说：“此树是我友，不能随意抛。求生离枯树，不合交友道。”① 帝释天听了鹦鹉的交友之道，很高兴，表示可以给它一个恩惠。鹦鹉王要求的恩惠是让枯树复活。帝释天答应它的请求，用神力从恒河里掬水，洒在干枯的无花果树干上，立刻，这棵树长出繁茂的叶子和甜蜜的果子。这个故事一方面讲鹦鹉的知足，另一方面讲鹦鹉不离不弃的交友之道，但说到底还是表现保护植物的重要性，因为植物无花果不仅是鹦鹉的食物来源，也是鹦鹉不能离弃的朋友和伙伴，是生态平衡不可缺少的要素。

总之，佛本生故事大量以树木森林为中心的植物书写，不仅将森林作为动物的家园和林居者的福地，而且通过佛陀前世转生为树神花神等植物之灵的故事，表现了植物主体意识，体现了鲜明的植物保护思想。

第三节　自然伦理与生态智慧

从生态文明的角度看，佛本生故事表现出独特的自然伦理。伦理是处理人与人、人与自然、人与神、人与自我等方面关系的行为规范和价值体系。不同民族不同的文化圈在伦理观方面存在明显的差异，形成不同的伦理体系。古代印度文化比较关注人与自然关系，形成以自然伦理为核心的伦理体系，佛本生故事便体现了这一伦理体系的一些重要特点。

佛本生故事的编撰主要基于业报轮回观念，其中有两方面的含义，一是生命的轮转，即轮回转生，指的是生命主体（灵魂）在不同的生命个体之间流转，生生不息，死亡不过是生命形式的转换而不是生命的结束；二是业报，一个有情识的生命一旦降生，必有所为，或善或恶，是为

① 《佛本生故事选》，郭良鋆、黄宝生译，人民文学出版社2001年版，第268页。

"业"，其后世转生的好坏便取决于前生所做的业，即善有善报，恶有恶报。根据这样的业报轮回观念，每个人都有前生、今生和来生，释迦牟尼也是如此。如上文所述，佛本生故事的原文 Jātaka 是从动词根 jan（降生）变来的名词，音译为阇多伽、阇陀等，意译为生、本生。这样的前生和今生是紧密联系的，每个佛本生故事中都有前生和今生的对应，由此，佛陀的前生事迹也被看作其生平的一部分，成为佛陀传记的重要内容。5 世纪斯里兰卡高僧觉音为巴利文《本生经注》作序，题为《佛因缘记》，实际上是一部佛陀传记，其中将释迦牟尼的前生事迹作为"远因缘"，将释迦牟尼降生至出家修行悟道成佛作为"不远因缘"，将成佛之后说法传教直至涅槃作为"近因缘"，由此使佛陀的前生和今生融为一体。从生态文明的角度看，这样的业报轮回是自然伦理的基础，蕴含着丰富深刻的生态智慧。

业报轮回观念的伦理内涵非常丰富，首先是体现了众生平等思想。业报轮回中的轮回观念表示生命之河长流不息，是以生命个体的转换实现生命本体的长存，意味着将个体生命融入宇宙生命，体现所有生命主体具有相同的本质，也就是说，人的生命与动植物的生命一样，在自然的生命之河中流淌。业报轮回中的"业报"又称果报，是在总体的轮回转生的自然规律中加入了个体的行为因素。业即造作，是个体的行语意等运作而产生的能量。每个个体所作的善恶之业作为因，总会得到应有的报作为果，而且这种因果关系具有"已作不失，未作不得"的绝对性。业报与轮回观念相结合，构成业报轮回思想，由生命主体生生世世所作的善恶不同的各种业力，决定其转生的不同层级。《长阿含经》中的《世纪经》是系统阐述佛教世界观的重要经典，其中描述了有情众生轮回转生的三界六道。所谓三界即欲界、色界和无色界；六道包括天、人、阿修罗、畜生、饿鬼和地狱。根据业报轮回观念，从天国到地狱，从人类到动物，无一不受业报轮回的制约，在宇宙中生生死死流转不息。天国居民虽然幸福，但不具有永恒性，福尽命终，也要往下轮回；地狱众生虽然痛苦，但也不是永久的，只要一念向善，就会往上轮回。佛本生故事就是以叙事文学的方式对这样的业报轮回观念进行形象化的诠释。佛陀前生曾经转生为神灵，包括帝释天等天神，也包括树神等地上神灵；曾经转生为人类，包括国王、大臣、祭司、商主等富贵阶层，也包括贱民等社会底层；曾经转生为各种动物，包括大象、狮子、鹿等较高级的动物，也包括豺、兔、鹦鹉等低级弱小动物，都是根据其前生之业所得的果报。根据这样的业报轮回观念，神、人和各种动物在本质上都是平等的。这样的众生平等包括人与神的平等，人与人的平等，也包括人与动物的平等，从生态文明的角度看，其中最值得关注的是人与动物的平等。

佛陀多次转生为动物的故事本身已经体现出人与动物平等的思想，其中大量的动物书写，更具体细致地表现了这样的众生平等观。也有学者质疑佛教的众生平等，认为佛教存在动物歧视，把人转生为动物视为惩罚，而转生为人则是一种福报。英国学者彼得·哈维指出："人类在佛教宇宙中的相对特殊的地位意味着他们被视为比动物处于'更高'的生存的'层级'。然而，这并不被视为盛气凌人地对待和利用动物的正当理由。人类的'高级'主要表现在他们的道德行为与精神发展的能力上。"[①] 毫无疑问，在现实生活中，人类与动物在道德行为与精神发展能力方面的差异是客观存在的，佛教关于轮回层级（这种层级可能不是佛教的首创，因为产生时间早于佛教的耆那教也有这样的观念）的构想可能考虑到了人类与动物的这种现实差别，从而作了不同的分类，列入不同的轮回趣道。然而，在佛本生故事中，作为佛的前身，动物在道德行为与精神发展能力方面并不亚于人类，相反，有许多故事表现了动物高尚的道德情操，一些故事表现了动物在施舍、坚忍、诚信、智慧方面的德行，由于这些故事具有道德训诫意义，现代人常常将其作为寓言故事来看待。也许这类故事曾经是民间流传的寓言，但经过佛教徒改造之后，从文体上说已经不是用动物故事进行象征说教的寓言了，其中的动物行为已经不是人类生活的象征，而是佛陀前生功德的表现。也就是说，即使佛陀转生为动物，也是一位具备佛性还没有成佛的菩萨，其善行是为最终功德圆满成就佛果做准备的。从业报轮回的角度看，虽然动物比人类低一个层级，但善业即德行作为向上轮回的动力，也应该是动物所具备的，否则很难实现有高有低的双向度轮回。因此，在佛本生故事中，动物不仅可以像人类一样具有高尚的道德情操，而且在人类与动物交往的过程中，动物常常在道德和智慧方面高于人类。如《箴言本生》讲述菩萨转生的隐士从洪水中救起了一个人、一条蛇、一只老鼠和一只鹦鹉。三个动物都知恩图报，只有那个人忘恩负义、恩将仇报。《露露鹿本生》讲一只金鹿救了一溺水之人，此人看

---

① ［英］彼得·哈维：《佛教伦理学导论：基础、价值与问题》，李建欣、周广荣译，上海古籍出版社 2012 年版，第 152 页。

到国王悬赏捉金鹿，贪图赏赐，带路前往。在这些故事中，知恩图报者多是动物，忘恩负义甚至恩将仇报者则多是人类，以至于故事中的动物有这样的感慨："豺嗥和鸟啼，一听就明白。唯独人的话，善变难理解。"[①] 此外，在对佛性的觉悟方面，动物也不亚于人类。在本生故事中，身为动物的菩萨常常为人说法，而人，包括国王、祭司、大臣、王后等，常常接受动物的教诲。而且，从本质上说，人和动物一样受业报轮回规律的制约，这是一种存在本质上的平等。在佛本生故事中，有美德的动物可以直接升入天国，无德作恶的人可以直接堕入地狱，不必经过中间环节的过渡。也就是说，动物与人在本质上是平等的，在业报轮回的自然律面前，[②] 动物与人类享有同样的权利和义务。

其次，在佛教的业报轮回观念中，植物虽然不是轮回的主体，不在"众生"之列，但如上所述，在佛本生故事中，植物也成为关怀和表现的对象，其中蕴含着丰富深刻的生态智慧。其一，在《佛本生经》的植物故事和植物书写中，与植物关系密切可以看作植物灵魂的树神花神成为佛陀转生的主体，即佛本生故事的主要角色和表现对象。这样的植物主体意识说明植物既有灵魂，又有佛性，这是对原生态主义的万物有灵观念的创造性转化，其中有对佛教传统观念的突破和超越。或者说，佛陀转生为植物之灵，既有对万物有灵传统观念的继承，又从佛性的角度进一步发展了万物有灵思想，表现了人与植物的亲缘关系，为后来中国佛教高僧提出"无情有性"（即不属于有情众生的没有情识的草木也有佛性）说敞开了大门。这一方面是佛本生故事形象大于思想的表现，特别是一些广泛流传的民间故事，虽然经过佛教文学家的改造，仍保持其形象大于思想的特点，从而产生了超越佛教正统观念的效果；另一方面，《佛本生经》不是原始佛教的经典，而是佛教发展到部派时期的产物。故事的创编者认识到印度传统佛教伦理忽视植物的局限性，有意通过佛陀转生为植物之灵的故事实现佛教自然伦理的进一步发展，从而形成对传统佛教观念的突破。当然，佛本生故事中佛陀前世转生的毕竟只是树神花神等植物之神，一般不是具体的植物，由此对传统佛教业报轮回观念既有所突破，又在总体上保

---

① 《佛本生故事选》，郭良鋆、黄宝生译，人民文学出版社 2001 年版，第 314 页。

② 在佛家看来，宇宙只服从自然法则，并不存在创世者和主宰者。"业报轮回"就是这样的自然法则的体现，无论人、动物还是神灵都不能逃脱这一法则的制约。这样的法则虽然不同于现代科学的自然规律，但它既非由第一推动者或至上者主宰，也不依人的意志为转移，因而属于自然律范畴。参见侯传文《佛教自然伦理及其现代意义》，载《伦理学研究》2014 年第 6 期。

持一致；既形成一定的思想张力，又保持内在的统一性。其二，佛本生故事的植物书写中体现了鲜明的植物保护意识，如《吉祥草本生》和《虎本生》，都明确提出了植物保护思想。特别是《吉祥草本生》，植物们为自己的生存而斗争，其对立面是人类对森林树木的砍伐。《吉祥草本生》中由于吉祥草的机智使植物在与人的斗争中取得了胜利，从正面表现了森林植物的保护问题；而《虎本生》中由于森林树神的愚蠢，或者说由于森林中植物与动物的矛盾斗争，让人类有机可乘，以至于砍光树木，将森林开辟成耕地，使动物和树神都失去了家园，从反面提出了森林植物的保护问题，具有深刻的象征意义。其三，在与人和动物交集的植物书写中，也有人、动物与植物相互依存的密切关系的表现，在一定程度上表现了人与自然统一的整体主义世界观。

再次，业报轮回的自然律体现了和谐的世界秩序。业报轮回强调因果报应，具有双重含义。一是个人选择的自由。生命形式的存在不是偶然的抛入，而是取决于自我选择；命运不是不可改变的定数，而是存在着与业（自我行为）相联系的前因后果。二是自己的行为自己负责。虽说有个人选择的自由，但一经选择就失去了自由，只要作业，就必须承担业果。这种业报轮回既没有主宰者，也没有推动者，一切取决于自己的业。也就是说，每个个体的人，都是自己过去行为的一个果，而现在的行为又是未来结果的一个因。业力作用具有持久性和不可逃避性，即善有善报，恶有恶报。从时间说有现世报，也有来世报甚或隔世报。这样的具有严密因果和清晰链条的业报轮回，不仅使物归其类，人得其所，而且为多灾多难的“有情世间”增添了情意韵味。作为一种伦理观念，业报轮回基于宇宙生命的自然循环，遵循客观存在的自然法则，因而是一种自然伦理。当然，这种自然伦理是建立在宗教世界观和善恶报应思想基础之上的，因而也具有宗教伦理和社会伦理的因素，体现了自然伦理、宗教伦理和社会伦理的统一，由此实现宇宙自然和社会人生的平衡有序。

最后，《佛本生经》中有许多动物故事表现了非暴力不杀生的佛教伦理，其思想基础也是业报轮回。在印度文化中，不杀生（ahimsā，亦译为非暴力、不害等）是一个非常普遍的伦理观念，佛教、耆那教和印度教都有非暴力不杀生的说教。印度各宗教所宣扬的非暴力不杀生，都是基于业报轮回思想。根据业报轮回观念，即使再弱小的生命之中，也存在着同样的生命本体，这个生命本体也是人的生命之源。而且每个生物都有自己生存的权利，生命神圣不可侵犯，任何众生，包括人、神，都没有权利随意剥夺其他生物的生命。佛教将杀生视为第一罪孽，龙树《大智度论》关于杀生罪有明确的论述："若实是众生，知是众生，发心欲杀而夺其命，生身业，有作色，是名杀生罪。其余系闭鞭打等，是助杀法。"在对杀生的业果做了详细解说之后，他进一步强调："诸余罪中杀罪最重，诸功德中不杀第一。"① 因此，无论是传统小乘佛教还是改革后的大乘佛教，无论是对出家沙门还是在家信众，佛教都以"不杀生"为第一戒律，而佛本生故事则从多个方面以多种方式表现了非暴力不杀生的佛教伦理。杀生作为一种恶业，必然会导致恶报，这种恶报大多以轮回转生的方式呈现，如《祭羊本生》中杀生献祭的恶业使曾经的祭司转生为山羊，必须遭受 500 次砍头之苦。

佛教不仅主张不杀生，还提倡爱护生命，保护动物和各种生灵，这在佛本生故事中也有突出的表现。如《露露鹿本生》中就出现了"保护一切动物"的号召。② 值得注意的是，在佛本生故事中，一般是动物的高尚品德感化国王，促使其做出不杀生的决定，这是转生为动物的菩萨行善立德的结果。如果说转生为动物的菩萨能够以自己的品行感化人类，使其做出不杀生的决定，那么，转生为人的菩萨在道德方面应该有更高的境界，其行善立德应更有惊人之举，在处理人与动物关系方面也必然有更胜一筹的表现。的确，在《佛本生经》中，有许多菩萨主动保护动物，甚至不惜牺牲自己以挽救动物的生命。这方面比较有代表性的是汉译《贤愚经》卷一讲述的尸毗王"割肉贸鸽"的故事，讲佛在前生曾为国王，名曰尸毗。有一天，一只老鹰追赶一只鸽子来到他的宫殿。鸽子飞到他的身边寻求保护，老鹰飞来向国王索要鸽子。国王誓愿保护一切众生，不让老鹰伤害鸽子。老鹰说鸽子是它的食物，不吃鸽子，它就会饿死，并声称自己也应该得到保护。国王既不能让老鹰吃掉鸽子，又不能让老鹰饿死，还不能杀别的动物喂鹰，只好割下自己身上的肉给老鹰吃，换回鸽子的生命。类似的故事还有《贤愚经》第二品讲述的摩诃萨埵王子舍身饲虎的故事。再如 7 世纪戒日王取材《持明本生》创作了戏剧《龙喜记》，原作《持明本生》已经失传，但从改编作品也可以看出其中的主要内容和基本题旨。

① ［印］龙树：《大智度论》，鸠摩罗什译，见《大正新修大藏经》第 25 册，第 154—155 页。

② 《佛本生故事选》，郭良鋆、黄宝生译，人民文学出版社 2001 年版，第 314 页。

作品讲述新婚不久过着隐居生活的云乘太子无意间看到摩罗耶山的峰峦上有成堆的龙骨，得知是龙王为了不让金翅鸟毁灭自己的种族，承诺每天送一条龙供金翅鸟食用，长年累月才积累下如山的龙骨。他遇到龙太子螺髻要去送死，看到母亲与儿子生离死别的悲惨情景，决定舍身救龙。他让螺髻先送母亲回去，自己被金翅鸟抓到山上。金翅鸟发现被他吃的云乘面带喜悦，非常好奇，问他是什么人。此时螺髻赶到，说明真相，金翅鸟被感动，感觉无颜面对云乘家人，打算跳海自尽。云乘开导他不要杀生害命，要忏悔自己的罪恶。虽然作品中的龙和金翅鸟都是想象的动物，但从中可以看出慈悲为怀的动物保护意识。这类故事不见于巴利文《佛本生经》，应该是佛教发展到大乘时期的产物，主要宣扬大乘佛教的大慈大悲精神。所谓慈悲就是对众生的怜悯之心，早期佛教中有“慈”和“悲”两种禅定，各以修慈心和修悲心为禅观内容，指在禅定状态中，想到众生的可悲与可怜，从而产生同情和怜悯之心，以克服自身的嗔恚，为佛教修习的“五停心观”（不净观、慈悲观、因缘观、界分别观和数息观）之一。大乘佛教认为传统佛教怜悯众生的慈悲只是小慈小悲，转而提倡普度众生的大慈大悲。龙树《大智度论》对大慈大悲作了专题解释，指出：“大慈与一切众生乐，大悲拔一切众生苦。大慈以喜乐因缘与众生，大悲以离苦因缘与众生。”① 大乘佛教提倡菩萨道，就是彰显菩萨具有大慈大悲之心，救苦救难之行。后期的佛本生故事体现的便是这样的大乘菩萨道。

佛本生故事是印度森林文明时期的产物，蕴含着丰富深刻的生态智慧，其中所表现的人与动物平等思想，与不杀生和慈悲精神互涵互动，构成一个独特的具有内在联系的伦理体系：不杀生是外在的戒律，慈悲是内在的精神，众生平等是不杀生和慈悲的哲学基础，而业报轮回则是其宗教世界观的依据。这一伦理体系的特点是更尊重自然律，更关注人与自然关系，将道德关怀扩展到人类之外的有情众生甚至植物，具有自然伦理的鲜明特点。当然，这种自然伦理是建立在宗教世界观和善恶报应思想基础之上的，因而也具有宗教伦理和社会伦理的因素，体现了自然伦理、宗教伦理和社会伦理的统一。这样的自然伦理有对人类中心主义的超越，内含着人与自然和谐统一的环境伦理意识和生态伦理观念。经历了工业文明和现代化之后，面临环境危机生态失衡的人们，应该树立众生平等思想，尊重

① ［印］龙树：《大智度论》，鸠摩罗什译，见《大正新修大藏经》第25册，第256页。

他人，爱护生命；应该走出人类中心主义，以生态整体主义思想看待万物，以环境友好意识面对世界，处理事物。以佛本生故事为代表的佛教文学，在轮回转生观念的基础上形成众生平等思想，提倡不杀生和非暴力精神，进一步凝结成敬畏生命热爱自然的自然伦理。法国学者史韦泽指出："把爱的原则扩展到动物，这对伦理学是一种革命。"① 如果说这是一场伦理革命，那么这场革命不是发生在现代西方，而是发生在2000多年前的印度。这样的自然伦理和生态智慧在当下生态文明建设中仍具有积极的借鉴意义。

① ［法］阿尔贝特·史韦泽：《敬畏生命：五十年来的基本论述》，陈泽环译，上海社会科学院出版社2003年版，第76页。

第五章

自然诗人迦梨陀娑

迦梨陀娑是印度古典梵语文学中最著名的诗人和剧作家。他虽然作品数量不多，但成就非凡，不仅在印度文学史上写下了辉煌的一页，而且产生了巨大的世界影响，被称为“印度的莎士比亚”。迦梨陀娑是一位自然诗人，作品中有大量的自然书写。他尽情讴歌自然之美，提倡人与自然的和谐。他不仅关注自然而且关注女性，对二者关系有深刻独到的认识和表现。面对人与自然之间、人与人之间裂缝扩大的现实，迦梨陀娑试图以回归自然实现人与自然、人与人和谐的理想。研究自然诗人迦梨陀娑的创作，挖掘其中的自然因子，汲取其生态思想的基因，对于促进人与自然和谐，建设生态文明，具有重要的启示意义。

第一节　自然书写

迦梨陀娑的创作中，对自然的描写占了很重要的地位。他笔下的自然万物充满灵性，尽情展示着生命的多姿多彩，这样的自然书写来源于他对自然的热爱。他的作品以对自然之美的彰显、对自然权利的尊重、对自然生物的一视同仁，展示了一幅幅人与自然和谐相处的美景，为正确处理人与自然关系提供了有益的借鉴。

一

一般认为迦梨陀娑的作品有七部，包括抒情短诗集《时令之环》，抒情长诗《云使》，长篇叙事诗《罗怙世系》和《鸠摩罗出世》，戏剧《沙恭达罗》、《优哩婆湿》和《摩罗维迦与火友王》（*Mālavikāgnimitram*）。这些作品每一部都有丰富的自然书写，有对自然的敬畏，有人与自然和谐相处的场景，蕴含了极其深刻的自然生态智慧。

《时令之环》是迦梨陀娑初露才华的早期作品，这部诗集共分六章，包括六组抒情短诗，分别描绘印度六季（夏季、雨季、秋季、霜季、寒季和春季）的自然景色以及在这样的自然美景之中生发的男女欢爱和相思之情。第一章《夏季》主要描写了夏天炎热的天气下的夜晚和池塘中的生命欢歌，也描写了烈日之下动物们焦渴难耐的情景以及森林大火的惨烈景象。第二章《雨季》主要描写了乌云、雷电、急雨和雨后花草树木野兽的焕然生机。在这样的雨季中，自然的生机也激发了恋人们的爱情和闺妇们的愁思。第三章《秋季》中，作者将秋季比作可爱的新娘，伴随着和煦的晨风、鲜艳的花朵、采蜜的狂蜂、怡然的秋夜、缓慢流动的河流、微波荡漾的池塘、饱满低垂的稻子。第四章《霜季》描写了在这个万物成熟却又近乎凋谢的季节，女人醉心于欢爱的场景。第五章《寒季》描写的零落与第四章的凋谢主题内容相似，爱神上场，人们纵情欢爱。第六章《春季》描写了随风摇摆的蔓藤、红花盛开的无忧树、缀满嫩芽的芒果树、低声鸣叫的杜鹃、嘤嘤嗡嗡的蜜蜂和春心荡漾的男女。对于《时令之环》来说，自然万象是它的主要内容，可以看作是一首纯粹的自然颂歌，形成了诗人的创作特点，奠定了迦梨陀娑自然诗人的地位。作品六章，以季节时间为线索，给我们展现了一幅完整的印度六季的自然画卷——夏季的炎热、雨季的重生、秋季的丰硕、霜季的凋谢、寒季的零落、春季的生机，以及在这不同的季节环境中动植物和人的缤纷万态。

《云使》是迦梨陀娑唯一的抒情长诗，也是他影响最大的诗作。作品写一个小神仙药叉因故被罚到南方过一年的流放生活。在南方他思念心爱的妻子。这时雨季来临，药叉便托由南往北飘动的云彩给妻子带信，倾诉相思之情。全诗 115 节，分“前云”和“后云”两部分。前一部分写药叉向云彩指点到达他爱人居住的阿罗迦城的路线，对途中各处名胜及秀丽景色作了富于感情的生动描绘。后一部分向“云使”指示他家的方位和标志，爱妻的容貌，并想象妻子的忧伤之情，然后托云向爱妻诉说相思之情，并安慰妻子说不久可以团圆。整个长诗的结构是药叉告诉云如何到达他的家乡。当云带着药叉的使命上路时，药叉对雨云指点一路上经过的景物，如蚁垤峰、玛罗高原、芒果山、毗地沙城、优禅尼城、尼文底耶河、信度河、恒河、玛那莎河等，通过这样的指点，诗人对各地景象进行了细致生动的描绘。通过这样的描绘，沿途的自然风光和自然景物，读者可以尽收眼底。作者刻意借云的经历、一路带信的过程向我们展现自然之景，印度一年六季的美妙景象被诗人展示得淋漓尽致，可以说《云使》是一曲自然的颂歌。在《云使》中，自然不再是普通意义上的情节的衬托和点缀，而成为了文本中最曼妙多姿的表现对象，也是独立的审美对象，其中的大自然不是毫无灵性的物质存在，而是被赋予了能动性，有感觉，有感情，是具有了人一样的性情和价值的生命主体。

《罗怙世系》是迦梨陀娑叙事诗的代表作，以罗摩故事为重点，描写罗摩在位前后的罗怙世系帝王传说。虽然是叙事诗，迦梨陀娑以诗人的眼光提炼和剪裁诗章，因此，里面有绚烂的自然画面和生动的动植物形象。如国王前往净修林求子这一部分中，迦梨陀娑用了大量的笔墨描写了沿途净修林中的动植物，描绘出了一幅净修林的自然祥和之景。可以说，迦梨陀娑的叙事和自然描写是相互交融在一起的，每有叙事，必有描写，每有描写，必有自然，这是迦梨陀娑叙事诗的典型特点。而且，作者经常从叙事场景中跳出来，来一番对自然的纯粹描绘。《鸠摩罗出世》取材于印度古代神话，写战神鸠摩罗诞生的故事。神话中说，有一个魔王扰害了天上人间，天神需要一个战神当统帅，这位战神须是毁灭之神湿婆所生，而湿婆此时正在雪山修道，因此雪山神的女儿优摩必须设法同他成婚，生出战神。长诗重点写了湿婆和优摩的恋爱，但作品的背景是雪山，即喜马拉雅山，因此，结合爱情故事的叙述，作品对雪山的自然景色作了细致的描绘，既写出了雪山的博大壮美，也描绘了雪山上各种动植物的活泼生机，表现了雪山上自然现象的多姿多彩。

《沙恭达罗》和《优哩婆湿》是迦梨陀娑的戏剧代表作，尤其《沙恭达罗》，是迦梨陀娑最为人称道的作品，被印度人奉为最美妙的诗篇。纵观《沙恭达罗》，自然描写贯穿整个戏剧始终。甚至在戏剧之外，在戏剧演出前，舞台监督和女演员也在歌颂自然。《沙恭达罗》的前半部分主要描写了发生在净修林里的爱情故事，其中有大量的自然书写。诗人不仅描写了净修林中动植物的形象，而且展现了净修林的整体和谐。作品先是以国王和丑角为视点，写他们俩人眼中的净修林里的自然景象，接着沙恭达罗登场，这个自然的女儿更是挟裹着一系列的自然之物出现。爱情的萌芽和滋生也用了大量的自然描写为衬托，可以说，这一部分中自然描写是迦梨陀娑自然书写的重中之重。同样，戏剧《优哩婆湿》中也有大量的自然描写，从开始到结束，自然之景、自然之物频繁出现。

综上所述，自然书写在迦梨陀娑的作品中占居十分重要的地位。他有些作品几乎全都是描写自然、歌颂自然，有些作品是将自然描写穿插于叙事和戏剧之间，作为作品的重要场景，或情节的衬托，或人物心理的隐喻等。他的每部作品都体现了对自然由衷的歌颂和赞美，最为重要的是，作为自然诗人的迦梨陀娑，怀着对大自然的敬畏和热爱，自然万物在他的笔下开始扮演主人公的角色，开始摆脱作为服务于人类主体内心感受的被观看对象的地位，作为一个个具有生命特征的主体形象出现在文本之中。

二

印度地处热带，大体上属于热带季风气候。较高的气温和丰富的降水给印度的动植物生长提供了绝佳的环境，使得印度的动植物种类极其丰富。印度的植物种类多达15000种以上，德干高原即使在冬季也是姹紫嫣红。印度的动物种类也很多，哺乳动物在500种以上，鸟类在2000种以上。丰富的自然生物种类也为印度文学提供了宝贵的写作资源。在迦梨陀娑的笔下有各种各样的植物和动物，它们的缤纷万态向我们展现了一幅自然生态的瑰丽画卷。在诗人的作品中，涉及到很多种类的动物描写，其中鹿、鹦鹉、马、蜜蜂、卢燕、野鸭等在文本中频繁出现；各种各样的植物如野稻、达梨薄草芽、花树、花朵、芒果树、蔓藤、七叶树等也纷纷登场，上演着一场精彩绝伦的自然大剧。

戏剧《沙恭达罗》描写了大量的花，种类之多令人目不暇接，尸利沙花、迦哩干图花、拘卢婆迦花、君陀花、茉莉花、蓝荷花、莲花、罗陀花、迦昙波花各自向我们展示了它们的美。在一部戏剧中能见到如此种类繁多的花，这在戏剧史上是不多见的。自然诗人迦梨陀娑就以他对自然的敬畏和热爱，时时处处自觉地彰显自然美，比如荷花须做成的镯子沾满了乌尸罗的花香，尸利莎的花朵能编成花环，花须美妙引来蜜蜂轻吻和飞舞盘旋。抒情短诗《时令之环》中多彩多姿的鲜花更是不胜枚举，有林立的荷花，有芳香迷人的波吒罗花，有出淤泥而不染的闪亮洁净的莲花，有使一切变白的芳香的茉莉花，有如少女迷人的脸、胜过可爱月亮脸的绽放的莲花，有花粉染红大地的鲜艳的般杜迦花，有因绽放而充满生机的纯洁的青莲和白莲，有拥有胜过明月似的灿烂微笑的新开的耿盖利花，有似爱人甜美樱唇的般度吉婆花等等，作者为我们呈现了一个姹紫嫣红的花园世界。《时令之环》中既有大量的静态植物的描写，包括如同闪烁的猫眼宝石的草尖，有以展露的新叶为装饰的树木，有萌发嫩芽的生机盎然的青草，有拥有优美弯曲的苗条肢体的半熟稻子，有绽放朵朵鲜花的柔嫩的芽尖儿等；还有大量的动物的动态之美的表现，如鸣声迷人、渴望欢乐的孔雀展开宽大美丽的尾翎翩翩起舞，自在悠闲的母鹿伸嘴啃噬咀嚼青草，不停转动莲花眼的惊恐的鹿儿绽放可爱的面容，惊恐的青蛙族注目凝望，鸣声悦耳的黑蜂们喜新厌旧地渴望新莲花、调皮地抛弃旧莲花等等。

除了动植物之外，山川河流是迦梨陀娑自然书写的重要对象。《云使》中对山峰的描写极尽玄妙，蚁垤峰头出现的彩虹使山峰的黑色身躯变得无比美丽，“象牧童装的毗湿奴戴上闪光的孔雀翎”，将彩虹绚烂的色彩和山峰单一黑色的色调结合起来；将峰顶比喻成“黝黑得如同润泽的发髻”，使其具有了色泽和质感；山峰“中间黑而四面全白，好像大地的乳房”，将山的起起伏伏的山峰和山谷的交错形象地展现出来；文底耶山脚因列瓦河流经的支流而像“身上装饰的彩色条纹”,[①] 将河流和山峰融为一体；名为低峰的山头上有盛开的迦昙波花喜气洋洋，用花朵的喜气做衬托和点缀，使山峰一下子就有了灵气和生机。迦梨陀娑对河流的描写更加生动形象，如诗人对信度河的描绘：

> 美丽的云啊！信度河缺水瘦成发辫，
> 岸上树木枯叶飘零衬托出她苍白的形影；
> 她那为相思所苦恼的情形指示了你的幸运，
> 唯有你能够设法使她由消瘦转为丰盈。[②]

诗人将信度河因缺水干旱收缩的形状比喻成发辫，生动具体地将河流的长度和宽度之比以及曲曲折折的流向表现了出来。这里也表现了诗人的自然生态观，雨云、河流以及河岸上的树木形成一个生态系统，因为没有雨水，所以信度河缺水瘦成发辫，因为河水短缺，所以岸上树木枯叶飘零，只有雨水能够改变这种状况，不仅使河流由消瘦转为丰盈，而且能够让树木枝繁叶茂。另外，诗中还隐含了离人的相思之苦，也需要雨云帮助

① ［印］迦梨陀娑：《云使》，金克木译，见季羡林、刘安武选编《印度古代诗选》，漓江出版社 1987 年版，第 210—220 页。

② ［印］迦梨陀娑：《云使》，金克木译，见季羡林、刘安武选编《印度古代诗选》，第 213 页。

缓解。作品中写到的河流还有很多，都表现得多姿多彩。如写芦苇河，诗人将河上的波涛比喻成女人紧皱的秀眉，娇嗔而有灵气；写尼文底耶河，一行鸟在河中随波嬉闹，被诗人别出心裁地比喻成了腰带，尼文底耶河一下子有了生机和活力，有了腰带，有了肚脐的漩涡，娇媚地扭摆起来，像人的灵活多动的躯体；诗人还将深河里的清水比喻成人的明净的心和水晶，河水的清澈见底和粼粼光泽跃然纸上；将河水比喻成“用手轻提着的青色的水衣”[①]，将河岸比喻成人的裸露的双腿，河水和河岸一下子就有了层次和质感。

变化万千的自然现象激发着诗人的想象力。《时令之环》对降雨场景的描写，向我们展现了像战争一样的宏大和壮观的场面。雨季像一位光彩熠熠的国王，带着他的战士和武器铿锵有力地扑面而来。乌云如同发情的大象，闪电如同旗帜，雷鸣如同战鼓，汹涌澎湃地袭来。降雨前的乌云“闪耀着深蓝莲花瓣的光辉”[②]，成簇成团，像成堆的眼膏和孕妇的胸脯。降雨的时候，彩虹这个美丽温柔的形象在作者的笔下成了凌厉的神弓，闪电成了弓弦，降下的大雨成了穿心的利箭。这宏大的场面如同一场杀气腾腾的战争，令人惊心动魄。形成鲜明对比的是，诗人笔下既有宏大的场面，也有美丽的柔景，如月亮成束的赏心悦目的光线，白云静静地在天上漂浮，花儿悄悄地吐着芳香等。特别值得关注的是，迦梨陀娑的作品中还向我们展现了自然生态系统的整体美，自然万物没有高低贵贱之分，自然万物平等地、诗意地栖居在大地上。描写雨景的时候，天空和大地共同构成了壮观的景象，乌云、雷鸣、闪电、彩虹、雨丝构成了立体的空间图，地上的动植物雨后生机勃勃，整个大自然浑然一体，共现和谐之美。如《时令之环》第三章第21节和第22节这样写道：

> 夜空无云，月亮和群星闪耀，呈现莲花池绚丽多彩的美；池中莲花盛开，白天鹅栖息，池水闪烁青玉和珍珠光辉。
>
> 秋天，风儿接触莲花而清凉，四面八方乌云消失而可爱，水流变洁净，泥土变干燥，夜空月光清澈，群星璀璨。[③]

---

① ［印］迦梨陀娑：《云使》，金克木译，见季羡林、刘安武选编《印度古代诗选》，第216页。

② ［印］迦梨陀娑：《时令之环》，见黄宝生编著《梵语文学读本》，中国社会科学出版社2010年版，第212页。

③ ［印］迦梨陀娑：《时令之环》，见黄宝生编著《梵语文学读本》，第239—240页。

这是一幅安然祥和的自然美景图，天空中的月亮和群星，地上的莲花和天鹅，从上到下，悠闲而平静，其中没有人的参与，没有动植物之间的不和谐，万物平静和谐地相处在一起。戏剧《沙恭达罗》中，国王豆扇陀刚到净修林时，一幅自然美图吸引和感染了他：

微风吹皱了的河水冲洗着树根。
幼芽在溶化奶油的烟雾中失掉了光彩。
在前面，在已经割掉达梨薄草芽的林子里，
毫不胆怯的小鹿悠然地来回徘徊。①

在这样的和谐的自然整体中，动植物和谐地相处，没有杀戮，没有弱肉强食，可以自由自在、毫不害怕地徜徉在自然之中。

在迦梨陀娑的笔下，这些动植物不仅仅是个别具体的单一生命个体，而是大自然生物圈整体美的构成成分。我们可以看出，隐含在迦梨陀娑的自然观中的创作原则是：自然之美不仅仅是通过自然整体中单个成分和元素体现出来，更为重要的是构成整体之后的整体和谐之美，自然万物的和谐之美才是迦梨陀娑所崇尚的美。美国著名生态学家奥尔多·利奥波德非常重视生态整体之美，在他的生态整体主义思想中特别强调了生态整体之美的原则。他主要通过两个方面来强调生态整体主义，一是生态整体未被破坏之前，大自然和谐健康的整体之美，以及对这些景观的赞美；二是生态整体被破坏之后，整体的不和谐和不稳定以及整体之美的缺乏和消失，以及对此作出的反思。迦梨陀娑生活的年代，还保留着很多未被破坏的自然整体，因此，他的作品中整体主义的体现主要是对自然整体之美的讴歌和赞美。

此外，迦梨陀娑作品中有大量对自然的无我之境的描写，也就是说，作者是对自然之美的赤裸裸的讴歌，赋予自然以绝对主体的地位，没有人的参与，自然中的动植物悠闲自在地闪耀生命的光彩。而且，在迦梨陀娑的眼中，自然之美远远胜过人之美。一方面，诗人在形容美女之美时，常常用自然之物来形容，如形容人的眼睛之美就说像鹿眼，形容人的手臂之美就说像嫩枝，形容人的嘴唇之美就说像蓓蕾，形容人的双脚之美就说像

① ［印］迦梨陀娑：《沙恭达罗》，季羡林译，人民文学出版社 2002 年版，第 7 页。本章关于《沙恭达罗》的引文皆依据该版本，非特殊情况，下文不再一一注释。

荷花，表明人之美远逊于自然之美；另一方面，迦梨陀娑在诗歌中直接表现自然之美胜于人之美的看法，他在《时令之环》中写到：

天鹅胜过妇女们优美的步姿，
绽放的莲花胜过可爱的月亮脸，
青莲胜过那些含情脉脉的眼光，
纤细的水浪胜过挑动的眉毛。①

在迦梨陀娑看来，自然汲取天地之精华，自然中的一切都是那么的自在和谐，自然纯净之美远远胜于复杂的人工世界之美。

三

在迦梨陀娑的作品中，自然不是简单机械的物质客体，它们是有思想有感觉的能动主体，自然具有灵性和神性。印度传统文化将人与自然视为同一。《摩奴法论》中的创世说认为，世界上所有的生物都是神的创造，具有平等的地位，不仅那些有情感有意识的众生具有平等的本质，甚至那些不动的植物也有内在的统一性，“这些不动物由行为造成的形形色色的暗所覆蔽；它们具有内在的知觉，有苦有乐。”② 自然和人一样拥有苦乐情感和悲喜灵性。迦梨陀娑的自然观基于印度传统的万物有灵和梵我同一思想，主要表现出以下几个方面的特点。

其一，自然万物都有着和人类相同的生命本质，自然中的动植物只是在生命的具体形态上和人类暂时有所区别，而在生命的本质上是相同和一致的，和人一样灵动多姿，具有生命的活力。在迦梨陀娑的笔下，自然中的动植物不是一个呆板僵死的物质客体，而是具有主观能动性的生命主体，具有生命的色彩和光华。首先，自然万物具有灵动多姿的躯体和形态。《云使》中山峰有婀娜的腰肢和黝黑得如同润泽的发髻，雨云有黑色的身躯、天生俊俏的影子、涂有乌烟的眉眼、微微闪烁的眼波，孔雀有珠泪盈眸，“尼文底耶河以随波喧闹的一行鸟为腰带，露出了肚脐的漩涡，

① ［印］迦梨陀娑：《时令之环》，见黄宝生编著《梵语文学读本》，第236—237页。

② ［印］《摩奴法论》，蒋忠新译，中国社会科学出版社1986年版，第8页。

妖媚地扭扭摆摆。”[①] 这些躯体和形态是用来形容人的，而在迦梨陀娑的作品中，自然和人共同享有这些灵动之词，自然万物具有和人一样的灵动多姿的生命形态。其次，动植物具有生命的动力和活力。《时令之环》中描写了各个季节不同的气候环境下动植物的不同表现，体现了它们生命的动力和活力。夏季炎热之时，动植物焦渴难忍。雨季到来时，万物复苏，生机盎然，动植物以各自的形态诠释着生命的活力，“这些孔雀开始跳舞，展开宽大又美丽的尾翎，互相匆忙地拥抱和接吻。”[②]“四处聚集惊恐的鹿儿，莲花眼不停地转动，面容由此显得可爱。”[③] 秋季天鹅迷醉的叫声，它们“成双成对热恋”。《云使》中迦昙波花半露着黄绿的花蕊，沼泽边野芭蕉初放苞蕾，饮雨鸟发出甜蜜的鸣叫，羯多迦花在枝头开放，筑巢的禽鸟在树上盘旋，盛开的迦昙波花喜气洋洋地亲近云使。《罗怙世系》中有缀满了花苞的芒果树，有被来自喜玛拉稚山的风摇曳着的树叶，森林边上的藤蔓仿佛在低吟着动听的歌曲，风吹动了藤蔓的嫩条，好像是舞女们变幻的手臂。在迦梨陀娑的笔下，动植物这种自在的、生机勃勃的生活状态丰富多彩。生态主义认为，人不是万物的灵长，万物是平等的，都具有生命的张力和活力。自然中的每一种动植物都与人有着相同的生命本质和生命价值，动植物和人类只是在生命形态的具体表现形式上有所不同，但在生命本质和生命价值方面是一致的。大自然是一个生命世界，天地万物都包含有生命和生机。所有的动物都是生命实体，理应得到人类的尊重和关心。生态伦理要求尊重野生动物的生命，人类没有权利以任何借口猎杀野生动物，剥夺它们的生命，也不能破坏野生动物的生存环境，给他们带来不必要的肉体和精神上的苦痛。迦梨陀娑的自然观符合这样的生态伦理。

其二，自然中的动植物具有和人一样的情感和生活状态。《云使》中云可以和药叉对话，药叉需要云为他带信，需要药叉的“甜言蜜语”，表达欢迎之意，需要用“恳请”这种具有情感色彩和尊重语气的词语。可见诗人笔下的云具有和人一样的情感，动植物和人具有平等的情感逻辑。戏剧《沙恭达罗》中，沙恭达罗看到小芒果树的嫩枝被风吹得像小指头

① ［印］迦梨陀娑：《云使》，金克木译，见季羡林、刘安武选编《印度古代诗选》，第213页。

② ［印］迦梨陀娑：《时令之环》，见黄宝生编著《梵语文学读本》，第214页。

③ ［印］迦梨陀娑：《时令之环》，见黄宝生编著《梵语文学读本》，第214页。

似地摆动，认为是芒果树在招呼她，她要去向它致意。可以看出，自然具有和人一样的内在情感和思想，会和人打招呼致意，可以与人进行平等的交流。在动植物的世界里也有亲情友情和爱情，《沙恭达罗》中沙恭达罗找到如意郎君后，干婆要把附近的那棵芒果跟蔓藤结成姻缘；小茉莉花自愿作芒果树的老婆，用鲜花炫耀自己的青春；草木都成双成对地互相拥抱结婚；蜜蜂飞到沙恭达罗的耳边，向它暗诉衷情；沙恭达罗离开净修林时，小鹿、孔雀、蔓藤、野鸭均能意识到沙恭达罗即将离别，用行动表达了不舍之意。《罗怙世系》中芒果树和蔓藤不仅要成亲，甚至还需要安排喜庆的婚礼。雨云有亲属饮雨鸟，有闪电夫人，和好友重逢时也有拥抱和激动的泪水，也有答应为朋友办事决不会迟延的义气。这些描写向我们展示了自然中动植物的情感世界和相处方式，他们也有令人动容的彼此之间的亲情、友情和爱情。同样，它们也有与人相似的变幻多姿的丰富多彩的生活状态。雨云有旅途的疲倦，有消瘦的时候，有轻快的步伐，有充盈的精力，也需躲避戏弄，也有虚度的年华，也有“谁能舍弃裸露的下肢，如果尝过了滋味”不忍分离的情欲，也有纯洁无瑕的内心，也有受惊从窗棂逃出的淘气，也有对长寿的渴望。迦梨陀娑作品中表现的人和自然万物的关系，不仅在于生命本质的相同，而且在灵魂和精神上同样是统一的，体现了“生命一体化”、“万物同情观”的印度古代哲学思想。印度传统哲学认为，人的实质同自然实质没有差别，二者都是世界本质“梵”的组成部分，互相依存，互相关联。自然也具有人一样的能动性，拥有品格、灵魂、思想和情感，因此，动植物和人能进行灵魂和思想的交流，也能产生惺惺相惜的情感。也正因为如此，动植物的苦乐和人类的苦乐是平等的，它们的苦乐感觉和人类的苦乐感觉是相同的，不能把人类的幸福和快乐建立在其他生物的痛苦和灾难之上，不能因为人类的利益去侵占它们的利益。自然保护主义者的代表人物缪尔曾提出自然具有权利的观点，他认为动植物和人一样是自然整体的一员，具有和人一样的权利。这也符合生态哲学体系中的生态伦理观，生态伦理的终极要求是以生态中心主义代替人类中心主义。地球上的生物组成了一个有机的生物圈，在这个有机的生物圈内，万物是平等的，动植物和人类一样拥有生存和发展的权利，没有人类主观赋予的高低贵贱之分，人类不应该为了狭隘的自我利益去剥夺其他生物的权利。迦梨陀娑的自然观与现代生态主义有相通之处。

其三，自然万物具有神性，这种思想源于印度上古宗教的万物有灵思想。《梨俱吠陀》是印度最古老的宗教文献，它深刻地反映了印度古老的宗教信仰，对迦梨陀娑的自然生态观也有一定的影响。在《梨俱吠陀》中，太阳和月亮、风雨和雷电、山川和河流等众多自然现象不是单纯的自然存在，它们是神，具有神性。在印度，这样的人类童年时期产生的万物有灵观念没有随着人类的成长而消失，而是随着印度宗教的发展而发展。印度教三大神中的保护之神毗湿奴的形象有很多化身，其中有鱼、乌龟和公猪等动物的形象，而毗湿奴在印度人的心中具有救世主的崇高地位，而大神化身为动物形象，无疑赋予了动物神性地位，印度人对自然的崇敬和尊重可见一斑。在大神化身罗摩与魔王罗波那的斗争中，神猴哈奴曼是罗摩的得力助手，由此猴子也得到人们的喜爱和崇敬。迦梨陀娑受这种传统的影响，在他的作品中，动植物不但具有和人平等的地位，甚至还有高于人的神性。戏剧《沙恭达罗》的序幕部分一开始就是对自然之神的祈愿，认为水火日月大地和空气是至高无上的神灵。叙事诗《鸠摩罗出世》取材于印度古老的神话传说，文本的第一句话就是“在北方有一位众山之王，具有神性，名叫喜马拉雅”[①]，诗中的喜马拉雅山是山神，具有神力和神性，它的女儿优摩也是一位神女。《罗怙世系》中国王到净修林求子那一段，神与牛相结合，这里的神不是以人为化身的，而是以动物为化身的，而国王没有子嗣的原因是途中遇到如意神牛没有依礼向它行右旋礼。可见，在作者看来，动物是该受敬拜者，“因为不敬拜该受敬拜者，这样的行为阻断幸福”。[②] 动植物具有神性，是和神融为一体的，缺乏对它们的敬畏和尊重，就要受到惩罚，就会失去幸福，而如果国王和王后尊重并取悦滞留在地下世界的那头牛，她又会变成如意神牛，来满足国王诞下子嗣的愿望。在这里，迦梨陀娑用神话传说的方式诠释了尊重自然、敬畏自然的必要性。在描写这头神牛的时候，作者毫不吝惜赞美之词，“她柔软粉红如同嫩芽，额头上长有一个标志，那是微微弯曲的白毫，犹如黄昏有一弯新月。她乳房似罐，一见到自己的牛犊，温暖的乳汁流淌，洒落大地，比祭祀后沐浴更加圣洁。”[③] 甚至她的蹄子扬起的尘埃落在国王的躯体上，也是赐予国王等同圣地沐浴的纯洁。作者这样描写这头牛，将牛与神结合，甚至动物的神性和圣洁都能够赐予人以纯洁，都体现了动物是有

---

① ［印］迦梨陀娑：《鸠摩罗出世》，见黄宝生编著《梵语文学读本》，第 409 页。
② ［印］迦梨陀娑：《罗怙世系》，见黄宝生编著《梵语文学读本》，第 279 页。
③ ［印］迦梨陀娑：《罗怙世系》，见黄宝生编著《梵语文学读本》，第 280—281 页。

神性的，是应受到敬畏的。国王和王后作为人的世界中至高无上的尊者要悉心虔诚地侍奉这头神牛，甚至为了保护她宁愿付出自己的生命。这样的描写可以看作诗人用含蓄的方式向我们传达了一种理念，那就是尊重自然、保护自然。

四

虽然迦梨陀娑赋予自然以主体地位，常常表现人之外的、独立的、纯自然的美，然而文学是人学，自然美是人与自然审美关系的表现，其中不能没有人的因素。实际上，作为一位自然诗人，迦梨陀娑对人与自然关系非常关注，而且有深刻独到的表现。

在迦梨陀娑看来，人与自然有着天然的亲情。在抒情长诗《云使》中，药叉可以拜托自然之物雨云为其办事，人与自然达到了相辅相成的和谐境界。雨云一路带信，途中自然与人类友好互动——微风合着荷花的芬芳，为人祛除疲倦，让人身心舒畅；陀莎补城的女人舞弄纤眉，和雨云眉目传情；孔雀和天鹅自由悠闲，与人类融为一体。在戏剧《沙恭达罗》中，迦梨陀娑以净修林为主要场景，描绘了一幅幅人与自然和谐相处的美景。豆扇陀应邀到净修林，看到的是这样的景象：“麋鹿在人身旁依依不舍，听到声音并不逃掉。”紧接着沙恭达罗和女友上场，拿了跟她们身材相称的水壶来浇幼嫩的花树，一女友对沙恭达罗说：“我们的父亲干婆对净修林里的树木比对你还更加爱护，你竟被指定用水把花木四周挖好的小沟灌满，你自己就柔弱地像新开的茉莉花。”沙恭达罗回答说：“这不仅仅是由于父亲的命令，我爱这些花木像爱我的姊妹一样。”在沙恭达罗即将离开净修林时，她的父亲，净修林主干婆仙人对林中的花木说：“在没有给你们浇水之前，她自己决不先喝。虽然喜爱打扮，她因为怜惜你们决不折取花朵。你们初次著花的时候，就是她的快乐的节日。沙恭达罗要到丈夫家去了，愿你们好好跟她告别！”仙人的弟子听到杜鹃的叫声，说道：“树木也是沙恭达罗的亲属，它们现在送别她，杜鹃的甜蜜的叫声就给它们用作自己的回答。”幕后则传来树林女神的祝福：“愿她走过的路上点缀些清绿的荷塘！愿大树的浓荫掩遮着火热的炎阳！愿路上的尘土为荷花的花粉所调剂！愿微风轻轻地吹着，愿她一路吉祥！”在长篇叙事诗《鸠摩罗出世》中，山风撼动松树，吹开孔雀翎毛，为人带来享受；蜜蜂围绕乌玛的频婆果嘴唇，乌玛用莲花驱赶，人和动物互逗玩耍。这些人与自然和谐相处的场景在迦梨陀娑的作品中比比皆是、举不胜举。

自然诗人迦梨陀娑也是一位爱情歌手，他常常把美妙的爱情放在美丽的大自然中加以表现，使两者相得益彰。戏剧《沙恭达罗》的爱情故事就发生在净修林中。沙恭达罗从小在净修林中长大，是森林之女，她初见豆扇陀的时候心里就有了爱情的萌发。这位大自然的女儿，有着原始自然的男女异性相吸的爱情欲望，这是一种健康自然的生命本能，对此她没有丝毫的掩饰。因为不舍得离开心仪之人，她假装自己被嫩拘舍草刺伤了脚，被拘卢婆迦树的枝子挂住了她的树皮衣服，竟然向初次见面的豆扇陀乞求帮助，她还听从朋友的建议，给豆扇陀写情书来表达对他的爱慕。面对心仪之人，沙恭达罗率真地表现出了自己的好感，那份对爱情的渴求和欲望是如此自然和淳朴。她对国王豆扇陀一见钟情，而且主动表示，是纯洁情感的自然流露，无损于她的形象，而且更说明她的天真无邪。正如国王所说，“在净修林里宁静淡泊是第一，里面却潜伏着一种能燃的热力。”① 净修林里的生活虽然宁静淡泊，却不是一潭死水，这里的人们和谐共处，彼此真诚相待，这种自然原始的生活下潜伏这一种能燃的热力。也就是说，在作者看来，在自然纯净的净修林中，因为自然，因为纯朴，因为和谐，因为共生，反而充满着生命的动力和活力。

与西方和中国文学相比，以迦梨陀娑为代表的印度古代诗人对人与自然关系有独到的认识和表现。在西方，莎士比亚的剧本中也有较多的自然元素，自然与剧情、与人物性格也有一定关系，比如《仲夏夜之梦》，剧情的展开主要在森林中，但是这美丽的大自然只不过是成全了两对情人，而对他们的性格没有多大影响。自然还主要是对剧情的展开起作用，没有脱离作为背景和人物活动场所的性质，人与自然之间没有交流，更没有融为一体。《李尔王》中，李尔进入暴风雨中的荒原，自然环境有助于表现人物性格，但李尔是在疯狂之后走进荒原的，荒原和暴风雨是他激荡的内心世界的外在象征，可以说情景交融，但并非人与自然的同一。《暴风雨》以一个荒岛为背景，天真无邪的少女米兰达从小就在这儿长大，并且在这儿爱上了落难王子。但这个海岛对米兰达来说仍然是外在的自然，而没有进入她的心灵，也就是说，《暴风雨》中的自然只是人活动的背景，只有情节功能而没有性格意义。在莎士比亚笔下，自然没有与人的生

① ［印］迦梨陀娑：《沙恭达罗》，季羡林译，人民文学出版社2002年版，第24页。

命融为一体，人仍然是站在自然之上支配自然。《暴风雨》中的米兰达在完成了爱情的使命后，高高兴兴地离开了荒岛，毫无留恋之情。而迦梨陀娑的《沙恭达罗》则不同。作品用了整整一幕表现沙恭达罗离别净修林的情景。由于沙恭达罗要离开净修林，“小鹿吐出了满嘴的达梨薄草，孔雀不再舞蹈，蔓藤甩掉退了色的叶子，仿佛把自己的肢体甩掉。”而沙恭达罗则上前拥抱蔓藤，说道：“蔓藤妹妹呀！用你的枝子，也就是用你的胳臂拥抱我吧，从今天起我就要远远地离开你了。”沙恭达罗要求父亲将蔓藤像她一样看待，父亲说，因为沙恭达罗已经找到丈夫，他也要给蔓藤找一个丈夫，准备让附近的芒果树和蔓藤结成姻缘。这显然已经不是一般意义上的情景交融或拟人象征的文学表现手法了，而是人与自然统一关系的深刻体现。

我国古代文学中也有许多热爱自然的诗人，他们也非常注重自然美的表现。自先秦时代诗人就善于借景抒情，《诗经》中的诗歌常常用自然景物作为比兴的手段。魏晋时期文人开始寄情山水。中国文学在自然山水情趣方面受佛教影响，某种程度上说有印度文学元素，但却没有完全接受印度文学人与自然一体的观念，仍然把自然作为外在的审美对象，或者作为寄托思想感情的一个象征客体，而不是和自然融为一体。陶渊明“采菊东篱下，悠然见南山”，自然所衬托的是一种闲适恬淡的心境。因此，在中国文学中，自然美中人的主体性更强。中国文人品诗也以情景交融为最高境界，“有境界则自成高格。”王国维提出“有我之境”和“无我之境”的区别：“有我之境，以我观物，故物皆著我之色彩；无我之境，以物观物，故不知何者为我，何者为物。”[①] 这样两种境界都与自然美有关，其中都有我与物的区别。戏剧作品也继承了这样的文学传统。王实甫《西厢记》中也有送别的场面，也有自然的表现：“碧云天，黄花地，西风紧，北雁南飞。”以肃杀的秋景来衬托离人的感情，可以称得上情景交融，但自然仍然是外在于人的存在，不同于印度文学特别是迦梨陀娑的人与自然统一。

自《吠陀》开始，印度文学就有把自然作为审美对象的传统。吠陀诗歌中自然美的特点就是自然的人格化或神格化。经过两大史诗的发展和宗教文学的深化，到迦梨陀娑时代达到高峰。迦梨陀娑自然书写中表现的

① 王国维：《人间词话》，山西古籍出版社 2001 年版，第 3 页。

人与自然的同一观是印度古代森林文明的产物，与印度传统的“梵我同一”的哲学思想和泛神论的宗教思想有着深刻的内在联系。因此，泰戈尔在评论《沙恭达罗》时断言：“在这个剧本里，人与自然的关系就犹如感情与理智的关系。这种不同凡响的矛盾统一，在印度之外的任何一个国家里是不可能的，也不会见到的。”①

第二节　自然与女性

自然和女性是迦梨陀娑作品中的两个主要角色，而且这两大角色之间存在着深刻的内在联系。在历史的长河中，自然和女性有着相似的命运。人类文明初期，自然和女性都处于崇高的受崇拜的地位，随着人类社会的发展，人类中心主义和父权主义都不断强化，自然和女性又渐渐沦为被压迫、被占有的境地。迦梨陀娑生活的时代，印度城市文明逐渐取代森林文明占据主导地位，同时父系文化不断强化，女性地位也每况愈下。作为自然诗人的迦梨陀娑，在描绘女性和自然的形体之美的同时，也展示了女性和自然相对于男性和人类的从属地位；在赞美自然的同时，对女性的不幸遭遇也表示同情，而且以其诗人情怀，将自己的审美理想寄托于自然和女性，这与生态女性主义不谋而合。当然，在遥远的古印度，毕竟还没有女性的觉醒和对男权社会的反抗，也没有自然生态主义和人类中心主义的尖锐对立，迦梨陀娑作品中对女性和自然问题的表现是不自觉的，是浅尝辄止的，没有深入的思考和探索，尽管如此，迦梨陀娑对自然和女性关系的表现，仍有其独特的认识价值和启示意义。

一

在迦梨陀娑笔下，自然和女性有着天然的亲缘关系。自然培育了女性的宽厚仁爱之心、陶冶了女性的细腻温柔之情，装点了女性的婀娜多姿之美，因此，女性是自然的知己和亲属。迦梨陀娑对于自然和女性关系的理解，与生态女性主义十分类似。诗人既描写了自然和女性的外部联系，也表现了二者的内在一致性。迦梨陀娑笔下自然和女性的外部联系主要表现在以下几个方面。

① ［印］泰戈尔：《〈沙恭达罗〉》，陈宗荣译，见《泰戈尔全集》第22卷，第17—19页。

首先，自然是女性诗意栖居的空间，女性是自然整体的一个组成部分。迦梨陀娑作品中的女性自由、快乐、充满生机地徜徉在大自然中，自然养育了她们，她们生活在大自然的怀抱中，是自然的一个组成部分，与自然融为一体。戏剧《沙恭达罗》中，沙恭达罗是自然的女儿，她生活在净修林这个无尘无扰的纯净世界里。这里没有尔虞我诈，没有彼此倾轧，没有战争，没有伤痛，沙恭达罗诗意地栖居在这里。但是一旦她踏入城市宫廷中，她的苦痛就随之而来。净修林给沙恭达罗提供了一个唯美的、诗意的生存空间，花草树木、虫鱼鸟兽，一切安然自在，在这样的环境下，作为自然一部分的沙恭达罗与自然融为一体。可以说，没有净修林的自然环境，就没有沙恭达罗，同样，没有沙恭达罗等鲜活美丽的女性，就没有自然整体的生机和活力。从美学上来说，她们为自然的和谐之美贡献着自己的力量。她们的美丽有自然天地之精华滋养的功劳，反过来，她们的纯净之美也装饰着自然，点缀着自然，是自然之美的重要的组成部分。

其次，自然陶冶和滋养着女性，女性身上体现着自然的精华和活力。迦梨陀娑作品中的女性汲取自然之精华，大自然以自然天成的环境滋养陶冶女性，赋予女性以生机和活力。女性是自然的美丽天使，她们的身上闪耀着大自然的光辉。沙恭达罗从小在净修林这个自然环境中长大，净修林里一山一水、一草一木滋养着沙恭达罗。她秀色天成，穿着树皮做成的衣服，像新开的茉莉花，“下唇象蓓蕾一样鲜艳，两臂象嫩枝一般柔软，魅人的青春洋溢在四肢上，象花朵一般。”国王豆扇陀也认为具有自然气息的沙恭达罗以自然天成之美胜过了宫廷中的所有女人，他初见沙恭达罗时曾情不自禁地这样说道：

> 假如这个在后宫里也难找到的佳丽在净修人中间竟然可以找着，那么，野林中的花朵就以天生的丽质超过了花园里的花朵。①

在《时令之环》中，由于不同季节的自然美景的滋养，女性有着不同的姿态和性情，尽情享受生活的美好。炎热的夏季美女们双脚涂满红色的树脂，头发上飘逸沐浴后的香味，胸脯上涂满檀香膏，身体关节部位汗

① ［印］迦梨陀娑：《沙恭达罗》，季羡林译，人民文学出版社 2002 年版，第 8 页。

水淋漓，体香微溢。月夜妇女们在白屋中酣睡，多情女子巧笑流盼、尽情展示着生命的光彩。夜晚美妇们聚会，楼阁上飘扬着她们动听的歌声。雨季乌云发出闪电惊雷，少妇们受惊的可爱样子也跃然纸上，“莲花眼里流出泪珠，浇湿可爱如同嫩芽的频婆果下樱唇。”① 雨季的清凉浪漫激发女子的情欲，吸引旅人的心。秋季月亮成束美丽柔和的光线赏心悦目，洒下清凉的水雾，“却更加猛烈烧灼那些妇女，与丈夫分离如同身中毒箭。”② 妇女们在万物成熟的秋季也走向成熟，情欲微漾，“用抹有檀香液的项链装饰滚圆的胸脯，用可爱的腰带装饰宽阔的臀部，用美妙悦耳的脚镯装饰莲花脚。”③ 开始了纵情的欢愉。

再次，自然和女性在生理方面具有相似性，都具有孕育功能。自然有化育万物之功能，女性因为具备怀胎和乳养的功能与大自然扮演同样的生理角色，与自然有着天生的亲密联系。而且，女性的生理期与自然新陈代谢的循环周期也非常类似。美国当代著名作家苏珊·格里芬（Susan Griffin）认为，自然和女性从生物角色上来看有着深刻的甚至是本体论上的关联。迦梨陀娑作品中也充分体现了这一点。《沙恭达罗》中有大地是“一切种子的孕育者”的说法。在《罗怙世系》中，国王将王后不能生出儿子与大地盛产万物做对比。古今中外的文学都习惯将自然比作母亲，自然充当着地母的角色。大地的滋养功能与女性的孕育功能是一致的，女人用自己的血肉之躯孕育后代并把食物转化成乳汁喂养他们，大地则孜孜不倦地为生物生产水和食物这些生命赖以生存的物质，并提供一个生命生存的复杂空间。自然养育万物，人类和其他所有的生物都受自然的滋养，没有自然，就没有万物的生存和繁衍。自然充当着母亲的角色，而母亲也是女性最重要的生理角色，人类的代代相传靠的就是女性所具有的孕育生命和哺育后代的能力。因此，自然和女性在生理上具有本质的相似性。迦梨陀娑笔下的自然中的动植物基本都是女性性别，因为她们跟女性有很多生理上的相似。沙恭达罗称蔓藤是她的姐妹，她说她爱所有的花木就像爱她的姐妹一样。国王也说那些鹿儿的眼睛里流出脉脉的柔情。《时令之环》中，秋天是一位美丽可爱的新娘，秋天的每个风景都是新娘肢体的一个组成部分，半熟的稻子那低垂弯曲的躯体被看作女性婀娜优美的身材，蔓藤

① ［印］迦梨陀娑：《时令之环》，见黄宝生编著《梵语文学读本》，第 217 页。
② ［印］迦梨陀娑：《时令之环》，见黄宝生编著《梵语文学读本》，第 232 页。
③ ［印］迦梨陀娑：《时令之环》，见黄宝生编著《梵语文学读本》，第 238 页。

嫩枝结满花朵而低垂摆动被看作是戴满首饰的妇女的手臂，纤细的水浪被看作是妇女挑动的细长的秀眉。自然和女性有太多生理上的相似性，无论是生理角色还是生理特点。再一点，自然和女性在生理上都比较柔弱，很容易被伤害。沙恭达罗天性柔弱，她的朋友毕哩阎婆陀将她比喻成幼嫩的茉莉，将沙恭达罗所受的伤害同向幼嫩的茉莉上浇热水等同起来。

最后，在迦梨陀娑的作品中，自然之美和女性之美相辅相成，互为补充，互相促进。在诗人笔下，自然和女性不仅有着太多的先天关联，她们后天的美也是紧紧联系在一起的。首先，自然之美是女性之美重要的装饰。《时令之环》中女人们的耳朵上装饰有芳香的花朵，胸脯上装饰有美丽的花环，头上装饰有多吉鲜花扎成的花冠。这样装扮的女性更加美丽，充满诱惑力，激发男人们心中的情思。《沙恭达罗》中沙恭达罗穿着树皮衣，浑身上下全用自然之物作为装扮，俨然一个自然之女。国王初见她时，认为她的美超越了宫廷中那些用人工装饰的皇后和妃子，这就是自然装饰的重要作用。自然之美赋予女性以淡雅清新、超脱凡尘之美，这种美没有人工雕琢的痕迹，自然天成，艳压群芳。其次，自然和女性互为隐喻，不分主客。在迦梨陀娑的作品中不仅有用自然之美来比喻女性的句子，也有用女性之美来形容和比喻自然的段落，两者始终结合在一起，不分主次。一般说来，“旨在借用外在的喻体、象征物、或客观对应物来比喻、暗示、象征人的感受、思想、或心态，因此，它们也不是生态诗。”① 但迦梨陀娑笔下的人和自然万物是互相比喻的，自然和人不分主客。从这个意义上说，迦梨陀娑的自然描写中有超越一般修辞手法的生态文学意义。诗人没有刻意去抬高自然的地位，在他眼中自然不是弱势群体，不需要刻意去避免用自然来比喻人的形体和情感，同样，人的形体和思想也用来比喻自然，这赋予了自然和人更为平等的地位。《沙恭达罗》中用了大量的自然之物来比喻和形容女性，比如将沙恭达罗比喻成野林中的花朵，将她柔弱的身躯比喻成新开的茉莉花，将她的纯洁比喻成没被指甲掐过的嫩芽，将她的双足比喻成荷花，将她的下唇比喻成蓓蕾，将她的两臂比喻成嫩枝，将她洋溢的青春比喻成花朵等等。《云使》中也用了大量的自然之物来形容和比喻药叉妻子的美丽，比如将她的腰身比喻成蔓藤，将她的秋波比喻成惊鹿的眼神，将她的面容比喻成明月，将她的头发

① 王诺：《欧美生态文学》，北京大学出版社2003年版，第13页。

比喻成孔雀翎，将她的挑动的秀眉比喻成河水里的涟漪。《鸠摩罗出世》中也有一位比较有名的女性——乌玛，诗人描写她的脚趾呈现出“移动的陆地莲花之美”，将她颤动的目光比喻成青莲。当然，迦梨陀娑的作品中用女性来形容和比喻自然的也比比皆是，比如《云使》中将缺水而收缩的信度河比喻成女人的发辫，将阿罗迦城比喻成美女头上承着密结珠络的乌云辫发，将峰顶比喻成女人的润泽的发髻，将山峰比喻成女性的乳房，将波涛比喻为女人紧皱的秀眉。《时令之环》中将天空的乌云比喻成孕妇的胸脯，将大地比喻成装饰有五彩珠宝的美妇，将缓缓流动的河流比喻成多情的妇女，将宽阔的沙滩比喻成女人圆圆的臀部，将皎洁的明月比喻成女性的脸庞，将秋天之美比喻成充满激情的美女。也就是说，凡是美女出现，凡是描写到女性的美，自然现象就是迦梨陀娑笔下最好的溢美之词。在他看来，自然因和女性之间的天然联系而成了女性美的最佳代言。同样，需要展现自然之美的时候，女性又成了自然之美最佳的代言人。由此可见，在迦梨陀娑笔下，自然之美与女性之美相辅相成。

二

在迦梨陀娑的作品中，女性和自然不仅在外形之美上相通，而且具有深刻的内在联系。二者的内在联系主要表现在以下几个方面。

首先，自然和女性是知己好友。迦梨陀娑作品中的女性都能够善待自然，读懂自然的心，与自然和谐相处。女性因其性别特点和身体特点，相比男性普遍偏柔弱，但她们具有敏锐的洞察能力、细腻敏感的内心感受能力和善良仁厚的博爱精神。这些使她们能感受自然，关爱生物，与自然有着亲密友好的感情，因此她们是人与自然沟通的桥梁和纽带，是人类感悟自然、尊重自然、最终回归自然的榜样和向导。戏剧《沙恭达罗》中，沙恭达罗将净修林中的花草树木视为自己的姐妹，将小鹿视为她的义子。她考虑和尊重动植物们的感情和感受，对它们付出爱和关怀。她浇灌花树，不仅仅是由于父亲的命令，更是发自内心的像爱自己的姐妹一样爱它们，甚至在给花树浇水之前她决不先喝。小芒果树迎风摆动，她认为这是向她打招呼，她马上去向它致意。离开净修林时，她向蔓藤告别，求父亲干婆将其视为自己来照顾。《云使》中，当雨云到达药叉妻子的住所时，发现这位美丽的娇妻和很多自然之物生活在一起，金色芭蕉是她的心爱之物，红色的无忧花和娟秀的香花生在她的近旁，金色的枝条伴着她的掌声起舞，孔雀停靠在旁边倾听。在丈夫远离她时，动植物是她的朋友，给她以闺密般的关怀和陪伴。迦梨陀娑的笔下，自然和女性心灵相通，能够互相交流，能够倾听彼此的心声，能够彼此照顾。正所谓“物以类聚，人以群分”，这份友谊和亲情也缘于女性和自然天生的亲缘关系，缘于她们同样的处境，缘于他们共有的宽容和仁爱。

其次，自然和女性的命运相似。生态女性主义者以“生态原则”和“女性美德”为审美标准，认为父权制社会对妇女的压迫和人类中心主义对自然的主宰之间存在着内在的关联，自然和女性同为父权制社会的牺牲品，自然和女性有着共同的命运，都遭受父权制强权文化的压迫和统治并被置于被歧视的附属地位。在人类性别和人与自然关系方面，生态女性主义反对父权中心和人类中心主义影响下形成的根深蒂固的传统观念，反对各种形式的统治和压迫，主张把一向处于附属和他者地位的“自然”和“女性”的重要性凸显出来，唤起人们对自然和女性的理解和尊重，唤醒人们的生态保护意识和男女平等意识，探讨解放妇女和解决生态危机的有效途径。迦梨陀娑虽然没有明显的生态主义和女性主义意识，但其作品中有大量的对于自然和女性命运的关联性描述，与生态女性主义心有灵犀。

在戏剧《沙恭达罗》的开篇，国王手执弓箭在追赶着一只鹿，接着进入净修林中就开始“追逐”沙恭达罗，这两点有着惊人的相似。国王是父权文化中最有权力的人，他掌管着自然界的生杀大权，还拥有众多用来泄欲的美丽女人。“打猎”是男权社会男人的娱乐活动，这里面包含着对自然的巧取豪夺和对动物生命权利的漠视，是人类中心主义赤裸裸的表现，而这位国王就在从事着这样的活动。到达净修林后，他又开始了对美女沙恭达罗的追逐，他以野林中的花朵来形容沙恭达罗，将她比喻成是一朵没人嗅过的鲜花和一个没被指甲掐过的嫩芽，说道：“我不知道，什么样的人才能有享受她的运气。”① 其猎奇猎艳之心昭然若揭。国王用了“享受”一词，这个词充分显示出男性对女性的压迫和歧视。在男人眼中，女性的相貌决定了她的价值，女性只是男性用来享受的消费品。国王的侍从——丑，见国王看中沙恭达罗，这样说道：“啊！正如一个厌恶枣子的人想得到罗望子一般，万岁爷享受过了后宫的美女，现在又来打她的主意。”“真正可爱的东西就会使万岁爷吃惊。”② 这段话将男人的好色之

① ［印］迦梨陀娑：《沙恭达罗》，季羡林译，人民文学出版社 2002 年版，第 26 页。
② ［印］迦梨陀娑：《沙恭达罗》，季羡林译，人民文学出版社 2002 年版，第 25 页。

心，将他们对美丽女性的追逐的心理和始乱终弃现象作了充分的揭示。沙恭达罗的父亲干婆在将沙恭达罗送走之后，说道："因为女孩子终究是别人的。我现在把她送给她的夫婿。我的心情立刻就轻松愉快，象归还了一件寄存的东西。"① 也就是说，女性是不属于自己的，她们只是男人的附属品，即使在父亲那儿，她也只是一件寄存的物品，最终要归丈夫所有，女性之于男性的附属地位可见一斑。

《优哩婆湿》中质多罗罗多用"擒夺"一词来形容国王将优哩婆湿从恶魔手里救回来，这个词根本就没有给女性以尊重，跟打猎中对待动物一样，女性和自然对于男性而言都属于消费品。更有甚者，一夫多妻成了各个民族普遍具有的传统，印度民族也不例外。当国王又迷恋上优哩婆湿之后，皇后内心很不舒服，跟国王闹了一点小别扭，但是很快，女性在男性面前的软弱就体现出来了，她开始向国王请罪，向国王保证："从今天起，不管夫君爱的是哪一个女人，不管哪一个女人愿意同夫君共居，我都跟她和睦相处。"② 这位皇后何罪之有，为什么要请罪，就是因为长期以来男人可以拥有众多女人这一压迫女性的观念已经根深蒂固，就是因为女性对于男性的附属地位已经根深蒂固。国王在喜欢优哩婆湿之后不久，在沙洲上看到毗提耶陀罗的女儿优陀耶婆底，就一直瞅着她，男人的好色本性显露无遗。优哩婆湿生气跑掉之后，国王竟然大言不惭地说："我实在回想不起有什么错误；男人转一转邪念妇女也不放过。"③ 在男人看来，男人好色是应该的，为此生气和计较的女人反而是不懂事。更为过分的是，皇后还对国王说"夫君哪！我以前从没有过越轨的举动"，④ 男权社会赋予男女在婚姻中的不同地位，决定了他们对婚姻和对男女关系的不同态度和不同思维方式，男人可以多妻，而女人只能恪守妇道，忠于一个丈夫，这是极其不公平的，是对女性的压迫和欺凌。作品中丑角猜测优哩婆湿内心所想是，但愿国王不要因为年老而遗弃她，这句话点出了男权社会中女性的担忧和最终的悲剧命运，皇后失宠被优哩婆湿取代，而优哩婆湿

---

①［印］迦梨陀娑：《沙恭达罗》，季羡林译，人民文学出版社 2002 年版，第 62 页。

②［印］迦梨陀娑：《优哩婆湿》，季羡林译，见《季羡林全集》第 20 卷，外语教学与研究出版社 2010 年版，第 651 页。

③［印］迦梨陀娑：《优哩婆湿》，季羡林译，见《季羡林全集》第 20 卷，外语教学与研究出版社 2010 年版，第 664 页。

④［印］迦梨陀娑：《优哩婆湿》，季羡林译，见《季羡林全集》第 20 卷，外语教学与研究出版社 2010 年版，第 652 页。

最后的命运也会跟皇后一样。因为男人只是将女人视为附属品和消费品，可以随意抛弃。当然，我们不否定国王对沙恭达罗的爱情，也不否定优哩婆湿和那位国王的爱情，但是这种爱情下，男女是绝然不平等的，女性也是深受压迫的。自然和女性在父权制社会下，处于同样的被压迫、被统治的命运之中。

最后，自然和女性都具有以柔克刚的坚强力量。女性虽然在生理上不及男性强壮，普遍比较柔弱，但抛去躯体上的外在力量来说，女性作为维系家庭的纽带具有坚强的力量；自然与人类相比，处于弱势的被征服地位，但自然在维护生态系统的平衡方面具有强大的能量。也就是说，从内在方面来说，女性才是家庭存在和完美的最重要的力量，而自然才是生态系统中最坚实的力量。女性的缺失，可以让一个家庭不再健全，失去了代代相传的继承，而自然一旦反攻开始惩罚人类，人类绝不是自然的对手。戏剧《沙恭达罗》中，失去沙恭达罗的豆扇陀痛不欲生，后来在仙境与沙恭达罗母子团聚，人生才得以圆满。长诗《罗怙世系》中，王后的生育对一个国家来说如此重要，以至于国王历尽千辛万苦即使要服侍母牛也要让王后生育。而母牛这一形象的设置，对母牛乳房的描写，也有着对女性力量的折射。

自然和女性有着太多的共同点，无论是外在还是内在。正如生态女性主义者所说“她们的美，她们的激情，她们的脆弱、她们具有毁灭的能力，也很容易地被毁灭”,[①] 这是对女性和自然关系的最好的概括。

三

在印度，女性处于被压迫被统治的边缘地位，是印度传统文化影响的结果。在印度教社会，总的来说妇女是没有地位的，相比于男性备受歧视。印度古代的法典对妇女的言行都有严格而又苛刻的规定，妇女没有财产权，没有婚姻自由，必须服从丈夫，无论丈夫多么无能，也要把他当作神来崇拜。[②] 印度教的“林伽”崇拜更是男性中心的表现。[③] 特别是印度教的湿婆教派，崇拜“林伽”，认为男性生殖器具有创造万物的超自然力

① 南宫梅芳等：《生态女性主义：性别、文化与自然的文学解读》，社会科学文献出版社 2011 年版，第 81 页。

② 参阅［印］萨拉夫《印度社会》，商务印书馆 1977 年版，第 376—377 页。

③ “林伽”是 Linga 的音译，即男性生殖器，是印度教三大派之一的湿婆教性力派所崇拜的主神湿婆形象的象征。

量。《摩诃婆罗多》中有一个故事，讲述一位苦行仙人，因为具有非凡的法力而引起了众神之主因陀罗的担忧。因陀罗为了破坏其法力，派出手下的美丽天女去勾引他。大仙经不起天女的诱惑，心神开始游移不定，高深的法力随之消散。他的元阳滴落在一根芦苇秆上，芦苇就生出一对儿女。这个故事充分证明了印度宗教传统中对男性力量的崇拜，没有女性同样也可以创造生命，男性才是创造万物的主导力量。而且，在印度教神话中，甚至连女性也是男性创造的，这从起源和根本上决定了印度传统中女性的卑下地位，男性天生比女性高贵，女性天生比男性卑微。印度宗教中男性生殖崇拜文化具有原型意义，对印度社会的影响非常深远，它不但以隐性的形式制约了印度社会在人与自然、文学与政治、人的内心情感等方面对女性身份的贬低，它更以一种显性的形式支持了现实生活中男性对女性的压迫。

印度文学从两大史诗开始就有了对女性受压迫和对自然遭损害现象的表现。《罗摩衍那》中的罗波那既掠夺残害妇女，又试图征服自然，终于恶贯满盈，死于非命。正面形象罗摩虽然深爱自己的妻子悉多，但由于害怕人们的议论，不惜将已经怀孕的妻子抛弃。与对待女性的态度一致，罗摩也将打猎杀死动物视为天经地义。作品中的女性受父权中心主义文化的影响，大都认同男性权利。《摩诃婆罗多》中的甘陀利是持国王的妻子，因为丈夫双目失明，她自己也把眼睛蒙上，不能有比丈夫更多的享受，以示对丈夫忠贞。两大史诗在印度被当作宗教经典来尊崇，因而史诗中的许多妇女形象也被当作妇女的典范，对印度妇女道德产生了深远的影响。女性在印度社会和印度文化中的地位有一个从高到低的沦落过程。在吠陀时代，还没有对妇女的歧视，吠陀神话中有大量的女神被歌颂，被崇拜。史诗时代情况比较复杂，由于史诗从产生到定型经过了若干世纪，所以其中有很多矛盾现象。总体上说，早期的原始部分，妇女地位稍高，后来附加的部分，妇女地位明显降低。如《罗摩衍那》主体部分悉多与丈夫相亲相爱，关系不能说平等，但至少没有歧视。悉多被遗弃是后来增补的《后篇》中发生的故事。如果把史诗和后来改编的作品中的妇女形象进行比较，问题就更清楚了。迦梨陀娑的《沙恭达罗》取材于史诗《摩诃婆罗多》，史诗中的沙恭达罗具有较强的独立性，国王向她求婚，她提出以自己生的儿子继承王位为条件。后来她领着儿子去王宫，国王矢口否认，沙恭达罗对他进行一番斥责说教之后，就要领着儿子离去。迦梨陀娑戏剧中的沙恭达罗则变得温柔多情，丈夫成了她依附的对象，一旦被遗弃就痛不欲生。可以看出，两大史诗尽管在漫长的成书过程中受到父系文化强化的影响，但其中妇女形象仍然表现了早期的特征。她们个性比较强，人格比较独立，地位还没有后来印度社会妇女那样低下。后来随着父系文化的强化，妇女越来越处于被歧视被压迫的地位。甚至在文学作品的语言方面也表现了对女性的歧视，在戏剧作品中男性角色除了丑角之外都说梵语，女性角色和丑角说俗语，因为梵语是典雅的高贵的语言，俗语是粗俗的低级的语言，由此可见女性与男性地位之悬殊，印度社会文化对女性的歧视和压迫可以说是无处不在。迦梨陀娑的改编，他对沙恭达罗形象的重新塑造，符合当时的时代特点。

自然在印度社会和印度文化中的地位也有一个发展过程。吠陀时代盛行万物有灵观念和自然神崇拜，因此自然相比于人类，地位非常高，重要的自然现象如大地、太阳、朝霞等都是人类崇拜的对象，一般的自然现象如森林等，则被看作人类的朋友和伙伴。两大史诗是森林文明的产物，总体上表现了人与自然平等和谐的关系，但也出现了人类中心主义的声音，表现了对待自然的暴力与非暴力的矛盾。如《罗摩衍那》中尼沙陀猎人杀死正在交欢的麻鹬，遭到蚁垤仙人的痛斥。罗摩在森林中以打猎为生，妻子悉多则劝他不要滥杀无辜。后来罗摩杀死猴王波林，波林谴责罗摩暗箭伤人。罗摩辩白说："人们总是要吃肉的，不管野兽注意不注意，或者甚至把脸转过去，杀死它们都不犯错误。"（4. 18. 35）在罗摩看来，波林不过是一只猴子，用任何手段杀死他都不为过，这显然是人类中心主义的逻辑。如果说在史诗中人类中心主义的声音还比较微弱，那么，在迦梨陀娑时代，以城市王宫为代表的世俗文化开始主导社会的发展，人对自然的征服和占有的欲望逐渐增强，以前普遍存在的净修林成为稀有的世外桃源。值得关注的是，在对自然的暴力与非暴力的矛盾斗争中，诗人往往是站在非暴力的一边，主张人与自然和谐相处，蚁垤仙人是这样，迦梨陀娑也是这样，这是非常难能可贵的。

虽然无论是从印度宗教传统来说，还是从自然与女性内在和外在的相似性上来说，女性和自然一样都处于被压迫的地位。但是迦梨陀娑在他的作品中，却为我们设置了一个自然和女性都受到保护的乌托邦，这就是"净修林"。在净修林中，沙恭达罗和众女友们自由欢乐，没有男人的压迫，与周围的大自然中的万物和谐共处。那里没有男人和女人之间的尊卑，也没有人与自然之间的高低。男人和女人相濡以沫，人类关爱自然，自然中的万事万物保持着他们原有的神秘和力量。生态女性主义认为，“无论是人类对自然，还是男性对女性，都不应该是征服与被征服的关系、统治与被统治的关系，而是要克制自身贪婪的欲望，仁慈地对待双方，共同生存，共同发展。只有这样，自然与人、男性与女性才能互相依存，和平共处。”① 生态女性主义于上世纪70年代开始出现，90年代迅速发展，成为生态主义文化思潮中的一支重要力量。生态女性主义反对人类中心论和男性中心论，主张改变人统治自然的思想，并认为这一思想来自人统治人的思想。生态女性主义批判男性中心的知识框架，目标是建立一个遵循生态主义与女性主义原则的乌托邦。而迦梨陀娑笔下的净修林正是生态女性主义者一直追寻的乌托邦。在迦梨陀娑生活的那个年代，人类中心主义和男权主义的概念还没有提出，只是因为城市文明的出现，人与人之间以及男人与女人之间的矛盾开始有所显现，迦梨陀娑既不是生态主义者，也不是女性主义者，但他敏锐地感受到了女性与自然的天然联系，发现了她们的不幸并对她们的命运表示深切的同情，而且设身处地为她们建构一个不受伤害的栖居地。诗人总是具有很强的前瞻性，迦梨陀娑具有超前性的自然书写和女性书写，值得今天的生态女性主义者进行深入挖掘和认真分析。

第三节　文明冲突与裂缝弥合
——《沙恭达罗》新论

《沙恭达罗》是印度古代戏剧家迦梨陀娑的名剧，以表现温柔美妙的爱情著称。② 然而，迦梨陀娑不仅是爱情歌手，而且是自然诗人，对人与自然关系有深刻的思考和独特的表现。戏剧《沙恭达罗》通过净修女沙恭达罗与国王豆扇陀曲折的爱情故事，既反映了森林文明与城市文明矛盾冲突的现实，也表现了文明融合的理想。

---

① 南宫梅芳等：《生态女性主义：性别、文化与自然的文学解读》，第87页。

② 席勒曾赞叹说：“在古代希腊，竟没有一部书能够在美妙的女性温柔方面，或者在美妙的爱情方面与《沙恭达罗》相比于万一。”转引自季羡林《〈沙恭达罗〉译本序》，见［印］迦梨陀娑《沙恭达罗》，人民文学出版社2002年版，第19页。

一

千百年来，《沙恭达罗》中的一个场景不知打动了多少观众和读者，那就是女主人公沙恭达罗离别净修林的一幕。沙恭达罗即将离开净修林，她的养父、净修林主干婆仙人对林中的花木说：

净修林里的住着树林女神的树啊！
在没有给你们浇水之前，她自己决不先喝。
虽然喜爱打扮，她因为怜惜你们决不折取花朵。
你们初次著花的时候，就是她的快乐的节日。
沙恭达罗要到丈夫家去了，愿你们好好跟她告别！
仙人的弟子听到杜鹃的叫声，说道：
树木也是沙恭达罗的亲属，它们现在送别她，
杜鹃的甜蜜的叫声就给它们用作自己的回答。
幕后传来树林女神的祝福：
愿她走过的路上点缀些清绿的荷塘！
愿大树的浓荫掩遮着火热的炎阳！
愿路上的尘土为荷花的花粉所调剂！
愿微风轻轻地吹着，愿她一路吉祥！①

接下来的情景更为感人。由于沙恭达罗要离开净修林，“小鹿吐出了满嘴的达梨薄草，孔雀不再舞蹈，蔓藤甩掉退了色的叶子，仿佛把自己的肢体甩掉。”而沙恭达罗则上前拥抱蔓藤，说道：“蔓藤妹妹呀！用你的枝子，也就是用你的胳臂拥抱我吧，从今天起我就要远远地离开你了。”沙恭达罗要求父亲将蔓藤像她一样看待。父亲说，因为沙恭达罗已经找到丈夫，他也要给蔓藤找一个丈夫，准备让附近的芒果树和蔓藤结成姻缘。沙恭达罗告别亲人准备上路，感觉有什么东西跟在她的脚后面牵住她的衣服，回头一看，原来是她的义子——一头小鹿。沙恭达罗一边安慰这个孩子，一边伤心地哭起来。她的女友对她说：“朋友呀！在我们的净修林里，没有一个有情的动物今天不为了你的别离而伤心。”自然和人类之间

① ［印］迦梨陀娑：《沙恭达罗》，季羡林译，人民文学出版社 1980 年版，第 57 页。本章论述主要依据该版本，非特殊情况，引文不再一一加注。

的爱是那么真挚，他们之间彼此交流情感，非常默契，完全跨越了物种的界限。这显然已经不是一般意义上的情景交融或拟人象征的文学表现手法了。

这样的人与自然关系，只有在净修林这样的地方才显得自然可信。所谓净修林，是婆罗门修道士在森林中建立的栖居、修道和讲道的场所，又译为道院或梵行院，也可以与其他宗教的聚集场所一样称为寺院。净修林的主人一般称为仙人。泰戈尔在关于印度文化的演讲中指出："印度有贤才，有智者，有勇士，有政治家，有国王，有皇帝，但是这么多不同类别的人，她究竟选择了谁作为她的代表呢？是那些仙人。"[①] 净修林中的修道士仙人大多是一些思想者，他们除了进行自我的身心修养，还要沉思社会、人生及自我等方面的问题，尤其对人与自然关系有深刻的体验和独到的思考。他们不仅热爱自然，而且更有保护自然、维护生命的自觉意识，形成了非暴力不杀生的道德准则。所谓"非暴力（ahimsā，亦译为不杀生）"是印度古代具有普遍性的宗教伦理，佛教、耆那教和印度教都有关于非暴力的说教。据学者考证，在《奥义书》中已经出现了关于 ahimsā 的讨论。[②] 公元前 6 世纪耆那教和佛教先后兴起，二者都大力提倡 ahimsā。此后，放弃暴力、善待众生、不要随便伤害任何生命的非暴力精神，成为印度文化的普遍观念，也成为印度文学反复表现的主题。

在印度古代文学中，非暴力精神最突出的表现就是不伤害动物。戏剧《沙恭达罗》一开场就表现了这样的非暴力思想。国王豆扇陀率领军队打猎，追赶一只鹿来到净修林旁边。国王正要放箭射鹿，被两个苦行者阻止，苦行者说："你的箭不应该射向鹿的柔弱的身躯，这简直是无端放火把花丛来烧。唉！鹿的生命是异常脆弱的，你那如飞的利箭，它如何能受得了？赶快把你准备好要射出去的箭放下！你的武器要用来拯救苦难，不能把无辜的乱杀。"[③] 不杀生的非暴力还属于消极的非暴力，积极的非暴力是对各种生命怀有爱心，[④] 这两者是相辅相成的。在作品中，正是由于修道士仙人们的非暴力不杀生行为，才使得净修林中的动物与人友好相处，亲如一家。国王豆扇陀应邀来到净修林，看到的就是这样的景象：

---

① ［印］泰戈尔：《正确地认识人生》，刘竞良译，见《泰戈尔全集》第 19 卷，第 11 页。

② A. Kumar Singh. *Animals in Early Buddhism*. Delhi: Eastern Book Linkers, 2006, p. 33.

③ ［印］迦梨陀娑：《沙恭达罗》，季羡林译，人民文学出版社 1980 年版，第 5 页。

④ A. Kumar Singh. *Animals in Early Buddhism*. Delhi: Eastern Book Linkers, 2006, pp. 31-32.

树底下是从鹦鹉穴中雏儿嘴里掉下来的野稻。
别的地方又可以看到磨因拘地种子的光滑石墩。
麋鹿在人身旁依依不舍，听到声音并不逃掉。
溪旁的小路上印着树皮衣上流下来的成行的水痕。
微风吹皱了的河水冲洗着树根。
幼芽在溶化奶油的烟雾中失掉了光彩。
在前面，在已经割掉达梨薄草芽的林子里，
毫不胆怯的小鹿悠然地来回徘徊。[①]

在净修林中，不仅动物得到保护，植物也得到爱护。女主人公沙恭达罗一出场，就是和女友一起，拿了跟她们身材相称的水壶来浇幼嫩的花树，一个女友对沙恭达罗说："我们的父亲干婆对净修林里的树木比对你还更加爱护，你竟被指定用水把花木四周挖好的小沟灌满，你自己就柔弱地象新开的茉莉花。"沙恭达罗回答说："这不仅仅是由于父亲的命令，我爱这些花木象爱我的姊妹一样。"[②] 正如她的父亲干婆所说，在没有给花和树浇水之前，她自己决不先喝；虽然喜爱打扮，她因为怜惜花木决不折取花朵。表现了沙恭达罗所具有的真正的积极的非暴力精神。

沙恭达罗从小在净修林长大，与净修林中的各种生物融为一体。她视蔓藤为姊妹，收小鹿为义子，对所有生物都怀有亲情。这样的人与自然相亲相爱，既不是不可思议的神话思维的产物，也不同于现代人为了自我消遣来养花养宠物，而是在与动植物共同生活中建立起来的亲情，这样的感情是符合生活逻辑的自然流露。沙恭达罗在王宫中遭到国王豆扇陀的拒绝时，为了唤起豆扇陀的记忆，讲了一段他们在一起的经历：有一天，在一个布满蔓藤的亭子里，豆扇陀用手捧起积聚在荷叶杯里的水，就在这时，沙恭达罗的义子——一只小鹿走来，豆扇陀将手中的水给它喝，被它拒绝，因为它不从陌生人手里喝水。而沙恭达罗手里捧了水，小鹿就信任地喝了。豆扇陀笑着说："真的，所有的东西都信任自己的伙伴，你们俩都是林中的居民。"的确，人与其他自然生物之间的感情是他们共同生活的结果，因为他们都是"林中居民"。不仅是干婆和沙恭达罗父女有这样的人与自然的亲情，在其他的净修林中也是如此。如最后一幕国王豆扇陀在

① ［印］迦梨陀娑：《沙恭达罗》，季羡林译，人民文学出版社 1980 年版，2002，第 7 页。
② ［印］迦梨陀娑：《沙恭达罗》，季羡林译，人民文学出版社 1980 年版，2002，第 8 页。

帮助天神打仗回来的途中，来到摩哩遮的净修林，看到沙恭达罗的孩子和小狮子一起玩耍。当小孩儿欺负小狮子时，看管他的女苦行者便训斥他："不要这样粗暴！""你这个淘气的孩子！你为什么逗这些野兽呢，我们把它们看作自己的孩子？"① 这些都是净修林中才有的独特景象。泰戈尔指出："什么是占据印度心灵的主要理想；什么是不停地流遍她的生活的一种值得纪念的倾向；而她的诗人就是怀着仁爱和崇敬歌颂寺院。……寺院显得灿烂突出，这在我们所有的古代文学中都是如此，它是人类与其他生物之间的裂缝被弥合的地方。"② 这里的寺院即净修林，正是在这样的净修林中，人类与其他生物之间的裂缝得以弥合。

人类作为一个物种，是生物进化的产物。从本质上说，人类和其他生物具有天然的亲缘关系。然而，随着人类的发展，逐渐有了自我主体意识，人类与其他生物之间的关系发生了深刻的变化。其他生物成为人类自我之外的他者，成为人类利用和征服的对象。人对自然和自我的认识有一个发展过程。在森林文明和农业文明时代，人类和自然之间虽然已经有了裂缝，但还不认为自己有征服和支配自然的力量和权利，对自然还存有敬畏之心。欧洲文艺复兴之后，人们喊出了响亮的口号："人是宇宙的精华，万物的灵长！""知识就是力量！"这样的人文主义思想在把人从神权的束缚中解放出来的同时，也催生了人类中心主义的观念。随着工业文明的兴起和科学技术的发展，人类征服自然的力量越来越大，人与其他生物之间的裂缝也越来越大。戏剧《沙恭达罗》创作的时代，正是人类与其他生物之间裂缝逐渐扩大的时代，裂缝扩大的现实与裂缝弥合的努力并存。诗人悲天悯人的情怀和丰富的想象力相结合，创造出了感人至深的戏剧场景，打动着世世代代观众和读者的心灵，传播着积极的非暴力精神的种子。因此，沙恭达罗与净修林中的鸟兽草木依依惜别，不是诗人延续古老的神话思维，也并非只是一种文学表现手法，而是人与自然和谐的原生态主义的世界观的表现，是试图弥合人类与其他生物之间裂缝的一种努力。

二

人类与其他生物之间裂缝扩大的现实与弥合裂缝的努力之间的矛盾，

① ［印］迦梨陀娑：《沙恭达罗》，季羡林译，人民文学出版社 1980 年版，第 103 页。

② ［印］泰戈尔：《诗人的宗教》，冯金辛译，见《泰戈尔全集》第 21 卷，第 223 页。

体现了城市文明与森林文明的冲突。人类从森林中走来，人类文明的第一个阶段就是森林文明。走出森林之后，人类踏上了不同的文明之路。与其他古代文明相比，印度文明与森林关系更为密切。许多印度诗人、思想家和学者曾经论及印度的森林文明特点，如诗人泰戈尔在题为《正确地认识人生》的演讲集中指出："在印度，我们的文明发源于森林，因此也就带有这个发源地及其周围环境的鲜明特征。"① 印度文化与文学中人与自然的亲密关系，人类与其他生物之间裂缝的弥合，以及与之相关的非暴力思想，都是这样的森林文明的产物。然而，随着人类的繁衍和经济的发展，城市文明成为人类文明的必由之路。在印度，森林文明向城市文明的转换始于公元前10世纪前后，其时印度出现了许多城邦国家，以城市为中心的政治经济和文化开始引领社会发展进程。同时，森林文明和城市文明的矛盾也日益显现，文明冲突成为历史发展的文化景象和文化动力。公元前8世纪前后，婆罗门教内部出现了分化，主要体现为婆罗门和刹帝利两大种姓的矛盾。一部分婆罗门仙人隐居森林，建立道院或净修林，成为森林文明的代表。不久，与土著渊源更深、代表森林文明的佛教、耆那教等沙门思潮兴起，使森林文明在印度文化中占了上风。在此之后的一千多年，印度森林文明和城市文明不断斗争，此消彼长。如果说公元前数百年《摩诃婆罗多》产生的时代森林文明略占上风的话，那么，到公元4、5世纪迦梨陀娑的时代，城市文明已经大占上风，取得了压倒性的优势。戏剧《沙恭达罗》虽然取材于《摩诃婆罗多》，但反映的是迦梨陀娑时代的现实生活，表现的是诗人对当下的社会和人生问题的思考。可以说，迦梨陀娑通过这部作品，为已经失势且即将消失的森林文明唱出一曲无尽的挽歌。

森林文明虽然以森林为背景，但仍然是人类的文明，而不是动植物的文明，因此，我们研究森林文明不仅关注人与自然的关系，更要关注人与人的关系。作为森林文明代表的净修林是一种社会现象。从宗教的角度看，净修林类似于佛教的寺庙或者僧团；从社会的角度看，净修林更像是农村公社。其社会结构是以一个德高望重的仙人为核心，其家庭成员以及弟子们一起生活，组成一个大家庭。他们除了学习研究宗教经典和祭祀礼仪之外，还要开垦荒地、植树种草、采集果实、捡拾木柴，进行自给自足

① ［印］泰戈尔：《正确地认识人生》，刘竞良译，见《泰戈尔全集》第19卷，第5页。

的生产和生活。这样的大家庭同时也是一个小社会，成员共同劳动，共同生活，成员之间有长幼之序而无阶级之分，延续了原始共产主义的社会形态，是马克思所说的“亚细亚生产方式”的一种表现形式。这样的净修林或者村社的大小取决于既是家长又是导师的仙人的影响力。大仙人不仅道行高深，而且与国王关系密切，常常被邀请主持国家和家庭的祭祀活动，接受大量施舍，因此弟子众多，人丁兴旺。一般的仙人只有少数家人、几个弟子，门庭冷落，倒也有利于潜心修行。仙人之间经常互相参访，交流心得，联络感情，由此，众多的净修林构成一个庞大的社会群体。他们以文化为武器，与国王和刹帝利武士阶层互相斗争又互相利用。他们通过阐释甚至创造文化经典，既影响着人们的心灵，也影响着人们的生活方式甚至社会进程。戏剧《沙恭达罗》中干婆仙人的净修林就是其中的一个。

作品的女主人公沙恭达罗是干婆仙人的养女，是由一位王仙和天女所生，从血缘上说算是王族，但她从小在净修林中长大，其思想性格气质和行为方式都与森林息息相关。她穿着树皮做成的衣服，轻盈的体态像小树或蔓藤，而且她视蔓藤为妹妹，把小鹿当作自己的孩子。沙恭达罗不仅外表形象具有自然质朴的美，她的内心世界也是纯洁质朴的，像是沁透了林荫的凉爽。她没有那种世俗道德熏陶下的虚伪，还没有染上世俗的杂质，也不懂社会的险恶。她对国王豆扇陀一见钟情，而且主动表示，是自然情感的自然流露，不但无损于她的形象，而且更说明她的天真无邪。她是大森林的女儿，没有净修林，就没有这个具有自然质朴之美的人物形象。从这个意义上说，沙恭达罗是一位典型的林中居民，是森林文明的代表。

净修林中不仅有自然美景，人与自然和谐，而且人与人关系融洽，相亲相爱。这里有温馨的亲情。沙恭达罗虽然只是养女，但并不缺少父母慈爱。父亲外出期间，沙恭达罗自己找了丈夫结了婚，父亲发现之后没有责怪或者惩罚女儿，而是为她祝福，并派人送她去见丈夫。作品细致描写了干婆仙人送女儿时的复杂心情，既为女儿找到称心如意的丈夫感到欣慰，又心中不安，难以割舍。沙恭达罗既渴望见到苦苦相思的丈夫，又对父母和净修林依依不舍。这里有纯洁真诚的友情。剧中沙恭达罗有两个女友，从她们一直侍奉照顾沙恭达罗的行为看，她们的身份似乎是侍女，但她们与沙恭达罗不仅朋友姐妹相称（她们称干婆为师傅，有时又称“咱们的父亲”），而且真正亲如姐妹。她们不仅悉心照顾沙恭达罗，而且为她排忧解难。当沙恭达罗因思念丈夫而怠慢来访的仙人，受到仙人诅咒时，女友不惜跪在仙人脚下为她求情。沙恭达罗不仅称她们为“亲爱的朋友”，而且与她们推心置腹。可见在净修林中，人与人之间关系非常单纯，平辈皆兄弟姐妹，上下皆师徒或父母子女。他们关系融洽，生活简单，心灵宁静，没有尔虞我诈或猜忌纷争。

在这样的环境中长大的森林之女沙恭达罗，告别净修林，走进城市，面对的是另一番景象，另一种生活，那就是与森林截然不同的城市文明。相对于森林文明，城市文明具有历史的进步性，因为城市的人群聚居不仅有利于国家实施更加有效的行政管理，而且有利于经济发展和人际交往，人们的物质生活水平由此得以提高，文化生活也更加丰富多彩。然而，历史进步并不意味着道德的提升，相反，经常出现历史与道德的二律悖反现象，也就是说，历史进步往往伴随着道德沉沦。一方面，物质生活丰富，可能导致人们欲望进一步膨胀，人人追求奢华而资源有限，必然造成人与人之间关系紧张，从尔虞我诈的斗争到你死我活的战争，城市文明总是在血与火中诞生和发展；另一方面，文化生活的丰富多彩，可能使人沉迷声色，失去心灵的平静。《沙恭达罗》第五幕和第六幕故事发生在城市，其中有城市生活的描写和城市中人与人关系的表现。第五幕一开始写国王处理朝政，感觉疲倦，正想放松一下听听音乐，便听到幕后传来一位王后哀怨的歌声：

> 蜜蜂呀！你贪吃新蜜曾吻过芒果的花苞，
> 你愉快地呆在荷花心里，为什么把它忘掉。[①]

这位王后名叫恒娑婆抵，她的歌声是在谴责国王的喜新厌旧。后来国王豆扇陀见到戒指，想起沙恭达罗，悔恨自己对沙恭达罗的遗弃行为，陷入对沙恭达罗的思念，另一位皇后婆苏摩提又妒性大发，准备找国王兴师问罪，吓得豆扇陀慌忙藏起沙恭达罗的画像。这两个王后的出场不是无意义的闲笔，前者说明沙恭达罗被拒绝不是偶然的，因为国王有喜新厌旧的品行；后者说明沙恭达罗被拒绝虽然是不幸，但即使她留下来，这位单纯质朴的净修女，在争风吃醋和尔虞我诈的后宫中，也很难得到幸福。

---

① ［印］迦梨陀娑：《沙恭达罗》，第 65 页。

王宫中充满了明争暗斗和尔虞我诈，王宫之外情形如何呢？虽然作为宫廷诗人的迦梨陀娑免不了要为国王歌功颂德，表现国王如何勤政爱民，他统治的国家如何繁荣昌盛，然而诗人并不总是掩盖丑恶、粉饰太平，字里行间仍表现出城市中人与人的紧张关系。第六幕一开始，描写两个看守将一个老实巴交的渔民当小偷抓起来，他们粗暴地对待这个渔夫，捆绑、拷打、嘲讽、辱骂，就因为他手里拿了一只刻着国王名字的戒指。后来渔夫从国王那里得到赏钱，还要拿出一半给两位老爷去喝酒。

对于这样的城市文明，来自净修林、习惯了清静的修道士显然是看不惯的。干婆仙人的两个弟子送沙恭达罗进京城，有一段对话表现他们对城市的感受：

> 舍楞伽罗婆：我认为这个挤满了人的地方是火焰弥漫的房屋。
>
> 舍罗堕陀：舍楞伽罗婆！我进了城，在这个地方跟你一样心神不安。我也认为这些人污尘遍体，而我独净；他们皆浊，而我独清；他们皆睡，而我独醒；他们枷锁在身，而我自由畅行；他们为邪欲所缚，而我独得适性怡情。①

这里表现了森林文明与城市文明的对立。一方面是林中修行的仙人旁观者清，另一方面是城中生活的诗人有切身感受，使作品中表现出对城市文明的厌倦。对此，国王豆扇陀也深有体会，作品中有这样一段独白：

> 高位重望只能满足一时的贪心。
> 保护已获得的东西更增加苦恼。
> 王位正像用自己的手撑着的遮阳伞，
> 带来的不是休息，而是疲劳。②

在这样的情景之下，温柔善良的沙恭达罗被拒绝，也就顺理成章了。不仅国王有喜新厌旧的前科，有始乱终弃的习惯，而且城市王宫充满尔虞我诈，一个怀有身孕的乡下女子说是国王的妻子，国王一般是不敢当众承认的，即使他想承认，他身边的人也会顾及国王的体面和宫中某些人的利

① ［印］迦梨陀娑：《沙恭达罗》，第 67 页。
② ［印］迦梨陀娑：《沙恭达罗》，第 64 页。

益而从中作梗。一般说来，“冒充”国王妻子的民间女子是没有好下场的。作品中人物的对话鲜明地表现了这样的现实。沙恭达罗斥责豆扇陀：“以前在净修林里，你引诱我这个天真无邪的人，一切都讲好了，现在却用这些话来拒绝，这难道合理吗？”国王则针锋相对：“住口！你处心积虑想尽方法来污蔑我的家声，毁坏我的名誉，正如一条冲决堤岸的河流把清水弄浊，把岸上的树木冲去。”最终，民女肯定是斗不过国王的，正如干婆的弟子舍楞伽罗婆所言：“从降生起就不知道什么是虚伪，这样人说的话竟没有任何权威。那些拿骗人当做学问去研究的人，他们的话反而成了玉律金规。”①

当然，诗人为了自己的爱情理想和审美情趣不被破坏，设计了“仙人诅咒”情节。由于仙人诅咒的力量，才使得豆扇陀忘记了沙恭达罗，由此观众和读者会在心理上原谅豆扇陀，也为最后的团圆留下铺垫。然而，作品中“仙人诅咒”除了发挥情节功能和审美功能之外，还有耐人寻味的深层意蕴。仙人为什么诅咒沙恭达罗呢？因为她一心思念在城市王宫中的丈夫豆扇陀，忘记了自己的职责，迷失了自我。显然，“仙人诅咒”是对作为自然之女的沙恭达罗迷失自我的惩罚，体现的还是森林文明与城市文明的冲突。

三

沙恭达罗辞别净修林，前往京城王宫。她脱下了树皮衣，换上了宫廷贵妇的装束，意味着她脱离了自然，进入了文明。她在王宫被拒绝、遭遗弃、走投无路的不幸遭遇，是她离弃自然的果报。因为她本来是自然人，是森林的女儿，却迷失了自我，走进城市，等待她的肯定不是平静和幸福。离别时虽然痛苦，但心中充满对未来新生活的憧憬。离别净修林之后的不幸遭遇，被误解、被嘲笑、被抛弃，更有象征意义。可以说，沙恭达罗离别净修林，是人与自然分离的象征。

既然问题的症结是人与自然的分离，那么解决问题的最佳途径就是回归自然。所以沙恭达罗被豆扇陀遗弃，走投无路之时，她的生母出现，将她接到摩哩遮仙人的净修林。摩哩遮不是一般的仙人，他的儿子是天神之首因陀罗，他的所在应该是一个仙境。然而，他的生活环境和生活方式与

① ［印］迦梨陀娑：《沙恭达罗》，第71—73页。

一般的仙人没有什么不同。他修苦行时可以长期一动不动，以至于蚁垤埋了他的半个身体，鸟儿在他的头上做巢。他的妻子阿底提的主要职责是种植、浇灌花木并照看林中的动物。因为沙恭达罗的母亲是天女，与摩哩遮仙人有渊源，所以已经怀孕的沙恭达罗被仙人接纳，受到仙人夫妇的关怀，在这里生下了儿子。作为森林之女的沙恭达罗，离别了一个净修林，又来到另一个净修林，其中的象征意义不难理解，被城市王宫拒绝，遭到伤害的自然人，又返回了自然。

实际上作品一开始就进入了城市人回归自然的主题。作为城市文明代表的国王豆扇陀来到净修林，是患了城市病的文明人回归自然的初步表现。第一幕国王出场是手执弓箭、率领军队追赶一只鹿的场面，他非常欣赏小鹿被追杀而拼命逃避的样子。他初见沙恭达罗，赞赏她的美貌，完全是玩腻了宫女寻找野花的口气。第五幕开始，诗人又以被遗弃的王后在幕后的哀怨歌声表现国王的喜新厌旧。接着写了沙恭达罗的被拒绝被遗弃，说明她的被遗弃不是偶然的。因为豆扇陀是由等级制度、特权思想、自我膨胀等城市文明熏染出来的国王，以伤害动物为乐趣的打猎游戏，对女性的始乱终弃，对他来说都是习以为常的事情。就是这样一位耽于打猎游戏、善于玩弄女性的国王豆扇陀，来到净修林后，不仅改掉了打猎的嗜好，而且面对自然纯真的净修女沙恭达罗，心灵也得到净化。然而，他离开净修林返回王宫之后，又复发了城市文明病，将沙恭达罗遗忘就是一种表现，是离开自然即违背自然人性的又一层象征，是从反面说明文明人需要返回自然，并且为沙恭达罗离开净修林之后的遭遇作了铺垫。

最后一幕，国王豆扇陀帮助天神打仗胜利归来，天神因陀罗的御者摩多梨送他回来，途中他们来到摩哩遮仙人隐居修行的净修林。就这样，豆扇陀这个城市文明的代表，再度返回自然。他在净修林中看到仙人培植的曼陀罗树，禁不住惊叹："这幸福的地方比天堂还要好。我仿佛是浸浴在甘露的池塘里。"在这里，他看到了自己的亲生儿子，生出自然的柔情，他抚摩小孩，四肢感到非常愉快，感叹道："那一个养育这孩子的幸运的人，不知什么样的幸福充满了他的胸怀！"在这里，他见到了被他拒绝、遗弃的沙恭达罗。他表示悔恨之情和忏悔之意，善良、宽容、温柔的沙恭达罗原谅了他过去的无情无义。摩哩遮仙人对他们说明，是由于仙人达罗婆娑诅咒的力量，使豆扇陀忘记了自己的妻子沙恭达罗，才发生了沙恭达罗遭拒绝的事情，等到见到戒指，诅咒的力量才消失。沙恭达罗和豆扇陀知道了缘由，冰释前嫌，一家团圆。豆扇陀来到净修林，通过回归自然，实现了与妻儿的团圆。

沙恭达罗是自然的象征，豆扇陀与沙恭达罗结合已经是文明人与自然人的结合，具有城市文明与森林文明相融合的象征意义。豆扇陀与沙恭达罗破镜重圆，和好如初，具有更深层的象征意义。已经脱离自然，走上城市文明的人类，如果心中有对自然的爱，真心悔悟，忏悔自己对自然的疏离和伤害，仍然可以返回自然，实现与自然的团圆。当然，也许是诗人感到人类回归自然的梦想在现实中很难实现，只能用仙境来寄托。作品中豆扇陀与沙恭达罗团圆在仙境，是诗人理想的表现。

作者迦梨陀娑性喜自然，他作品经常以表现自然之美和人与自然和谐关系为主题，其中的人物和故事大多与森林有关，戏剧《沙恭达罗》就是其中的代表。然而迦梨陀娑的身份是宫廷诗人，是典型的城市文明人，而且是为王族服务的文化人。他的职责是维护王权，歌颂王族武士们安邦治国的功业。在当时城市文明和森林文明的冲突中，他应该站在城市文明一边。然而，他的作品却更多地表现了对林居者的尊重和对林居生活的向往。作为宫廷诗人的迦梨陀娑，虽然性喜自然，却久在樊笼里，不得返自然。他只能通过自己的创作来表达心曲，表现理想。于是在他笔下，国王常常怀着谦恭之心走进净修林。在其长篇叙事诗《罗怙世系》中，国王迪利波为求子来到极裕仙人的净修林，谦恭地侍奉仙人的如意神牛。戏剧《沙恭达罗》中，国王豆扇陀也是怀着敬畏和谦恭进入仙人的净修林。国王们去往净修林向仙人致敬，不仅从仙人那儿获得教益，也使心灵获得宁静。可见，在森林文明与城市文明冲突的时代，诗人迦梨陀娑的理想是调和两种文明。作品中他突出强调沙恭达罗的净修女身份，努力让国王豆扇陀爱上这位净修女，而且极力渲染他们之间爱情的真挚与热烈，就是通过爱情理想表达社会理想。作为城市文明代表的豆扇陀和作为森林文明代表的沙恭达罗的爱情虽然曲折，但有情人终成眷属，有了完美的结局，象征两种文明的融合虽然艰难，但终究能够实现。森林文明与城市文明融合的理想不仅是总体情节结构的象征，而且在作品中有鲜明具体的体现，比如沙恭达罗离别净修林时对干婆仙人说："父亲呀！我什么时候再能看到净修林啊？"干婆回答说：

孩子呀！

长时间身为大地的皇后，
给豆扇陀生一个儿子，勇武无敌。
把国家的沉重的担子交付给他，
再跟你的丈夫回到这清静的净修林里。[①]

这样的融合不仅是诗人的个人理想，而且是印度民族的集体智慧。印度古代文化经典中阐述的人生四个阶段（梵行期、家居期、林居期和遁世期）和人生四大目的（法、利、欲、解脱），[②] 都是森林文明与城市文明结合的产物，是出世文化与入世文化融汇的结晶。

人类原始时代主要生活在森林中，以采集和狩猎为主要生产方式，这样的森林文明基于丰富的自然资源和相对较少的人口，以及人们简单淳朴的生活。进入城市文明之后，阶级差距拉大，人们互相攀比，互相争斗，贪心不足，欲壑难填。城市化是人与自然关系异化的开始，人与自然关系的异化带动了人与人之间、个人与自我之间矛盾的激化和深化，导致各种社会矛盾和心理问题。历代思想家和诗人面对这样的异化现象，往往怀念已经逝去的森林文明，怀念人类童年时代的摇篮，试图通过返回自然、返璞归真来解决人类面临的道德和社会问题。迦梨陀娑生活在森林文明衰落城市文明发展的时代，对这种异化现象有深刻的认识和切身的体验，其代表作《沙恭达罗》就是这样一部试图返回自然弥合裂缝的作品。当今世界，随着工业文明的发展，人与自然、人与人、人的心灵与自我的裂缝越来越大。如何解决矛盾？只有回归自然。通过回归自然，不仅人与其他生物之间的裂缝得以弥合，而且人与人之间、人的心灵与自我之间，以及人类不同文明之间的裂缝，也会不同程度地得到弥合。这是我们今天重读《沙恭达罗》这部印度古代文学经典所得到的启示。

---

① ［印］迦梨陀娑：《沙恭达罗》，第 61 页。

② 所谓梵行期即青少年时代接受教育的时期，一般是进入净修林跟随老师学习；家居期即学习阶段完成后回家，娶妻生子，成家立业，履行世俗的人生职责；林居期是进入老年后将家业交给已经成年的儿子，自己到森林中隐居；遁世期即完全脱离世俗生活，追求解脱。所谓法即正法，音译达摩或达磨，包括宗教教义、哲学真理、伦理道德和人生职责；利即世俗的利益；欲指人的七情六欲；解脱作为终极的目的，一般是指摆脱了现实世界的束缚，到达宗教的彼岸。具体到婆罗门教印度教，解脱即实现梵我同一、人神结合。

第六章

生态文明视阈中的泰戈尔

生态主义是20世纪后期在西方兴起的后现代社会文化思潮之一。这种针对工业文明和现代性的后现代思潮又与前现代的尤其是东方文明中的生态智慧有着深刻的内在联系。印度是一个富有生态智慧的民族，佛教、婆罗门教—印度教、耆那教等印度传统宗教都有丰富的生态思想，这些都在印度文学经典中表现出来。罗宾德拉纳特·泰戈尔（Rabindranath Tagore，1861-1941）继承并发展了印度文明的生态主义基因，对人与自然的关系问题有深刻独到的认识，对现代工业文明进行了深刻的批判，对人类的诗意生存满怀希望并深入思考。挖掘梳理泰戈尔思想和创作中的生态智慧，不仅有助于进一步理解泰戈尔其人其文，而且有助于认识和思考当下人类面临的生态问题，促进后现代的生态文明建设。

第一节　自然诗与自然观

一

热爱自然，珍惜生命，是生态主义伦理观的核心；自然美的追求和表现，则是生态主义诗学的重要内容。泰戈尔对自然之美有着深刻独到的感受，他曾经自述："几乎从幼年时代开始，我对大自然的美就有深刻的感受，我有与林木和彩云为伴的亲密感情，感受到空气中季节变化的音乐弹奏的曲调。"① 在为自己的诗集写的序言中，他讲到自己与自然的内在契合："比起眼前的景物，更多的景物以丰富多彩的形态进入心灵的内

① Tagore，R. *The Religion of an Artist*，Calcutta：Visva-Bharati Bookshop，1953. p. 7.

宅。”[①] 他认为美就存在于自然之中，在一篇文章中写道：“你瞧，那美在树林里漫步，在榕树的阴凉里吹笛。”[②] 正是这样的与自然的内在契合和对自然美的深刻感受，使他在创作中不断追求自然美，发现和表现自然之美。

尽管在小说和散文创作中也不乏自然书写，但泰戈尔以诗人著称，其自然诗更是脍炙人口，最能体现诗人的自然情怀。泰戈尔 70 多年的创作历程中，每个时期都有写自然的名篇佳作。前期（1875—1900）发表的《暮歌集》《晨歌集》《画与歌集》《刚与柔集》《心灵集》《金色船集》《大河集》《缤纷集》《收获集》《微思集》《幻想集》《刹那集》等诗集中，有相当多的以自然景物为歌咏对象的诗篇。如《晨歌集》中的名篇《清泉从梦中苏醒》（又译《瀑布的觉醒》），写的是在黑暗的岩穴中沉睡多年的泉水，一旦苏醒，“再也无法抑制心头的愿望和激情”，发出吼声，四处蹦跳，翻过群山，不断奔腾；它向往广阔的大海，为此它要冲破黑暗的牢笼。诗人以奇特的想象，写出了山泉的澎湃气势，也表现了诗人的豪迈激情。《金色船集》中的《咏海》《大地》等，都是篇幅较长且很有分量的自然诗。在《咏海》一诗中，诗人将大海视为陆地的母亲，写道：

啊，大海，洪荒时代的母亲！
你生育的陆地
是你怀里惟一的娇女。
为了她，你眼里没有一丝睡意。[③]

《收获集》是自然诗人泰戈尔的重要收获，其中的作品大多创作于 1896 年。此时他负责管理家族田产，住在乡村，密切接触大自然，对自然有直接的观察和体验。诗集中的作品大部分都散发着泥土的气息，其中直接描写自然的作品也有十余首，如《赠礼》《大地》《草》《玛纳斯圣湖》等，诗人最喜爱的两种自然景象树木与河流，在这部诗集中都有充分的表现。《收获集》收入了《森林和王国》《致文明》《森林》《净修

① ［印］泰戈尔：《金色船集·序》，见《泰戈尔全集》第 2 卷，第 4 页。
② ［印］泰戈尔：《生命——心灵》，见《泰戈尔全集》第 19 卷，第 456 页。
③ ［印］泰戈尔：《咏海》，白开元译，见《泰戈尔全集》第 2 卷，第 58 页。

林》等与森林有关的诗篇，其中《森林》一诗表现了对宁静而又丰厚的森林的热爱和对印度传统林居生活的神往，诗人写道：

啊，苍翠、秀丽、宁静的森林，
你是古老的宅邸，容人类栖身。
你不像僵立、沉闷的宫殿——
日新月异，你清秀的容颜，
生命、爱情、意蕴使你朝气蓬勃。
你赐予凉阴，赐予果实、花朵，
你赐予服饰，赐予床榻、自由。①

《收获集》中描写河流的诗歌更多，如《正午》《黎明》《渡船》《伯德玛河》《河中航行》《伊查穆迪河》等，其中《伯德玛河》最有代表性。伯德玛河又译“莲花河”是印度最大的河流——恒河的下游流经孟加拉的一段。泰戈尔家祖传的几个田庄就在离加尔各答数百里的伯德玛河边。1891—1900年的十年间，诗人泰戈尔承担了管理田庄的责任，一度住在这里。他喜欢住在泊在河边的一条船上，与伯德玛河朝夕相伴，欣赏她的寥廓与空寂。诗人写道：

啊，伯德玛河，我与你相遇。
为各种事情找我的许多人，
不知道我和你心心相印，
不知道我为什么如情人赴幽会，
黄昏来到安置沙榻的幽静的河湄。
当你那些多情的鸳鸯，
在沼泽戏闹后沉入梦乡，
当你东岸沉静的村庄里，
一幢幢农舍的大门关闭，
两岸没有一个人探听到
你和我唱什么歌谣。

① ［印］泰戈尔：《森林》，白开元译，见《泰戈尔全集》第2卷，第318页。

秋季、夏季、冬季、雨季，
僻静处我与你千百次相遇。[①]

作品不仅写出了伯德玛河的自然景象，而且表现了诗人与伯德玛河的亲密关系，以及诗人对伯德玛河的迷恋和喜爱。

1901—1919 年是泰戈尔诗歌创作的高峰期，出版了《祭品集》《怀念集》《儿童集》《献祭集》《渡口集》《献歌集》《吉檀迦利》《歌之花环集》《妙曲集》《鸿雁集》《逃遁集》等重要诗集，其中都有表现自然之美的诗篇。如《渡口集》中的《流云》，描写天上的流云“漫无目的，随风漂泊”，是“天的谜，天的梦”；它们在不同的季节被不同的画笔加以涂改，随心所欲；它们“一边漫游，一边吟哦，无缘无故粲然一笑”。[②] 作品写出了流云变动不居的特点，也表现了诗人对自由自在的生活的向往。《鸿雁集》中的《鸿雁》写出了鸿雁向往远方，不懈追求的精神。在暮色苍茫中，诗人听到一声雁啼，看到鸿雁鼓翼飞翔，感到这双翼带来的信息惊扰了世界，促发了剧变，诗人自己也受到了感染：

于是群山想变为维沙克月漫游的行云；
林木欲挣脱泥土的囚禁，
展翅高飞，尾随鸿鸣，
盲目地探寻苍天的止境。
啊，鸿雁，你四海飘零，
打破黄昏的痴梦，
勾起别情的波浪，
滚滚涌向远方。
宇宙的心房里回荡着你热烈的心曲：
“不是这儿，不是这儿，而是遥远的地方。”
……
我听见我胸中，
有一只弃巢的鸟，
与无数别的鸟禽一道

① ［印］泰戈尔：《伯德玛河》，白开元译，见《泰戈尔全集》第 2 卷，第 332—333 页。
② ［印］泰戈尔：《流云》，白开元译，见《泰戈尔全集》第 3 卷，第 488—489 页。

日夜飞渡生疏的河岸，
穿过光明与黑暗。
虚缈宇宙的翅膀在歌唱：
“不是这儿，不是这儿，而是悠远的地方。”①

与其他时段相比，本时期泰戈尔纯粹的自然诗相对较少，更多的是与儿童诗、政治诗和颂神诗结合在一起的自然诗。《儿童集》是为孩子们创作的诗歌，其中大部分由诗人自己译成英文，并增加了一些后来的作品，于1913年以《新月集》为题出版。其中《七朵金花七个兄弟》写树林中的花朵像亲兄弟一样作伴游戏；《一道回去的朋友》写星星和月亮在黎明时分太阳出来之前一道离开，诗人写道：“那弯弯的月儿是黑夜最后的笑颜，那不过是对过去欢乐时光的怀念。星星他们走得很快，不知道去了哪儿——弯弯的月儿落在后面，迈不了那么快的步子。”② 另外《冬天》《告别冬天》《花的历史》《老榕树》等，都是典型的自然诗。这些诗以儿童的眼睛观察，以儿童的心理想象，读来别有情趣。1905年，印度兴起了反对殖民当局分割孟加拉的民族运动，泰戈尔通过创作表现爱国思想的诗歌和歌曲激发群众的爱国激情，成为运动的领导者之一。在此前后，泰戈尔创作了大量的政治抒情诗，许多作品饱含着对祖国大好河山的赞美和对宇宙自然的热爱。这方面的代表作是《金色的孟加拉》，诗中写道：

金色的孟加拉，我爱你！
你的碧空，你的和风，
永远在我心里吹奏横笛。
呵，母亲，
你春天的芒果花香使我陶醉，
呵，母亲，
你丰熟的田野，
我看见洋溢着甜蜜的笑意。③

① ［印］泰戈尔：《鸿雁》，白开元译，见《泰戈尔全集》第4卷，第496—498页。
② ［印］泰戈尔：《一道回去的朋友》，白开元译，见《泰戈尔全集》第3卷，第319页。
③ ［印］泰戈尔：《金色的孟加拉》，白开元译，见《泰戈尔全集》第8卷，第407页。

这首诗歌被独立后的孟加拉国选为国歌，另外一首政治抒情诗《印度的主宰》，在印度独立后成为印度国歌。这样的诗歌可以说是政治诗与自然诗的结合。泰戈尔中期创作了大量的具有神秘主义色彩的宗教抒情诗，但在大量的颂神诗中融入了自然美的追求，形成颂神诗与自然诗相结合的独特风格。如《献歌集》是奉献给神的诗歌，其中第 38 首写道：

秋天闯入我心扉的
　是哪一位贵客？
心儿开始弹唱，
唱一支动听的赞歌。
蓝天无声的细语，
黎明带露的欣喜，
　传出心儿的弦索。
赞歌中热情洋溢，
融入水稻的金色谣曲；
那赞歌的袅袅余音
　飘过小河涨满的碧波。
怀着难抑的激动，
凝望着来者的面容。
心儿，出门远游吧，
跟随这突然来到的客人！①

这位客人显然是诗人心目中的神，然而诗人不仅在表现过程中结合了秋天的景色，而且他要跟这位突然来到的客人出门远游，一方面是对神的向往，另一方面也可以理解为受到秋天的自然美景的吸引。这样的诗显然是颂神诗与自然诗的结合。

后期（1920—1941）诗人进一步走向生活、走向世界，诗歌创作以政治抒情诗为主，但仍不乏自然书写。这时期出版诗集 20 余部，主要有《童年的湿婆集》《普尔比集》《书简集》《随感集》《森林之声集》《穆胡亚集》《总结集》《再次集》《非洲集》《边沿集》《新生集》《生辰集》

① ［印］泰戈尔：《远游》，白开元译，见《孟加拉母亲——印度诗选》，人民文学出版社 1988 年版，第 24 页。

等，其中都有咏自然的诗篇。特别是《森林之声集》，算得上是泰戈尔自然诗创作的高峰。该诗集出版于1931年，共收诗14首，其中大部分以林木为表现对象。在世界各民族文学中，印度文学对森林情有独钟。在古代印度，诗人就特别关注森林，文学作品的场景常常与森林有关，主要人物经常活动在森林。这样的森林书写在印度文学中源远流长。早在产生于公元前15世纪的《梨俱吠陀》中，就已经有关于森林的描写，其中有一首《森林》，以拟神的方式描写了森林的生命活力和丰富蕴藏。其后，两大史诗进一步丰富了印度文学的森林书写。大诗人迦梨陀娑又将森林书写推向高峰，他的代表性作品，如《云使》《鸠摩罗出世》《沙恭达罗》《优哩婆湿》等，都有引人入胜的森林书写。热爱森林，表现森林，成为印度文学的一种传统。泰戈尔继承了这样的森林文学传统，在前期诗集《收获集》中就有一组与森林有关的诗篇，中期创作中直接或间接写到森林的作品也有许多。《森林之声集》可以说是泰戈尔森林书写的集大成。他在诗集的序言中说："它们的语言，是生物界的原始语言，其暗示渗入心灵深处，震撼千百年被遗忘了的历史；在心中激起的反响，也属森林的语言范畴——没有清晰的意思，然而，期间吟唱着一个个时代。"① 正是这样，泰戈尔的《森林之声集》可以看作《梨俱吠陀》中的颂诗《森林》的现代回响，越过重重叠叠的历史长河，是印度人世世代代森林情结的不断释放。诗人在《芒果园》一诗的引言中说："这首暮年之作，抒写了我与芒果树的友情。芒果树的请柬，早年递入我常常惊讶的幼小心灵。这份请柬今天好像又送来了，带着土壤的音乐，带着阳光照耀的碧草的气息。"可见这部诗集不仅接续了印度文学森林书写的传统，而且表现了诗人自己的树木情结。因为有这样的情结，他能在树木身上感受到清新和永恒。诗人写道：

你绽放的千万种语言的鲜花
是人间的千古绝句，
哦，芒果园。
哦，你是天空的知音，带走吧，
带走大地深藏的

① ［印］泰戈尔：《森林之声集·序》，白开元译，见《泰戈尔全集》第5卷，第367页。

离别的哀怨。①

二

泰戈尔是一位钟情自然的诗人，自然的神奇、山水的情趣、田园的温馨，在他的诗歌中都有充分的表现。其中既有一些单纯描写自然现象、表现自然美的纯粹的自然诗，也有一些与儿童诗、爱情诗、颂神诗、哲理诗、政治诗等结合在一起的自然诗。二者虽然各有特点，但都表现了诗人对自然的热爱以及诗人独特的自然观。

仁者乐山，智者乐水，诗人泰戈尔对水情有独钟。他的作品中常常写到江河湖海、泉池泽潭、云雨雪露等与水有关的物象，其中河流是他最钟情的自然景象，也是他诗歌的重要意象。泰戈尔生活的每一个阶段都有河流相伴，他每个时期的诗歌创作中也都少不了对河流的吟颂。上文提到早期创作的《清泉从梦中苏醒》，写的是山泉喷涌形成的山涧瀑布，是河流的一种。《收获集》中描写歌咏的众多河流，都是他生活中的伙伴。早期诗人还创作了以恒河为描写对象的长诗《大河》，这是一首为小学生创作的儿童诗，将大河从雪山发源，经过觉醒，冲破阻拦，走出山区，流向平原，奔向大海的过程进行了生动形象的描述，语言通俗朴素，生动活泼。1932 年，诗人又创作了一首长诗《古巴伊河》。古巴伊河是圣地尼克坦国际大学附近的一条小河。诗人晚年定居圣地尼克坦，面对居所旁边长相厮守的清秀宁静的小古巴伊河，他又思念起当年热爱的伯德玛河（莲花河），不由地将两者进行对比：这两条河的性格气质颇为不同，诗人表现了对她们的不同感觉和不同态度。莲花河表现得高傲、冷漠、目空一切、无情，又不乏庄严、高贵、广阔、寂寥；古巴伊河表现得质朴、大方、欢快、嬉笑，又有些苗条、清瘦、贫乏。如果说前者象一个名门闺秀，后者就象一个小家碧玉。就诗人的态度和倾向来看，他似乎更喜欢小古巴伊河。虽然诗人青年时期也曾经热恋过出身名门的莲花河，但她的坏脾气给诗人留下了不好的印象。在他管理田庄的时候，有一年夏季发生水灾，佃户们处境悲惨，他曾经为减免佃户的田赋而奔走。所以在本诗中出现在莲花河岸边的是“倾颓的茅舍”“蓝靛园的断垣”以及“木麻黄日夜

① ［印］泰戈尔：《芒果园》，白开元译，见《泰戈尔全集》第 5 卷，第 376—377 页。

地在废园中低语”，而且“整个村庄颤抖地站着，畏惧这无情的河水”。古巴伊河则不同，诗人写道：

> 我有小古巴伊河作我的芳邻。她没有世家的门第。她的质朴的名字是和无数年代的山达尔村妇的喧笑杂谈混在一起的。
>
> 在她和这村庄的亲近之中，土地和水并没有不睦的裂痕，她很容易地把此岸的言语传给彼岸。亚麻开花的田地和稻秧一样和她随便接触。
>
> 当道路到了她水边忽然转折的时候，她大方地让行人跨过她的清澈潺潺的水流。
>
> 她的谈吐是小家的谈吐，不是学者的语言。她的律调和土地和水是同宗的，她的流水对于大地上的黄绿的财富毫不怀妒。
>
> 她在光明的阴影中穿掠的体态是苗条翩婉的，她拍着手轻轻跳跃。
>
> 在雨天她的手脚就变野了，像村姑们喝醉了麻胡酒一样，但即使在她放纵的时候，她也从不冲破或是淹没了她的近岸；只在她嘻笑奔走的时候以她裙子戏弄的舞旋扫着岸边。
>
> 在中秋她的水变清了，她的水流变瘦了，显露出水底沙粒的苍白的闪光。她的贫乏并没有使她羞愧，因为她的财富不是自大，她的贫困也不小气。
>
> 在不同的心情中，他们带着自己的美德，就像一个女孩子有时珠围翠绕地舞蹈着，有时静坐着眼藏倦意，唇含慵笑。①

诗人笔下的古巴伊河非常平易，与村庄亲近，与庄稼和睦，偶尔放纵却从不泛滥。即便她有贫乏的缺点，诗人也为她进行辩护，认为“她的贫困也不小气”。诗人赋予河水以灵性，表现它们不同的性格和精神气质，同时也融入诗人自己的人格。

除了河流之外，诗人还非常喜欢树木。早期《收获集》中的森林组诗已经表现出诗人的森林情结。中期创作的《榕树》以诗人家中的一株大榕树为题材。儿时的泰戈尔整天面对榕树，有过无数的遐想，中年的诗

① ［印］泰戈尔：《诗选》第94首，谢冰心译，见《泰戈尔诗选》，人民文学出版社1994年版，第126—128页。

人再见榕树，回忆起儿时生活，写下这样一首诗：

喂，你站在池边的蓬头的榕树，你可曾忘记了那小小的孩子，就象那在你枝上筑巢又离开了你的鸟儿似的孩子？

你不记得他怎样坐在窗内，诧异地望着你深入地下的纠缠的树根么？

妇人们常到池边，汲了满罐的水去，你的大黑影便在水面上摇动，好像睡着的人挣扎着要醒来似的。

日光在微波上跳舞，好像不停不息的小梭在织着金色的花毡。

两只鸭子挨着芦苇，在芦苇影子上游来游去，孩子静静地坐在那里想着。

他想做风，吹过你的萧萧的枝杈；想做你的影子，在水面上，随了日光而俱长；想做一只鸟儿，栖息在你的最高枝上；想做那两只鸭，在芦苇与阴影中间游来游去。①

这是一幅静态的池边遐思图，诗人以儿童独特的心理和想象表现出人与自然的和谐关系。诗人晚年出版的《森林之声集》中大部分都是歌颂树木的诗，如《森林颂》《雪松》《芒果园》《库尔基树》《娑罗树》《椰子树》《植树节》等。他在诗集的序中写道："这些树木，是世界这位游方僧的单弦琴，它们的骨髓里，回荡着质朴的乐音，它们的枝叶，以相同的节拍跳舞。当我们凝神屏息，以心魂谛听，解脱的信息，便袅袅飘入我们的心田。……我们在鲜花、果实、叶片中看到湿婆狂舞的快乐的韵律；从中品尝到解脱的滋味，听到全世界生命与生命那种自由而纯洁的聚会的消息。"② 长诗《森林颂》是《森林之声集》的开篇，全面深刻地体现了诗集的主题，是泰戈尔自然诗的代表作。全诗共有 4 节。第一节有 8 行诗，写太阳呼唤生命，森林响应太阳的呼唤，"昂首第一个对太阳礼赞"，由此说明森林是地球上元初生命的代表。诗人想象非常奇特，表现也非常生动。第二节有 14 行诗，描写作为生命代表的森林，乘坐"簇新的车辇"，跨越死亡的城门，经过一个个新建的驿站，向"无极"的圣地前进。诗人将森林视为地球生命的旗帜，在生命与死亡的斗争中，森林象征

① ［印］泰戈尔：《榕树》，郑振铎译，见《泰戈尔诗选》，第 421 页。
② ［印］泰戈尔：《森林之声集 · 序》，白开元译，见《泰戈尔全集》第 5 卷，第 367 页。

着生命的胜利，象征着生命对世界的征服。第三节有28行诗，写森林作为生命的象征，在世界上不断征服不断开拓，诗中写道：

泥土的英姿勃勃的儿子啊，
你宣布在沙漠的坚固城堡
进行拯救土壤的战斗；你四出征战，
泅游冲破苍海的万顷波涛，
以勇不可挡的气势，在五大洲
空漠荒凉的海滨建立绿色王朝；
你用绿叶的字母在层层山岩
和粗陋的沙砾上书写了胜利文告；
你软化土坷垃；在杳无人迹的
荒原开辟了前进的大道。

在诗人笔下，森林不仅开拓了生命的疆域，而且不断地进行美的创造。森林以自己的枝条“营造原始歌巢”，清风以森林的乐音的色彩涂染自己的肢体，在冷清寂寞的太空“映上歌曲的七色彩虹”；在广袤无际的原野上，森林“运用从太阳带来的想象力”，“首次绘画美的形象”；在雨季来临之时，森林又“以花叶之杯”承接甘霖，用以“滋润干旱的田野”。因此，森林不仅是美的创造者，也是生命的哺育者。第四节有34行诗。如果说前面三节表现的都是纯自然的森林，森林是外在于人的自然存在物，那么，第四节表现的是与人类有着密切关系的森林，诗人写道：

啊，安静肃穆的森林，
你审慎地掩饰着你的豪气，
耐心地显示富于力量的娴静；
来到你的道院，我接受“恬静”的教育，
谛听缄默的伟大秘语。

接下来，诗人描写森林的形象气质和性格特征，进一步关注森林对人类的恩惠：

啊，光照的食用者，
你千百个世纪勤挤光牛的乳汁，
把营养注入人的骨髓，
使他们得以征服天地。
你赐予他们最高的荣誉——
敢与神明抗衡的气魄。

在诗人看来，森林挤来“光牛的乳汁”，又把营养注入人的骨髓，使人类有了强大的力量，可以“征服天地”，“敢与神明抗衡”，战胜重重困难，创造各种人间奇迹。具有多重气质的森林，能够使人朝气蓬勃，可以让人精神抖擞，也可以使人心平气和。最后，诗人进一步以森林为平台作形而上的思考，把森林看作人类的朋友，是人与神沟通的使者。[①] 在印度古代神话传说中，正是在森林里，人类与大神的化身黑天相遇，应和着他的美妙笛声载歌载舞。总之，这首森林颂歌既表现了作为自然存在的森林的生命力和创造力，也表现了作为人类和各种生物的滋养者的森林的伟大和神奇，又进一步表现了作为一种生活方式象征的森林的深沉和神秘。印度素有“森林文明”之称，泰戈尔这首《森林颂》可以说是森林文明的结晶。

如果说纯粹的自然诗主要表现了诗人泰戈尔对自然美的热爱和欣赏，那么，与儿童诗、爱情诗、颂神诗、哲理诗相结合的自然诗，则进一步表现了诗人的自然观。《新月集》中《花的学校》想象花孩子们原来被关在教室里，雨季到来时他们放假了，都冲了出来。接着又想象他们的家是在天上，他们扬起手臂是在扑向自己的妈妈。这既是儿童诗，又是自然诗，是以儿童的眼睛观察自然，以儿童的想象表现自然之美。《吉檀迦利》第60首写孩子们在海滨游戏，他们不会撒网，只寻觅游戏用的空贝壳；他们不搜求珍宝，只收集石子又把它们丢弃。这里既没有功利的羁绊，也没有清规戒律的束缚，只有自然的陶醉和自由想象的愉悦。《园丁集》第17首写的是一个男子对一位名叫软遮那的女子的爱情，但诗中并没有写他们如何幽会，如何缠绵，而是通过自然事物之间和谐的共鸣，来表现两人之间的关系：

---

① ［印］泰戈尔：《森林颂》，白开元译，见《泰戈尔全集》第5卷，第369—372页。

在我们树里做窝的蜜蜂，飞到他们林中去采蜜。
从他们渡头阶上流来的落花，飘到我们洗澡的池塘里。
到她家去的那条曲巷，春天充满了芒果的花香。
他们亚麻子收成的时候，我们地里的苎麻正在开放。
他们房上微笑的星辰，送给我们以同样的闪亮。
在他们水槽里满溢的雨水，也使我们的迦昙树林喜乐。①

这里的一切是那么和谐，自然与自然之间，自然与人之间，人与人之间都存在一种天然的和谐，这种和谐又进一步表现了两颗心的契合。在这里，诗人一方面借自然的和谐以表现爱情的甜蜜，另一方面又借爱情的纯真来表现自然的无邪。和谐是诗人泰戈尔的审美理想。这种和谐美体现于自然本身，更体现在人与自然的关系和人与人的关系之中。泰戈尔以宗教神秘主义诗人著称，但他在大量的颂神诗中融入了自然美的追求，形成颂神诗与自然诗相结合的独特风格。泰戈尔的神是无处不在的，首先存在于美丽的大自然中。诗人不断在大自然中寻找神的踪迹，在他看来，自然界的一切无不是神的显现和化身，因此对神的热爱和歌颂，就成了对自然美的热爱和歌颂。这一类的诗在《吉檀迦利》中占很大比重。如第 48 首写诗人在大自然中寻找神，最初因匆匆赶路顾不上欣赏自然之美，当然神也没有找到。但当他在草地上休息，把自己完全交给大自然的时候，神却来到了他的身边。《吉檀迦利》第 69 首写道：

就是这股生命的泉水，日夜流穿我的血管，也流穿过世界，又应节地跳舞。

就是这同一的生命，从大地的尘土里快乐地伸放出无数片的芳草，迸发出繁花密叶的波纹。

就是这同一的生命，在潮汐里摇动着生和死的大海的摇篮。②

这是一首给神的献歌，表现的是关于生命的哲理，既是颂神诗，又是哲理诗，还是自然诗，因为其中表现了人与自然一体的生命意识。

---

① ［印］泰戈尔：《园丁集》第 17 首，谢冰心译，见《泰戈尔诗选》，第 446 页。
② ［印］泰戈尔：《吉檀迦利》第 69 首，谢冰心译，见《泰戈尔诗选》，第 344 页。

三

泰戈尔不仅有大量的自然诗，而且有深刻独到的自然观。人与自然关系是人类始终面对的根本问题之一，也是生态主义关注的核心问题。人与自然对立，人通过征服自然改造世界，从而实现自我，这是工业文明的基本特点和核心价值观。前现代的特别是东方传统的农业文明与此相反，比较强调人与自然的亲缘关系，从而成为生态主义的源泉。生态文明应该在反思工业文明人与自然对立关系、借鉴东方传统文明人与自然亲缘关系的基础上，形成全新的人与自然关系。在这方面，泰戈尔的自然观可以给我们一些启示。

早在青年时代，泰戈尔就有对人与自然亲缘关系的体验，他在一封信中说："我自己的意识，似乎流过每一片草叶，每一条吮吸着的根，和树液一道穿过树干向上升，在翻着波浪的稻田里，在沙沙作响的棕榈树叶上，欢乐地颤栗着迸发出来。我感到，我非得表达出我与大地的血缘关系和我对她的亲属之爱不可。"[①] 这样的对人与自然亲缘关系的认识和体验是对印度传统生态文明传承的结果。印度素有"森林文明"之称，其文化与文学经典都渗透了自然生态思想。吠陀经典是人类上古原生态文明的产物，蕴含着丰富的生态智慧。吠陀中自然现象的拟人与拟神化是建立在万物有灵思想基础上的人与自然和谐统一整体观的表现。这样的有机整体观可以看作人类原生态主义。《奥义书》"梵我同一"思想是对吠陀整体生态主义的提炼和升华。佛经以"相依缘起"说明世间万物包括人的存在，以"众生平等"的自然伦理看待所有生命，以"无情有性"表明自然环境的精神意义，以"轮回转生"解释生命的循环和互相联系，都具有生态主义的思想元素。从文学的角度看，印度两大史诗对人与自然、人与人、人与神关系都有深刻的富有生态智慧的表现。大诗人迦梨陀娑继承并发展了印度文学与文化的自然生态思想，其代表作《沙恭达罗》中女主人公与净修林中的鸟兽草木依依惜别，并非只是一种表现手法，而是人与自然和谐的生态主义世界观的表现。泰戈尔对印度文明的生态主义传统有充分而深刻的认识。1912 年至 1913 年他在美国哈佛大学等地发表的宗教哲学演讲集《人生的亲证》，主要意图是向西方人介绍印度传统文化，

---

① ［印］泰戈尔：《孟加拉掠影》，刘建译，上海译文出版社 1985 年版，第 74 页。

其中第一章题为《个人与宇宙的关系》，主要论述了人与自然、个人与宇宙的和谐统一关系，并强调这是印度文化的特点。他指出："在印度，我们的文明发源于森林，因此也就带有这个发源地及其周围环境的鲜明特征。……古代印度居住在森林中的圣人们的目标就是努力去体悟这种人的精神与世界精神的大一统。"① 他认为："人与自然的这种根本的统一关系不仅是印度人的一种哲学猜想，而且在感情上和行动上体验这种和谐已经成为印度人的人生目的。"② 他称赞："印度倡导人要充分地认识、全身心地感受人与周围事物间的最密切的关系，应该向朝阳、向流水、向硕果累累的大地致敬，把这一切都当作一个怀抱着它们的活生生的真理的具体体现。"③ 在题为《诗人的宗教》演讲中，他不仅指出印度传统文化中人与自然、个人与宇宙的和谐统一观，而且进一步强调这种文化基因在文学创作中的表现："他们与世界的完美的关系是融洽一致的关系。这一被古代印度的林中居民竭力鼓吹的完美理想贯穿于我们古典文学的心脏，目前依然在我们的心中占首要地位。"④ 可见泰戈尔是自觉地继承和发展印度古代文化与文学的生态主义传统的。

然而，如果仅仅停留于人与自然亲缘关系的认识和体验，则既没有超越东方传统的农业文明，也没有超越西方浪漫主义诗人的思想境界。随着人类社会的发展，人与自然关系越来越复杂，简单的二元对立和一元和合都不能真正说明问题。在这方面，泰戈尔有其独特的视角和独到的思考。

首先，泰戈尔特别强调自然的精神意义而不是其知识意义。自然的知识意义主要表现为力量，即知识给我们以征服自然的力量，认识自然是为了改造自然；而其精神意义在于快乐。他指出："一个对世界认识程度仅仅停留在科学所达到的地步的人，永远也不会理解一个精神之眼打开的人对这些自然现象的认识。水不仅能够清洁人的肢体，还能净化心灵，因为它能直接接触到灵魂；土地也不仅能够支持人的身体，还能给他的心带来快乐，因为它的接触不仅是表面感受到的，它是一种生机的表现。"⑤ 基于此，泰戈尔把世界分为科学的世界和人格的世界。人格的人即精神的

① ［印］泰戈尔：《正确地认识人生》，刘竞良译，见《泰戈尔全集》第19卷，第5—6页。

② ［印］泰戈尔：《正确地认识人生》，刘竞良译，见《泰戈尔全集》第19卷，第7页。

③ ［印］泰戈尔：《正确地认识人生》，刘竞良译，见《泰戈尔全集》第19卷，第8页。

④ ［印］泰戈尔：《诗人的宗教》，冯金辛译，见《泰戈尔全集》第21卷，第221页。

⑤ ［印］泰戈尔：《正确地认识人生》，刘竞良译，见《泰戈尔全集》第19卷，第8页。

人，所谓人格的世界，就是精神世界。在题为《人的宗教》的演讲中，他进一步指出：“我证悟的第一阶段，是由于我对大自然的亲密无间的感觉而实现的——这里所谓的大自然，并不是对我们的心灵开启其信息渠道并与我们的活生生的肉体有着物质关系的那个大自然，而是以各种表现满足我们的人格需要的那个大自然。”① 可见，在泰戈尔那里，人与自然的亲缘关系不是一种科学的认识关系，而是一种精神的联系，或者说，是一种审美关系。这样的人与自然的审美关系是与利用自然、征服自然的人类中心主义相对立的。在演讲《什么是艺术》中，艺术家对世界说：“我看见了你，我爱上你并且了解了你，——不是我对你有什么需求，不是我为了达到我自己的权力的目的而掌握和利用你的规律。我知道那些行动、驱动并导致权势的力量，然而不是这些。我看见你，在你就是我的地方。”② 由此可见，泰戈尔主张艺术家应该热爱自然，与自然融为一体，而不是利用或征服自然。在创作中，他常常将自然的优美与现实的丑恶相对照，将自然的超脱与现实事务的功利相对照，从而表现自己对自然的热爱，并在自然美中获得慰藉、摆脱烦恼。在散文《生命——心灵》中，诗人说：“我躯壳里的生命，在纷乱的愁思中混浊了。要观瞻生命的纯洁面目，必须面对芳草，面对榕树。”③ 《吉檀迦利》第 60 首④写一群孩子在海滨聚会游戏，他们用沙子盖屋，把枯叶编成小船，收集了石子又丢弃，毫无功利之心；另一个场景是一些成年人，有的撒网捕鱼，有的潜水采珠，有的在海上航行经商，其行为都是为了获取功利。风暴来临，船舶破碎，逐利者葬身大海，而孩子们仍然自由自在地游戏。这首诗的内容主要是儿童自由自在的游戏与成人追名逐利的劳作之间的对比，也是对待自然的不同态度的对比，表现了诗人生态主义的自然观：热爱自然，以自然为伴，而不是利用甚至掠夺自然。这就是自然的精神意义之所在。

其次，泰戈尔认为自然并非完全客观的实在，而是随着人类社会的发展而不断“人化”。他指出：“人日复一日地运用自己的心灵，对世界施加影响，使自己的心与物质世界相协调。世界是由人的感情联系起来的，也就是由人的社会装饰起来的。随着人的个性的成熟，大千世界的精神成

① ［印］泰戈尔：《人的宗教》，刘建译，见《泰戈尔全集》第 20 卷，第 250 页。

② Tagore，R. *Personality*. London：Macmilan，1917. p. 22.

③ 泰戈尔：《生命——心灵》，见《泰戈尔全集》第 19 卷，第 455 页。

④ 原题《海滨》，选自《儿童集》，又见于英文诗集《新月集》，郑振铎译为《海边》。

熟程度也日新月异地变化和增长。原始人眼中的大自然，如今对我们来说已不复存在。自然进入我们的感情越深，我们心灵的成熟广度和深度也就越大。"① 泰戈尔用他自己独特的"人格"概念将人与自然联系在一起。人格是从人的主体性出发的一个诗学和哲学概念，然而，在泰戈尔看来，人格既不是人与生俱来的，也不是人所独有的，而是与他所生存的世界和环境共生共存的，他指出："由于我们的爱和恨、欢乐与痛苦、恐惧与惊疑不断作用于它，这个世界成为我们人格的一部分。它随着我们的成长而成长，随着我们的变化而变化。"② 人的主体性和人与世界不可分割的联系是一对矛盾，没有主体性的人完全依附于外部世界和自然权威，当然不利于人的生存和发展，然而过分强调人的主体性，强调人与自然的对立，强调人对世界的征服，必然导致人类生存基础的破坏。在这方面，泰戈尔发现了人的主体性与其外部世界的辩证关系："我们看到，人格的觉醒始于与其他所有事物的分离，又在与所有事物的统一中达到顶点。"③ 这既是就个体人格而言，也可以从人类整体人格与自然界的关系方面来理解，因为，如上所述，人与自然的关系是随着人类自身的发展不断发展的。

再次，在人与自然关系问题上，泰戈尔始终坚持人的主体性，这是对印度传统自然中心主义的超越。"梵我同一"的世界观是印度文化中人与自然统一观的哲学基础，其中的"梵"是具有自然属性的宇宙本体。"梵我同一"是说梵无处不在，每个个体的我都体现了梵；"我"的本质是梵，最终目标是回归于梵。近年来随着生态批评的兴起，学者们对中国传统的天人合一思想和印度传统的梵我同一思想大加赞赏，岂不知传统的天人合一与梵我同一都是人合于天，而非天合于人，其中的人没有主体性，合一的结果就是人的自我主体性的丧失。黑格尔曾经指出："在东方诸宗教中，只有一个实体是真实的，个人是与绝对的存在者相对立的，而只能保持住自己，其自身无法获得任何价值。只有当个人与这个实体合而为一，它才有真正的价值。但与实体合而为一时，个人就停止其为主体。与此相反，在希腊的宗教和基督教中，主体知道自身是自由的。"④ 黑格尔是欧洲中心论者，对东方文化不无偏见，但他的这一观点是深刻的。这种

① ［印］泰戈尔：《文学的意义》，倪培耕译，见《泰戈尔全集》第22卷，第290页。

② Tagore, R. "What is Art?" in *Personality*, p. 14.

③ Tagore, R. "The Second Birth," in *Personality*, p. 97.

④ ［德］黑格尔：《哲学史讲演录》第一卷，贺麟等译，商务印书馆1959年版，第117页。

泯灭自我的天人合一或梵我同一限制了人的主观能动性的发挥，使人产生对自然本体的依附性，以及对天命的依赖和顺从。泰戈尔继承传统又超越传统，他对以泯灭自我为特征的“梵我同一”世界观持否定态度。他的题为《人生的亲证》的系列演讲的第六章题为《在行动中彻悟》，其中批判了印度传统宗教对自我灵魂的压制，指出：“我们必须确信，正如我们在行动中实现自我一样，我们也在自我中实现了他，他就是自我的自我。”① 这里的“他”是神、是梵、是个人自我之外的自然本体。在这里，泰戈尔强调了人的自我的主动性和主体地位。他启示我们，现代生态文明所追求的天人合一，应该是在确立人的主体地位基础上的天人合一。

第二节　现代性批判与和谐美追求

作为后现代社会文化思潮的生态主义具有解构意义，其出发点是颠覆以征服自然为特点的现代工业文明和以人为中心的现代文化理念，以及二者相互作用而形成的物质中心、科技中心、人类中心等思维定势和价值追求，在此基础上，追求人与自然、人与人、人与自我的和谐。泰戈尔既有对工业文明和现代性的批判与解构，又有人类诗意生存的期盼及人与世界整体和谐的追求，与现代生态主义非常契合。

一

在以工业文明为基础的现代化的发展过程中，许多思想家和文学家表现出了忧患意识和批判精神，泰戈尔就是其中的一个。他们对现代化的忧虑和批判与生态主义对现代性的解构是在同一向度上进行的。泰戈尔对现代工业文明的忧虑和批判首先在他的创作中表现出来。发表于 1926 年的《红夹竹桃》（又译《南迪妮》）是泰戈尔象征剧代表作之一。作品写一个堆满财富的雅克夏城（即财富之城），挖金矿的工人被编成号码，从事着机械的劳动，精神麻木。一位美丽的姑娘南迪妮的到来，给死气沉沉的雅克夏城带来生机活力。总督害怕矿工觉醒，阴谋镇压，激起反抗。由于人们对作品的象征意义颇有争议，泰戈尔自己在《曼彻斯特卫报》上发表了一封公开信进行解释，其中说道：“今天，另一种因素在形成和指导

① ［印］泰戈尔：《正确地认识人生》，刘竞良译，见《泰戈尔全集》第 19 卷，第 74 页。

人类的命运中占据了极其重要的地位，这就是组织的精神。这种精神的特征不是社会性的，而是功利性的……在我们相互的交往中，她给予我们的印象就是怀着一种无穷的好奇心去分析和探索，然而却没有同情心去理解的巨大力量；他伸出无数的手臂去胁迫和夺取，但是却没有安详的心灵去体会和欣赏……如果一个被欧洲之可怕的魔影所吞并的大陆上的诗人，将一个现在是如此强有力地占有着由东方人所组成的广大世界之想象的幻影，在戏剧的诸人物中置于显要的地位，这是不会引起任何人的惊奇的。”① 可见泰戈尔是有意识地对高度组织化的、强烈功利性的现代工业文明进行批判的。另外在《摩克多塔拉》《时代之旅》等戏剧作品中，也有类似的表现。

泰戈尔在他的系列演讲中对现代社会的组织体系和文化元素也作了多方面的批判。他在《什么是艺术》中指出：“人的社会世界像是一些模糊不清的星系，主要由诸如社会、国家、民族、商业、政治和战争等名目的抽象物的迷雾所构成。在它们的浓重的迷乱中，人被遮蔽了，真理被玷污了。一个关于战争的模糊观念使我们看不见无数的苦难，遮蔽了我们的真实意识。只要这战争的迷雾被澄清片刻，民族的观念就要对无数骇人听闻的罪恶负责。社会的观念已经创造了无数的奴役形式，我们之所以能够容忍它，是因为它已经扼杀了我们的人格的人的真实意识。以宗教的名义所造的孽，穷尽地狱的资源也不足以惩罚，因为它用自己的教义和信条做成了大量的麻醉药膏，普遍施与有情人类。在人类世界的各个地方，至上人正遭受着由于抽象的欺诈造成的人类真实被扼杀的痛苦折磨。在我们的学校里，班级的观念遮蔽了学童这一真实；——他们成为学生而不是个人。因此，看到孩子们在他们的班级中的生活，像夹在书页中的花朵那样被压碎，我们没有感到伤痛。在政府机关，官僚政治处理的是普遍规则而不是人。因此，它滥施淫威而不需任何代价。我们一旦将诸如‘适者生存’之类的科学格言奉为真理，它立刻将整个人类人格的世界转变成为单调的抽象物的沙漠。在那里，事物由于生命的神秘被剥夺而变得极为单调。”②

泰戈尔对西方工业文明的发展所带来的问题深感忧虑，进而认为这一文明出现了危机。在1924年访华期间发表的演讲中，他借用老子思想对

① 转引自［印］S. C. 圣笈多《泰戈尔评传》，董红钧译，湖南文艺出版社1984年版，第170—171页。

② Tagore, R. *Personality*. pp. 36-37.

现代社会进行批判，指出："老子曾经说过：'不知常，妄作，凶；……'舒适方便被追求着，物品成倍地增长着，永恒却黯然失色，感情被激起，邪恶乘胜前进，从一个大陆走向另一个大陆。它残害着人们，将生命之花——这一寓居于人性的圣殿之中的母亲之心的产物无情地践踏、碾碎。而我们却还被要求建立起一座座迎接这一死亡进军的凯旋门。让我们至少拒绝承认它的胜利吧，即使我们不能阻止它的前进。让我们去死，一如你们的老子所说的那样，却依然不朽。"① 这里，作者的忧虑达到了忧愤的程度。在《艺术家的宗教》中，他进一步指出："这个人类自己制造的世界，用它不和谐的喊叫和自鸣得意，在人身上打上了没有人迹的从而没有终极意义的宇宙规划的烙印。所有已经灭亡的伟大文明之所以灭亡都有其必然性，由于人性的错误表现，由于人对物质财富的依赖而寄生在由财富喂养的巨大介壳上；由于一种拒绝和否定一切的嘲弄精神，剥夺了我们在真理的道路上的谋生工具，这样的文明必然走向灭亡。"② 泰戈尔始终认为西方式的现代工业文明不能长久，临终之前还发表了题为《文明的危机》的文章作为诗人的遗嘱，认为现代文明已经陷入了深刻的危机，呼吁人们改弦更张，呼唤新的文明出现。在西方工业文明如日中天的当时，包括印度和中国在内的东方国家急于向西方学习，实现自己的工业化和现代化之梦，泰戈尔这样的思想也许太超前了，没有多少人能够理解，反而被看作落后和保守的表现，一直受到所谓进步人士的批判。

与同时代的西方现代主义文学从审美现代性出发对启蒙现代性的批判相呼应，泰戈尔对西方工业文明和现代性社会的批判也是基于对工具理性的否定。泰戈尔面对的时代，工业文明征服世界，科技主义浸透文化，唯利是图深入人心，工具理性登峰造极。他痛心疾首地指出："人们无时不在丧失他们的自由、他们的人性和他们的生命，以适应庞大的、机械的各种组织机构，包括科学的、政治的、经济的以及军事的组织机构。……正是科学的复仇女神主宰着，而不是屈从于人的精神。因为，纯粹科学的世界并不是一个现实的世界，而是一个由力量构成的、抽象的、不具人格的世界。"③ 泰戈尔打起"反科技主义"的旗帜，是出于对工具理性破坏人

① ［印］泰戈尔：《在中国的演讲集》，李南译，见《泰戈尔全集》第 20 卷，第 70 页。直接引老子语见《老子》第 16 章，最后一句间接引老子语"殁身不殆"，亦见《老子》第 16 章。

② Tagore, R. *The Religion of an Artist*, Calcutta: Visva-Bharati Bookshop, 1953. pp. 26-27.

③ ［印］泰戈尔：《在中国的演讲集》，李南译，见《泰戈尔全集》第 20 卷，第 35 页。

的诗性与诗意的忧虑。他认为现代社会高度机械化和高度组织化，使人的生活呆板无趣，人的人格发生扭曲，人性被异化，他在《艺术家的宗教》一文中指出："在当今时代，这种现象日益明显，人们花在获取生活资料上的时间，多于享受生活快乐的时间。事实上生活本身被生活资料变为次要，就像一个花园被埋在为建筑花园围墙而聚集的砖堆底下。由于对砖头和灰浆的癖好的增长，垃圾的王国占据统治地位，春天的日子变得渺茫，鲜花永远不会开放。"① 在演讲集《诗人的宗教》的《现代》一文中，他又进一步指出："在现代文明中——无数人为此被用做工具，人间关系也在很大程度上变成了功利主义——人是不完整地显示的。"② 这些都表现了对现代文明的基础——工具理性的深刻批判。科技和人文是人类理性的两大成果，所谓现代文明的弊端主要是科技主义的单兵突进，从而造成人文精神的萎缩或者缺失。泰戈尔的批判应该说是切中要害的。

泰戈尔与审美现代性相同的方面，已经表现出超越时代的思想意义，其不同之处，即泰戈尔批判的独特视角，更具有独特的思想价值。泰戈尔对工业文明和现代性的批判中表现出一定的生态意识。创作于 1932 年的戏剧《时代之旅》（又译《时代的车轮》）也是一个象征剧，一开始的场面颇有寓意，一位出家人说："今天有钱人的财富，已经像大象吃过的草料一样毫无价值。饥饿已经笼罩了丰收的鱼米之乡，财神坐在自己的宝库里绝食。你没有看到？吉祥女神的神罐已经百孔千疮，她的源源不断的祭品已经被沙漠吞食，今天没有任何果子出现。"③ 人们拼命地攫取财富，掠夺自然，导致沙漠化，没有了粮食和水果，所有的财富变得毫无价值，连财神也只能坐在自己的宝库里绝食。这正是诗人泰戈尔对破坏自然的工业文明和物欲横流的现代社会的忧虑，而他所关注的角度正是后来才引起人们重视的环境问题。在戏剧《摩克多塔拉》中，国王为了控制下游的人民，让工程师建造一座水闸把"自由的瀑布"闸住，同情人民的太子牺牲自己的生命将水闸破坏掉。这里既有政治方面的象征意义，也有环境方面的联想。

① Tagore, R. *The Religion of an Artist*, pp. 19-20.

② ［印］泰戈尔：《诗人的宗教》，冯金辛译，见《泰戈尔全集》第 21 卷，第 263 页。

③ ［印］泰戈尔：《时代之旅》，刘安武译，见《泰戈尔全集》第 18 卷，第 310 页。

二

生态主义以对现代工业文明及其思想基础启蒙理性的解构汇入了后现代解构主义的大潮。然而，正在发展中的生态主义不仅具有解构意义，而且具有建构意义，这是其与一般后现代主义哲学文化思潮的不同之处。在启蒙现代性基础上的现代化运动，对自然、环境、生命、精神的整体意义和价值或者忽视或者遮蔽，导致环境恶化和生态危机。现代生态主义就是试图从文化根源上深挖生态危机的基础，从而探索后工业与后现代的人类文明之路。泰戈尔用人格对治现代社会的贪欲人性和工具理性，用韵律对治高度组织化的现代社会的僵化和呆板，对建构性生态主义的发展具有启示意义。

"人诗意地栖居"是荷尔德林的诗句，海德格尔（Heidegger）作为演讲题目大加阐发。[①] 这样的境界是诗人的理想，也是生态主义者追求的目标。人如何才能诗意地生存，也是泰戈尔思考的问题。影响人诗意地生存的现代社会元素主要是物质主义为特征的贪欲人性和科技主义实用主义为代表的工具理性，泰戈尔试图用人格武器，对治贪欲人性和工具理性，探索人类诗意生存之道。人格（Personality）是泰戈尔哲学的重要范畴，也是其诗学的核心概念之一。1916 年，泰戈尔前往美国访问，先后发表了《什么是艺术》《人格的世界》《论再生》《我的学校》《论沉思》《论妇女》等演讲，并于第二年以《人格》为题结集出版。在这些演讲中，他以人格为中心阐述了自己的哲学、文艺、教育和社会思想。泰戈尔认为人格是人的精神本体和存在主体。他在《什么是艺术》的开篇就指出："在我身上还有另外一个人，不是肉体的人，而是人格的人。人格的人有自己的好恶，并且想要找到某种东西以满足自己爱的需求。超越权宜之计和实用目的，才能找到这个人格的人。"[②] 可见人格是相对于物质的和肉体的人而言的。在篇末，他又对人格作了这样的界定："不是他的肉体，也不是他的精神组织。那是更深层的统一性，那种他身上的终极的神秘，这种神秘从他的世界的中心向着他的周围放射；这种神秘在他的身体中，又超越他的身体；在他的心灵中，又超越他的心灵；这种神秘，通过那些属于

---

① ［德］海德格尔：《"……人诗意地栖居……"》，见孙周兴选编《海德格尔选集》，上海三联书店 1996 年版，第 463 页。

② Tagore, R. "What is Art?" in *Personality*, London: Macmilan, 1917. p. 4.

他的事物，表现这些事物中所没有的东西；这种神秘在占有了他的现在的同时，又冲破了他的过去和未来的堤岸。它就是人的人格。”① 由此可见，人格就是人的精神性本质的体现，是人的精神本体和存在主体。泰戈尔认为人格是艺术的表现对象，或者说，人格在艺术中得到充分的表现，而现代科学技术等工具理性则是反人格的。他在《什么是艺术》中将科学的世界与艺术的世界作了区分，认为“科学的世界不是一个真实的世界，而是一个抽象的力的世界。我们可以借助我们的智力利用它，但是不能借助我们的人格亲证它。……但是另外有一个世界对我们来说是真实的。我们看到它，感觉到它，我们用全部的感情对待它，它的神秘无穷无尽，因为我们不能分析它或测量它。……就是这样一个世界，科学对它厌严，艺术从中产生”。②

如果说工具理性的代表是科技，那么诗意生存的主要手段则是艺术。为了人类的诗意生存，泰戈尔对艺术家寄予厚望，指出：“艺术家应该提醒世界，通过表现真理我们走进真理。由于在这个人造的世界中人的创造的灵魂的表现少于为了某些权力目的的机械设计，因而它使自我变得冷酷麻木，以牺牲生命成长的微妙启示为代价换取熟练的技术。在其创造活动中，人的自然本性与他自己的生命和爱情相得益彰。然而由于其实用动机，人类向自然开战，将自然从自己的世界中驱逐，用自己野心的丑陋歪曲她，亵渎她。”③ 正是在这样的情况下，艺术家应该宣布自己对永恒的“是”的信念——说出：“我相信有理想翱翔并弥漫于大地之上，一个天堂的理想，它不是幻想的产物，而是万物在其中居留并运动的终极真实。”④ 如果说科技的对象是物质世界，那么艺术则和人类的人格有着深刻的内在联系。泰戈尔指出：“艺术通过美的象征，表明人类对世界的征服，在那没有声音和色彩的蛮荒之地涌现出来。艺术为人类提供旗帜，人类在这样的旗帜下前进，向愚昧和惰性开战，广泛地证实着他在神创造的世界中生存的权利。……人类人格的这种渗透是没有限度的，即使当今时代的市场和工厂，即使束缚孩子的学校和关押犯人的监狱，也会因艺术的触摸而变得柔和，失去它们与生命极为不和谐的特征。因此人类人格努力

① Tagore, R. “What is Art?” in *Personality*, London: Macmilan, 1917. p. 38.
② *Personality*, p. 4.
③ Tagore, R. *The Religion of an Artist*, p. 26.
④ Tagore, R. *The Religion of an Artist*, p. 27.

的一个方面就是将他所真正关心的一切都转化为具有人性的东西。艺术如同植被的扩展，表明人类在多大程度上为自己开垦了荒地。”[①] 在人类的生存和存在问题上，泰戈尔更关注人的人格和精神层面；在科技主义和物质主义占主导的现代社会，他更强调艺术对人类生存的意义，认为“建造人的这种真实世界——这真与美的活生生的世界——是艺术的功能”[②]。在批判了各种非人格的社会元素之后，他指出：“在这些大片的星云中，艺术正在创造着自己的星辰——那些星辰在形式方面是有限的，但在人格方面是无限的。艺术称我们为‘不朽者的孩子’，并宣告我们在天界居住的权利。”[③]

如果说泰戈尔用人格主义对治科技主义的抽象世界和工具理性，那么他主要用韵律来对治高度组织化的现代社会的僵化和呆板。韵律（rhythm）是泰戈尔哲学和诗学中一个非常独特、非常重要的范畴，是诗人兼音乐家和哲学家的泰戈尔的独创，体现了泰戈尔哲学诗学的个性特点。他在长期、丰富的艺术创作实践的基础上对艺术问题进行哲学的思考，提出“美在韵律”的美学思想。他在早期论文《美和文学》中说：“一方面是发展，另一方面是抗衡——美就产生在发展与抗衡的韵律之中。”[④] 在后期题为《艺术家的宗教》的论文中，他给韵律下了这样的定义：“什么是韵律？它是由和谐的限制产生和规定的旋律变化，是艺术家手中的创造力。”[⑤] 泰戈尔的“韵律”思想超越了诗歌形式的格律概念和音乐表现的旋律概念，被赋予丰富深刻的哲学美学意蕴，具有艺术本质的意义。从哲学本体论的角度看，韵律是自然万物的属性，是事物的结构和运动的表现，他在《艺术家的宗教》中指出：“就像道德家喜欢说的那样，生命是幻影，它存在又不存在。我们在其中发现的一切只是生命自我显现的韵律。岩石和矿物也一样，难道科学没有向我们展示这样的事实，一种元素和另一种元素的根本不同就在于韵律吗？”[⑥] 由此可见，韵律就是结构，就是运动，这是万事万物的固有属性。

在泰戈尔看来，韵律不仅是自然万物的属性，是自然的节律或内在的

---

① Tagore, R. *Personality*. pp. 28-29.

② Tagore, R. *Personality*. pp. 30-31.

③ Tagore, R. *Personality*. p. 37-38.

④ ［印］泰戈尔：《美和文学》，倪培耕译，见《泰戈尔全集》第22卷，第101页。

⑤ Tagore, R. *The Religion of an Artist*, Calcutta: Visva-Bharati Bookshop, 1953. p. 18

⑥ Tagore, R. *The Religion of an Artist*, p. 18

生命运动，更是人与自然、个人与宇宙的和谐统一关系的体现。正是通过韵律，世界万物、人类社会以及人与世界之间实现了整体和谐。在晚年创作的戏剧《时代之旅》中，代表时代发展进步的神车陷在泥里，不能行动，拉车的绳索也变得僵硬可怕。祭司念咒不能驱动神车，象征力量的武士和象征财富的大商人都无能为力，人们虔诚的献祭祈祷也不起作用，最后是一直被压在底层被人蔑视的一群首陀罗拉动了神车。诗人指出：他们驱动神车“不是凭身体的力量，而是凭韵律的力量”。这样的对韵律的倚重，对和谐的信念，表现了诗人泰戈尔对人类诗意地生存的理想。

在人类社会发展与自然生态平衡、人类的诗意生存的矛盾面前，泰戈尔对违背自然规律和人类本性的所谓发展持批判态度，但他并不是不要发展，而是主张有韵律的和谐的发展。他指出：“我们的文明也必须有其被动因素，宽广、深厚和稳定。它不应该仅仅增长而应该和谐地增长。它不能全部是音调，还必须要有节奏。这种节奏不是障碍，其作用如同河流的两岸。它们将河水导向既定的方向，否则河水就会迷失在茫茫的沼泽中。这是韵律，这种韵律不是阻碍世界的运动，而是引导其进入真与美。”① 后期，在题为《人的宗教》的演讲中，他又指出：“山松长得又高又大，但它的每一英寸都保持着内在平衡的韵律，因此，即使看起来生长过度，它仍拥有自我节制的优雅风度。”② 这里的韵律是指自然的节律或内在的生命运动，体现的是生命的奥秘。就人类文明而言，只要是有韵律的和谐的发展，即使发展得再快一些，表现得再强盛一些，也像高大的山松一样不失美感。

三

无论是人格主义还是韵律思想，体现的都是和谐精神。人与世界的整体和谐是泰戈尔批判现代西方文明的出发点和立足点，也是他的社会理想和审美追求。这是泰戈尔思想与现代生态主义的相通相契之处。

和谐是美学范畴之一，一般指事物结构合理、比例匀称、关系和睦、发展顺畅，由此给人以优美舒畅的感觉，谓之和谐。和谐是泰戈尔哲学的又一个关键词，代表了他的审美理想，体现了他的审美价值观。泰戈尔特别推崇印度传统文化中人与自然、个人与宇宙的和谐统一关系，形成了美

① Tagore，R. *Personality*. p. 173.

② Tagore，R. *The Religion of Man*. Boston：Beacon Press，1970. p. 155.

在和谐的美学思想。在《正确地认识人生》第七章《彻悟美》中，他指出了美与和谐的同一性："通过对真理的感觉，我们可以认识万物中的法则，通过美感，我们可以认识宇宙中的和谐。"① 在《诗人的宗教》中，他又强调："创造是完美的无穷理想和为它的实现而永远连绵这两者之间的永恒的和谐。"② 从这些论述中，我们可以概括出"和谐为美"的思想。泰戈尔所强调和追求的和谐不仅包括事物内部的和谐，包括人与物，即审美主体与审美对象的和谐，而且包括审美主体自身的内在和谐。泰戈尔认为诗人与科学家的不同就在于是否以和谐的眼光来看世界，"当我们以完整性看事物，我们将看到，在广阔的领域内声音应和着声音，线条重叠着线条，色彩调和着色彩。但是，科学从完整性中脱离出来，见到了集团之中的可怕格斗。这个事实是科学的真实，但它既不是诗人的真实，也不是诗祖的真实。"③ 所谓完整性就是结构的合理与关系的协调，体现的是和谐之美。他认为，在作家的创作过程中，艺术想象起着和谐的调节作用，指出："想象帮助我们把一些杂乱无章的事实统一在和谐的视觉中，进而为了完美的欢喜而将这种和谐转化为我们的艺术行为。"④ 在泰戈尔看来，现实中的事物常常是杂乱无章的，人性也具有二重性，存在着各种二元对立，艺术家的任务就是将这些矛盾对立加以协调，从而实现和谐。

泰戈尔和谐论不仅关注文学艺术内部诸要素的和谐，而且追求人与人、人与自然关系的和谐。这种和谐的基础就是爱。他指出："我们在自然中发现的被动的完美统一的展示是美，我们在精神世界中发现的主动的完美统一的展示是爱。这不是在比例的韵律中，而是在意志的韵律中。自由的意志必然要在其他自由的意志中寻求其和谐的实现，精神生活的意义就在于此。通过自由地表现自我放射其快乐人格的无限中心，必须创造其他的自由的中心，以便与其和谐地结合。美就是在被规律束缚的事物中实现的和谐。爱就是在自由的意志中实现的和谐。"⑤ 泰戈尔认为，爱是使一切达到和谐的妙方，因为一切存在的矛盾都能在爱中融化、消失。"我们有自己的意志自由，这种意志自由只有在他人意志的自由中才能找到自己真正的和谐。"因此，"我们的最高快乐在爱中，因为在那里，我们在

① ［印］泰戈尔：《正确地认识人生》，刘竞良译，见《泰戈尔全集》第 19 卷，第 79 页。
② ［印］泰戈尔：《诗人的宗教》，冯金辛译，见《泰戈尔全集》第 21 卷，第 203–204 页。
③ ［印］泰戈尔：《诗人的辩白》，倪培耕译，见《泰戈尔全集》第 22 卷，第 197 页。
④ Tagore，R. *The Religion of an Artist*. Calcutta：Visva-Bharati BookshoP，1953. P14.
⑤ Tagore，R. "The Second Birth." in *Personality*. p. 101.

他人身上实现了意志的自由。……在这样的爱中，我们的人格获得了它最高的实现。”[①] 也就是说，人的自由意志在爱中实现，在与他人的自由意志的统一中实现。这种以爱为中心的和谐不仅是诗人泰戈尔的诗学追求，也是他的人生追求，他在诗中写道：“主呀，当我的生之琴弦都已调得谐和时，你的手的一弹一奏，都可以发出爱的乐声来。”[②]

整体和谐来自于爱，包括人类之爱，也包括人对自然万物的爱。就自然本身而言，美在于不断发展变化的整体和谐。他在《美》一文中指出：“自然中有一种永恒的意愿将其引向一个个越来越完美的境界，到今天，它已经使自己变得井然有序。在这期间它不断地冲破旧平衡的束缚，一次又一次地获得新生。它不会使自己局限于某种局部范围的和谐，而总是冲破这种和谐而达到最大范围的和谐。……在这中间我们看到了美。”[③] 自然美不仅在于自然本身的和谐，而且在于人与自然的和谐。自然内部的和谐是天地造化，人与自然的和谐则是人的追求。泰戈尔对迦梨陀娑的戏剧《沙恭达罗》中人与自然和谐关系的表现赞赏有加，称赞“迦梨陀娑在自己的剧本中所描绘的大自然不是存在于外界，而是存在于沙恭达罗的心灵深处”。认为“在这个剧本里，人与自然的关系就犹如感情和理智的关系。这种不同凡响的矛盾统一，在印度之外的任何一个国家里是不可能、也不会见到的”[④]。只有认识并体验到这种和谐，我们才能诗意地生存，才能真正获得快乐，他指出：“对物质世界的和谐认识得越多，我们的生命就越能分享万事万物的快乐，我们在艺术上对美的表现也就越具有普遍性。随着对灵魂中和谐的认识，我们对快乐幸福的宇宙精神的认识也会普遍起来，我们在生活中对美的表现就会在善和爱中走向无限。”[⑤]

整体和谐不仅表现在人与自然的关系中，而且表现在人类文明因素的各个方面。泰戈尔所关注的理性与情感、科学与艺术、物质与精神、抽象与人格、西方与东方、人与自然、男人与女人等，都是人类文明元素的二元组合。上述二元的平衡是生态文明的要旨，而现代工业文明时代，总体上说，前者强势，后者弱势，这种失衡是造成生态危机的文化根源。泰戈尔以诗人的想象，对这种不平衡现象给予关注，而且把同情放在弱势一

① Tagore, R. “The Second Birth.” in *Personality*. pp . 99—100.
② ［印］泰戈尔：《飞鸟集》314，郑振铎译，见《泰戈尔诗选》，第 55 页。
③ ［印］泰戈尔：《美》，李缘山译，见《泰戈尔全集》第 22 卷，第 148 页。
④ ［印］泰戈尔：《〈沙恭达罗〉》，陈宗荣译，见《泰戈尔全集》第 22 卷，第 19 页。
⑤ 泰戈尔：《正确地认识人生》，刘竞良译，见《泰戈尔全集》第 19 卷，第 79 页。

边。在理性与情感问题上，他强调情感；在科学与艺术关系上，他推崇艺术；在物质与精神关系上，他鼓吹精神文明；在抽象与人格问题上，他张扬人格；在西方与东方关系上，他弘扬东方文化；在人与自然关系上，他崇尚自然；在男人与女人问题上，他赞美女性。在人类文化失衡的状态下，泰戈尔否强抬弱，不仅是出于同情弱者的诗人天性，而且抓住了人类文明危机的根本，具有深刻的生态意义。实际上，人类文明中的这些二元对立都是互相联系的，比如他在象征剧《红夹竹桃》中关于男人与女人的本性和作用的思考："假如，通过女人进行的那多姿多彩、富有情趣的生命创新，在男人的行动中扩展时受到阻碍，那么在男人的创造中，机器肯定占了主要地位。于是，男人创造的机器只会给人打击，给人痛苦，自己也受折磨。我这种观点反映在《红夹竹桃》话剧中。居住在药叉的宫殿的男人力量很大，从地下把金银财宝挖了出来。敛财的残酷和贪婪流放了那儿生命的甜美。在那里，人把自己缠入错综复杂的网中而与世隔绝。因此，他竟忘了，与金子相比，快乐的价值更高；忘了权势中间没有完美，只有在爱中才能获得完美。在把他人当作奴隶使唤的地方，人也把自己变成了囚犯。就在这时，那里女人出现了，仙女出现了。生命的活力冲击着机器；爱的激情开始撞击充满邪恶贪婪的牢笼。此时，在女人力量的隐秘的感染下，男人如何打破自己建造的牢笼，并让自己的生命之流自由奔腾，这在这部话剧中有详细的描述。"① 这里虽然诗人思考的焦点是男人和女人，但与他对工业文明和工具理性的批判是联系在一起的，与他对人类诗意生存的理想也是紧密联系的。对于文明发展中强势和弱势因素的转化，泰戈尔从老子那儿获得了启示，指出："由于权力的组织和生产的组织而使生活变得呆板、心肠变得冷酷。对于这一点，他道出了深刻的真理：'草木之生也柔脆，其死也枯槁。故坚强者死之徒，柔弱者生之徒。是以兵强则灭，木强则折。强大处下，柔弱处上。'"② 在老子看来，柔软是活生生的现象，僵硬则是死亡的标志。在泰戈尔看来，强大但是僵硬的现代西方文明已经走到尽头，行将灭亡；而表面柔弱但是富有活力的东方精神文明充满了生机，必将后来居上。泰戈尔关于东西方文明的观点有偏颇，对老子也有误读，但他的精神与老子是相通的，那就是法天贵真，

① 泰戈尔：《西行日记》，江锦成译，见《泰戈尔全集》第20卷，第131页。

② 泰戈尔：《在中国的演讲集》，李南译，见《泰戈尔全集》第20卷，第73页。所引老子语见《老子》第76章。

知常曰明，顺乎自然，这其中也蕴含着丰富的生态智慧。

我们正在进入后工业时代，后工业时代的后现代文明从不同的角度可以有不同的命名和解释，如信息社会、全球化时代等，生态文明则是从生态和环境的角度对后工业社会和后现代文明的一种期盼和追求。生态危机本质上是人类文明的危机、人性的危机、想象力的危机，必须从人类文明和人性等文化角度切入，才能从根本上解决这一世纪难题。生态主义也可以看作一种新人文主义，追求人与自然和谐、精神与物质并重、多元文化并存的整体生态文明应该是我们追求和建设的目标，以人与自然和谐为核心理念的生态主义应该是人类进入后工业社会和后现代文明的主导思想。基于此，泰戈尔立足于前现代文明对工业文明批判基础上的生态诉求，对于后现代的生态文明建设也有一定的借鉴意义。

第三节　中国演讲及有关论争反思

泰戈尔应邀于1924年春天到中国访问演讲，历时49天，发表演讲和公开讲话20余次。当时我国文化界围绕泰戈尔来华及演讲进行了热烈的讨论，有关争论涉及许多重大理论和现实问题，包括东方与西方、科学与人文、文明与发展等，因而不仅在当时影响很大，而且在中国近百年学术史上不断被提及，成为热门话题。进入21世纪后，世界格局和我国国情都发生了巨大的变化，这些问题依然存在，因此，有必要对泰戈尔演讲及有关争论作进一步的反思。

一　演讲内容

泰戈尔演讲和公开讲话的部分内容在当时的中国报刊发表，部分发表于印度《国际大学校报》和《国际大学季刊》。1925年，国际大学出版社将这些演讲和讲话进行分类整理，以 Talks in China（中译《在中国的演讲集》）为题出版。整理后的演讲集包括《自传》《致主人》《致学生》《致教师》《告别》《文明与发展》《真理》七个部分。

《自传》是诗人应听众请求讲述自己的成长经历、创作经验和宗教信仰。他认为自己是在印度近代三大运动——宗教改革运动、民族运动和文学革命运动——的影响下成长起来的，这使他能够在文学思想方面既有强烈的革新意识，又不追随西方潮流和印度的时尚。宗教信仰方面，他将自己的宗教称为“诗人的宗教”，这样的诗人宗教出自直观而不是出自知识，也就是说，他的宗教信仰不是依据教义教规，而是根据自己的感受、体验和想象。

《致主人》是诗人在各地举行的欢迎仪式上的讲话。主要内容一是说明自己访华的目的是为了架起中印友谊的桥梁；二是盛赞中印传统友谊；三是高度评价中国文化；四是讨论东西方文化关系，主张东西方互相学习；五是呼吁东方的觉醒和东方文化的复兴；六是对中国出现的西化现象表示忧虑。

《致学生》是对青年学生发表的讲话。其内容一是说明自己由于热爱自由和自然而逃离课堂，他为此感到庆幸；二是揭示现代社会人与机器的矛盾、科学技术与人文精神的矛盾，希望崇尚道德和牺牲精神的人类新时代在东方出现；三是希望青年们怀抱理想，继承优秀的民族传统文化，拒绝实利主义的影响。

《致教师》主要阐述诗人自己的教育思想。由于小时候的经历，诗人对刻板的现代学校教育深恶痛绝，他决心建立一所能够让孩子们享有最大限度自由的学校。虽然由于体制的原因，诗人不能完全按照自己的意图行事，但他确实营造出一种自由与自然的氛围，体现自己的教育理想。然后，他进一步阐述了自己的国际大学的使命，即在充满纷争和仇恨的世界实现一切民族精神统一的理想。

《文明与发展》是泰戈尔在中国作的正式演讲之一，他认为文明应该是真理的表达方式，强调文明是对真善美的追求，而不是欲望的满足。在泰戈尔看来，“文明”的内涵是精神的而不是物质的，真正的文明是对道德的追求，对人生职责的履行，他指出：“当他们返回家中，真正理解了他们的大师老子在进行教诲时所说的‘有德司契，无德司彻’这句话时，他们就会明白‘文明’一词的含义了。在这句格言中，他仅用几个词就表达了我试图在这篇文章中所要说明的意思。并非与一种内在的理想相关，而是与一种外在的诱惑相联的发展，追求的是满足我们无止境的要求。而那身为一种理想的文明，却给予我们履行我们职责的力量和欢乐。”① 在泰戈尔看来，现代社会高度机械化和高度组织化，使人的生活呆板无趣，人的人格发生扭曲，人性被异化，他指出：“由于权力的组织

① ［印］泰戈尔：《在中国的演讲集》，李南译，见《泰戈尔全集》第20卷，第73页。

和生产的组织而使生活变得呆板、心肠变得冷酷。”他引用《老子》说明这种现象不可能长久：“对于这一点，他道出了深刻的真理：‘草木之生也柔脆，其死也枯槁。故坚强者死之徒，柔弱者生之徒。是以兵强则灭，木强则折。强大处下，柔弱处上。’”① 在老子看来，柔软是活生生的现象，僵硬则是死亡的标志。在泰戈尔看来，强大但是僵硬的西方物质文明已经走到尽头，行将灭亡；而表面柔弱但是富有活力的东方精神文明充满了生机，必将后来居上。在演讲的最后，诗人以老子的“不道早已”，说明不合人性的、与神的创造不和谐的现代西方文明不会长久。

《真理》也是泰戈尔在中国做的正式演讲之一。诗人先从东方文化的停滞谈起：“我们的头脑已变得厌倦了产生新的思想，我们的生活停止了进行新的实验。因此由于缺乏实践，我们已失去了观念意识的平衡。”同时，诗人也反对盲目模仿西方：“东方的年轻一代，沉醉在来自西方的烈酒中，同样也变得步态趔趄了。”② 诗人认为世界是变动不居的，人生应该具有反叛性。东方的缺点是过分守静，以至于显得死气沉沉。他认为西方对于东方的作用在于激发，而被激发被惊醒之后，东方应该寻找自己的理想，走自己的路，而不是模仿西方，他指出：“当僵死的习俗是对我们自己往昔生活的抄袭时，模仿就会是对他国人民的抄袭。二者皆为‘非真实’的奴隶。”③ 最后，诗人呼吁：“让东方的觉醒激励着我们自觉地去发现我们自己的文明中的本质和普遍的意义。”④

《告别》有两部分，是分别在北京和上海发表的告别演讲。第一部分，诗人首先表达了依依惜别的心情，转达了印度人民对中印友好的期望，缅怀那些为中印友好开辟道路的古代圣贤。然后，诗人为自己未能与中国人民亲密接触、充分交流而感到遗憾。在高度赞扬先贤的献身精神的同时，诗人对现代社会的浮躁、肤浅和循规蹈矩造成人与人之间的冷漠感到无奈。诗人表达了与中国朋友相处的愉快，同时邀请中国朋友访问国际大学，以共同促进人类精神统一的理想。第二部分，诗人首先表示自己因为被期望过高而感到不安，认为自己只是个诗人，不愿意被看作哲学家和先知。在表达友好感情和美好回忆的同时，诗人对在中国受到的批评也作

---

① 《泰戈尔全集》第 20 卷，第 73 页。
② 《泰戈尔全集》第 20 卷，第 74—75 页。
③ 《泰戈尔全集》第 20 卷，第 81 页。
④ 《泰戈尔全集》第 20 卷，第 82 页。

了回应："你们有些爱国者害怕，我从印度带来了传染性的病毒，从而会削弱你们正勃然而兴的对于金钱与实利主义的信仰。我向那些感到如此恐慌的人保证，我是完全无害的。我无力损害他们在事业发展上的飞黄腾达，无力阻止他们争先恐后地拥入市场去出卖他们所不相信的灵魂。"①

二　东方与西方

围绕泰戈尔来华及其演讲，争论的焦点是东西方文化问题。在国际讲坛上，泰戈尔以反对西方物质文明、提倡东方精神文明著称，他访华的主要目的也是宣扬他的东方精神文明论。他到中国的当天便对东方通讯社记者发表了这样的谈话："余此次来华讲演，其目的在希望亚细亚文化、东洋思想复活。现在亚细亚青年迎合欧美文化。然大战以来，竟暴露人类相食之丑态，西洋文明濒于破产。人类救济之要谛，仍在东洋思想复活之旗帜下，由日本、中国、印度三大国民，坚相提携。"② 这个谈话定下了他访华演讲的基调。在演讲中，他对现代西方文明及其在全世界的扩张表示了强烈的反感，说道："在过去的一百五十年间，地球上的有教养的民族放弃了他们对于生活中的精神完美的信念。他们注定要灭亡。而当在东方的我们被他们的成功的魔力所迷惑而羡慕不已时，我们必须懂得，我们所看到的西方地平线上的骇人红光并不是晨曦中的朝霞，也不是新生的火焰，而是欲念的大火灾。"③ 他认为东方应该从昏睡中觉醒，但觉醒之后应该走自己的路，而不是追随西方，他指出："西方所产生的只适合于西方，因为是那里土生土长的。而我们东方人并不能够借用西方人的头脑或者西方人的性格。我们想要找到我们自己与生俱有的权利。"④

19 世纪后期以来，面对西方文化的强力冲击，东方文化何去何从，成为东方知识分子关注的焦点。泰戈尔在国际国内讲坛围绕东西方文化问题发表了许多演讲。我国五四运动前后，东西文化之争在知识界也持续不断。因此，泰戈尔的文化观自然受到中国文化界的关注。在泰戈尔访华之前，中国已经发生了两轮东西方文化论争。1915 年陈独秀和杜亚泉围绕东西文化孰优孰劣展开讨论，拉开了论战的帷幕，1919 年后转为新旧文

① 《泰戈尔全集》第 20 卷，第 61 页。
② 《晨报》1924 年 4 月 13 日。
③ 《泰戈尔全集》第 20 卷，第 31 页。
④ 《泰戈尔全集》第 20 卷，第 32—33 页。

化之争，由比较东西发展到探讨新旧。进入20年代，出现了更为复杂的局面。世界大战的悲剧打破了西方文化无比优越的神话，中国应走什么道路的问题重新成为热门话题，东西文化之争再度兴起。1921年梁漱溟发表《东西文化及其哲学》，他将世界文化分为三种主要类型，一是中国文化，二是印度文化，三是西方文化，认为印度文化过于老成，西方文化过于激进，而以儒家为代表的中国文化比较适中。梁漱溟的《东西文化及其哲学》成为中国新儒学的第一部代表作，也成为新一轮东西方文化之争的导火索。在这样的背景下，泰戈尔访华并发表提倡东方文化的演讲，自然会引发争议。

对泰戈尔的文化观表示赞同和支持的代表人物是梁启超。他和泰戈尔是同代人，都经历了19世纪以来东方的沦落之苦，都是社会改良的倡导者和活动家，都曾到西方学习或游历过，在感到西方强大力量的同时，也发现了其物质主义的弊端，并以东方人的视野将这种弊端夸大。在他们看来，以物质追求为中心的西方文明已经破产，要靠东方的精神文明来拯救。在此基础上他们都主张东西文明结合。梁启超在其《欧游心影录》中指出，中国人的责任就是“拿西洋的文明来扩充我们的文明，又拿我们文明去补助西洋的文明，叫他合起来成一种新文明”①。他为欢迎泰戈尔访华而发表了题为《印度与中国文化之亲属关系》的演讲，对泰戈尔访华演讲表示了热烈的欢迎和期待。

对泰戈尔持批判态度的主要是一些左翼人士。泰戈尔来华之前，1921年9月，愈之（即胡愈之）就在《东方杂志》发表了《台莪尔与东西文化之批判》一文，以介绍反对派观点的方式，就泰戈尔在欧洲演讲中的东西文化观进行批判，认为泰戈尔及其所秉持的印度哲学都不过是空想和梦幻，与西方的严格遵守现实法则的实证科学相比显得非常幼稚，这种思想“在西方人看来，自然是一种奇观，但是可惜除了‘奇观’之外，再也没有什么价值了”。他们反对泰戈尔的东西方文化融合论，认为作为西方文化源头的希腊文化和作为东方文化代表的印度文化“是根本不相容的”，“西方人要采用印度文化，则必须放弃希腊精神。总之，非雅典则孟买，二者实不可得而兼。”因此，即使西方文化有缺点，也不可能用东方文化来补救。② 这与英国著名作家吉卜林（Kipling）“东方永远是东方，

① 梁启超：《梁启超哲学思想论文选》，北京大学出版社1984年版，第284页。

② 愈之：《台莪尔与东西文化之批判》，《东方杂志》第18卷第17号。

西方永远是西方”的观点异曲同工，其思想基础都是文化相对主义。

陈独秀围绕泰戈尔访华演讲发表了十几篇文章，他用阶级分析的方法批判泰戈尔的泛爱主义，指出，“‘爱’，自然是人类的福音，但在资本帝国主义未推倒之前，我们不知道泰戈尔有何方法可以实现他‘用爱来调和人类’这个志愿。”① 他用社会形态演进的历史唯物论批判泰戈尔的东方文化论，认为东方现有的文化现象“西方以前也曾经历过，并不是东方所特有的什么好东西”，称泰戈尔“提倡东洋思想亚细亚固有文化之复活”为“放莠言乱我思想界”。②

沈泽民也反对泰戈尔关于东西方文化的划分，指出：“以为西洋的文明和印度的文明是发展的两极，而不是一线发展中的两个阶段。犯这种错误的人不止泰戈尔一个。……所谓西洋文明，本来没有这件东西。我们抱唯物史观的见解的人，只认识一则是已进步了的机器工业生产国，一则是落后的手工业生产国。两两相遇，优胜劣败。”③ 这是典型的文化普遍主义思想，认为文化有优劣之分，有先进落后之别，先进的优秀的文化必然取代落后的劣等的文化。

在东西方文化方面持调和观点的是郭沫若。他认同泰戈尔关于东西方文化的划分和对东西方文化特点的概括，但对他的文化取向持批判态度，指出：“在西洋过于趋向动态而迷失本源的时候，泰戈尔先生的森林哲学大可为他们救济的福音。但在我们久沉湎于死寂的东方民族，我们的起死回生之剂却不在此而在彼。”④

关于东西方文化的论争已经持续了一百多年，至今也没有达成共识，仍然有全盘西化和民族文化复兴的不同取向。这种争论也许还会持续一百年，因为东西方的差异是客观存在的，只要这种差异存在，就会有不同的倾向和文化取向。泰戈尔的“东方文化论”一方面有文化民族主义的因素。当时印度文化处于弱势，有被西方文化淹没的危险。印度近代启蒙运动同时也称为文化复兴运动，许多启蒙思想家打起了复古的旗号，提出“回到吠陀去”的口号，其特点是复古与革新相结合，启蒙与救亡相结合。因此，泰戈尔的文化民族主义在当时有合理性。另一方面，泰戈尔也

① 陈独秀：《陈独秀文章选编》（中），生活·读书·新知三联书店 1984 年版，第 471 页。

② 陈独秀：《陈独秀文章选编》（中），第 455—456 页。

③ 泽民：《泰戈尔与中国青年》，载《中国青年》第 27 期。

④ 郭沫若：《泰戈尔来华的我见》，见《郭沫若全集》文学编第 15 卷，人民文学出版社 1990 年版，第 271 页。

有文化世界主义的思考，因为他认为西方文化出现了危机，需要东方文化来拯救。另外还有文化生态问题。近代以来，西方文化强势扩张，消灭了许多弱势文化，如美洲的玛雅文化，非洲的土著文化等，亚洲许多民族在西方列强长期殖民统治和文化入侵之下，也失去了文化独立性，人类文化多样性受到严重威胁。这种现象和趋势是非常可怕的。如同生物多样性是维持生态平衡的重要条件一样，文化多样性也是文化生态平衡的重要条件。正是多元文化的互动互补推动人类文明不断前进，如果世界上只剩下一种文化，那么人类文化将很难健康发展。

三　科学与人文

围绕泰戈尔来华及其演讲，争论的焦点是东西方文化问题。然而泰戈尔不是笼统地反对西方文化，而是反对西方文化中的物质主义，即所谓西方物质文明。物质文明有时又称为机器文明，泰戈尔在演讲中说："今天，人类的灵魂正被囚禁于机器巨人的地牢之中。"① 可见，物质文明是与机器紧密联系的，而机器又是科学技术的产物，因此，所谓西方物质文明实际上就是现代科技主义。当然，泰戈尔并非反对科学本身，而是反对科学的滥用，他指出："科学也是真理，它有自己的位置，它的位置应在医治病人当中，应在为生活提供更多的食物，使生活更为安逸当中。但是，当它助长强者压榨弱者，劫掠那些沉睡者时，就是在利用真理达到邪恶的目的。"②

与西方物质文明相对的是东方精神文明。在题为《真理》的演讲中，泰戈尔指出："伟大的文明不论在西方还是东方都曾一度繁荣过。因为它们一直在为人类生产着精神食粮，它们将生命根植于对理想的信仰中，同时这种信仰又是创造性的。"③ 又说："我认为我们东方人的主要特点是，不过分看重通过占有优势而获得成功，却高度评价通过实现我们的'达摩'——我们的理想而获得自我实现。"④ 可见，所谓精神文明就是"达摩"，⑤ 就是道德、职责、真理与理想主义。正是在这个意义上，泰戈尔将精神与道德并提，其对立面是物质、智力与科学，他说道："今天，智

① 《泰戈尔全集》第20卷，第39页。

② 《泰戈尔全集》第20卷，第41页。

③ 《泰戈尔全集》第20卷，第76页。

④ 《泰戈尔全集》第20卷，第82页。

⑤ "达摩 dharma" 又译为"正法"，有道义、职责、真理等涵义。

力的巨大力量已经压倒了我们对于精神与道德力量的信仰。动物所具有的力量至少还与生活和谐一致，然而炸弹、毒气、杀人的轰炸机等由科学所提供的令人毛骨悚然的武器却并非如此。"① 可见，物质文明与精神文明之争，其实质是科学与人文之争，或者说是科技主义与人文主义之争。

在西方，从 19 世纪后期开始，随着实验科学和工程技术的发展，科学精神不断高涨，实证主义和实用主义哲学先后兴起，大行其道，而难以实证、缺乏实用价值的人文科学被冷落，人文精神受压抑。甚至在文学艺术领域也不得不顺应科学主义和实证主义思潮，兴起自然主义的创作思潮和实证主义的批评流派。这样的科学万能、科技至上的工具理性主义思潮也随着西学东渐影响东方各国。整个 20 世纪，在文化教育和社会实践领域都是科技至上，是典型的科学主义压倒人文主义的世纪。这种现象引起了思想者的忧虑。泰戈尔 1916 年在美国发表的题为《人格》的系列演讲，所针对的就是西方的科技主义和实证主义。他在演讲中进行了科学的世界与艺术的世界的划分，而且试图用艺术和人格对治工具理性的泛滥。他认为，现代文明是由国家、社会、民族、政治、经济、战争等名目的抽象物的迷雾组成的模糊不清的星云，其中"人被遮蔽了，真理被模糊了"。他说："我们一旦将诸如'适者生存'之类的科学格言奉为真理，它立刻将整个人类人格的世界转变成为单调的抽象物的沙漠。"② 8 年之后，经过一次世界大战的教训，泰戈尔反科技主义的立场更加坚定，因此，在中国的演讲中，他对科学压倒人文的现代文明作了进一步的批判："人们无时不在丧失他们的自由、他们的人性和他们的生命，以适应庞大的、机械的各种组织机构，包括科学的、政治的、经济的以及军事的组织机构。……正是科学的复仇女神主宰着，而不是屈从于人的精神。因为，纯粹科学的世界并不是一个现实的世界，而是一个由力量构成的、抽象的、不具人格的世界。"③ 可见，他批判科技主义的目的是提倡人格主义，张扬人文精神。

泰戈尔关于物质文明与精神文明的演讲在中国遭到猛烈的批判。陈独秀用唯物主义哲学批判泰戈尔对科学和物质文明的否定，说明"精神生

① 《泰戈尔全集》第 20 卷，第 41 页。

② Tagore，R. *Personality*，London：Macmilan，1917. pp. 36-37.

③ 《泰戈尔全集》第 20 卷，第 35 页。

活不能离开物质生活而存在”。[①] 他认为当时中国物质文明程度简直等于零，而提倡心灵思想文化的大有人在，“泰戈尔若要再加紧提倡，只有废去很少的轮船铁路，大家仍旧乘坐独木舟与一轮车。”[②] 沈泽民认为“东方精神文明论”同中国的国粹派一样“迷恋骸骨”，“这种思想若是传播开来，适足以助长今日中国守旧派的气焰，而是中国青年思想上的大敌!”[③] 泰戈尔在世界各地发表演讲的基本思想是一致的，其观点也时常引起争议，但都不像在中国反应如此激烈，原因主要是在泰戈尔访华前不久，中国文化界发生了科学与玄学的大论战。

1923 年 2 月 14 日，张君劢在清华大学作了题为《人生观》的演讲，认为人生观不同于科学有客观的是非标准，而是以自我为中心的。他列举了二者的主要区别，然后总结说：“人生观之特点所在，曰主观的，曰直觉的，曰综合的，曰自由意志的，曰单一性的。惟其有此五点，故科学无论如何发达，而人生观问题之解决，绝非科学所能为力，惟赖诸人类之自身而已。”[④] 张君劢演讲发表以后，清华大学教授、地质学家丁文江发表长文《玄学与科学——评张君劢的“人生观”》，予以批驳。他将张君劢的人生哲学斥为“玄学”，认为人生观不能同科学分家，人生观逃不出科学的范围。丁文江的文章发表以后，张君劢又撰长文《再论人生观与科学并答丁在君》，予以反击。由张君劢和丁文江肇始的科学与玄学论战很快波及整个文化界。梁启超、胡适、陈独秀等重量级人物也都以不同形式参战。梁启超先后发表了《关于玄学科学论战之“战时国际公法”——暂时局外中立人梁启超宣言》《人生观与科学——对于张丁论战的批评》等文章，他认为张君劢的自由意志论和丁文江的科学万能论都有问题，提出：“人生关涉理智方面的事项，绝对要用科学方法来解决，关涉情感方面的事项，绝对的超科学。”[⑤] 其观点貌似折中，实际上其根本立场属于玄学派。胡适于 5 月 11 日写成《孙行者与张君劢》，发表于《努力周报》，他把张君劢比做孙悟空，而把“赛先生（科学）和罗辑先生（逻辑）”比作如来佛；认为玄学纵有天大的本领，也跳不出科学的掌心。

---

① 陈独秀：《陈独秀文章选编》（中），第 402 页。

② 陈独秀：《陈独秀文章选编》（中），第 456 页。

③ 泽民：《泰戈尔与中国青年》，载《中国青年》第 27 期。

④ 张君劢：《人生观》，见黄克剑、吴小龙编：《张君劢集》，群言出版社 1993 年版，第 114 页。

⑤ 梁启超：《梁启超哲学思想论文选》，北京大学出版社 1984 年版，第 448 页。

后来他为论战文集《科学与人生观》作序，进一步认为，以科学之力，可以建立新的人生观，即科学的人生观。胡适显然属于科学派。1923年底，上海泰东书局和亚东图书馆分别出版了论战文集《人生观之论战》和《科学与人生观》。陈独秀和胡适分别为《科学与人生观》作序，胡适的序言中附有《答陈独秀先生》，对陈序提出商榷。陈独秀又作了《答适之》一文与之辩论。陈独秀旗帜鲜明地站在科学一边，然而他不仅批判玄学派唯心主义人生观，同时认为丁文江等人思想基础也是唯心主义，最后指出："我们相信只有客观的物质原因可以变动社会，可以解释历史，可以支配人生观，这便是'唯物的历史观'。"① 《人生观之论战》则请张君劢作序。两个论战文集的出版本意是标志论战结束，实际效果是将论战推向新的高潮。不仅科学派与玄学派论战双方都意犹未尽，而且以陈独秀为代表的早期共产党人的加入，标志论战的深化。

在这样的背景下泰戈尔来华演讲，批判物质主义和科技主义，客观上张了玄学派之声势。由于泰戈尔是应梁启超主持的讲学社之邀请来华访问的，而讲学社是玄学派的大本营，所以科学派认为玄学派有意请泰戈尔来助战，因而有组织地对他展开批判。据茅盾回忆："泰戈尔的访华，使当时的一部分知识分子十分激动，也引起了共产党的注意。中央认为，需要在报刊上写文章，表明我们对泰戈尔这次访华的态度和希望。"后来他们写文章批判泰戈尔，"是响应共产党对泰戈尔的评价，也是对于别有动机而邀请泰戈尔来中国'讲学'的学者、名流之反击。"② 周作人作为旁观者也在一篇文章中说："我觉得地主之谊的欢迎是应该的，如想借了他老先生的招牌来发售玄学便不正当，至于那些拥护科学的人群起反对，虽然其志可嘉，却也不免有点神经过敏了。"③ 由此可见，1924年春围绕泰戈尔及其演讲的论争，是1923年春天以来科学与玄学论战的继续。

发生在我国五四时期的科玄之争以及关于泰戈尔演讲的争论，是科技与人文矛盾的反映。虽然当时的论战没有结论，但由于科学是近百年中国学术界教育界的主流话语，所以从气势上看科学派占了上风，玄学派则处于被批判被否定的地位。中国乃至东方传统文化玄学发达，实验科学和工

---

① 陈独秀：《科学与人生观·序》，见亚东图书馆编《科学与人生观》，上海书店1923年版，第11页。

② 茅盾：《我走过的道路》（上），人民文学出版社1981年版，第245、248页。

③ 周作人：《"大人之危害"及其他》，见沈益洪编《泰戈尔谈中国》，浙江文艺出版社2001年版，第152页。

程技术不是没有，而是被忽视被压抑，这是东方近代落伍的根本原因之一。基于此，东方各国近代以来提倡科学非常必要。然而，近百年来，我们享受了科技发展的成果，也品尝了科技至上的苦果。自然层面，科学技术滥用造成环境污染、生态危机；社会层面，技术发达既有利于生产大规模杀伤性武器，又便于造假害人；精神层面，信仰危机、心理紊乱、道德沦丧、价值混乱。所有这些，其根源都是人文精神的失落。

科技和人文是人类文明的两大领域，是人类社会发展的两个轮子。所谓现代文明的弊端主要是科技主义的单兵突进，从而造成人文精神的萎缩。从科学的角度看，人与其他动物没有本质的区别。人为什么活着，人应该怎样生活，这些都是人文科学应该回答的人生观问题。近百年的实践证明，科学的确不是万能的，科学技术解决不了人生观的问题，如果没有人文精神的引导，科学技术带给人类的不是福祉而是灾难。历史证明，高科技如果被反人类的暴徒所掌握，其后果不堪设想。时至今日，我们的科学技术和经济发展水平都上了很大的台阶，但在文化领域却出现了空心化现象。假冒伪劣无处不在，贪污腐败前赴后继，唯利是图司空见惯，见死不救、图财害命现象耸人听闻。所有这一切都是由于人生观出了问题。没有信仰，价值紊乱，道德沦丧，虽然不是科学发展本身的结果，但不能不说是人文精神衰退，社会发展失衡的现象。这些正是诗人泰戈尔的忧虑之所在。因此，重温泰戈尔关于科学与人文的演讲，反思当年的有关论争，有助于我们对科学与人文关系进行深入的思考。

四　文明与发展

《文明与发展》是泰戈尔在中国作的一次正式演讲的题目，也是他中国系列演讲的主题之一。在演讲中，他首先解释什么是“文明”，认为印度古代梵语中的“达摩（dharma）”一词与“文明”的词义最为接近。然后，他对西方式的文明与发展提出质疑：“一个多世纪以来，我们一直被繁荣的西方拖在它的战车后面，被它的烟尘窒息，被它的噪音震聋，因我们自己的孤弱无助而地位卑微，又被它的速度所压倒。我们承认，驾御这一战车就是发展，而这种发展就是文明。假若我们胆敢问一声‘向何处发展？为何人发展？’人们就会认为，对于发展的绝对性竟然会存有这种怀疑，这真是典型而又可笑的东方人所独有的想法。近来，更有一个声音传来，吩咐我们不仅要重视这辆战车上的科学的完美，而且要重视横在其路途中的沟渠的深度。”① 泰戈尔认为文明与发展是互相联系的两个方面，二者应该互相协调，他认为现代西方社会的危机就在于二者的失衡，从而对单纯追求发展即追求物质增长的现代西方社会发展模式进行批判：“舒适方便被追求着，物品成倍地增长着，永恒却黯然失色，感情被激起，邪恶乘胜前进，从一个大陆走向另一个大陆。它残害着人们，将生命之花——这一寓居于人性的圣殿之中的母亲之心的产物无情地践踏、碾碎。”②

泰戈尔的“文明与发展”观内涵丰富，涉及许多问题，值得深思。首先，泰戈尔所谓“文明与发展”可以理解为道德与进步，二者的矛盾是社会转型时期的普遍现象。发展是近百年人类社会的主题，是人类社会现代化的另一种表述。开始于西方的“发展”有两个标志，一是工业革命，二是资产阶级革命。前者标志人类进入工业文明，后者标志人类进入资本主义社会。从历史的角度看，发展无疑是历史的进步。然而，在人类发展史上，经常伴随着历史与道德的二律悖反。有些新的社会文化现象也许具有历史的进步性，但不一定合乎道德理想；相反，一些传统的东西虽然显得陈旧保守，但更具道德价值。工业文明对自然的破坏，资本主义的唯利是图，无疑都意味着道德的沉沦。泰戈尔之所以将发展与文明相对而言，就是发现了西方工业文明和资本主义社会的缺德问题，从而进行质疑和批判。在泰戈尔看来，西方式的发展违反人的本性，他指出：“倘若成功要以人性为代价，倘若它使神的世界变为一片荒漠，那么这样的成功又有什么价值呢？”③ 他认为这样的发展是非道德、不文明的，因而是不会长久的，指出：“我们印度的圣贤说过：‘有非达磨相助，人们事业发达，诸事遂愿，战无不胜，然而，他们本质上早已死亡。’那本身并非为幸福的财富正迅速茁壮地成长着，然而它自身中却已孕育着死亡的种子。这种财富在西方得到了人血的滋养，其果实正在成熟。许多世纪之前，你们的圣贤也已发出同样的告诫，他说：‘物壮则老，谓之不道，不道早已。’”④ 这里泰戈尔借用老子的话，说明不合人性的、违背自然规律的现代西方文明不会长久。因此，他认为东方不应该重蹈西方的覆辙，指

① 《泰戈尔全集》第 20 卷，第 63—64 页。
② 《泰戈尔全集》第 20 卷，第 70 页。
③ 《泰戈尔全集》第 20 卷，第 36 页。
④ 《泰戈尔全集》第 20 卷，第 73 页。

出："由于成为剥削者，通过品尝剥削的果实，西方正在变得道德沦丧。……我们不会亦步亦趋地追随西方，不去仿效它的竞争、自私、残忍。"[①] 针对泰戈尔这样的"文明与发展"观，我国文化人大多持批判态度。如瞿秋白认为泰戈尔以道德来对抗列强是"读《孝经》退黄巾贼"，[②] 林语堂批评泰戈尔不反抗殖民统治谋国家民族独立，却大谈什么"精神复兴""内心圣洁""与宇宙和谐"，因而"未免觉得泰戈尔之精神复兴论实含有精神聊慰之臭味"[③]。

其次，泰戈尔反对那种破坏自然环境、破坏人的诗意生存状态的发展。他指出："我们现在的生活，本应步如曼舞、声如妙乐、体态优美，本应用群星和花簇来比喻之。因为它应该与神的创造保持和谐一致。然而，在四处蔓延、不断滋生的贪婪这一暴政的统治下，它变得如同一辆不堪重负的集市上的马车，颠簸着，摇晃着，吱吱嘎嘎地行进在那条从物品通向一无所有的道路上。沿途轧过绿色的生命，留下丑陋的轨辙。"[④] 显然，泰戈尔主要从人的诗意生存和人与自然和谐的角度反思批判西方的现代性和现代化。泰戈尔维护自然、崇尚人与自然和谐的思想也遭到中国文化人的批判，如沈雁冰对泰戈尔的观点提出质疑："他大声疾言西方式的工厂，把中国可爱的田野之美毁灭了；难道田野之美就是东方文化么？……泰戈尔又极力反对西方的组织、方法、能率、速度等等，难道这些东西真是毒蛇猛虎么？难道原始人的粗陋简单弛缓的生活真是人生的极则么？"[⑤] 愈之则将泰戈尔的人与自然和谐看作印度森林哲学的遗传，在《台莪尔与东西文化之批判》一文中，他借用西方学者的观点对泰戈尔及其所坚守的印度传统文化进行批评，指出："希腊人主张自己造成人格造成命运；而印度人则主张自我扩大以消灭宇宙之中。希腊人相信人格是从'地球母亲'里跳出来的，是从我们自己创造的宇宙观里生长起来的；而印度思想却教我们放大思想感觉之范围，以与自然一致。"[⑥] 他们强调人的主体性，认为："人所以能成为主人，能高于'自然'和'经验'之上而不受他们的支配，就是在于这一点，文化的起源也是在于这一点。……

① 《泰戈尔全集》第 20 卷，第 32—33 页。
② 瞿秋白：《泰戈尔的国家观与东方》，见沈益洪编《泰戈尔谈中国》，第 140 页。
③ 林语堂：《论泰戈尔的政治思想》，见沈益洪编《泰戈尔谈中国》，第 195 页。
④ 《泰戈尔全集》第 20 卷，第 74 页。
⑤ 茅盾：《泰戈尔与东方文化》，见沈益洪编《泰戈尔谈中国》，第 186 页。
⑥ 愈之：《台莪尔与东西文化之批判》，《东方杂志》第 18 卷第 17 号。

人——思想者、文化占有者——已从天真的亚当更进了一步。”由于人类被赶出了自然的乐园，所以人对自然只能用“占有的权力”取代“联合的权力”，“因为‘联合的权力’只在乐园里面才有用处，而乐园里是没有文化的。反过来说，在文化的领域内，也不会有乐园。”① 这样的人与自然对立思想正是西方工业文明和现代化的核心理念。

当然，泰戈尔的“文明与发展”观在中国也有知音，那就是梁启超和徐志摩。梁启超认为西方人“拿染着鲜血的炮弹来做见面礼，他们拿机器——夺了他们良民职业的机器——工厂所出的货物来吸我们的膏血”，而印度人则赠给中国人两样礼物，“一、教给我们知道有绝对的自由——脱离一切遗传习惯及时代思想所束缚的根本心灵自由，不为物质生活奴隶的精神自由。……二、教给我们知道有绝对的爱——对于众生不妒不恚不厌不憎不诤的纯爱，对于愚人或蛮人悲悯同情的挚爱，体认出众生和我不可分离‘冤亲平等’‘物我一如’的绝对的爱。”② 诗人徐志摩在陪同泰戈尔演讲时发表讲话，对泰戈尔受到中国文化人的批判和青年学生的反对表示同情，为泰戈尔鸣不平，说道：“悲悯是当初释迦牟尼证果的动机，悲悯也是泰戈尔先生不辞艰苦的动机。现代的文明只是骇人的浪费，贪淫与残暴，自私与自大，相猜与相忌，飓风似的倾覆了人道的平衡，产生了巨大的毁灭。”他认为泰戈尔“为我们生命的前途开辟了一个神奇的境界，点燃了理想的光明”③，字里行间表现出对泰戈尔思想的认同。

再次，值得注意的是，泰戈尔不是不要发展，而是有自己的发展观。首先，他所期望的是有道德护持、由文明伴随的发展。他指出：“马力疾驰，精神力量护持。疾驰者称作发展的原则，护持者被我们称作‘达摩’，而‘达摩’这个字眼我认为应该译作‘文明’。”④ 其次，他主张有韵律的和谐的发展。他以高大的松树为例，虽然长得又高又大，但它“每一小部分都保持着一种内在平衡的节律。因此，虽然它在外表上极为高大，却别有一种体现出自制力的恰到好处的韵致。那棵松树及其产物属于相同的有节奏的生命体系，其树干、枝叶、花朵和果实都与这棵树浑然

① 愈之：《台莪尔与东西文化之批判》，《东方杂志》第18卷第17号。
② 梁启超：《印度与中国文化之亲属关系》，载《晨报副镌》1924年5月30日。
③ 徐志摩：《泰戈尔》，见沈益洪编《泰戈尔谈中国》，第181页。
④ 《泰戈尔全集》第20卷，第69页。

一体，它们的丰盛繁茂并不是一种病态的过分，而是一种福祉。”① 再次，他期待与完善并行不悖的发展。他在对中国学生的演讲中说：“为什么进步和完善之间总要横亘着一条鸿沟呢？如果你们能用美的天赋在这条鸿沟之上架起一座桥梁，你们将会为人类做出伟大的贡献。”② 这是泰戈尔对中国学生的期望，也是他自己的理想。

工业文明相对于农业文明是人类社会的一大进步，其标志是生产力的提高，而生产力是推动社会发展的根本动力。因此，工业化是现代化的基础，工业文明是人类文明的一个重要历史阶段，也是各民族发展的必由之路。然而，随着工业文明的全球扩张和深入发展，其弊端也越来越彰显。经过了近百年的发展，环境恶化、生态危机已经威胁到人类的生存。面对这样的现实，反思泰戈尔关于文明与发展的演讲及有关论争，仍有启示意义。

五 启示与反思

泰戈尔访华和演讲在中国文化界起了激发作用。反思过去的论争，很难说谁对谁错。作为思想家的泰戈尔和中国文化人都有强烈的忧患意识和社会责任感，面对动荡的世界和急剧转型的中国，中国何去何从？东方何去何从？人类何去何从？成为必须面对和回答的问题。面对这样复杂的世界和如此尖锐的问题，他们展开理性思维，发挥想象力，发出自己的言说并进行深层次的对话，形成众声喧哗的复调话语。对我们来说，他们的言说和对话的思想价值和启示意义不在于得出了什么结论，而在于提出了值得人们不断思考不断探索的真问题，同时，他们的思考和探索也为后人搭起了思想平台，提供了言说基础，使我们可以接着想、接着说。

泰戈尔的演讲在当时的中国的确不合时宜，遭到比较多的批判和批评，而且这些批评不是来自保守派，而是来自新文化阵营，来自青年学生。从效果看，演讲并不成功，不仅泰戈尔本人很沮丧，连陪同翻译的徐志摩也很恼怒。然而不合时宜并不是因为泰戈尔的思想过时了（也许有某些过时的成分），恰恰相反，是因为泰戈尔的思想太超前了。20 世纪初的中国，正在追求发展和进步，向现代化迈进。泰戈尔反工业文明、反现代化的言论和思想显然过于超前。即使在西方，虽然当时发达国家已经基

① 《泰戈尔全集》第 20 卷，第 73—74 页。

② 《泰戈尔全集》第 20 卷，第 46 页。

本实现了工业化和现代化，其弊端已经开始显露，但沉浸在成功中的西方人也还没有觉醒。有少数富有想象力的文学家，包括叶芝、艾略特等现代主义诗人，从审美现代性出发对资本主义和工业文明造成的异化现象进行批判，也被视为另类和异端。少数先知先觉者如海德格尔等，从工具理性泛滥破坏人类诗意生存的角度对现代性进行反思，利奥波德、蕾切尔·卡逊等人从环境污染、生态危机问题出发对工业文明和科技主义进行反思，从时间上说都在泰戈尔之后。在西方的思想文化界，真正自觉地对工业文明和现代化道路进行反思，还是在二次大战以后。特别是 20 世纪后期，西方兴起了所谓“新人文主义”。这种新人文主义或新人文精神的特点一是超越工具理性，呼唤审美智慧；二是超越人类中心主义，张扬生态意识，呼唤绿色文明；三是弥合科学技术与人类关怀之间的裂缝，调节理性思维与精神信仰。总之，就是处理好人与自然关系、科技与人文关系以及物质文明与精神文明的关系，将人类从物质主义、科技主义、自我中心主义的牢笼中解放出来，构造全新的世界观和人生观。这样的新人文精神与泰戈尔的思想非常合拍，与 20 世纪初的论争可以接轨。只是这里面少了东方与西方一个维度，因为这样的新人文精神虽然兴起在西方，但却大量汲取了东方文化的滋养。以其中的生态主义为例，虽然作为一种文化思潮兴起在西方，但在西方生态主义者的作品中大量直接或间接地征引东方文化经典，包括中国的《老子》《庄子》和儒家四书五经，印度的佛教经典和印度教经典如《奥义书》《薄伽梵歌》等。梭罗是西方生态文学的先驱，其《瓦尔登湖》被称为生态文学的圣经，不仅其中的生活方式和价值观念受东方文化影响，而且有大量东方经典的直接引用。这样的东西方文化的融合，正是泰戈尔的理想。此外，与新人文主义大潮并行不悖的“后殖民主义”，以反思批判西方文化帝国主义和文化殖民主义为立足点，重新审视东西方文化关系，直接接续了 20 世纪初的东西文化之争。在这方面，泰戈尔的中国演讲更具有先行的意义。

第七章

生态文明视阈中的普列姆昌德

普列姆昌德（Premchand，1880－1936）是印度近现代杰出的现实主义作家。他一生创作了15部中长篇小说，大约300篇短篇小说，被称为“小说之王”。他生活和创作的年代正是印度从农业文明向工业文明过渡的时代，工业文明伴随着现代化理念和资本主义制度自西徂东，对印度传统的农业文明和民族文化形成巨大冲击。普列姆昌德一方面对传统农业文明的崩解感到惋惜，另一方面，作为一位心灵敏感的作家，他敏锐地发现了新兴资本主义和工业文明的一些弊端和问题，进行质疑和批判，并试图探索解决途径。从农业文明发展到工业文明，是人类历史的巨大进步，然而，随着工业文明的不断发展，其负面影响也日益显现。工业文明的发展以破坏自然为代价，不仅造成生态危机，而且在物质财富急剧膨胀的同时，人类自身也出现了种种的病态，无节制的贪欲促使人们疯狂地消费，随之而来的是人们精神的贫乏、情感的枯萎、人性的畸形。生态危机和精神危机的蔓延，使得人类身体和灵魂赖以栖居的物质和精神家园都岌岌可危，由此触发了人们对工业文明和现代化的反思，生态主义应运而生。普列姆昌德虽然还不是生态主义者，但承接印度传统文化的生态主义基因，在他的作品和思想中不乏生态主义因素。他对动物的关注、对土地家园意识的肯定，对工业文明的批判，对物质简单精神丰富的生活方式的推崇，对人格理想和社会理想的探索，都具有一定的生态意义。

第一节　自然情怀

普列姆昌德小说中有大量的自然书写，体现了作家的自然观。在人类历史上，人与自然的关系经历了一个漫长的发展过程。最初阶段人从属于自然，作为自然的一部分，与其他的动物植物并没有太大的差别。随着人类的发展和自我意识的增强，人与自然逐渐疏离。到工业文明时期，人类视大自然为非我，将其看作征服和掠夺的对象。在工业文明发展的几百年里，人类毫无节制地向大自然索取，自然环境受到严重损害，人自身的生存也受到了极大的威胁。在后工业时代，人类开始重新思考人与自然的关系，对工业文明时代的所作所为进行深刻的反思，并在此基础上提出了生态文明的概念。生态文明就是要人与自然和谐相处，对人类所赖以生存的环境进行保护，对自然资源不是一味索取，而是有节制地利用；对动物的存在价值进行重新思考。普列姆昌德视动物为人类的朋友，主张在精神上与自然融为一体，认为土地是人类的生存之本，是构筑人类家园的基石，这些思想与现代生态主义非常契合。

一　动物书写

在普列姆昌德的小说中，动物是一个经常出现的角色，或者是作为人类的朋友，或者是通过拟人化的手法赋予其人的特征，这在很大程度上是对人类中心主义的反拨。在漫长的人类历史上，尤其是自西方文艺复兴、启蒙运动以来，人类自封为“万物灵长”，凌驾于其他的生命之上，形成人类中心主义。人类中心主义认为人类是生物圈的中心，具有内在的价值，人是价值的来源、一切价值的尺度，是唯一的伦理主体和道德代言人，其道德地位优于其他一切存在实体。随着工业文明和现代化的发展，人类中心主义成为现代性思维方式和现代化社会运作的基石。在这种思想的指导之下，人类将动物看作物品，认为动物没有独立的感情，不能够感受到快乐和痛苦，因此将动物看作了人类的生产和生活资料，对动物任意处置。作为自然界的重要组成部分，动物与人的关系极其紧密，而且在很大程度上，人类与动物的关系是人类与自然关系的缩影。生态文明要求摒弃人类中心主义，将动物也包含到伦理学的范畴中来。彼得·辛格在他的名著《动物解放》中提出了这样的观点：“只要某个生物感知痛苦，便没有道德上的理由拒绝把该痛苦的感受列入考虑。无论该一生物具有什么性质，平等的原则要求把他的痛苦与任何其他生物的类似痛苦——只要其间可以做大概的比较——做平等的看待。”① 著名环境伦理学家罗尔斯顿认

① ［澳］彼得·辛格：《动物解放》，孟祥森、钱永祥译，光明日报出版社 1999 年版，第 17 页。

为："人不仅要对自己负有义务，而且对动物也负有直接的道德义务，因为动物也具备成为道德顾客的资格。"① 西方生态文学的先驱梭罗在绿色圣经《瓦尔登湖》中这样写道："还没有一个人在无思无虑地过完了他的童年之后，还会随便杀死任何生物，因为生物和他一样有生存的权利。"② 普列姆昌德小说对动物的关注，超越了传统的动物寓言，与现代生态主义更为接近。

首先，在普列姆昌德的小说中，动物是人类的朋友，与人和谐相处。在短篇小说《文明的奥秘》中，作者写道："农民爱自己的牛就像爱自己的儿子一样，对他们说来，牛不是畜生，而是朋友，是助手。"③ 在普列姆昌德的小说中，牛有和人一样的情感，懂得悲伤，能够感受到痛苦。在短篇小说《妻妾》中，两头牛和主人的关系极其亲密，"它们一见到她，就那么深情地望着她，那么高兴地让她在它们肩上套上轭，接着就卖力地干活。这一切，只有那些曾经服侍过耕牛并且了解耕牛的心的人才能懂得。"在这里，人和牛的感情可以相互沟通，人并不是牛的主宰者，牛也不是人的工具，而是有血有肉具有感情的生命。普列姆昌德笔下的动物有自己独立的感情，能够感受痛苦和愉快，他的动物小说超越了传统的以动物为角色的寓言，突出了动物的感情表现和人与动物亲密关系的描写。在他的笔下，牛成为了人类最忠实的朋友，有着丰富的感情，能够和人进行情感上的交流；狗也同样能够理解人的悲欢离合，和人一起高兴一起悲伤。在普列姆昌德的小说中，动物和人一样具有平等的权利，和人一样有着感受痛苦和快乐的能力，这是对人类中心主义的超越。在生态主义者看来，人不是万物灵长，人应该和其他的物种一样，只是大自然中极为普通的一分子，没有超越于其他物种之上的特殊地位，更没有主宰其他物种命运的特权。辛格指出："人与动物是平等的。所有的动物跟人一样，都有感受痛苦和享受愉快的能力。边沁写过一段具有前瞻意义的文字：或许有一天，动物可以取得原本属于他们、但只因为人的残暴之力而遭剥夺的权

① ［美］霍尔姆斯·罗尔斯顿：《环境伦理学》，杨通进译，中国社会科学出版社 2000 年版，第 2 页。

② ［美］亨利·梭罗：《瓦尔登湖》，徐迟译，吉林人民出版社 1997 年版，第 264 页。

③ ［印］普列姆昌德：《文明的奥秘》，席必庄译，见刘安武选编《普列姆昌德短篇小说选》，人民文学出版社 1984 年版，第 134 页。

利。”[①] 普列姆昌德小说中的动物书写和有关动物权利的思想，与当今的动物保护主义非常契合。

其次，普列姆昌德通过拟人手法的应用，赋予动物以人的属性。生态批评认为，人类与非人类的亲缘关系只有通过表示关联的意象才得以传达，其中，拟人的修辞手法是常见的文学手段之一，它赋予自然存在以人的特征，以对抗人类中心主义的思想观念。[②] 在普列姆昌德笔下，牛有和人一样的情感和思维。短篇小说《两头公牛的故事》讲述的是公牛希拉和莫地的遭遇，它们两个常年住在一起，彼此感情非常好。它们肩并肩或者脸对脸坐在一起的时候，不说话也能彼此交流思想。后来公牛被借到主人的岳父家去耕田，牛因为离开主人而伤心得吃不下东西。晚上它们挣脱缰绳跑回家中，主人秋利一早起来看到两头牛“脖子上挂着半截缰绳，膝盖下面沾满污泥，眼睛里闪烁着一种炽热的感情，这感情中还夹杂着反抗的情绪。秋利看见它们，心里高兴极了，连忙跑过去搂住它们的脖子，又是拥抱，又是亲吻”[③]。后来两头牛又被秋利的小舅子牵去，牛受到了虐待和毒打。一个在家里受后母虐待的小女孩同情它们，偷偷给它们送好吃的，牛又和小女孩建立起友谊。后来两头牛终于冒着生命危险跑回家中。小说中公牛希拉和莫地有和人一样的思想和感情，受到不公正的对待就会奋起反抗，并且知道感恩图报。通过拟人化，动物在这里被提升到了人一样的高度，有着和人一样鲜活的灵魂。人类在这里失去了万物之灵的光环，如果从动物的视角来观察人类，人类的形象无疑是野蛮和暴力的代名词，人类不再是世界的中心，仅仅是万物中普通的一员。拟人手法赋予了动物尊严，将动物看成像人一样的存在。生态中心主义要求把人类伦理关怀和权力主体的范围从人扩展至整个生态系统，而通过对动物的拟人化描写，赋予动物人的特征，正是对抗人类中心主义和实现这一目标的重要途径。拟人化手法是文学作品中极为常见的一种手法，从生态文学的角度来看，这种手法被赋予了全新的意义。通过这一手法，可以将人与动物之间的隔膜和陌生感消弭于无形之中，由此人类才能够真切地感受到动物的

---

① ［澳］彼得·辛格：《动物解放》，孟祥森、钱永祥译，光明日报出版社 1999 年版，第 221 页。

② 参阅胡志红《西方生态批评研究》，中国社会科学出版 2006 年版，第 220 页。

③ ［印］普列姆昌德：《两头公牛的故事》，金鼎汉译，见刘安武选编《普列姆昌德短篇小说选》，第 334—335 页。

感情，才能够设身处地为动物的权利考虑。因此，拟人化是生态文学中极其重要的一种手法，普列姆昌德将这种手法极其自然地应用到了他的小说之中，唤起了人们对于动物的同情和对于动物权利的思考。

再次，尊重生命是生态主义的核心命题，这在普列姆昌德的作品中也有突出的表现。法国哲学家、诺贝尔和平奖获得者史怀泽（Schweitzer）在《敬畏生命：50年来基本的论述》中有这样的论述："有思想的人体验到必须像敬畏自己的生命意志一样敬畏所有的生命意志。他在自己的生命中体验到其他的生命。对他来说，善是保持生命、促进生命，使可发展的生命体实现其最高的价值。恶则是毁灭生命、伤害生命，压制生命的发展。这是必然的、普遍的、绝对的伦理原则。"生命在史怀泽看来并没有高下之分，人只是众多生命中的一种。"过去的伦理学原则是不完整的。因为它认为伦理只涉及人对人的行为"。[①] 印度有非暴力不杀生的传统伦理，这种非暴力基于万物有灵思想，表现为众生平等，将爱心从人类自身扩大到包括动物在内的一切生命之上，升华为业报轮回和非暴力不杀生的自然伦理。普列姆昌德深受这样的印度传统生态文明的影响，反对虐待和杀戮动物。在短篇小说《装腔作势》里，主人公格津德尔·辛赫有一段关于打猎的议论："请你们原谅我，我不能去打猎了。我看到这种美丽的花之后好像如醉如痴了。我的心灵在享受着天堂的音乐的乐趣。啊，这就是我的一颗心，它变成了花朵在闪闪发光，我内心中也有那种红色，那种美，那种情意，我的心灵上只是覆盖了一层无知的帷幕。猎取谁呢？猎取无辜的动物吗？我们也是一种动物，我们也是一种飞禽啊！这是我们幻想的一面镜子，其中照出了物质世界的一角，难道要伤害自己吗？不行。你们去打猎吧，让我沉于这种醉意和美感中享受乐趣吧！而且我还向你们进一言，你们也避开打猎这种活动好了。生命是欢乐的宝藏，别伤害它！用自然景色来满足自己心灵的眼睛的需要吧！大自然的每一点一滴，每一朵花，每一片叶子都闪耀着欢乐的光芒，请不要伤害它而玷污这种欢乐的不朽的源泉吧！"虽然作品中写他发议论的目的在于掩盖自己的胆小懦弱，但他的言论中体现了作者关于生命的思考。人类只是动物的一种，是众多生命之中的一个，就生命的根本意义来说，人的生命和动物的生命并无本质差别，生命是欢乐的宝藏，伤害了生命就是玷污了这

---

① ［法］阿尔贝特·史怀泽：《敬畏生命：50年来基本的论述》，陈泽环译，上海社会科学院出版社1995年版，第9页。

种欢乐的源泉。普列姆昌德关于生命的思考与史怀泽的敬畏生命伦理有着异曲同工之妙。

最后，敬畏生命，不仅仅是要停止对动物生命的屠杀，并且要尊重其他生命的生存方式。美国哲学家泰勒继承了史怀泽的生态伦理思想，提出了“尊重自然界的伦理学”，并且从尊重自然出发，提出了四个一般性法则，它们是无毒害法则（nonmaleficence）、不干涉法则（noninterference）、忠诚法则（fidelity）以及重构公平法则（restitutive justice）。[①] 尊重动物的生命，但不要干扰动物的生存规律，这在普列姆昌德的创作中也有所表现。在短篇小说《无知的朋友》中，作家讲述了这么一个故事：格西瓦和妹妹看到在自家的门檐上有一窝小鸟，出于好奇和好心，想将粮食放到鸟窝里给小鸟吃，但结果是大鸟因为人类动了鸟蛋，就将蛋推到了地上，自己也飞走了。因为人类的无知，虽然是出于好心，但是却造成了悲惨的后果。这篇小说虽然篇幅短小，但寓意却非常深刻。小鸟是自然界动物的象征，而两个孩子则像标题所表明的那样是“无知”的人类的象征。人类出于无知，破坏了自然自己的规律，其结果令人惋惜。这个具有象征意义的故事警示我们，应该顺应自然界的发展规律，不能横加干涉，否则会带来极为恶劣的后果。人类自认为可以穷尽所有的奥妙与规律，但是现实表明，依然有许多自然现象与规律是人类现在的知识难以解释的，强行干预自然规律，有时候虽然是出于善意，却会造成无法挽回的恶果，就像普列姆昌德在短篇小说《无知的朋友》里所描写的一样，人类肆无忌惮地干扰了鸟的生长，导致了悲惨的后果。

在动物权利的保护方面，人们已经开始采取行动，许多国家出现了动物保护组织，制定了保护动物特别是稀有濒危动物的法律，但在世界范围内，对动物的虐待和滥杀仍然非常普遍，因此，普列姆昌德关于动物权利的思考，仍然具有现实意义和认识价值。人类应该敬畏生命，并且尊重自然发展的规律，在这方面，普列姆昌德小说的动物书写可以为我们提供许多有益的启示。

二　人与自然统一

在人与自然关系方面，普列姆昌德主张人与自然统一，这也是对印度

① 参阅［美］戴斯·贾丁斯《环境伦理学》，林官明等译，北京大学出版社 2002 年版，第 161—167 页。

文化传统的继承。印度古代思想家善于思考人与自然关系，而且有独到的认识，对此史怀泽曾经论及："一切生命——人、动物和植物——属于一个整体是不言而喻的原则。婆罗门的世界观含有这一原则，一切个别的灵魂都来自世界灵魂（梵）并且重新回归于它。"[①] 奥义书哲学提出的"梵我同一"这一命题，体现的就是这样的人与自然一体的世界观。普列姆昌德深受印度传统哲学"梵我同一"思想的影响，认为"小我"源自于"大我"，而"大我"即为宇宙最高的灵魂，因此"小我"天然具有神性，他指出："人本来像神一样，只是受了时代的捉弄或者其他情况的影响，他才失去了自己的神性。"[②] 如何达到同一，如何将"小我"与"大我"相结合，普列姆昌德给出了自己的答案："文学就是力图保持住这种神性。它不用训诫，不用劝告，而是打动感情，拨动柔情的心弦，创造与自然的一致。"[③] 用艺术唤醒人的神性，用神性来达到与自然的同一，这与后现代精神下的诗意栖居非常契合。海德格尔也主张："人用神性来度量他的栖居，度量他在天地之间的逗留，人因之才能合乎本性地存在。"[④] 这也正是栖居的根本意义所在，因为栖居的本质就是融入自然，在存在的根本意义上达到与自然的同一。

"人诗意地栖居"是何尔德林的诗句，经过海德格尔的阐发，成为生态主义者追求的目标。栖居的基本含义是"尊重自然之所以是自然。其中包括：接受大地之为大地，一任青山永在、绿水长流、草木开花结果、动物生长繁衍；接受天空之为天空，一任日月运行、群星游移、四季轮转、昼夜交替；接受诸神之为诸神，永远怀着期望，尊重神性隐而不显的运作，接受神的使者的暗示，哪怕在诸神缺失的时候也不放弃理想的追求；接受死亡之为死亡，积极面对死亡，勇于承受作为死亡的死亡，护送临走之人平安上路。是其所是，即自在，为其所为，即自由。承认对象的'所是所为'，即尊重其自在、自由。栖居的基本特征是保护，就是'把一切保护在其本质之中'。而这种'保护'也就意味着'和平'，意味着与自然万物保持一种'和平共处'的姿态。这种保护，当然不是技术上

① ［法］阿尔贝特·史怀泽：《敬畏生命：50年来基本的论述》，陈泽环译，上海社会科学院出版社1995年版，第9页。

② ［印］普列姆昌德：《普列姆昌德论文学》，唐仁虎、刘安武译，第93页。

③ ［印］普列姆昌德：《普列姆昌德论文学》，唐仁虎、刘安武译，第93页。

④ 孙周兴：《说不可说之神秘：海德格尔后期思想研究》，上海三联书店1994年版，第193页。

的保护，甚至也还不是思想意识上的保护，这是一种从存在的根本意义上出发的保护，一种精神性的保护，一种至高无上的保护。”① 这样的栖居一方面要承认自然万物的自在、自由的权利，让自然万物是其所是，为其所为；另一方面人类与自然万物和谐共处，在存在的根本意义上与自然万物处于平等的地位，接受自然万物的规律，在精神的意义上对其进行保护，在存在的根本意义上与自然万物融为一体，感受到人在存在意义上终极的快乐。普列姆昌德也有类似的观点：“我们看见过日出日落，看见过朝霞和晚霞，看见过美丽芳香的花朵，看见过歌唱甜蜜的小鸟，看见过潺潺流水的小河，看见过飞溅而下的山泉——这就是美。”② 也就是说，任自然万物是其所是，为其所为，从中感受到自然之美，这就是诗意栖居的境界。诗意栖居是人类追求的理想境界，要实现栖居，必须排除障碍，克服人与自然的疏离状态。在《文学在生活中的地位》一文中，普列姆昌德指出：“有些思想感情阻碍着我们与大自然的统一，而有些思想则有助于我们与大自然的统一。那些促进我们与大自然统一的思想感情是我们所期望的，而那些阻碍这种统一的思想感情是有害的。傲慢、生气、仇视是我们心中起阻碍作用的因素。如果我们让这些因素畅通无阻地发展，无疑它会把我们引向毁灭和堕落，所以我们必须阻止他们，不让他们超过一定的限度。”③ 普列姆昌德认为，不仅自然是促使人思想感情和谐的原因和动力，而且人的思想感情，特别是那些和谐的思想感情反过来又促进人与自然的融合。

普列姆昌德认为自然有其内在的而不从属于人类的价值，他指出：“大自然的艺术属于大自然，而不属于人类。自然的美以自己的广阔和雄伟使我们折服，它能让我们得到精神上的享受。”④ 可见，在普列姆昌德看来，人与自然更多的是一种精神上的联系，而非物质层面上单纯的开发和利用。对于人类而言，自然一方面具有知识的意义，另一方面具有精神的意义。知识给我们以征服自然的力量，认识自然是为了改造自然；自然的精神意义主要表现为审美活动，与自然融为一体是这种审美活动的最高标准。热爱自然，以自然为伴，不是利用和掠夺自然，而是在精神上与自

① 参阅鲁枢元《生态文艺学》，陕西教育出版社 2000 年版，第 166 页。
② ［印］普列姆昌德：《普列姆昌德论文学》，唐仁虎、刘安武译，第 136 页。
③ ［印］普列姆昌德：《普列姆昌德论文学》，唐仁虎、刘安武译，第 78 页。
④ ［印］普列姆昌德：《普列姆昌德论文学》，唐仁虎、刘安武译，第 154 页。

然联系起来，尊重自然万物自身发展的规律，在存在的根本意义上与自然融为一体，是诗意栖居这一生态主义诉求的基本内容。在《印地语文学中神的难堪》一文中，普列姆昌德进一步强调自然给予人精神上的愉悦，他写道："他们所写的是人的心和人的感情，而他们膜拜的是大自然的美。在他们的诗中，没有情人的亲吻，有的是虔诚的信仰和欢乐，没有对有形的神的崇拜，有的是沉湎于无限和永恒中的渴望。对他们来说，鲜花的花瓣，清晨的朝霞，鸟儿的清歌，孤儿的眼泪，少女的美丽，或者是某个贫困的草屋，或者在林中奔波的旅客，都同样是美的、新的、和诱人的。他们把整个宇宙看作是美的宝库，到处都为他们散布着令人沉醉的东西。他们从花瓣做的杯子吮吸一滴露珠就会昏醉过去。"① 美在这里代表着宇宙灵魂，大自然则是宇宙的别称，整个宇宙是美的宝库，美无处不在，在花瓣、在朝霞、在清歌、在少女、在草屋、在旅客。自然已经超越了物质层面的意义，在这里人与物之间的界限消弭了，在宇宙灵魂的意义上他们没有任何区别，在膜拜大自然的美的同时，达到的是虔诚的信仰和欢乐，拥有的是对无限和永恒的渴望，在人类与自然万物和谐共处之中感受终极的快乐。

生态主义是一种后现代主义文化和文学思潮，是对现代性和现代意识的超越。美国后现代主义理论家大卫·雷·格里芬认为，现代意识是一种实利主义意识，而后现代主义意识则是一种与自然融为一体的意识，他指出："后现代精神的第二个特征是它的有机主义。在这一点上，后现代精神同时超越了现代的二元论和实利主义。与信奉二元论的现代人不同，后现代人并不感到自己是栖身于充满敌意和冷漠的自然之中的异乡人。相反，正像查伦·斯普雷特纳克所强调的那样，后现代人世界中将拥有一种在家园感，他们把其他物种看成是具有其自身的经验、价值目的的存在，并能感受到他们同这些物种之间的亲情关系。借助这种在家园感和亲情感，后现代人用在交往中获得享受和任其自然的态度这种后现代精神取代了现代人的统治欲和占有欲。"② "诗意地栖居" 可以理解为一种后现代精神之下的生存方式，后现代人超越了现代主义的二元论和实利主义，而拥有一种在家园感，认为其他物种有其自身的经验、价值目的，并能够感受

① ［印］普列姆昌德：《普列姆昌德论文学》，唐仁虎、刘安武译，第93页。

② ［美］大卫·雷·格里芬：《后现代精神》，王成兵译，中央编译出版社2005年版，第22页。

到与他们的亲情关系。在这一点上，属于前现代的普列姆昌德与后现代精神有相通之处。

三　地方意识

生态主义不仅反对人对自然的征服、统治与占有，主张放弃人的中心性、主体性，放弃人在精神上和肉体上与自然的疏离感，试图赋予自然主体性，让山川河流、季节气候、飞禽走兽以及其他组成生态整体的自然成为具有主体性的存在，而且还注重地方的构建。地方意识在培养生态意识、促进环境想象及消解生态危机的过程中起着至关重要的作用。活跃的地方意识可以唤醒人的生态良知，培育人的生态情怀、生态责任以及对环境的忠诚，从而保持人与自然之间关系的良性互动。环境责任的培养需要个人对自己栖居之地的敏感，对该具体地方的忠诚，因为如果没有对自己地方的全面了解，没有对它的忠诚，地方必然被肆意地滥用，最终被毁掉。地方不是抽象的、机械的物质世界，而是具体、可感、可知、生命充盈的人化空间。因为不管是地方属人特征的具体落实，还是人们栖居的家园，一定会是在某一个具体的地方，有了这样一个具体的地方，人们才可以去热爱，去保护。

地方意识的构建在普列姆昌德的小说中也有所体现。在他的小说中，土地是最为重要的主题之一。土地不仅是构筑地方意识最重要的因素，而且是人们栖居家园的重要支撑。在长篇小说《舞台》（又译为《战场》）中，贝拿勒斯市郊有一个名叫邦德浦尔的小村庄，一位低种姓的盲人乞丐苏尔达斯在这里有祖传的二三十亩荒地，是附近村民放牧和休闲的场所。资本家约翰·西瓦克要出高价买他的这块土地建卷烟厂，但是遭到了苏尔达斯的拒绝。现在我们从生态批评和地方意识构建的角度来分析一下苏尔达斯拒绝卖地的原因。邦德浦尔，这个小小的村子，实际上是前工业文明印度农村的一个缩影，村民们虽然物质生活比较贫乏，但精神生活却颇为充实，人们晚上经常在神庙前面唱颂神歌曲，“苏尔达斯的悦耳歌声在空气中激荡，仿佛一线光亮在水底深处闪烁着”，人们的生活平静而又和谐。邦德浦尔在作者的笔下成了一个乌托邦，人们生于斯，长于斯，这里是他们永远的家园。对于栖居于此的人们来说，苏尔达斯的这一块荒地，既是空间的坐标，也是时间的坐标，它保留了村民们一代又一代的记忆。村民们在这里放牧，迎亲队在这里搭帐篷歇脚，孩子们在这里嬉戏玩耍。对于苏尔达斯来说，这块地并不属于他，仅仅是“祖上留下来的一个纪念物”，因此不能把他卖掉，要把它传下去。这样年复一年，一代又一代的小孩在此嬉戏，一个个年轻姑娘出嫁的时候在这里被迎亲队接走，历史不断在这里重复，村庄由此成了一个充满生机的生态系统，在连续的不断演替之下，邦德浦尔作为家园在一代一代人的意识中固定了下来，承载着人们的记忆，人们的传统。地方意识由此构建了起来，每一个人都在这里找到了归属感，这里就是他们的家，是他们真正栖居的家园。如果苏尔达斯把土地卖掉，这里建起了卷烟厂，孩子就没有了玩耍的地方，迎亲队也不会在这里逗留，人们对于家园的记忆就会慢慢失去，村庄也就失去了活力，栖居便会离人们日益远去。

德国哲学家海德格尔在谈及地方（place）时，将其与存在、人之栖居及家联系在一起。海德格尔认为，真实的栖居或诗意的栖居在地方之中，就是栖居在“自己的家”。关爱一个地方远远不只是爱恋它，而意味着承担起保护它的责任。就环境思想而言，海德格尔强调的是真实地栖居、“在家”及担负起保护“家”的完整性的责任，其中人文的、自然的以及那些无形的因素是组成“家”的完整性的内容，也是地方的精髓。

在普列姆昌德看来，土地是构成“家园”的基石，失去了土地，家园也就不复存在。在《仁爱院》中，作者虚构了一个贝拿勒斯城北面一个叫做勒肯普尔的村子，失去赖以生存土地之后，人们流离失所，家破人亡，家园不仅失去了现实的存在，而且作为记忆的家园也将会消失在人们的记忆中。与此形成鲜明对比的是，村民们在得到了马雅·辛格尔分给他们的土地之后，一切都变得欣欣向荣起来，人们生活富足，更为引人注目的是，人们的精神生活也因此丰富了起来，“院子里百花争艳，春意盎然。村长坐在台阶上朗诵《罗摩衍那》，周围坐着几个妇女，正专心静听。”① 勒肯普尔这个小村子的人们，从此过上了祥和平静的生活。

在《舞台》中，苏尔达斯拒绝将自己的土地卖给约翰·西瓦克开工厂，其真正的原因就在于要保护自己的“家园”，因为关爱一个地方远远不只是爱恋它，而意味着担负起保护它的责任。苏尔达斯誓死保卫自己的土地，他说道：“只要我活着我就得保护它；我死了，就原封不动地留下来。”因为保卫自己的土地，也就是保卫自己的家园。在小说的最后，资

① ［印］普列姆昌德：《仁爱道院》，周志宽等译，新华出版社 1983 年版，第 472 页。

本家在土邦王公和殖民政府官员的支持下强行征用了土地，建起了卷烟厂。苏尔达斯因拒绝搬迁他的茅屋，被殖民政府官员开枪打死。为了保卫家园，他献出了自己的生命。作品深刻地表现了这样的主题：土地是栖居的家园最重要的基石，土地不仅是人们的衣食之源，而且体现着自己的文化和历史。失去了土地，也就失去了家园，人们面临的不仅是身体上的无家可归，而且是精神上的疏离流浪。

在普列姆昌德的作品中，恒河是一个经常出现的意象，成为家园和地方的象征。在短篇小说《这是我的祖国》中，主人公离开印度已经有几十年的时间，在国外有庞大的资产，还有漂亮的妻子和五个可爱的孩子，但是在他年老的时候，仍然无法找到归属感，生活了六十年的地方仍然是异国他乡，思乡的苦恼让他痛苦万分。他的心中有一根刺，“那根针刺就是：我是从自己国家流浪到这里来的，这个国家不是我自己的祖国，我不是这个国家的人。金钱是我自己的，妻子是我自己的，儿子是我自己的，财富是我自己的，但是不知为什么，当我想到我在祖国的破旧的草屋，几亩祖传的薄地，以及孩提时代光着屁股的小伙伴们时，对这些事物的回忆不时地折磨着我的心。即使在喜庆的场合，这种想法也依然刺痛着我的心。我想：唉，老天，要是我在自己的祖国，该多好！”① 后来，主人公放弃了巨额的财产，放弃了美丽的妻子，放弃了可爱的儿子，回到了故乡，但是他发现：“当我在孟买走下海轮，看到穿着黑色西服、嘴里说着硬凑的英语的海员，接着又看到英国商店、电车、汽车，遇到了各种胶轮的车子以及嘴里叼着雪茄的人们，然后来到了火车站，坐上火车向着我那青山环抱的可爱的村庄、我可爱的故乡出发，这时我的两眼满是泪水，我伤心地痛哭了一回，因为这不是我可爱的国家，这不是那个我内心一直朝思暮想的国家，这是另外一个国度，这是美国，这是英国，但不是可爱的印度。”虽然回到了故乡，但是主人公依然找不到家园的感觉，这里不是他的国家，不是自己的家园。主人公在这里找不到家园的感觉是因为家园的地标没有找到，地方意识无法唤醒。然而当他来到恒河边上的时候，情况发生了变化，作品写道：“我高兴得快要发狂了，我把我的西服脱了下来，扔到一边，跳进了恒河母亲的怀抱里。正像一个不懂事的天真的孩子，和别人家的人厮混了一整天之后，傍晚时投进自己母亲的怀抱，依偎

① ［印］普列姆昌德：《这是我的祖国》，刘安武译，见《新婚》，贵州人民出版社 1982 年版，第 13 页。

在母亲的胸脯上一样。啊！现在我是在自己的国家里了，这是我可爱的祖国，这些人是我的兄弟，恒河是我的母亲。”恒河作为承载人们记忆的媒介，唤醒了主人公对于家园的记忆，家园在他到达河边的一瞬间重新回到了他的身边。因为“这条神圣的河，每一个印度教徒把在它的激流里沐浴和死在它的怀抱里当成最神圣的事。恒河离我可爱的村子只有六七里地。当年，我每天大清早就骑着马来拜谒一次恒河母亲”。恒河作为家园的地标，离开家园的人们沉睡中的地方意识因此被唤醒，家园的形象因此而生动起来。

恒河在印度文化中具有极其重要的地位，恒河是印度的象征，是印度的母亲河。在构建地方意识之时，恒河成为了所有印度人家园的地标，无论印度人身处何地何时，恒河总是能够唤起他们关于家园的共同回忆。恒河承载着共同的文化，凝结着人们共同的记忆，恒河蕴含着丰富的个人与社会记忆，既有神话色彩，又是现实可见的，它会自然而然地呈现孩提时代常常相遇的事物，而且会在记忆中不断地叠加、放大；它藏着很多动人的故事，因此，当你想象路过它的时候，这些哀婉缠绵的故事一定会浮现在你的眼前；还有历史上的不寻常的事件，它的稀奇古怪，那些老掉牙的街谈巷议，以及许许多多紧张的、痛苦的、欢乐的孩提嬉戏等等都与恒河紧紧联系在一起。恒河成为了印度整个民族共同的记忆，每个人的记忆都会因为恒河而共鸣。生态批评家劳伦斯·布依尔认为，对于某些作为家的地方或人们的栖居之地，不管它们是属于本地人，还是属于外来人，神圣感将地方提升为圣地，将历史提升为神话，将一切整合成为单一的实体。“这样，看见每个路标，无论它对于路过荒野的外来游客来说是多么的不起眼，都会带给我们深深的情感上的满足。”① 有了这样的地方意识，人们才会积极主动地去保护家园，保护环境，保护生态。也就是说，为了建设生态文明，必须培养地方意识，因为地方意识的培养有助于人类家园归属感的建立，从而更积极主动地保护人类共同的家园。

第二节　文明批判

作为后现代社会文化思潮之一，生态主义在本质上具有解构意义，其

① Lawrence Buell, *The Environmental Imagination: Thoreau, Nature Writing, and the Formation of American Culture*. Harvard University Press, 1996, p. 257.

出发点是颠覆人类中心主义，以生态文明取代以征服自然为特点的现代工业文明。普列姆昌德生活和创作的时代，正值现代化乘着工业文明和资本主义制度的两轮车驶入印度，印度传统的农业文明趋于瓦解。作为新文学代表的普列姆昌德，没有为现代文明的发展鸣锣开道，而是把资本主义和工业文明作为批判的对象。这是由于近代印度现代化的外发性和后发性，资本主义和工业文明不仅生产方式与传统迥异，价值观念与传统相悖，而且带来一些新的弊端。普列姆昌德一方面站在宗法制农民立场，以传统道德思想为武器批判资本主义，另一方面从人道主义出发，揭露资本主义机械化的工业文明对人性的扼杀和异化，其作品中有对现代工业文明的忧虑和批判，有对现代文明的基础——工具理性——的质疑。这些批判和质疑与生态主义对现代工业文明的解构是在同一向度上进行的，必然有许多相通之处。

一　家园的失落

以科技为基础的现代工业文明创造了巨大的物质财富，同时也带来了一系列问题。科学技术不仅成为统治自然的工具，而且成为统治社会和人的工具，科学技术的突飞猛进不仅引发了严重的生态危机，而且也引发了严重的人文危机和社会危机。科学技术不仅导致自然的破坏和人与自然之间的关系异化，而且导致人性异化，导致人与人、人与社会关系的全面异化。普列姆昌德的小说深刻地反映了印度社会在工业文明入侵之时的种种变迁，以及这种变迁给社会和个人带来的深刻影响。作家在忠实记录这种社会变迁的同时，也对这种变化给人们带来的影响做了深刻的反思。

《舞台》是作家集中批判工业文明的一部作品。小说以 20 世纪 20 年代的印度农村为背景，对工业文明入侵印度社会所带来的后果表现出了深深的忧虑。书中王公和苏尔达斯有一段精彩的辩论，苏尔达斯的回答实际上代表着作者的态度：“老爷说得很对，办起工厂，这个地方会繁华热闹起来，干活的人会得到不少好处。可繁华热闹只是事情的一个方面，另一方面酗酒闹事的也会多起来，娼妓也会跟着来了，外面的人也会来勾引我们的姑娘、媳妇们了。您看，这是件多不好的事啊！庄稼人放弃了种田，为了几个工钱到处奔波，沾染上各种恶习，然后再在村子里传播。村子里的姑娘、媳妇们也会来做工，为了贪几个钱，破坏了宗教习俗。这样，城市里的那种繁华就会在这里出现。但求上苍，不要让这种繁华也出现在我们这里。”[①]《舞台》是普列姆昌德作品中表现工业文明与农业文明矛盾最深刻的一部。作为一位忠于现实的作家，他写出了自己所憎恨的一方的胜利和自己所喜爱的一方的失败。作者极力渲染失败者的悲壮，周围的人都被苏尔达斯的道义力量征服了，还为他树了纪念碑，但工厂还是盖起来了，苏尔达斯所代表的那个古老纯朴的社会毕竟即将成为过去，作家亦为它唱出了一曲无尽的挽歌。果然，在工厂建立起来之后，邦德浦尔失去了往日的宁静和谐，取而代之的是熙熙攘攘的工人，赌场和妓院也出现了。小说写道：“厂里的外乡工人，没有对亲属的后顾之忧，也没有宗教观念的约束，他们白天在厂里劳动，晚间常常喝上一两杯酒。这里人们经常赌博玩耍。像这样的地方，窑姐儿们也必然会赶来凑热闹的。这里现在有了一个小小的窑子。邦德浦尔旧区日渐萧条。米居、基苏、伟达特尔三人经常跑到这里游逛、赌钱。基苏借口来卖牛奶，伟达特尔借口来找工作，米居只不过是跟他们作伴而来。夜里十一、二点多钟，这里仍然熙熙攘镶，有的人吃小吃，有的人呆在槟榔铺的门口，有的人同窑姐儿鬼混取乐。淫荡的笑声，下流的眼神，猥亵的调情四处弥漫。邦德浦尔何曾有过这种情景呢！”[②] 在这里，作家对传统家园的失落表现得痛心疾首。

在工业文明入侵印度社会之后，人们不仅失去了土地，而且面临整个生存环境的改变，原本熟悉的家园，被冰冷的机器和冷漠的人群取代了。工业文明对于印度传统社会的侵蚀表现在很多方面，传统的道德观念消失了，人们心中原有的是非准则消失了，取而代之的是对于物质生活的追求，是对个人欲望满足的渴望。人与人之间的关系也急剧恶化，人们不再相互尊重，相互体贴，而是被利益关系所取代，金钱成为了衡量人与人之间关系的唯一的标准。邦德浦尔已经不再是原来的那个平静安详的小城了，人们之间原有的默契急剧地发生了改变，以前很少出现的打架斗殴现象现在也屡屡发生，各种社会的丑恶现象也随之出现，纯朴的人们已经在这里找不到他们的身影了，取而代之的是妓院的嫖客，是酗酒闹事的人。人们荒芜了田地，更重要的是人们抛弃了他们心中的准则与底线，一切都是在欲望的驱使之下，使得人们由纯朴的农民变成了粗俗的市民。

工业文明威胁人的精神自由，物质文明的进步似乎总是伴随着人性的

① ［印］普列姆昌德：《舞台》，庄重译，广东人民出版社 1980 年版，第 109 页。

② ［印］普列姆昌德：《舞台》，庄重译，广东人民出版社 1980 年版，第 109 页。

堕落，工业文明并没有使人类的生活得到本质的提升，相反，真正有价值的东西被虚假、表象的东西所代替，造成社会的普遍颓废和人性的异化。梭罗对此进行了深刻的批判："我不相信我们的工厂制度是使我们得到衣服穿的最好的办法。技工们的情形是一天一天地更像英国工厂里的样子了，这是不足为奇的，因为根据我听到或观察到的，原来那主要的目标，并不是为了使人类穿的更好更老实，而无疑的，只是为了公司要赚钱。"① 工业文明的本质并不是为了人类生活的提升，仅仅是为了利润，并且更为严重的是在这一过程之中"人类已经成为了他们的工具的工具了"，② 因此，梭罗认为："文明人不过是更有经验、更为聪明的野蛮人。"③ 现代工业文明给人们带来的仅仅是物质生活的提高，而不是精神的升华，因此人没有获得全面提升，在精神上仍旧是"野蛮人"。在对工业文明和资本主义的批判方面，普列姆昌德与梭罗心有灵犀。

二　人性的迷失

科学技术的突飞猛进不仅加剧了人与自然的疏离，强化了人对自然的统治，导致了人与自然的剧烈冲突，造成了空前的生态危机，严重威胁到人类自身的生存，而且科学技术也成了统治人，压迫人的工具，造成了严重的社会问题。"解蔽"是海德格尔用以说明技术的本质的一个关键概念，它与"座架"一起构成了海德格尔对技术以及科学的现时代的本质之解释的核心概念。他既把技术的本质解释为"座架"，同时也把座架解释为"一种解蔽的方式"，座架"归属于解蔽的命运"。"既然在现代社会中，人的生存方式是一种被预定、订造的东西，好比是机器中的一颗螺丝钉，这就意味着人是被放置在某种'座架'，即某一境遇、某种既定的生存（工作与生活）方式中，被命运（它意味着事件的不可改变和不可回避）所逼迫，所'遣送'，所摆弄，身不由己。"④ 这样的境遇必然导致人性的迷失。普列姆昌德敏锐地觉察到了工业文明给人性带来的摧残。在工业文明的摆布之下，人失去了以往的自由自在。在以往与大自然的亲近融合之中，人的心灵是自由的。在工厂里，人退化为像机器一样的物品，

① ［美］亨利·梭罗：《瓦尔登湖》，徐迟译，吉林人民出版社 1997 年版，第 23 页。
② ［美］亨利·梭罗：《瓦尔登湖》，徐迟译，吉林人民出版社 1997 年版，第 33 页。
③ ［美］亨利·梭罗：《瓦尔登湖》，徐迟译，吉林人民出版社 1997 年版，第 36 页。
④ 参阅陈嘉明《现代性与后现代性十五讲》，北京大学出版社 2006 年版，第 166—167 页。

成为了工厂的一部分，被磨灭了人之所以为人的特征。长篇小说《戈丹》中的戈巴尔被迫离开农村，来到城市里，成为糖厂的一名工人。他做着和在农村时候一样重的体力活，但是原有的好心情却再也没有了。作品写道："戈巴尔一大清早就得去上工，做了一天的活之后，回家来已是掌灯时分，浑身一点儿气力也没有了。他在家乡干的活儿也并不比这轻省，可是他丝毫不觉得疲倦，而且一边干活，一边就说说笑笑。在那空旷的田野上，在那无垠的天空下，仿佛他是不会受到任何疲劳的任何影响似的，他的身体尽管多么劳累，他的心灵却是自由自在的。在这儿他的身体虽然没有以前那么劳累，可是那种嘈杂的声音，那种飞快的速度，那种暴风骤雨似的喧嚣，对他仿佛是个沉重的负担。在这里，他心里也常常是惴惴不安，不知道什么时候会挨一顿辱骂。"① 在普列姆昌德笔下，不仅戈巴尔一人是这种情况，"工人们的境况都是这样的，因此每个人都喝椰子酒，借以排遣身体的疲劳和心灵的寂寞。"② 工人们从事繁重的体力劳动，但是令他们更加难以忍受的却是心灵上的空虚与寂寞。在农村的时候，戈巴尔的心是自由自在的，永远也不会感到疲倦。但是在工厂里，飞快的速度，喧嚣的噪音，让他的心灵紧张而又疲惫。普列姆昌德敏锐地察觉到了工业文明给普通劳动者所带来的精神上的空虚与绝望。同样，工业文明也让资本家迷失了人的本性，为了利润不惜弄虚作假，不仅收受贿赂，而且贿赂别人，人与人之间的关系变成了赤裸裸的金钱关系。康纳倾尽全力投资的糖厂，被一场大火烧成了平地，他的命运也从此改变，变成了众人唾弃和嘲笑的对象。"原先到处让人艳羡的康纳，现在已经完蛋了。现在我在社会上已经没有什么地位了，我的朋友不会信任我，而会把我当作怜悯的对象。我的敌人们将不会妒忌我，只会嘲笑我。你不知道，梅达，我做了多少伤天害理的事啊！我贿赂了别人多少钱，又受了别人多少贿赂啊！农民的甘蔗过秤时，我雇的是什么样的人，用的是什么样的假称啊！"③ 这就是现代文明，人们因为对物质的迷恋而失去了对精神的观照，对科学的崇拜取代了对自然的敬仰，拜金主义、享乐主义开始盛行，人已经被异化。

不论是以戈巴尔为代表的工人阶级，还是以康纳为代表的资产阶级，

① ［印］普列姆昌德：《戈丹》，严绍端译，人民文学出版社 1958 年版，第 400 页。
② ［印］普列姆昌德：《戈丹》，严绍端译，人民文学出版社 1958 年版，第 401 页。
③ ［印］普列姆昌德：《戈丹》，严绍端译，人民文学出版社 1958 年版，第 401 页。

在工业文明这个“座架”里都失去了自我。戈巴尔失去了他所熟悉的农村生活，被冰冷的机器包围了起来，变得烦躁不堪，原有的好心情也一去不复返了。康纳为了利润，不惜违背自己的良心，欺骗农民，收受贿赂。他们为“命运”所逼迫，所“遣送”，身不由己，他们无力反抗，也改变不了什么。在工业文明的时代，人的神性在机器的轰鸣声中，在利润的引诱之下，逐渐地消弭不见了，人忘却了自己的存在，变得无家可归了。在工业文明面前，人们失去了他们的家园，失去了他们的田地，成为了冷冰冰的工厂的一个零部件。他们变得没有尊严，没有家园，传统之中的一切美好的事物都消失不见了，取而代之的是人们之间漠不关心的状态。工人失去了朋友，失去了土地，失去了家园，失去了他们赖以维持生存的基础。更为严重的是，他们失去了心中的信仰，失去了他们的精神家园。家园的失去，让他们无家可归，让他们成为了时代的流浪儿。资产阶级在利润面前，也同样地失去了他们的美德与准则，利润取代了一切，在利润面前他们变得猥琐不堪，一切道德都失去了光彩，一切品行都敌不过利润的诱惑。就这样，在工业文明的面前，家园失去了，而且永远也不可能再回来。在利润，在机器的逼迫之下，人异化为了物，人不再是活生生的生命，而是成为了一台机器，变得没有感情，没有知觉，体会不到人生的美好与快乐。人们都成了物质的俘虏，变得唯利是图，变得面目可憎。人性在工业文明的压迫之下，消失殆尽了，人不再是严格意义上的人了，而是被异化成为了没有感情的物，在机械与盲目之中追逐着利润，追逐着感官享受。

三　工具理性的泛滥

科技和人文是人类理性的两大成果，所谓现代文明的弊端主要是科技主义的单兵突进，从而造成人文精神的萎缩或者缺失。普列姆昌德生活与创作的时代，正是工业文明征服世界的时候，人文精神被科技主义逐渐颠覆，工具理性大行其道。怀特海在《对社会进步的要求》一文中这样写道：“目前世界已经面临着一种无法控制的体系。这种情形有他的危险性，也有它的好处。显然，物力的增长将为社会福利的增进提供机会，假如人类能善处难局的话，在我们的面前确实存在着一个有益于创造的黄金时代。但物力本身在伦理上讲是中性的，它也能向错误的方向发展。现在的问题不是怎样产生伟大的人物，而是怎样产生伟大的社会，伟大的社会将使人知道如何应对这局面。"[①] 上世纪20年代的这些论断，在今天听起来依然震撼人心。现在世界所面临的生态危机，恰恰是物力滥用的后果，这个时代确实是一个有益于创造的黄金时代，火箭、卫星、飞船、计算机、摩天大厦、跨海大桥等等，人类创造的奇迹层出不穷，但就是这个时代却成为有史以来生态危机最为严重的时代，怀特海所期待的“伟大的社会”却仍然不见踪迹。普列姆昌德在考察了西方文明所带来的种种弊端之后，对其所引发的各种问题非常忧虑，他愤然疾呼：“但在过去三个世代中，完全把注意力导向生存竞争这一面，于是产生了特别严重的灾难。19世纪的口号就是生存竞争、竞争、阶级斗争、国与国之间商业竞争、武装斗争等等。生存竞争已经注到仇恨的福音中去了。”[②] 在《文学在生活中的地位》一文中，普列姆昌德从文学的角度揭示西方文明中人文精神的失落现象，他指出：“在宇宙精神之内还有一个民族或国家的精神，这个精神的回声便是文学。以欧洲文学为例，你会看到那儿的斗争：有的是血淋淋的事件的篇章，有的是侦探奇迹的再现，仿佛整个文化都在沙漠上疯狂的寻找水源。这种文学导致的后果必然是，个人的自私自利与日俱增，无限的贪婪，每日每时的骚乱和天天不断的战争。事物都用私利的标准来衡量。甚至现在听了某位欧洲圣人的教导，也会怀疑他的背后隐藏着自私。”[③] 韦伯在《新教伦理与资本主义精神》中指出：“新教伦理强调勤俭和刻苦等职业道德，通过世俗工作的成功来荣耀上帝，以获得上帝的救赎。这一点促进了资本主义的发展，同时也使得工具理性获得了充足的发展。但是随着资本主义的发展，宗教的动力开始丧失，物质和金钱成为了人们追求的直接目的，于是工具理性走向了极端化，手段成为了目的，成了套在人们身上的铁的牢笼。”[④] 普列姆昌德同韦伯几乎是同一时代的人，虽然没有明确的证据表明他曾经受到过韦伯的影响，但他对于欧洲文明的论断与韦伯的观点不谋而合，都认为欧洲人疯狂地追求物质享受和金钱利润，手段代替了目的，从而迷失了人的本性。

在现代社会，技术成了衡量世界万物的唯一尺度，大地、天空甚至于一切物种都成为了技术生产的原材料。“在技术的框架中，事物的一切展

① ［英］怀特海：《科学与近代世界》，商务印书馆1959年版，第196页。

② ［印］普列姆昌德：《一串项链》，庄重译，山西人民出版社1983年版，第353页。

③ ［印］普列姆昌德：《普列姆昌德论文学》，唐仁虎、刘安武译，第76页。

④ ［德］马克斯·韦伯：《新教伦理与资本主义精神》，于晓、陈维刚等译，生活·读书·新知三联书店1987年版，第96页。

现都是技术展现，即事物只被允许在预定的技术生产系统中表现出他们的面貌；它们的这种面貌，它们在技术生产系统中的未隐蔽状态，就是只充当技术生产的储备物，随时到位以供技术生产利用和消耗。技术事件中的人只追求和从事在预定的技术生产系统中得到展现的东西，也就是说，只追求把天地万物看作技术生产的原材料，并以技术生产的唯一尺度去衡量一切事物，把一切事物都纳入技术生产需要之中，因此，人就不可能去了解事物的其他的未隐蔽状态，不可能去了解更本源的展现和更始源的真理。"① 在工业文明时代，实用主义、工具理性主导了整个社会，在这样的社会中，树木的天然本性被破坏，树木最为根本最为原始的价值，诸如自由生长、开花结果的权利被遮蔽、被遗弃，剩下的只有科学价值或者实用价值，树木唯一的用途就是纳入技术生产系统，取得某种效益。工具理性湮没了经济效益之外的一切价值。

看到了问题的症结之后，普列姆昌德也在思考如何走出这一误区。海德格尔认为救赎人的途径是回到西方文明的发端处——古希腊，在这里技术不仅仅是指手工艺和技能，而且也是指美的艺术创作，由此"海德格尔希望把人从技术崇拜引向艺术崇拜"②。但在普列姆昌德看来，印度文明本身就是建立在艺术的基础之上的，而无须再向其他地方去寻找。还是在《文学在生活中的地位》一文中，他这样写道："我们的文明是建立在文学的基础之上的。我们的一切都是文学使然。文学是理想社会的表现，如果理想破灭了，那么社会一定会很快堕落。新文明的生活还没有超过一百五十年，但是现在起世界已经对它感到厌倦了。然而，还没有找到什么能够代替它的东西。世界的情况与这样一个人的情况一样：他知道自己走的道路不对，但是他已经走得很远，现在已经没有能力回头了，他只能往前走，即使前面是波涛汹涌的大海。他只有绝望的挣扎而没有希望的崇高力量。印度文学的理想是献身和贡献，而欧洲人认为当百万富翁，购进财产，在公司入股，进入上流社会才是自己的成功。当印度从这种世俗的迷网中解脱出来的时候，他才认为自己成功了。任何一个民族的最可宝贵的财富都是她的文学的理想。"③ 在普列姆昌德眼里，欧洲只有绝望的挣扎，

---

① 宋祖良：《拯救地球和人类未来——海德格尔后期思想研究》，中国社会科学出版社1993年版，第72页。

② 陈嘉明：《现代性与后现代性十五讲》，第166页。

③ ［印］普列姆昌德：《普列姆昌德论文学》，唐仁虎、刘安武译，第81页。

而没有希望的崇高力量，这一条道路已经走到了尽头，而且已经无法回头了。印度却与之相反，它的理想是献身和贡献而非索取与贪婪。因此，印度需要从欧洲吸取教训，面对波涛汹涌的大海果断地停止脚步，从世俗的迷网中挣脱出来，转向追求艺术，用艺术来慰藉饥渴的心灵。普列姆昌德试图用艺术追求来对治工具理性，在他看来耽于物质财富的追逐，从而放弃了精神世界的构建，对于个人来说，并不是一个完整的个人，对于一个社会来说也是缺失了灵魂的社会。因此，提倡艺术，不仅是对治工具理性给人和社会带来的种种弊端的有效手段，而且也是人和社会获得完善的必由之路。

第三节　理想探索

在深刻的社会批判的同时伴随着紧张的思想探索，这是所有伟大作家的共同特征，在新旧社会交替的时代交叉口上尤其如此。普列姆昌德正处在这样一个过渡时代，他不仅是位多产的作家，也是一位深刻的思想家，发表过大量政论文章。这些文章和他的文学创作一同表现了作家不懈的思想探索和不断的自我超越的过程。面对生态危机、人性异化、人文精神失落的现实，普列姆昌德在对现代文明进行解构的同时，也试图进行构建，希望能够找到解决危机的途径。他以印度传统文明推崇的简单的生活来对治现代文明的穷奢极欲，以人与人之间关系和谐来矫正现代文明的尔虞我诈，以人格理想与社会理想的探索来超越现实社会的物欲横流。

一　简单生活的提倡

在普列姆昌德看来，物质财富是人生完善的障碍，对物质财富的普遍追逐必然会导致人的精神萎缩。生态主义文学的先驱梭罗也提倡“淡泊清新，精神崇高”的生活哲学，致力于维护人之灵魂和肉体的和谐，人与自然的统一。梭罗非常推崇古代哲人们物质简单精神丰富的生活方式，认为“中国 、印度、波斯和希腊的古代哲学家都是一个类型的人物，外表生活再穷没有，而内心生活再富不过”①。梭罗自己就这样度过了他贫穷而富有的人生，像他所崇拜的古代哲学家一样。普列姆昌德认为人生的

① ［美］亨利·梭罗：《瓦尔登湖》，徐迟译，第 12 页。

目的无非就是追求快乐，但是这种快乐又分为真正的快乐和虚假的快乐。物质财富的追逐，并不能使人得到真正的快乐，而是一种虚假的快乐；只有精神的满足，才是真正的快乐。他这样写道："生活的目的就是寻求乐趣，人终生都在致力于寻求它。有的人从宝石、财富中得到，有的人从美满的家庭中得到，有的人从高楼大厦中得到，有的人从权利的追逐中得到；但是，文学的乐趣相比之下则高尚神圣，他的基础是真和美。实际上，真正的乐趣从美和真中才能得到，而表现和创造这种乐趣则是文学的目的。享受财富的乐趣中隐藏着厌倦，对它会产生反感，也会后悔；但是，从美中获得的乐趣是完整的、永恒的。"① 因此，人应该追求精神上的快乐，在精神领域使自己得到满足，这种快乐才是完整和永恒的。

普列姆昌德通过作品中的人物表现了对简单淳朴生活的向往。在长篇小说《舞台》中，苏菲娅和维纳经历了无数的坎坷之后来到了一个世外桃源，一个远离城市的小村庄，"这是比尔族人的一个小小的村落。苏菲娅十分喜爱这个地方。村头的山，一片郁郁葱葱，山脚下的泉水，潺潺地唱着悦耳的歌曲。比尔族居民的茅屋，为藤萝匍匐攀援，宛如天仙的美丽玩物。他们打算在决定做什么、去何处、住在什么地方之前，先落脚在这个村子。他们很快在一家茅舍里找到了住处。比尔族人以好客著称，他们两人又善于适应饥渴寒暑，他们有什么就吃什么，无需茶点、奶品和果味。俭朴度日，正是他们的理想。"在这里他们远离了原来困扰他们的各种烦恼，订阅了大量的报刊杂志，每天认真地阅读，思考着深奥的哲学问题。在这个小村庄里，环境优美，人们与自然融为了一体，他们心情平和，对于物质的需求降到了最低限度，但是在精神领域却是永不满足，苏菲娅和维纳两人每天都进行着哲学问题的思考和辩论。

提倡简单生活的同时，普列姆昌德反对穷奢极欲的物质生活追求。在长篇小说《仁爱道院》里，作家塑造了一个反面人物伯尔帕。他出生于世家，生活奢华无度，花钱如流水，完全不考虑自家的承受能力。他把自己的土地典当拿到一大笔钱之后，开始了不计后果的挥霍："突然一下子得了这么多钱。他又开始带着珍贵的礼品访朋问友，或是在家里大宴宾客。伯尔帕精于烹调，亲手写了一本菜谱。这门学问是他花了很多钱，从做甜食的师傅和名厨那里学来的。他用柠檬树的果实做的牛奶粥，其味道

---

① ［印］普列姆昌德：《普列姆昌德论文学》，唐仁虎、刘安武译，第 76 页。

赛过巴旦杏奶粥；他用红辣椒做的赫勒瓦吃起来很像是莫亨波格；他用芒果做的烤肉更为出色，使多少品尝家为之惊叹；经他手做的力索拉蜜饯比葡萄蜜饯味道还佳。虽然制作这些东西费钱费事，几经试做，才能成功，但伯尔帕在这方面就像一个真诚的诗人，对他来说，知音者的称赞就是最大的奖赏。纪念大哥的生日已多年没办了，这次他又热心地张罗起来，一连宴请了好几天。城里有许多大户人家，但谁也不敢与他争个高低。”① 对于物质享受的无度追求，使得伯尔帕陷入了无法自拔的深渊，导致家庭破产，在一贫如洗的情况下，美食的诱惑仍将他逼到了疯狂的境地：“回家时，他并不直朝家门走去，贪得无厌的食欲把他带到卖大饼的那条街。那洋葱和别的佐料的香味扑鼻而来，他心里有一种说不出的满足感。”对于物质享受的追求，使得伯尔帕丧失了一位老者应有的尊严，“他向布商死皮赖脸地赊欠，并受到人们的指责，可他并不在乎。只要立下字据，他可以拖欠几年。从那天起，小贩们也不登他的门了。”② 伯尔帕作为普列姆昌德塑造的一个典型人物，生动地体现了作者关于物质生活和精神生活的观点。由于对于虚名的追求和美食的狂热，伯尔帕陷入了身败名裂的境地，把典当土地得来的钱财挥霍一空，整个家族陷于流落街头的危险，而这一切仅仅是为满足他的虚荣心，能够赢得一个慷慨好客的好名声。追求物质享受而忽视精神圆满的恶果在伯尔帕的身上得到了淋漓尽致的体现，为了闻一闻食物的香味，他能够在街头游荡好几个小时，馋嘴的毛病使得“他一次次走进屋里，打开柜子和壁橱，满怀希望地看看里面有没有好吃的东西，但里面除了一些调料外，再也没有别的东西可吃。于是，他趁别人看不见时，赶紧拿起勺子舔了起来。令人失望的是，他馋得这样难受，竟没有任何人同情和可怜他”。伯尔帕过度追逐物质享受，忽略精神世界的完善，落得尊严尽失，招人厌恶，自己也痛苦不堪。

普列姆昌德把反对享乐提倡简朴生活上升到文明兴衰和人生哲学的高度，他指出：“思想的萎靡是堕落的最不幸征象。如果社会的首脑人物，即受过教育的统治者们迷恋于享乐，那么思想的进展就停止了，而且无所作为的情绪也开始滋长。一般来说，即使在历史的光明时代，享乐的情绪也从来没有绝迹。”③ 也就是说，如果想要人生充实而有意义，他需要尽

① ［印］普列姆昌德：《仁爱道院》，周志宽等译，新华出版社 1983 年版，第 472 页。
② ［印］普列姆昌德：《仁爱道院》，周志宽等译，新华出版社 1983 年版，第 474 页。
③ ［印］普列姆昌德：《普列姆昌德论文学》，唐仁虎、刘安武译，第 121 页。

可能地简化他的物质生活，最大限度地丰富他的精神生活。反对享乐提倡简朴生活是印度传统文化的重要内容，那些过林居生活的哲人就是这方面的典范，他们为了思考社会、人生和世界宇宙的问题，在森林中建立道院或净修林，以树上的果实和植物的根茎为食物，物质生活极为简单，然而他们的精神生活非常丰富，每天诵读经典，吟唱诗篇，探讨学术，追求真理，创造了印度文化史上丰富的精神产品。

当今世界，环境恶化生态危机主要是由于资源的过度开发，资源过度开发是因为人们过度消费，过度消费是因为人们对奢侈生活的追求，并且导致欲壑难填心理膨胀等精神疾病，解决的途径其实很简单，就是回归物质简单精神丰富的生活。提倡简单生活无疑要限制人类的自由发展和无限权利，因为正是人类的自由发展直接导致地球的生态危机，为了自然和人类的持续生存，必须限制人类的部分自由，限制追求物欲的权利。如果我们不能主动地限制自己的自由和权利，那么自然必将以更为残酷的方式来限制。这是生态主义的基本原理，也是普列姆昌德给我们的有益启示。

二　精神家园的守望

普列姆昌德提倡的生活方式，也是印度传统文化所推崇的生活方式，包括物质简单和精神丰富两个方面，如果说物质简单不容易做到，那么精神丰富则更难，前者需要克服自己的欲望和外界的诱惑，后者需要守住或者重建自己的精神家园。在这方面，普列姆昌德也有比较多的思考。

道德和信仰是人类精神家园的根基。在普列姆昌德塑造的正面人物身上，体现了这样的精神家园的守望，即坚守自己的道德情操和神圣信仰，在物欲横流的时代表现出精神的光芒，在没有神的时代守住自己的神性。短篇小说《五大神》写一个村子里有两个要好的朋友，一个叫朱曼·谢赫，另一个叫阿尔古·焦特里。谢赫对自己负责赡养的寡妇姨母不公，姨母把自己的一份产业交给了他，他赡养姨母终身。他没有照协议履行自己的职责，所以姨母向村中的五人长老会申诉。焦特里作为长老会的首席长老，秉公行事，裁决谢赫败诉。谢赫认为焦特里无情无义，怀恨在心，想伺机进行报复。机会很快来了，焦特里和村里的一个商人发生了纠纷。商人用焦特里的牛拉货，不爱惜牲口，役使过度，牲口死亡，商人不赔偿。于是焦特里要求召开长老会，谢赫充任了长老会的首席长老。当他最后行使裁决权时，也秉公行事，不计私仇，判断焦特里胜诉。人们赞扬长老会的公正精神。小说取名为《五大神》而实际描写的却是村里的五人长老会，由此可见，在作家看来，人们只要不为自己的私利和贪欲所迷惑，坚守住自己身上与生俱来的神性，即可成为神一样完美无瑕的人物。普列姆昌德在《文学在生活中的地位》一文中指出："人本来就像神一样，只是受了时代的作弄或者其他情况的影响，他才失去了自己的神性。文学就是力图保持住这种神性。"① 作家就是试图通过在小说中塑造这样的人物，保持住人身上的神性，守住精神家园。《五大神》表现的是社会矛盾中人们对公正正义等美德的坚守，《大家女》则是表现家庭关系中宽容忍让的美德。小说描写一个大家庭中兄弟叔嫂发生矛盾，小叔子打了嫂子，哥哥知道后大怒，向父亲要求分家，不愿再见到弟弟。弟弟准备出走，眼看大家庭面临解体的危险，嫂子以宽容的态度原谅小叔子，阻止他离家出走，促使两兄弟和好。女主人公出身名门，不仅有教养，知书达理，而且有着善良宽厚的胸怀，他以自己的克己忍让和宽容大度维护了家庭和睦，人们称赞他不愧是"大家女"。以上作品可以看出，面对现代文明的危机，普列姆昌德主要面向传统文化进行社会理想和人格理想的探索，在平静的农村生活和纯朴的农民身上寻找美德。

最能代表作家人格理想的是《舞台》中的苏尔达斯，他是印度传统道德的化身。其人格特点首先是正直无私、舍己为人。他有祖传的几十亩地，让村里的人无偿使用，自己则以乞讨为生。资本家为了买他的地，先给他五个卢比的钞票作为施舍，后来又出5000卢比的高价，都被他拒绝了。他拒绝施舍是因为对方目的不纯，行善是为了达到个人的目的，就不算行善了；他拒绝卖地，一是因为没有了荒地会给村民带来不便，二是认为建起工厂会败坏风气，导致堕落。由于他坚决不卖地，资本家勾结官府，强行征地，他只得到1000卢比补偿金，但他把这笔钱也捐献了。其次，他善良仁慈，以德报怨。村民派鲁虐待自己的妻子苏帕姬，将她赶出家门。苏帕姬走投无路，求苏尔达斯收留她。为了不让苏帕姬走上绝路，苏尔达斯顶着引诱别人妻子的骂名收留了她。派鲁把他当成死对头，烧了他的房子，偷走了他积攒的500卢比家当，他都不声不响，默默忍受。后来苏帕姬背着丈夫将500卢比交还给他，他认为偷小偷的钱也不应该，把钱退给派鲁。派鲁告他拐骗别人的妻子，他因此坐牢。有人仗义募捐，代

① ［印］普列姆昌德：《普列姆昌德论文学》，唐仁虎、刘安武译，第81页。

他交了罚款得以出狱，他却将剩余的300卢比捐款给了派鲁，因为派鲁的房子被烧，迫切需要一笔钱盖新房。他的以德报怨终于感化了派鲁。再次，他性格坚韧，敢于坚持正义，反抗邪恶。他不畏强暴，坚决不将荒地卖给资本家，后来官府又强迫村民搬迁，苏尔达斯带头以静坐的非暴力方式进行反抗，捍卫自己的权利，守着自己的茅屋，拒不搬迁。最后他被打伤住进医院，不治身亡。虽然他的斗争失败了，但他的道义力量征服了周围的人，人们为他树立了纪念碑。苏尔达斯“所表现的对于生活的思索——正义与非正义，是与非，善与恶，都是普列姆昌德自己的思索。……对普列姆昌德来说，坚持真理的含义便是——人生永恒的意义——同情、宽恕、善良、谦恭、施予、无畏、真诚和捍卫正义”。[①] 这些正是印度传统文化中的人格理想。通过这样的理想人格的探索，普列姆昌德也在守望着自己的精神家园。

文学艺术是人类精神家园中最美丽的花朵，在《文学的目的》一文中，普列姆昌德这样写道：“只有文学具有高尚的思想、自由的精神、美的本质和生活真实的光辉，能使我们产生动力，推动我们去斗争，让我们激动不安，而不是使我们昏昏入睡，它才能经得起我们的准则的检验，因为现在更多的睡眠就标志着死亡。”[②] 文学艺术是人类精神家园最为重要的因素，可以说，只有艺术才能给人类的精神家园增添色彩和生机。现代社会在工具理性和实用主义的驱使之下，造成了人与自然的疏离，人与人的疏离，人与自己的内心的疏离。生态主义要求放弃对自然的征服、占有、统治，涤除自己的物欲，拓展人的精神空间。技术作为一种物性活动过程，只能在物的层面上丰富人类的生活，它所折射出来的科学精神，也主要是在物性层面上对人性提升。然而，人作为一种社会存在和精神存在，需要有丰富的精神世界和作为安身立命之所的精神家园。人与社会的关系，将通过人与自然的关系为中介而展开。人的心性和物性的和谐，使人在与自然的交流与融合中体味出生命的价值和意义。生态主义要求把人文关怀和生态价值灌注到技术的应用之中，从而在构建人的物质家园的同时构建人的精神家园。普列姆昌德认为欧洲文明和印度文明存在本质上的不同，在他看来，欧洲文明已经迷失了方向，只有绝望挣扎，而没有崇高

① ［印］阿姆利特·拉耶：《普列姆昌德传》，王晓丹、薛克翘译，北京师范学院出版社1989年版，第366页。

② ［印］普列姆昌德：《普列姆昌德论文学》，唐仁虎、刘安武译，第144页。

的力量。印度文明与之不同，是建立在艺术的基础之上的，即建立在理想和奉献之上的。西方文明的本质是科技，其对象是物质世界，而印度文明的本质是艺术，而艺术则和人类的人格有着密切的关系。普列姆昌德认为，文学可以将人们与生俱来的美好感情从遮蔽状态中唤醒，从而去除人、社会和自然的丑、恶、假。他这样说道："文学努力唤醒我们美好的感情。只有人才有这种感情，谁身上的这种感情强烈，同时又有表现它的能力，他就会成为文学的创造者。他身上的这种感情会变得如此强烈，以致他不能容忍人、社会和自然的那些丑、恶、假，而且急于用自己美好的感情去唤醒人和社会的健康的情趣。"① 在艺术的作用之下，人类精神自然中的植物才可以焕发勃勃生机。在普列姆昌德看来，文学艺术直接作用于人的精神世界，鼓舞人们圣洁的感情，将人真诚、公正和无私服务的神性唤醒。在谈到文学阅读给人带来的精神享受与物质消费给人带来的满足之时，他这样写道："这些短篇小说不会影响我们想吃到可口饭食的食欲，但是我们那一直渴求水果和糖块的食欲却一定会由于短篇小说而满足。"② 在普列姆昌德看来，精神食粮给人带来的收获是要远远大于物质享受给人带来的满足的。在说到生存与工作的关系时，他这样说道："现在我们忙于生存而斗争，以至于没有时间娱乐，如果娱乐对于健康不是必不可少的，那么我们一天会无忧无虑地工作十八个小时，甚至连娱乐二字也不可能提到。但是自然规律使我们无可奈何。"③ 因此，在普列姆昌德看来，文学艺术是人类精神家园中最为重要的植物，没有了这些植物的装点，人类的精神家园就会变得荒芜一片。

工业文明时代，甚至当今的后工业社会，轰隆的机器声带走了一切值得回味的美好记忆，我们急需重建我们的精神家园，而艺术以其特有的价值成为负载这一使命的最佳的载体。人们每天忙忙碌碌地为生存而斗争，但是这仅仅是生活的一部分，忽略了精神家园的生活是有害于人类的长远发展的，因此普列姆昌德才如此急切地呼吁人们重建精神生活，要重视文学艺术对于人类的伟大的意义。经过工业文明数百年的发展，工具理性席卷人类文明的一切领域之后，在后现代社会中，普列姆昌德的这一主张依然具有启发意义。海德格尔把人类的精神领域比作是大自然中的田野，将

① ［印］普列姆昌德：《普列姆昌德论文学》，唐仁虎、刘安武译，第 122 页。
② ［印］普列姆昌德：《普列姆昌德论文学》，唐仁虎、刘安武译，第 156 页。
③ ［印］普列姆昌德：《普列姆昌德论文学》，唐仁虎、刘安武译，第 127 页。

文学艺术看作“田野中开花的树”。工具理性的代表是科技，那么诗意生存的主要手段是艺术，在生态文明的构建中，为了让精神“田野中开花的树”能够枝繁叶茂开花结果，需要找回文学艺术的根本价值，让其自由生长，开花结果，人类的精神家园才能绚丽多彩。

三　乌托邦的构想

普列姆昌德是一位富有社会责任感和道德使命感的作家，在对西方文明和现代性进行批判的同时，也在构建自己心中的理想圣地，这就是人格理想与社会理想的探索。如果说人格理想的探索是为了守住精神家园，那么，社会理想的探索只能是构建乌托邦。普列姆昌德的社会思想具有深刻的矛盾性，他看到了传统宗法制社会必然崩溃的趋势，但又留恋和惋惜，希望保持住古老纯朴的乡村社会及其道德文化。因此他站在宗法制农民立场构画社会蓝图，“我们是一个以农业为主的国家……我们应该发展的是那些不破坏我们的农村生活的工业。”① 但他的社会理想中也增添了新的因素，提出“理想的制度应该是：人人都有平等的权力，不允许地主、债主对民众作威作福”②。他希望在印度传统文化范围内解决社会矛盾，在早期短篇名作《五大神》中，他歌颂了印度农村中的五人长老会，作品描写被选入长老会处理公众事务和民事纠纷的人，自然产生一种神圣感，自觉地排除个人恩怨，秉公办事。这种长老会是印度传统农村公社中的社会组织形式，自上古至近代一直延续着。在长篇小说《仁爱道院》中，巴拉吉父子的暴力反抗失败了，地主普列姆放弃了土地所有权，建立起与农民互相合作的“仁爱道院”（或译为“博爱新村”），成功地解决了地主和农民的矛盾。这种“道院”或者称为“净修林”，在印度有着悠久的传统，从上古一直流传到近代。净修林是印度古代森林文明的产物。从宗教的角度看，净修林是婆罗门仙人在森林中建立的修道和讲道的场所，类似于佛教的寺庙或者僧团；从社会的角度看，净修林更像是农村公社。其社会结构是以一个德高望重的仙人为核心，其家庭成员以及弟子们一起生活，组成一个大家庭。他们除了学习研究宗教经典和祭祀礼仪之外，还要开垦荒地、植树种草、采集果实、捡拾木柴，进行自给自足的生产和生活。这样的大家庭同时也是一个小社会，成员共同劳动，共同生

① ［印］阿姆利特·拉耶：《普列姆昌德传》，王晓丹、薛克翘译，上引书，第293页。
② ［印］阿姆利特·拉耶：《普列姆昌德传》，王晓丹、薛克翘译，上引书，第365页。

活，成员之间有长幼之序而无阶级之分，延续了原始共产主义的社会形态。这样的净修林自古以来就是印度人心目中的圣地，近代印度思想家和社会改革家如甘地、泰戈尔等人，也把自己的社会或者教育改革试验区称为“道院”。普列姆昌德的理想社会显然是建立在这样的传统之上的。这种社会理想的对立面是正在兴起的工业文明和资本主义社会。长篇小说《舞台》集中表现了这种对立，主人公苏尔达斯反对建立工厂，认为工厂虽然带来繁华，但也会带来各种不道德的恶习，破坏社会的纯朴与和谐，后来发生的情况果然不出苏尔达斯之所料。由此可见，普列姆昌德的社会理想是希望“重新建立起黄金时代的纯朴和正直的社会”①。

普列姆昌德的理想社会中有两个值得关注的重要特点，首先是人与自然的和谐。在小说《一串项链》中，戴维丁和罗玛纳特逃离了城市生活之后来到了恒河旁边的一个小村庄里，“印历正月的一个凉爽的、令人惬意而振奋的黄昏。恒河岸边被紫罗兰覆盖的原野上，榕树荫下拴着几头耕牛和奶牛，几间茅草房旁边南瓜和丝瓜藤一直爬至屋顶，给人以整洁、清新之感。这里没有城市里的嘈杂和喧嚣。也许没有比这里更为舒适和宁静的所在了”。戴维丁和罗玛纳特搬来这个靠近阿拉哈巴德的村庄，已经过了三个年头了。戴维丁“购买了土地，建立了果园，从事耕作。又买了耕牛和奶牛。在辛勤的劳动中，他感到满足、宽慰和宁静。如今他脸上的蜡黄色和皱纹消失了，闪烁着一种新的光辉和新的神采”②。在喧嚣嘈杂充满贪欲的城市生活和宁静和谐自食其力的乡村生活之间，戴维丁和罗玛纳特选择了后者。由此可见，在普列姆昌德的理想社会中，人们戒除了贪欲，过着简单纯朴的生活，人与自然融合成为一体；对于物力不再滥用，而更加重视精神的生活，用精神的富有来弥补物质的不足。普列姆昌德小说中所描绘的生活场景和生存环境，在一定程度上说，正是生态文明所期冀和向往的。

普列姆昌德的理想社会中第二个重要特点是人与人之间的和谐。在长篇小说《仁爱道院》中，作家对普列姆建立的“仁爱道院”有这样的描写：“这里与往昔已大不同。那时，只有他一个人孤独地住在茅屋里，过着和尚一样的生活。如今，这里已成了一座花园式的小镇。人们经常谈论

① ［印］伯勒迦谢金德尔·古伯德：《新印地语文学一瞥》，见刘安武选编《印度现代文学研究》，中国社会科学出版社 1980 年版，第 237 页。

② ［印］普列姆昌德：《一串项链》，庄重译，第 353 页。

时事、探讨生死的奥秘和一些复杂的问题。正直的学者纷纷汇集到这块摆脱了偏见与傲慢的小天地来，使它真正成了一块简朴、知足、高洁的修身养性之地。这里没有痛苦的嫉妒、疯狂的诱惑和瘟疫般的贪婪；这里既不崇拜金钱，也不蔑视穷人；既没有高高在上者，也没有像罪人的垂手侍立者；既听不到主人的责骂，也看不到仆人可悲的阿谀奉承。人们相互帮助，彼此照顾，互为朋友。”① 在普列姆昌德构建的乌托邦中，人人都过着简单的生活，对物质的享受极为克制，原来想尽一切办法榨取钱财的律师伊尔凡·阿里博士来到了普列姆创建的这一圣地之后，变得品德高尚，举止有度，只为自己认为合理的案子进行辩护，而且收取非常低廉的费用，仅仅够自家日常生活的需要。医生普列纳特以往唯利是图，他关心的只是自己的收入，丝毫不关心病人的死活，无论病情有多么紧急，每天下午的散步时间不能改变。他受到普列姆的感染，来到仁爱院之后，便悔过自新，主动去周边的村子为穷苦的农民看病，而且不收取分文医药费。他为了生计，不惜养了几头奶牛，并且亲自去集市上卖牛奶。赛义德·伊扎德·侯赛因，原来打着慈善的幌子到处招摇撞骗，将自己的亲生儿女装扮成孤儿，博得人们的同情，现在一改以前的作风，办起了真正的孤儿院，成为了印度教徒和穆斯林团结的真正宣传者。通过这样的故事情节，作家构建了一个他心目中的理想世界，在这里，人们与大自然和谐相处，生活简单淳朴，人与人之间的关系友好真诚，艺术的追求，精神世界的充实弥补了物质生活的不足。从普列姆昌德笔下的仁爱道院，不难看出作者对于以城市生活为代表的工业文明以及贪欲横流的现代社会的忧虑与批判。在他构建的这一乌托邦中，人人都解除了自己身上的贪欲，他们虽然过着简朴的生活，但是思考的却是深奥的哲学问题。在这里，人们已经抛弃了偏见和傲慢，人与人之间互为朋友，相互帮助，在这里没有妒嫉，没有诱惑，人们对金钱不俯首膜拜，对穷人也不加以歧视。人们之间的人格相互平等，没有高高在上者，也没有甘为奴仆者，实现了人与人关系的和谐。这是作者勾画的一个理想社会的蓝图。

面对生态危机和社会危机，人不能无动于衷，正如史怀泽所说：“受制于盲目的利己主义的世界，就像一条漆黑的峡谷，光明仅仅停留在山峰之上。所有的生命都必然生存于黑暗之中，只有一种生命能够摆脱黑暗，

① ［印］普列姆昌德：《仁爱院》，周志宽译，上海译文出版社 1986 年版，第 501 页。

看到光明。这种生命是最高的生命，人。只有人能够认识到敬畏生命，能够认识到休戚与共，能够摆脱其余生物苦陷其中的无知。”① 真正的思想家、有识之士，应该直面现实，发现问题并提出解决的途径。普列姆昌德在印度工业文明来临之际，为我们构建了一个世外桃源。这里没有工业文明带来的种种弊端，人们消除了贪欲，也没有人与人之间的尔虞我诈，传统文明中的美德在这里复苏了，人们之间相互关心，相互支持，更重要的是，人回归自然，人与大自然在这里融为了一体，实现了环境友好。总之，普列姆昌德的社会理想表现了自然生态、社会生态和精神生态的诉求。生态危机是人类生存环境的危机，也是人类生存状态的危机，是人类文化的危机。因此，必须走出人类中心主义观念主导下的生存范式，向以生态为中心的生存范式转变。生态文明，是指人类遵循人、自然、社会和谐发展这一客观规律而取得的物质与精神成果的总和，是指人与自然，人与人、人与社会和谐共生、良性循环、全面发展、持续繁荣为基本宗旨的文化伦理形态。工业文明之后的生态文明转型不仅是伦理价值观的转变，也是生产和生活方式的转变。从这个意义上说，普列姆昌德构建的乌托邦不完全是无稽之谈，也有值得借鉴之处。

① ［法］阿尔贝特·史怀泽：《敬畏生命：50 年来基本的论述》，陈泽环译，第 20 页。

主要参考文献

（中文以编著者姓氏拼音字母为序，译著以原著者国别排列，外文以著者姓氏字母为序）

安乐哲等主编：《佛教与生态》，江苏教育出版社 2008 年版。

陈独秀：《陈独秀文章选编》，生活·读书·新知三联书店 1984 年版。

陈峰君主编：《印度社会论述》，中国社会科学出版社 1991 年版。

陈嘉明：《现代性与后现代性十五讲》，北京大学出版社 2006 年版。

崔连仲等选译：《古印度吠陀时代和列国时代史料选辑》，商务印书馆 1998 年版。

杜继文主编：《佛教史》，中国社会科学出版社 1991 年版。

方立天：《佛教哲学》，中国人民大学出版社 1986 年版；《中国佛教与传统文化》，上海人民出版社 1988 年版。

郭沫若：《郭沫若全集》，人民文学出版社 1990 年版。

郭良鋆：《佛陀和原始佛教思想》，中国社会科学出版社 1997 年版。

侯传文：《东方文化通论》，山东教育出版社 2002 年版；《佛经的文学性解读》，中华书局 2004 年版；《话语转型与诗学对话——泰戈尔诗学比较研究》，中国社会科学出版社 2010 年版；《中印佛教文学比较研究》，中华书局 2018 年版。

胡志红：《西方生态批评研究》，中国社会科学出版社 2006 年版。

黄宝生：《印度古典诗学》，北京大学出版社 1993 年版；《〈摩诃婆罗多〉导读》，中国社会科学出版社 2005 年版。

黄宝生编著：《梵语文学读本》，中国社会科学出版社 2010 年版。

黄心川：《印度哲学史》，商务印书馆 1989 年版；《印度近现代哲学》，商务印书馆 1989 年版。

季羡林：《佛教与中印文化交流》，江西人民出版社 1990 年版；《中印文化关系史论文集》，生活·读书·新知三联书店 1982 年版；《中印文化交流史》，新华出版社 1991 年版；《季羡林文集》，江西教育出版社 1995 年版；《季羡林全集》，外语教学与研究出版社 2010 年版。

季羡林主编：《印度古代文学史》，北京大学出版社 1991 年版。

季羡林、刘安武编：《印度两大史诗评论汇编》，中国社会科学出版社 1984 年版。

季羡林、刘安武选编：《印度古代诗选》，漓江出版社 1987 年版。

季羡林、张光璘编选：《东西文化议论集》，经济日报出版社 1997 年版。

金克木：《梵语文学史》，人民文学出版社 1964 年版；《印度文化论集》，中国社会科学出版社 1983 年版；《比较文化论集》，生活·读书·新知三联书店 1984 年版。

梁启超：《饮冰室佛学论集》，江苏广陵古籍刻印社 1990 年版；《梁启超哲学思想论文选》，北京大学出版社 1984 年版。

林承节：《印度民族独立运动的兴起》，北京大学出版社 1984 年版。

刘安武：《印度印地语文学史》，人民文学出版社 1987 年版；《印度两大史诗研究》，北京大学出版社 2001 年版；《印度文学和中国文学比较研究》，中国国际广播出版社 2005 年版；《普列姆昌德评传》，中国国际广播出版社 1999 年版。

刘安武编选：《印度现代文学研究》，中国社会科学出版社 1980 年版；《普列姆昌德短篇小说选》，人民文学出版社 1984 年版。

刘建、朱明忠、葛维钧：《印度文明》，福建教育出版社 2008 年版。

刘文良：《范畴与方法：生态批评论》，人民出版社 2009 年版。

鲁枢元：《生态文艺学》，陕西教育出版社 2000 年版；《生态批评的空间》，华东师范大学出版社 2006 年版。

南宫梅芳等：《生态女性主义：性别、文化与自然的文学解读》，社会科学文献出版社 2011 年版。

钱钟书：《谈艺录》，中华书局 1984 年版；《管锥编》，中华书局 1986 年版。

任俊华、刘晓华：《环境伦理的文化阐释——中国古代生态智慧探考》，湖南师范大学出版社 2004 年版。

沈益洪编：《泰戈尔谈中国》，浙江文艺出版社 2001 年版。

石海峻：《20 世纪印度文学史》，青岛出版社 1998 年版。

释僧祐：《出三藏记集》，苏晋仁、萧炼子校点，中华书局 1995 年版。

释印顺：《原始佛教圣典之集成》，中华书局 2011 年版。

宋祖良：《拯救地球和人类未来——海德格尔后期思想研究》，中国社会科学出版社 1993 年版。

孙宜学编：《泰戈尔与中国》，河北人民出版社 2001 年版。

孙周兴：《说不可说之神秘：海德格尔后期思想研究》，上海三联书店 1994 年版。

唐仁虎等：《泰戈尔及其作品研究》，昆仑出版社 2003 年版。

王国维：《人间词话》，山西古籍出版社 2001 年版。

王诺：《欧美生态文学》，北京大学出版社 2003 年版。

巫白慧：《印度哲学：吠陀经探义和奥义书解析》，东方出版社 2000 年版。

薛克翘：《中印文学比较研究》，昆仑出版社 2003 年版。

亚东图书馆编：《科学与人生观》，上海书店 1923 年版。

姚卫群编著：《印度哲学史》，北京大学出版社 1992 年版。

尹锡南：《世界文明视野中的泰戈尔》，巴蜀书社 2003 年版。

郁龙余：《中国印度文学比较》，中国社会科学出版社 2001 年版。

郁龙余编选：《中印文学关系源流》，湖南文艺出版社 1987 年版；《中国印度文学比较论文选》，中国美术学院出版社 2002 年版。

郁龙余等：《梵典与华章》，宁夏人民出版社 2004 年版；《中国印度诗学比较》，昆仑出版社 2006 年版。

曾建平：《自然之思：西方生态伦理思想探究》，中国社会科学出版社 2004 年版。

张光璘编选：《中国名家论泰戈尔》，中国华侨出版社 1994 年版。

张君劢：《张君劢集》，黄克剑、吴小龙编，群言出版社 1993 年版。

赵绍鸿编著：《森林美学》，北京大学出版社 2009 年版。

中华大藏经编辑局编：《中华大藏经》（汉文部分），中华书局

1984—1995 年版。

［澳］彼得·辛格：《动物解放》，孟祥森、钱永祥译，光明日报出版社 1999 年版。

［德］海德格尔：《海德格尔选集》，孙周兴选编，孙周兴等译，上海三联书店 1996 年版。

［德］黑格尔：《美学》，朱光潜译，商务印书馆 1979—1981 年版；《哲学史讲演录》，贺麟等译，商务印书馆 1959 年版。

［德］恩斯特·卡西尔：《人论》，甘阳译，上海译文出版社 1985 年版。

［德］康德：《判断力批判》，宗白华译，商务印书馆 1964 年版。

［德］W. 施密特：《原始宗教与神话》，上海文艺出版社 1987 年版。

［德］马克斯·韦伯：《新教伦理与资本主义精神》，于晓、陈维刚等译，生活·读书·新知三联书店 1987 年版。

［法］阿尔贝特·史怀泽：《敬畏生命：五十年来的基本论述》，陈泽环译，上海社会科学院出版社 1995 年版。

［美］塞·诺·克雷默等：《世界古代神话》，魏庆征译，华夏出版社 1989 年版。

［美］大卫·雷·格里芬：《后现代精神》，王成兵译，中央编译出版社 2005 年版。

［美］戴斯·贾丁斯：《环境伦理学》，林官明等译，北京大学出版社 2002 年版。

［美］奥尔多·利奥波德：《沙乡年鉴》，侯文蕙译，吉林人民出版社 1997 年版。

［美］霍尔姆斯·罗尔斯顿：《环境伦理学》，杨通进译，中国社会科学出版社 2000 年版。

［美］亨利·梭罗：《瓦尔登湖》，徐迟译，吉林人民出版社 1997 年版。

［美］玛丽·E. 塔克尔、邓肯·R. 威廉斯编《佛教与生态》，何则阴等译，江苏教育出版社 2008 年版。

［日］阿部正雄：《禅与西方思想》，王雷泉等译，上海译文出版社 1989 年版。

［日］《大正新修大藏经》，日本大正一切经刊行会 1924—1934 年版。

［日］加地哲定：《中国佛教文学》，刘卫星译，今日中国出版社1990年版。

［日］今道友信：《美的相位与艺术》，周浙平、王永丽译，中国文联出版公司1988年版；《东方的美学》，蒋寅等译，生活·读书·新知三联书店1991年版。

［日］中村元：《比较思想论》，吴震译，浙江人民出版社1987年版。

［希腊］亚里斯多德：《诗学》，罗念生译，人民文学出版社1984年版。

［印］A. L. 巴沙姆主编：《印度文化史》，闵光沛等译，商务印书馆1997年版。

［印］《奥义书》，黄宝生译，商务印书馆2010年版。

［印］《佛本生故事选》，郭良鋆、黄宝生译，人民文学出版社2001年版。

［印］《梵语诗学论著汇编》，黄宝生译，昆仑出版社2008年版。

［印］K. 克里巴拉尼：《泰戈尔传》，倪培耕译，漓江出版社1984年版。

［印］迦梨陀娑：《沙恭达罗》，季羡林译，人民文学出版社2002年版。

［印］阿姆利特·拉耶：《普列姆昌德传》，王晓丹、薛克翘译，北京师范学院出版社1989年版。

［印］R. C. 马宗达等：《高级印度史》，张澍霖等译，商务印书馆1986年版。

［印］《摩奴法论》，蒋忠新译，中国社会科学出版社1986年版。

［印］毗耶娑：《摩诃婆罗多》，黄宝生等译，中国社会科学出版社2005年版。

［印］毗耶娑：《薄伽梵歌》，黄宝生译，商务印书馆2010年版。

［印］普列姆昌德：《戈丹》，严绍端译，人民文学出版社1958年版。

［印］普列姆昌德：《普列姆昌德论文学》，唐仁虎、刘安武译，漓江出版社1987年版。

［印］普列姆昌德：《仁爱道院》，周志宽等译，新华出版社1983年版。

［印］普列姆昌德：《舞台》，庄重译，广东人民出版社1980年版。

［印］帕德玛·苏蒂：《印度美学理论》，欧建平译，中国人民大学出版社 1992 年版。

［印］萨拉夫：《印度社会》，华中师范学院历史系翻译组译，商务印书馆 1977 年版。

［印］S. C. 圣笈多：《泰戈尔评传》，董红钧译，湖南文艺出版社 1984 年版。

［印］泰戈尔：《泰戈尔全集》，刘安武、倪培耕、白开元主编，河北教育出版社 2000 年版。

［印］泰戈尔：《泰戈尔诗选》，人民文学出版社 1994 年版。

［印］泰戈尔：《泰戈尔论文学》，倪培耕等译，上海译文出版社 1988 年版。

［印］泰戈尔：《回忆录·我的童年》，谢冰心、金克木译，人民文学出版社 1988 年版。

［印］泰戈尔：《泰戈尔随笔》，刘湛秋主编，安徽文艺出版社 1995 年版。

［印］泰戈尔：《恒河畔的净修林——泰戈尔散文随笔集》，白开元译，中国广播电视出版社 2000 年版。

［印］泰戈尔：《孟加拉掠影》，刘建译，上海译文出版社 1985 年版。

［印］《五十奥义书》（修订本），徐梵澄译，中国社会科学出版社 1995 年版。

［印］蚁垤：《罗摩衍那》，季羡林译，人民文学出版社 1980 年版。

［印］《长老偈·长老尼偈》，邓殿臣译，中国社会科学出版社 1997 年版。

［英］彼得·哈维：《佛教伦理学导论：基础、价值与问题》，李建欣、周广荣译，上海古籍出版社 2012 年版。

［英］怀特海：《科学与近代世界》，商务印书馆 1959 年版。

［英］杰拉尔德·G. 马尔腾：《人类生态学——可持续发展的基本概念》，顾朝林等译，商务印书馆 2012 年版。

［英］麦唐纳：《印度文化史》，龙章译，上海文化出版社 1984 年版。

［英］麦克斯·缪勒：《宗教的起源与发展》，金泽译，上海人民出版社 1989 年版。

［英］渥德尔：《印度佛教史》，王世安译，商务印书馆 1987 年版。

Bhattacharya，Srinibas. *Tagore and the World*. Calcutta：Om Prokash Poddar, 1961.

Lawrence Buell. *The Environmental Imagination: Thoreau, Nature Writing, and the Formation of American Culture*. Harvard University Press, 1996.

Sitansu S. Chakravrti. *Ethics in the Mahabharata: A Philosophical Inquiry for Today*. New Delhi: Munshiram Manoharlal Publishers Pvt. Ltd. 2006.

Bhudeb Chaudhuri and Subramanyan, K. G. ed. *Rabindranath Tagore and the Challenges of Today*. Shimla: Indian Institute of Advanced Study; Calcutta: Distributed by Seagull Bookshop, 1988.

Aruna Goel. *Environment and Ancient Sanskrit Literature*. Deep and Deep Publications Pvt. Ltd. New Delhi, 2003.

Devy, G. N. *After Amnesia: Tradition and Change in Indian Litery Criticism*. Bombay: Orient Longmans, 1992.

Devy, G. N. ed. *Indian Literary Criticism: Theory and Interpretation*. Orient Langman Private Limited 2002.

Jan Gonda. *Vedic Literature*. Otto Harrassowitz, Wiesbaden, 1975.

Dr. S. Kumar and Dr. S. Gajrani, ed. *Culture, Religion and Traditions in India*, Vol. 1-3, Om Publications, Faridabad, 1998.

Griffith, Ralph, T. H. *Poetry and Poetical Rhetorics in Indian Literature*. New Delhi: Asian Publication Services, 1985.

Hay, Stephen N. *Asian Ideas of East and West: Tagore and His Critics in Japan, China, and India*. Cambridge: Harvard University Press, 1970.

Hogan, P. C. and Pandit, L. Ed. *Rabindranath Tagore: Universality and Tradition*. Madison, N. J.: Fairleigh Dickinson University Press; London: Associated University Press, 2003.

Krishnamoorthy, K. *Studies in Indian Aesthetics and Criticism*. Mysore, India, 1979.

Nandi, S. K. *Art and Aesthetics of Rabindranath Tagore*. The Aslatic Society, Calcutta, 1999.

Naravane, S. *Rabindranath Tagore: a Philosophical Study*. Allahabad: Central Book Depot, 1978.

K. C. Pandey. ed. *Ecological Perspectives in Buddhism*. New Delhi: Readworthy Publications Pvt. Ltd. 2008.

Navaratna S. Rajaram and David Frawley. *Vedic Aryans and Origins of Civilization*. New Delhi: Voice of India, 1997.

Ranchor Prime, *Hinduism and Ecology: Seeds of Truth*. Delhi: Motilal Banarsidass Publishers Private Limited, 1996.

Raj, G. V. *Tagore: the Novelist*. New Delhi: Sterling Publishers Private limited, 1983.

Rhys-davids, T. W. *Buddhism: Its History and Literature*. London: Literature at University College, 1896.

Sastri, S. N. Ghoshal. *Elements of Indian Aesthetics*. Vol. I. Varanasi, 1978.

Singh, Ajai. *Rabindranath Tagore, His Imagery and Ideas*. Ghaziabad Dalhi Vimal, 1984.

1. Kumar Singh. *Animals in Early Buddhism*. Delhi: Eastern Book Linkers, 2006.

Padmasiri de Silva. *Environmental Philosophy and Ethics in Buddhism*. London: Macmilan, 1998.

Tagore, R. *Personality*. London: Macmilan, 1917.

Tagore, R. *The Centre of Indian*. Calcutta: Visva-Bharati Bookshop, 1953.

Tagore, R. *The Religion of an Artist*. Calcutta: Visva-Bharati Bookshop, 1953.

Tagore, R. *The Religion of Man*. Boston: Beacon Press, 1970.

Tagore, R. *Angel of Surplus: Some Essays and Addresses on* Aesthetics. Ed. by Ghose, S. K. Calcutta: Visva-Bharati, 1978.

Tagore, R. *Lectures and Addresses*. Slected by A. x. Soares, Madras: Macmilan India Limited, 1988.

Weber, Albrech. *The history of Indian literature*. London: Routledge, 2002.

Winternitz, Maurice. *A history of Indian literature*, Delhi: Mitalpub, Banarsidass publishers private limited, 1999.

后　记

本书是教育部人文社会科学研究规划基金项目结项成果。2008 年项目获批，2011 年基本完成，2012 年结项。期间在读的研究生王艳君、温俊杰、武磊磊、于崔风都积极参与课题研究工作，并分别选择《罗摩衍那》、迦梨陀娑、普列姆昌德和《摩诃婆罗多》作为自己的硕士论文选题。他们的论文不全是以生态批评为视角，即使以生态批评为视角的论文也没有全部纳入本书，或者是我作了比较大的修改之后才纳入本书，但无论如何，同学们为项目完成做出了重要贡献，在这里对他们表示感谢！武磊磊在校期间助我收集资料，后期又帮我作了一些书稿整理工作。

本书初稿完成已经十余年，期间生态主义在学术界也有新的发展和成就，本人对此也有一些思考，在前些年出的专著《中印佛教文学比较研究》和系列论文中有所体现。我相信，生态主义不是一时的学术热点，而是一种需要深入探讨和建构的理论体系；生态文明不是一项短期的建设任务，而是需要持之以恒的发展理念。生态文明建设需要思想和学术的助力，这也是本书出版的价值之所在。

书成之际，对各界同仁的支持和帮助表示感谢！特别感谢教育部人文社会科学研究规划基金立项！感谢青岛大学学术专著出版基金资助！

侯传文

2022 年 12 月 5 日